DEC 2018

DATE DUE

Brodart Co.   Cat. # 55 137 001   Printed in USA

La luz entre los océanos

Biografía

M. L. Stedman nació y se crió en Australia, y en la actualidad vive en Londres. *La luz entre los océanos* es su primera novela, se ha publicado en más de treinta idiomas y será llevada al cine.

M.L. Stedman

La luz entre los océanos

Título original: *The Light Between Oceans*

Traducción del inglés: Gemma Rovira Ortega

Ilustración de cubierta: Michael Sugrue. Detalle del registro del faro cortesía
de The National Archives of Australia: MP344/15, Cabo Otway, 1922-1923
Diseño original de la cubierta de Claire Ward / Transworld
Mapa del interior de Neil Gower

Copyright © Grasshill Communications, 2012
Publicado por primera vez en 2012 en Reino Unido
por Doubleday / Transworld Publishers
Copyright de la edición en castellano © Ediciones Salamandra, 2013

Publicaciones y Ediciones Salamandra, S.A.
Almogàvers, 56, 7º 2ª - 08018 Barcelona - Tel. 93 215 11 99
www.salamandra.info

ISBN: 978-84-9838-690-5
Depósito legal: B-11.058-2015

1ª edición, mayo de 2015
Printed in Spain

Impresión: Liberdúplex, S.L. Sant Llorenç D'Hortons

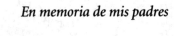

En memoria de mis padres

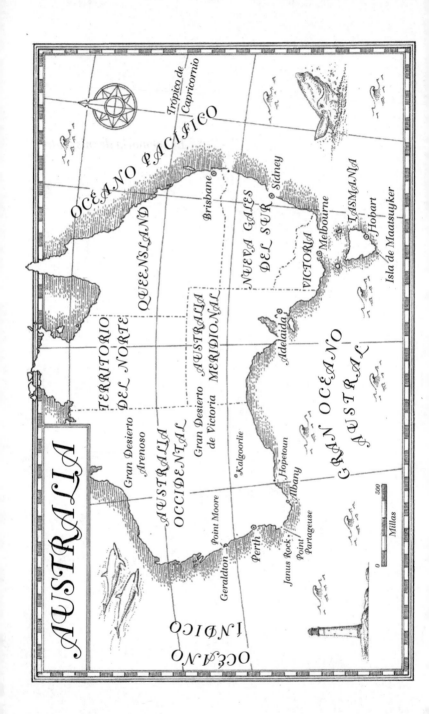

PRIMERA PARTE

27 de abril de 1926

El día que ocurrió el milagro, Isabel se encontraba arrodillada al borde del acantilado, arreglando la última cruz de madera. Una sola nube algodonosa se deslizaba lentamente por el cielo de finales de abril, que se desplegaba por encima de la isla como un reflejo del mar. Isabel echó un poco más de agua y apisonó la tierra alrededor de la mata de romero que acababa de plantar.

—...y no nos dejes caer en la tentación, más líbranos del mal —susurró.

Por un instante le pareció oír el llanto de un niño. Desechó esa idea absurda y se fijó en un grupo de ballenas que avanzaban zigzagueando costa arriba para parir en aguas más cálidas; de vez en cuando emergían y daban un aletazo con la cola, como agujas que atravesaran un bordado. Volvió a oír el llanto, esta vez más fuerte, llevado por la brisa de la mañana. Era imposible.

Desde aquel lado de la isla sólo se veía una inmensidad que se prolongaba hasta África. Allí el océano Índico se unía con el Antártico y juntos se extendían como una alfombra sin bordes bajo los acantilados. En días como aquél, el mar parecía tan sólido que Isabel creía posible viajar hasta Madagascar caminando por un manto de azul ininterrumpido. Por el otro lado, la isla miraba, enfurruñada, hacia la Australia continental, que se hallaba a ciento sesenta kilómetros de distancia; sin pertenecer del todo a la tierra, pero tampoco independiente de ella, era la cumbre más alta de una cadena de montañas submarinas que se elevaban desde el fondo del océano como dientes a lo largo de una mandíbula irregular, dispuesta a devorar cualquier barco inocente en su último tramo hacia el puerto.

La isla —Janus Rock—, como si quisiera reparar el daño, tenía un faro cuyo haz luminoso proporcionaba un manto de seguridad de treinta millas. Todas las noches, el aire se inundaba de la canción de su lámpara, que giraba y giraba produciendo un zumbido constante; imparcial, sin culpar a las rocas, sin temer a las olas: estaba allí para ofrecer la salvación a quien la deseara.

El llanto persistía. Se oyó cerrarse la puerta del faro a lo lejos, y la alta figura de Tom apareció en el balcón escudriñando la isla con unos prismáticos.

—¡Izzy! —llamó—. ¡Un bote! —Y señaló la cala—. ¡En la playa! ¡Un bote!

Tom desapareció, y al cabo de un momento Isabel lo vio abajo.

—¡Creo que hay alguien dentro! —gritó.

Isabel fue a su encuentro tan deprisa como pudo; él la cogió del brazo y juntos descendieron por el sendero empinado y erosionado hasta la pequeña playa.

—Sí, es un bote —confirmó Tom—. Y... ¡cielos! Dentro hay un hombre, pero...

La figura estaba inmóvil, desplomada sobre el asiento, y sin embargo seguía oyéndose aquel llanto. Tom corrió hasta el bote e intentó reanimar al hombre antes de mirar en la proa, de donde provenía el sonido. Luego levantó un fardo de lana: dentro había un bebé que lloraba envuelto en una suave rebeca de mujer azul lavanda.

—¡Cielos! —exclamó—. ¡Cielos, Izzy! Es...

—¡Un bebé! ¡Dios mío de mi alma! ¡Ay, Tom! ¡Tom! ¡Dámelo!

Él le pasó el fardo e intentó de nuevo reanimar al desconocido, pero no tenía pulso. Se volvió hacia Isabel, que examinaba a aquel ser diminuto.

—Está muerto, Izz. ¿Y el bebé?

—Está bien, creo. No tiene cortes ni moretones. ¡Qué pequeño es! —Abrazó al bebé—. Ya, ya. Ahora estás a salvo, pequeño. Estás a salvo, preciosidad.

Tom contemplaba el cadáver del hombre; cerraba los ojos, apretaba los párpados y volvía a abrirlos para comprobar que no estaba soñando. El bebé había dejado de llorar y respiraba a bocanadas en brazos de Isabel.

—No le veo heridas y tampoco parece enfermo. No puede haber estado mucho tiempo a la deriva. Es increíble. —Hizo una pausa—. Lleva al bebé a la casa, Izz, mientras busco algo con que tapar el cadáver.

—Pero Tom...

—Nos costaría mucho subirlo por el sendero. Es mejor dejarlo aquí hasta que manden ayuda. Pero no quiero que se llene de pájaros ni de moscas. En el cobertizo hay una lona que servirá. —Hablaba con calma, pero tenía las manos y la cara heladas, y antiguas sombras enturbiaron el reluciente sol de otoño.

Janus Rock tenía una extensión de algo más de dos kilómetros cuadrados, con suficiente hierba para alimentar a unas pocas ovejas y cabras y un puñado de gallinas, y suficiente capa de tierra para cultivar un rudimentario huerto. Sólo había dos árboles: dos altos pinos de Norfolk plantados por los obreros de Point Partageuse que habían construido la estación treinta años atrás, en 1889. Unas cuantas tumbas viejas recordaban un naufragio muy anterior a esa fecha, cuando el *Pride of Birmingham* embarrancó en aquellas rocas rapaces a plena luz del día. Más tarde habían transportado el equipo luminoso desde Inglaterra en un barco similar; llevaba con orgullo la marca «Chance Brothers», lo que garantizaba que era obra de la tecnología más avanzada de su época: se podía montar en cualquier sitio, por inhóspito o de difícil acceso que fuera.

Las corrientes arrastraban todo tipo de cosas: desechos arremolinados como si hubieran quedado atrapados entre dos hélices; restos de naufragios, cajas de embalaje, huesos de ballena. Las cosas aparecían cuando y como les venía bien. El faro se asentaba firmemente en medio de la isla; la casa del farero y los edificios anexos se apiñaban junto a la torre, como acobardados tras soportar durante décadas el azote de vientos implacables.

Isabel estaba sentada a la vieja mesa de la cocina con el bebé en brazos, envuelto en una manta amarilla y aterciopelada. Tom se limpió meticulosamente las botas en el felpudo antes de entrar y apoyó una mano callosa en el hombro de su mujer.

—Ya he tapado a ese pobre diablo. ¿Cómo está el pequeño?

—Es una niña —anunció Isabel con una sonrisa—. La he bañado. Parece sana.

El bebé volvió sus grandes ojos hacia él, pendiente de su mirada.

—¿Qué pensará ella de todo esto? —se preguntó Tom en voz alta.

—Y le he dado un poco de leche, ¿verdad, preciosa? —dijo Isabel con voz tierna—. ¡Ay, es tan perfecta, Tom! —Besó a la cría—. Sabe Dios lo que habrá llegado a sufrir.

Tom cogió una botella de brandy del armario de pino y se sirvió un poco. Se lo bebió de un trago. Se sentó al lado de su mujer y se quedó mirando los juegos de la luz en su cara mientras ella contemplaba el tesoro que tenía en los brazos. La niña seguía cada movimiento de sus ojos, como si Isabel pudiera escaparse si no la retenía con la mirada.

—Ay, pequeña —canturreó mientras la niña se acurrucaba contra su pecho—, pobrecita, tan pequeña.

Tom se percató de que su mujer estaba conteniendo las lágrimas; el recuerdo de una presencia invisible flotaba suspendido en el aire entre ambos.

—Le gustas —comentó. Y agregó, casi como para sí—: Me hace pensar en cómo podrían haber sido las cosas. —Y se apresuró a añadir—: No me refiero a... O sea, que pareces nacida para esto. —Le acarició la mejilla.

Isabel alzó la mirada hacia él.

—Ya lo sé, cariño. Ya sé a qué te refieres. Yo siento lo mismo.

Tom abrazó a su mujer y a la niña. A Isabel le llegó el olor a brandy de su aliento.

—Gracias a Dios la hemos encontrado a tiempo, Tom —murmuró.

Él la besó y luego rozó la frente de la niña con los labios. Se quedaron los tres así un rato, hasta que la pequeña empezó a retorcerse y sacó un puño de la manta.

—Bueno. —Tom se levantó y se desperezó—. Voy a telegrafiar para informar de todo; tendrán que enviar la barca a recoger el cadáver. Y a esta señorita.

—¡Todavía no! —saltó Isabel mientras le acariciaba los dedos al bebé—. No hay prisa, no es necesario que lo hagas ahora mismo. Ese pobre hombre ya no va a ponerse peor. Y esta cosita ya ha navegado suficiente de momento, diría yo. Espera un poco. Deja que se recupere.

—Tardarán horas en llegar. La niña está bien. Ya la has tranquilizado, pobrecilla.

—Pero espera. Al fin y al cabo, ¿qué más da?

—Tengo que registrarlo todo en el cuaderno de servicio, cariño. Ya sabes que debo informar de todo inmediatamente —razonó Tom, cuyas obligaciones incluían anotar cualquier suceso relevante ocurrido en la estación o cerca de ella, desde el paso de cualquier embarcación y las condiciones climatológicas hasta los eventuales problemas con el equipo luminoso.

—Hazlo por la mañana, sé bueno.

—Pero ¿y si ese bote es de un barco?

—Es un simple bote, no un bote salvavidas —replicó ella.

—Entonces, seguramente el bebé tiene una madre que lo espera en la costa y que ahora mismo está desesperada. ¿Cómo te sentirías si la niña fuera tuya?

—Ya has visto la rebeca. La madre debe de haberse caído del bote y se habrá ahogado.

—No sabemos nada de la madre, corazón. Ni quién era ese hombre.

—Es la explicación más lógica, ¿no crees? Los bebés no abandonan a sus padres.

—Pueden haber pasado muchas cosas, Izzy. Nosotros no sabemos nada.

—¿Cuándo has oído que una cría tan pequeña se marche en un bote sin su madre? —Apretó un poco más a la cría contra su pecho.

—Esto es grave. El hombre está muerto, Izz.

—Y la niña está viva. Ten compasión, Tom.

Su mujer lo conmovió y, en lugar de limitarse a contradecirla, hizo una pausa y consideró su súplica. Tal vez Isabel necesitara estar un tiempo con un bebé. Tal vez él le debiera eso. Se produjo un silencio, y ella miró a su marido rogándole sin palabras.

—Supongo que como máximo... —concedió; le costaba articular las palabras— podría... telegrafiar mañana por la mañana. Pero a primera hora. En cuanto apague el faro.

Isabel lo besó y le apretó el brazo.

—Ahora tengo que volver a la cámara de iluminación —dijo él—. Estaba cambiando el tubo del vapor.

De camino por el sendero, oyó la armoniosa voz de Isabel cantando: «*Blow the wind southerly, southerly, southerly, blow the wind south o'er the bonnie blue sea.*» Aunque era una melodía agradable, no consiguió reconfortarlo mientras subía la escalera de la torre y se sustraía al extraño desasosiego que le producía la concesión que acababa de hacer.

1

16 de diciembre de 1918

—Sí, me doy cuenta —dijo Tom Sherbourne.

Estaba sentado en una habitación espartana. El calor era casi tan sofocante dentro como fuera; la lluvia veraniega de Sídney tamborileaba en la ventana y obligaba a los transeúntes a correr a guarecerse.

—Pero muy duro, te lo aseguro. —El hombre sentado al otro lado de la mesa se inclinó hacia delante para enfatizar sus palabras—. No es ninguna broma. No digo que Byron Bay sea el peor destino del Departamento de Puertos y Faros, pero quiero asegurarme de que sabes dónde te metes. —Apretó el tabaco con la yema del pulgar y encendió la pipa.

La solicitud de Tom revelaba un pasado similar al de numerosos hombres de su generación: nacido el 28 de septiembre de 1893; excombatiente; experiencia con el Código Internacional y el Código Morse; sano y en forma; hoja de servicios impecable. Las normas estipulaban que debía darse preferencia a los jóvenes que regresaban del frente.

—No puede... —Tom se interrumpió y volvió a empezar—: Con el debido respeto, señor Coughlan, no puede ser más duro que el frente occidental.

El hombre releyó los detalles de la hoja de servicios; luego miró a Tom y buscó algo en sus ojos, en su cara.

—No, hijo. En eso seguramente tienes razón. —Recitó algunas condiciones—: Tendrás que pagarte de tu bolsillo el pasaje a todos los destinos. Serás un interino, de modo que no tendrás vacaciones. El personal permanente tiene un mes de permiso al final de cada contrato de tres años. —Cogió una gruesa pluma y firmó el impreso que tenía delante. Mientras mojaba el sello en el tampón, dijo—: Bienvenido al Servicio de Faros de la Commonwealth. —Y estampó el sello en tres sitios de la hoja. La tinta húmeda de la fecha, 16 de diciembre de 1918, brilló en el impreso.

El destino de seis meses en Byron Bay, en la costa de Nueva Gales del Sur, con otros dos fareros y sus familias, enseñó a Tom los fundamentos de la vida en el Departamento de Puertos y Faros. Después de eso pasó otro período en Maatsuyker, una isla agreste al sur de Tasmania, donde llovía casi todos los días del año y donde, cuando había tormenta, el viento arrastraba las gallinas hasta el mar.

En el Departamento de Puertos y Faros, Tom Sherbourne tuvo mucho tiempo para pensar en la guerra. En las caras y voces de los chicos que habían estado a su lado y le habían salvado la vida de una forma u otra; en aquellos cuyas últimas palabras había oído, y en otros cuyos gruñidos no había conseguido descifrar, pero a los que había tranquilizado asintiendo con la cabeza.

Tom no acabó como aquellos soldados que llevaban una pierna colgando de los tendones, ni como aquellos a los que se les salían las tripas igual que anguilas escurridizas. Ni como aquellos a los que el gas mostaza dejaba los pulmones como el pegamento o el cerebro hecho papilla. Pero él también había quedado marcado, tenía que vivir en la misma piel que un hombre que había hecho las cosas que había que hacer en la guerra. Llevaba esa otra sombra que se proyectaba hacia dentro.

Intentaba no pensar demasiado en ello: había visto a muchos hombres acabar destrozados por pensar demasiado. Por eso seguía adelante y evitaba los bordes de esa cosa para la que no tenía nombre. Cuando soñaba con aquellos tiempos, el Tom que los estaba viviendo, el Tom que estaba allí con las manos manchadas de sangre, era un niño de unos ocho años. Era ese niño pequeño el que se enfrentaba a hombres armados con fusiles y bayonetas, preocupado porque se le habían resbalado los calcetines del uniforme escolar y no podía subírselos porque para eso tendría que bajar el arma, y apenas tenía fuerza para sostenerla. Y no encontraba a su madre por ninguna parte.

Entonces se despertaba y se encontraba en un sitio donde sólo había viento, olas y luz. Y la intrincada maquinaria que mantenía la fuente luminosa encendida y la óptica girando. Girando sin parar, mirando siempre a lo lejos.

Sabía que, si conseguía alejarse lo suficiente —de la gente, de los recuerdos—, el tiempo se encargaría de todo.

A miles de kilómetros, en la costa occidental, Janus Rock era el punto del continente más alejado de la ciudad donde Tom había pasado su infancia, Sídney. Asimismo, el faro de Janus era lo último de Australia que él había visto cuando su transporte de tropas navegaba rumbo a Egipto en 1915. A lo largo de varias millas el viento arrastraba el olor de los eucaliptos desde la costa de Albany, y cuando se extinguió ese olor, de pronto Tom sintió profundamente la pérdida de algo que ignoraba que fuese a añorar. Y entonces, horas más tarde, apareció ante su vista aquella luz fiel y constante que destellaba a intervalos de cinco segundos (el último atisbo de su patria), y conservó ese recuerdo durante los años infernales que siguieron, como un beso de despedida. En junio de 1920, cuando se enteró de que había que cubrir urgentemente una vacante en Janus, fue como si aquel faro lo estuviera llamando.

Janus, al borde de la plataforma continental, no era un destino atractivo. Si bien su Primer Grado en la categoría de dificultad significaba un salario ligeramente más elevado, los veteranos afirmaban que la retribución, que de todos modos era exigua, no compensaba. El farero al que Tom sustituyó en Janus era Trimble

Docherty; había causado un gran revuelo al informar de que su mujer hacía señales a los barcos que pasaban, colgando mensajes con las banderas de colores del Código Internacional. Para las autoridades, esa información resultaba espinosa por dos motivos: en primer lugar, porque el subdirector del Departamento de Puertos y Faros había prohibido años atrás que se hicieran señales con banderas desde Janus, ya que los barcos se ponían en peligro al acercarse a la isla para descifrarlas; y segundo, porque la mujer en cuestión había muerto recientemente.

El asunto generó un volumen de correspondencia considerable, por triplicado, entre Fremantle y Melbourne; el subdirector, desde Fremantle, defendía a Docherty aduciendo sus años de excelente servicio ante una central preocupada estrictamente por la eficacia, los costes y la obediencia a las normas. Llegaron al acuerdo de que contratarían a un farero temporal y darían a Docherty una baja por enfermedad de seis meses.

—En circunstancias normales no enviaríamos a un hombre soltero a Janus. Es un lugar muy remoto, y una esposa y una familia resultan de gran ayuda en la práctica, y no sólo como consuelo —le había dicho a Tom el oficial de zona—. Pero teniendo en cuenta que sólo es un destino provisional... Partirá para Partageuse dentro de dos días —añadió, y le firmó el contrato de seis meses.

No había gran cosa que organizar. Nadie de quien despedirse. Dos días más tarde, Tom recorrió la pasarela del barco, provisto de un petate y poco más. El SS *Prometheus,* que navegaba sin alejarse mucho de la costa meridional de Australia, se detuvo en varios puertos en el trayecto de Sídney a Perth. Los pocos camarotes reservados para pasajeros de primera clase se encontraban en la cubierta superior, hacia la proa. Tom compartía un camarote de tercera con un anciano marinero. «Llevo cincuenta años haciendo este trayecto, no se atreverían a pedirme que pagara el pasaje. Mala suerte, ya sabes», le había dicho el hombre alegremente, y luego volvió a dedicar su atención a la botella de ron de alta graduación con que estaba entretenido. Para huir de los vapores etílicos, durante el día Tom paseaba por la cubierta. Por las noches solía haber una partida de cartas en la bodega.

Se podía saber a simple vista quién había estado en el frente y quién había pasado la guerra sentado en su casa. Era algo que uno olía. Los hombres solían relacionarse con los de su clase. Estar en las entrañas del barco les traía recuerdos de los transportes de tropas que los habían llevado primero a Oriente Medio y luego a Francia. Momentos después de embarcar ya habían deducido, casi por instinto animal, quién era oficial y quién tenía rango inferior, y dónde había estado cada uno.

Todos se concentraban en buscar un poco de distracción para animar el viaje, como habían hecho en los transportes de tropas. El juego que practicaban no era nuevo: ganaba el primero que conseguía una prenda de un pasajero de primera clase. Pero no servía cualquier prenda: tenían que ser unas bragas de mujer. «El dinero del premio se dobla si la dama las lleva puestas en el momento del hurto.»

El cabecilla, un tal McGowan, con bigote y unos dedos que los Woodbines habían vuelto amarillentos, dijo que había estado hablando de la lista de pasajeros con un camarero: la selección estaba limitada. Había diez camarotes en total. Un abogado y su esposa (a ésos era mejor dejarlos en paz), varias parejas de ancianos, un par de solteronas (prometedoras) y, lo mejor de todo, la hija de un ricachón que viajaba sola.

—Creo que podríamos trepar por un lado y colarnos por el ojo de buey —anunció—. ¿Quién se apunta?

El peligro de la empresa no sorprendió a Tom. Había oído innumerables historias como aquélla desde su regreso. Había hombres que arriesgaban la vida por un capricho: saltaban las barreras de los pasos a nivel justo antes de que pasara el tren, o nadaban en aguas turbulentas sólo para comprobar si eran capaces de salir de ellas. Muchos hombres que se habían librado de la muerte en el frente parecían ahora adictos a su atractivo. Como fuera, ahora ya eran muy dueños de hacer lo que quisieran. Seguramente sólo eran fanfarronadas.

La noche siguiente, una noche en que las pesadillas fueron más desagradables de lo habitual, Tom decidió huir de ellas paseando por la cubierta. Eran las dos de la madrugada. A esa hora podía deambular por donde quisiera, así que se puso a caminar metódicamente, observando la estela que la luna dejaba en el agua. Subió a la cubierta superior sujetándose al pasamano de la escalera para contrarrestar la suave oscilación del barco, y se paró un momento al llegar arriba, disfrutando de la fresca brisa y las estrellas que colmaban la noche.

Con el rabillo del ojo vio encenderse una luz tenue en un camarote. También a los pasajeros de primera clase les costaba dormir a veces, pensó. Pero de pronto se le despertó una especie de sexto sentido, ese instinto familiar e inexplicable para detectar problemas. Se acercó con sigilo al camarote y miró por el ojo de buey.

En la penumbra vio a una mujer pegada a la pared, inmovilizada a pesar de que el hombre que tenía delante no llegaba a tocarla. Él tenía la cara a sólo un par de centímetros y la miraba con lascivia, una mirada que Tom conocía muy bien. Había visto al tipo en la bodega, y se acordó del premio. «Malditos imbéciles.» Accionó el picaporte y la puerta se abrió.

—Déjala en paz —dijo al entrar en el camarote. Habló con calma, pero en un tono que no admitía discusión.

El hombre se volvió y sonrió al reconocer a Tom.

—¡Vaya! ¡Creía que eras un camarero! Échame una mano, iba a...

—¡He dicho que la dejes en paz! Lárgate ahora mismo.

—Pero si no he terminado. Iba a alegrarle la noche. —Apestaba a alcohol y tabaco rancio.

Tom le puso una mano en el hombro y se lo apretó tan fuerte que el hombre gritó. Era un palmo más bajo que él, pero aun así intentó darle un puñetazo. Tom le agarró la muñeca y se la retorció.

—¡Nombre y rango!

—McKenzie. Soldado raso. Tres dos siete siete. —El número, que Tom no había pedido, fue un acto reflejo.

—Soldado, discúlpese inmediatamente ante esta dama y vuelva a su litera. Y no quiero volver a ver su cara en cubierta hasta que hayamos atracado, ¿entendido?

—¡Sí, señor! —Se volvió hacia la mujer—. Le pido disculpas, señorita. No pretendía hacerle ningún daño.

La mujer, que estaba aterrorizada, asintió levemente.

—¡Y ahora, fuera! —gritó Tom, y el hombre, desinflado y repentinamente sobrio, salió del camarote arrastrando los pies. Entonces, volviéndose, Tom preguntó a la mujer—: ¿Está usted bien?

—Creo... que sí.

—¿Le ha hecho daño?

—No, no me ha... —Se lo decía a él, pero también a sí misma—. No ha llegado a tocarme.

Se fijó en la cara de la mujer; sus ojos, grises, ya no reflejaban tanta angustia. El pelo, oscuro y suelto, formaba ondas que le cubrían los hombros, y todavía se ceñía el camisón al cuello con las manos apretadas. Tom cogió una bata de un gancho de la pared y se la echó sobre los hombros.

—Gracias —dijo la mujer.

—Se habrá llevado un susto de muerte. Mucho me temo que algunos de nosotros hemos perdido el hábito de la compañía civilizada.

Ella no dijo nada.

—Ese hombre no volverá a molestarla. —Recogió una silla que se había volcado—. Ya decidirá si quiere denunciarlo, señorita. Supongo que está un poco trastornado.

La mujer lo interrogó con la mirada.

—Muchos vuelven de allí cambiados —añadió Tom—. Para algunos, ya no hay tanta diferencia entre el bien y el mal. —Se dio media vuelta y salió, pero volvió a asomar la cabeza por la puerta—. Está en su derecho de denunciarlo si así lo decide. Pero supongo que ese hombre ya ha tenido bastantes problemas. Ya se lo he dicho, usted decide —insistió, y se marchó.

2

Point Partageuse debía su nombre a los exploradores franceses que trazaron el mapa del cabo del extremo sudoeste del continente australiano, mucho antes de que empezara la carrera de los británicos para colonizar el oeste, en 1826. Desde entonces, habían ido trasladándose colonos hacia el norte desde Albany y hacia el sur desde la colonia Swan River, reclamando los bosques vírgenes que poblaban los cientos de kilómetros que separaban esas dos poblaciones. Se talaron árboles altos como catedrales con sierras manuales para obtener tierras de pastoreo; unos individuos pertinaces de tez pálida, ayudados por caballos de tiro, abrieron carreteras escuálidas, centímetro a centímetro, a medida que aquella tierra, donde hasta entonces el hombre nunca había dejado su huella, era excoriada y quemada, trasladada a los mapas, medida y cedida a aquellos dispuestos a probar suerte en un hemisferio que quizá les trajera desesperación y muerte, o una fortuna como jamás habían soñado.

La comunidad de Partageuse había ido amontonándose allí como el polvo arrastrado por el viento y se había asentado en aquel lugar donde se juntaban dos océanos, porque había agua dulce, un puerto natural y buena tierra. El puerto no podía compararse con el de Albany, pero resultaba cómodo para los lugareños que enviaban por barco madera para construcción, sándalo o ganado vacuno. Surgieron pequeños negocios que se aferraban como los líquenes a una pared de roca, y el pueblo contaba con una escuela, diversas iglesias con diferentes himnos y arquitecturas, unas pocas casas macizas de ladrillo y piedra, y muchas más de madera y planchas de zinc. Poco a poco aparecieron varias tiendas, un ayuntamiento y hasta una oficina inmobiliaria Dalgety's. Y pubs. Muchos pubs.

Durante los primeros años, en Partageuse todos creían, aunque nadie lo dijera, que las cosas importantes siempre sucedían en otro sitio. Las noticias del mundo exterior llegaban muy espaciadas, como las gotas de lluvia que caen de los árboles: un dato aquí, un rumor allá. En 1890, cuando llegó la línea del telégrafo, las cosas se aceleraron un poco, y algún tiempo después unos pocos vecinos dispusieron de teléfono. En 1899 el pueblo incluso había enviado soldados al Transvaal, donde habían perecido unos cuantos, pero en general la vida en Partageuse era más bien una atracción secundaria, donde no podía pasar nada demasiado malo ni demasiado maravilloso.

Por supuesto, en el oeste había otros pueblos que habían tenido experiencias muy diferentes: Kalgoorlie, por ejemplo, varios cientos de kilómetros hacia el interior, tenía ríos de oro subterráneos bajo el desierto. Allí los hombres deambulaban con una carretilla y una batea de oro y conducían un automóvil pagado con una pepita del tamaño de un gato, en un pueblo donde había calles que, no del todo irónicamente, llevaban nombres como «Creso». El mundo quería lo que tenía Kalgoorlie. Las ofrendas de Partageuse, su madera y su sándalo, eran bagatelas: no podían compararse con lo que ofrecía la ostentosa Kal.

Pero la situación cambió en 1914, cuando Partageuse descubrió que también tenía algo que el mundo necesitaba: hombres. Hombres jóvenes. Hombres sanos. Hombres que llevaban toda la vida manejando un hacha o manejando un arado y trabajando de sol a sol. Hombres excelentes para ser sacrificados en los altares tácticos de otro hemisferio.

El año 1914 sólo trajo banderas y cuero que olía a nuevo en los uniformes. Hasta un año más tarde no empezó a notarse ninguna diferencia —o sea, que tal vez aquello no fuera una atracción secundaria—, cuando en lugar de ver llegar a sus adorados y robustos hijos y maridos, las mujeres empezaron a ver llegar telegramas. Papeles que caían de las manos atónitas y que se llevaba un viento afilado como un cuchillo, que te decían que el niño al que habías amamantado, bañado, regañado y por el que habías llorado estaba... bueno, no estaba. Partageuse se unió al resto del mundo tarde y tras un parto doloroso.

Perder a un hijo siempre había sido algo por lo que las familias tenían que pasar, desde luego. Nunca había habido ninguna garantía de que la concepción fuera a dar lugar a un nacimiento, ni de que un nacimiento fuera el inicio de una vida muy prolongada. La naturaleza sólo dejaba que los sanos y los afortunados compartieran aquel paraíso en ciernes. Bastaba con mirar dentro de la cubierta de la Biblia de cualquier familia para hacerse una idea. Los cementerios también eran testimonio de los pequeños cuyas voces, por culpa de una mordedura de serpiente, una fiebre o una caída desde un carromato, habían acabado sucumbiendo a las súplicas de sus madres, que les susurraban «Chsss, chsss, chiquitín». Los niños que sobrevivían se acostumbraban a la nueva forma de poner la mesa, con un plato menos, igual que se acostumbraban a apretarse más en el banco cuando llegaba otro hermano. Como los campos de trigo donde se planta más grano del que puede madurar, parecía que Dios esparciera más hijos de la cuenta y los cosechara de acuerdo con algún calendario divino e indescifrable. El cementerio del pueblo siempre lo había registrado fidedignamente, y sus lápidas, algunas inclinadas como dientes sueltos y sucios, relataban historias de vidas interrumpidas antes de tiempo por la gripe, un ahogamiento, la mala caída de un tronco o incluso por un rayo. Pero en 1915 empezó a mentir. Morían muchos niños y hombres por todo el distrito, y sin embargo los cementerios no decían nada.

Los cadáveres de los más jóvenes yacían en el barro muy lejos de allí. Las autoridades hacían lo que podían: cuando lo permitían las condiciones y los combates, se excavaban tumbas; cuando era posible juntar unas cuantas extremidades e identificar a determinado soldado, no se escatimaban esfuerzos y se lo enterraba con algo parecido a un funeral. Se llevaban registros. Más tarde se tomaron fotografías de las tumbas, y por dos libras, un chelín y seis peniques, una familia podía comprar una placa conmemorativa oficial. Y más tarde aún, empezaron a surgir los monumentos en memoria de los caídos, que no hacían hincapié en la pérdida, sino en lo que se había ganado con la pérdida, y en lo bueno que era salir victorioso. «Victorioso y muerto —mascullaban algunos—. Ésa es una victoria muy pobre.»

Sin los hombres, el pueblo estaba lleno de agujeros, como un queso suizo. No existía el servicio militar obligatorio, así que nadie los había forzado a ir a luchar.

La broma más cruel era la que tenían que soportar aquellos a quienes todos llamaban «afortunados» porque habían regresado; los esperaban los niños acicalados para darles la bienvenida, y el perro con una cinta atada al collar para que pudiera unirse a la fiesta. El perro era casi siempre el primero en notar que pasaba algo. No sólo que al muchacho le faltaba un ojo o una pierna; más bien que estaba ido en general, desaparecido en combate aunque no se hubiera perdido su cuerpo. Billy Wishart, de Sadler's Mill, por ejemplo: tres hijos y la mejor esposa que un hombre pudiera soñar; víctima del gas, ya no puede sujetar la cuchara y llevársela a la boca sin salpicar la mesa de sopa. Le tiemblan tanto las manos que no puede abrocharse los botones. Por la noche, cuando se queda a solas con su esposa, no se quita la ropa; se aovilla en la cama y llora. O el joven Sam Dowsett, que sobrevivió al primer desembarco de Gallípoli sólo para perder ambos brazos y media cara en Bullecourt. Su madre, viuda, se pasa las noches en vela pensando quién cuidará de su hijito cuando ella no esté. Ahora ninguna chica del distrito sería tan tonta como para casarse con él. Un queso suizo con agujeros. Le falta algo.

Durante mucho tiempo, la gente tenía la expresión de desconcierto de los jugadores de un juego al que de pronto se le cambian las reglas. Se esforzaban por consolarse pensando que los chicos no habían muerto en vano: habían formado parte de una lucha magnífica por el bien. Y había momentos en que conseguían creérselo y contener el alarido furioso y desesperado que quería ascender arañando sus gargantas.

Después de la guerra, la gente intentaba ser indulgente con los hombres que habían vuelto y se habían aficionado a la bebida o las peleas, o con los que no conseguían conservar un empleo más de unos días. La actividad comercial del pueblo se normalizó, más o menos. Kelly seguía llevando la tienda de comestibles. El carnicero seguía siendo el viejo Len Bradshaw, aunque Len hijo estaba ansioso por relevarlo: se notaba por cómo ocupaba más espacio del que debía, invadiendo el trozo de mostrador de su padre, cuando se inclinaba para coger una chuleta o un morro de cerdo. La señora Inkpen (nadie sabía su nombre de pila, aunque su hermana la llamaba Popsy en privado) se hizo cargo de la herrería después de que su esposo, Mack, no regresara de Gallípoli. Tenía un rostro tan duro como las herraduras que los chicos clavaban en los cascos de los caballos, a juego con el corazón. Los hombres que trabajaban para ella eran unos gigantones, y todo era «Sí, señora Inkpen. No, señora Inkpen. Tres bolsas llenas, señora Inkpen», a pesar de que cualquiera de ellos habría podido levantarla con un solo dedo.

La gente sabía a quién podía fiar y a quién era mejor pedirle que pagara por adelantado; a quién creer cuando regresaba con algún artículo pidiendo que les devolviera el dinero. La mercería Mouchemore's vendía sobre todo en Navidad y Pascua, aunque antes del invierno también vendían mucha lana para calceta. Además, las prendas íntimas de señora les dejaban un buen beneficio. Larry Mouchemore se atusaba las guías del bigote mientras corregía las malas pronunciaciones de su apellido («se pronuncia *much*, no *mauch*»), y vio con miedo y rabia cómo a la señora Thurkle se le metía entre ceja y ceja abrir una peletería en la puerta de al lado. ¿Una peletería? ¿En Point Partageuse? ¡Por favor! Cuando el nuevo establecimiento tuvo que cerrar, seis meses más tarde, Mouchemore sonrió benévolamente y compró todas las existencias en «un acto caritativo de buen vecino», y se las vendió con un beneficio considerable al capitán de un vapor que zarpaba para Canadá, quien le aseguró que allí la gente se mataba por aquellos artículos.

Así que, hacia 1920, Partageuse tenía la mezcla de orgullo vacilante y experiencia amarga y dura que caracterizaba a todos los pueblos de Australia Occidental. En medio del pequeño parque que había cerca de la calle principal se alzaba el nuevo obelisco de granito con los nombres de los hombres y los chicos, algunos de sólo dieciséis años, que ya no volverían para arar los campos o talar los árboles, o que no terminarían sus estudios, aunque había muchos en el pueblo que todavía contenían la respiración y confiaban en volver a verlos algún día. Poco a poco las vidas volvieron a entrecruzarse para formar una especie de tejido práctico en el que cada hilo se cruzaba una y otra vez con los otros en la escuela, el trabajo y el matrimonio, bordando relaciones invisibles para los forasteros.

Y Janus Rock, a la que la barca de avituallamiento sólo llegaba cuatro veces al año, colgaba del borde de ese tejido como un botón suelto que fácilmente podía caer en la Antártida.

El largo y estrecho embarcadero de Point Partageuse estaba hecho de la misma madera de *jarrah* que llenaba las vagonetas que lo recorrían para cargarla en los barcos. La amplia bahía sobre cuyas orillas había crecido el pueblo era color turquesa, y el día que atracó en ella el barco de Tom relucía como un cristal recién lustrado.

Los hombres iban y venían, cargando y descargando, levantando cajas y lidiando con su peso; de vez en cuando lanzaban un grito o un silbido. En la orilla seguía el ajetreo: la gente circulaba con aire decidido a pie, a caballo o en calesa.

La única excepción a esa exhibición de diligencia era una joven que echaba pan a una bandada de gaviotas. Reía cada vez que lanzaba un mendrugo en una dirección diferente, y observaba a los pájaros, que reñían y chillaban, ansiosos por obtener su premio. Una gaviota atrapó un trozo en pleno vuelo, se lo tragó y descendió en busca de otro, lo que hizo que la muchacha riera a carcajadas.

Hacía años que Tom no oía una risa sin aspereza ni amargura. Era una soleada tarde de invierno y de momento no tenía ningún sitio adonde ir ni nada que hacer. Faltaba un par de días para que lo enviaran a Janus, una vez que hubiera visto a las personas que necesitaba ver y firmado los formularios que necesitaba firmar. Pero de momento no había cuadernos de servicio donde anotar nada, ni prismas que limpiar con gamuza, ni depósitos de combustible que llenar. Y allí había alguien que sencillamente se divertía. De pronto aquella escena parecía una prueba sólida de que la guerra había terminado. Se sentó en un banco cerca del embarcadero y dejó que el sol le acariciara la cara mientras observaba a la chica y cómo sus rizos oscuros giraban como una red lanzada al viento. Siguió la trayectoria de sus delicados dedos, que trazaban siluetas contra el cielo azul. Tardó un rato en darse cuenta de que era graciosa, y un rato más en que seguramente también hermosa.

—¿Por qué sonríes? —le gritó la chica, pillando desprevenido a Tom.

—Perdón. —Notó que se sonrojaba.

—¡Nunca pidas perdón por sonreír! —exclamó ella con un extraño deje de tristeza. Entonces su rostro se iluminó—. Tú no eres de Partageuse.

—No.

—Yo sí. He vivido aquí toda la vida. ¿Quieres un poco de pan?

—No, gracias. No tengo hambre.

—¡No es para ti, tonto! Es para que se lo des a las gaviotas.

Le lanzó un mendrugo. Un año atrás, quizá incluso el día anterior, Tom habría declinado la invitación y se habría marchado.

30

Pero de pronto, la calidez, la libertad y la sonrisa, y algo más que no habría sabido nombrar, le hicieron aceptar el ofrecimiento.

—Apuesto a que vienen más a mí que a ti —lo retó ella.

—Acepto la apuesta.

—¡Vamos! —Y empezaron a lanzar trocitos de pan hacia arriba o con efecto, agachándose cuando las gaviotas chillaban, se lanzaban en picado y agitaban las alas para apartarse unas a otras.

Al final, cuando se terminó todo el pan, Tom, riendo, preguntó:

—¿Quién ha ganado?

—¡Oh! No me he fijado. —La chica se encogió de hombros—. Digamos que hemos empatado.

—Me parece bien —concedió él; se puso el sombrero y recogió su petate—. Tengo que irme. Gracias. Ha sido divertido.

—Sólo era un juego tonto —dijo ella sonriendo.

—Bueno, gracias por recordarme que los juegos tontos son divertidos. —Se colgó el petate del hombro y se volvió hacia el pueblo—. Que pase usted una buena tarde, señorita —añadió.

Tom llamó al timbre de la pensión de la calle principal. Aquél era el dominio de la señora Mewett, una mujer de sesenta y tantos, fuerte como un toro, que no se anduvo con chiquitas con él.

—En su carta decía usted que está soltero, y que viene de los estados del este, así que le agradeceré que recuerde que ahora está en Partageuse. Éste es un establecimiento cristiano, y están prohibidos el alcohol y el tabaco.

Tom iba a darle las gracias por la llave que ella aún sostenía, pero la señora Mewett la apretó y continuó:

—Aquí, nada de costumbres extranjeras, sé lo que me digo. Cambiaré las sábanas cuando se marche, y no quiero tener que frotarlas, ya me entiende. La puerta se cierra a las diez, el desayuno se sirve a las seis, y el que no está en la mesa a esa hora, por mí ya puede pasar hambre. La cena se sirve a las cinco y media, y con la misma puntualidad. Para comer tendrá que buscarse otro sitio.

—Gracias, señora Mewett —dijo Tom, y decidió no sonreír por temor a infringir alguna otra norma.

—El agua caliente cuesta un chelín por semana. Usted sabrá si la quiere. Que yo sepa, el agua fría nunca ha hecho ningún daño a los hombres de su edad. —Y le entregó la llave de la habitación con brusquedad.

Mientras la mujer se alejaba cojeando por el pasillo, Tom se preguntó si habría un señor Mewett y si sería el responsable de la poca simpatía que la señora Mewett les tenía a los hombres en general.

En su cuartucho del fondo de la casa, abrió su petate y puso el jabón y los utensilios de afeitado en el único estante que había. Guardó los calzoncillos largos y los calcetines en el cajón y colgó sus tres camisas y sus dos pantalones, junto con el traje y la corbata, en el estrecho armario. Se metió un libro en el bolsillo y salió a explorar el pueblo.

El último deber que le quedaba por cumplir en Partageuse era cenar con el capitán de puerto y su esposa. El capitán Percy Hasluck era el encargado de todas las idas y venidas del puerto, y tenía por costumbre invitar a cenar a los nuevos fareros de Janus antes de que zarparan hacia la isla.

Por la tarde, Tom volvió a lavarse y afeitarse, se puso brillantina en el pelo, se abotonó el cuello y se enfundó el traje. El sol de los días anteriores había sido reemplazado por un cielo nuboso y un viento atroz que soplaba directamente desde la Antártida, así que se puso el sobretodo por si acaso.

Como todavía se guiaba por los parámetros de Sídney, había salido con mucho tiempo para recorrer un trayecto con el que no estaba familiarizado, y llegó a la casa antes de hora. Su anfitrión lo recibió con una ancha sonrisa, y cuando Tom se disculpó por haber llegado tan pronto, la «capitana Hasluck», como su esposo se refirió a ella, dio una palmada y dijo:

—¡Válgame Dios, señor Sherbourne! No tiene que disculparse por honrarnos con su pronta llegada, menos aún trayendo unas flores tan bonitas. —Inhaló el perfume de las rosas que Tom había negociado y pagado para coger del jardín de la señora Mewett. Lo miró desde su escasa estatura—. ¡Madre mía! ¡Casi es usted tan alto como el mismísimo faro! —exclamó, y rió de su propia ocurrencia.

El capitán cogió el sombrero y el sobretodo de Tom y dijo:

—Pasemos al salón.

—¡Le dijo la araña a la mosca! —bromeó su esposa.

—¡Ay, que cómica es esta mujer! —exclamó el capitán.

Tom se temía que iba a ser una larga velada.

—¿Una copa de jerez? ¿O prefiere un oporto? —ofreció la capitana.

—Ten piedad y tráele una cerveza al pobre muchacho, capitana —dijo su esposo riendo. Le dio una palmada en la espalda a Tom y añadió—: Siéntese y hábleme de usted, joven.

A Tom lo salvó la campanilla de la puerta.

—Discúlpeme —dijo el capitán Hasluck. Al fondo del pasillo, Tom oyó—: Buenas noches, Cyril. Buenas noches, Bertha. Me alegro de que hayáis podido venir. Dadme vuestros sombreros.

Al volver al salón con una botella de cerveza y unos vasos en una bandeja de plata, la capitana dijo:

—Nos ha parecido oportuno invitar a unos pocos amigos, sólo para que vaya conociendo a algunos lugareños. La gente de Partageuse es muy agradable.

El capitán entró con los nuevos invitados, una adusta pareja formada por el rollizo presidente de la Junta de Carreteras Locales, Cyril Chipper, y su esposa Bertha, delgada como el chorro de una bomba de agua.

—Dígame, ¿qué le parecen las carreteras de por aquí? —inquirió Cyril en cuanto los hubieron presentado—. Sin cumplidos, por favor. Comparadas con las del este, ¿qué opinión le merecen?

—Deja tranquilo a este pobre hombre, Cyril —dijo su esposa.

Tom se alegró no sólo de esa intervención, sino también de oír la campanilla de la puerta, que volvió a sonar.

—Hola, Bill. Hola, Violet. Me alegro de veros —se oyó decir al capitán—. Y usted, jovencita, está cada día más encantadora.

Entró en el salón acompañado de un hombre robusto con barba y bigote entrecanos y su esposa, una mujer también robusta de mejillas coloradas.

—Le presento a Bill Graysmark, a su esposa Violet y a su hija... —Se volvió—. ¿Dónde se ha metido? En fin, su hija está por aquí, espero que no tarde en aparecer. Bill es el director de la escuela de Partageuse.

—Encantado —dijo Tom, estrechándole la mano al recién llegado e inclinando educadamente la cabeza ante su esposa.

—Así pues, ¿se considera preparado para Janus? —preguntó Bill Graysmark.

—Pronto lo averiguaré —respondió Tom.

—Es un sitio muy inhóspito, no sé si lo sabe.

—Sí, eso me han dicho.

—Y en Janus no hay carreteras, claro —terció Cyril Chipper.

—No, claro —dijo Tom.

—No sé si se puede esperar mucho de un sitio sin carreteras —insistió Chipper con un tono que insinuaba posibles repercusiones morales.

—Que no haya carreteras será el menos grave de sus problemas, hijo —continuó Graysmark.

—Déjalo ya, padre, haz el favor. —La hija que faltaba entró entonces en el salón cuando Tom estaba de espaldas a la puerta—. A este pobre hombre sólo le falta oír tus historias de catástrofes y melancolía.

—¡Ah! Ya le he dicho que aparecería —dijo el capitán Hasluck—. Ésta es Isabel Graysmark. Isabel, te presento al señor Sherbourne.

Tom se levantó para saludarla y al mirarse se reconocieron. Tom estuvo a punto de hacer un comentario sobre las gaviotas, pero ella lo acalló diciendo:

—Encantada de conocerlo, señor Sherbourne.

—Llámame Tom, por favor —dijo él, pensando que tal vez sus padres no aprobaban que pasara las tardes lanzando pan a los pájaros. Y se preguntó qué otros secretos ocultaría su pícara sonrisa.

La velada transcurrió agradablemente. Los Hasluck le contaron la historia del distrito y de la construcción del faro, en tiempos del padre del capitán.

—Es muy importante para el comercio —le aseguró el capitán de puerto—. El océano Antártico es muy traicionero incluso en la superficie, y por si fuera poco tiene ese arrecife submarino. Como todo el mundo sabe, el transporte seguro es fundamental para los negocios.

—Y la base de un transporte seguro son las buenas carreteras, por supuesto —volvió a lo suyo Chipper, dispuesto a iniciar una nueva variación de su único tema de conversación.

Tom intentaba mostrarse atento, pero Isabel, a la que veía con el rabillo del ojo, no paraba de distraerlo. Tenía su silla en un ángulo que impedía que los demás la vieran, y parodiaba expresiones de seriedad cada vez que Cyril Chipper hacía un comentario, llevando a cabo una pequeña pantomima que acompañaba las observaciones del invitado.

La actuación se prolongó y Tom tuvo que esforzarse para mantenerse serio, hasta que al final se le escapó la risa, que hábilmente convirtió en un acceso de tos.

—¿Se encuentra bien, Tom? —le preguntó la esposa del capitán—. Voy a buscarle un poco de agua.

Tom no podía levantar la cabeza y, sin parar de toser, dijo:

—Gracias. Iré con usted. No sé qué puede haberme provocado esta tos. —Y se levantó.

Isabel mantuvo una expresión imperturbable.

—En cuanto vuelva Tom —comentó—, tiene que explicarle que construían las carreteras con *jarrah*, señor Chipper. —Se volvió hacia el joven y agregó—: No se entretenga. El señor Chipper tiene muchas historias interesantes que contar. —Esbozó una sonrisa inocente, y apenas le temblaron brevemente los labios cuando Tom la miró.

A la hora de marcharse, los invitados le desearon suerte a Tom para su estancia en Janus.

—Parece usted capacitado para el puesto —comentó Hasluck, y Bill Graysmark asintió en señal de aprobación.

—Gracias. Ha sido un placer conocerlos —dijo Tom estrechándoles la mano a los caballeros e inclinando la cabeza ante las damas—. Y gracias por ofrecerme una introducción tan minuciosa a la construcción de carreteras en el oeste de Australia —le dijo en voz baja a Isabel—. Es una lástima que no vaya a tener ocasión de corresponder a tu amabilidad.

Y el pequeño grupo se dispersó en la noche invernal.

3

La *Windward Spirit*, la barca de avituallamiento que servía a los faros en esa parte de la costa, era una vieja cáscara de nuez, pero fiable como un perro pastor, aseguró Ralph Addicott. El viejo Ralph llevaba siglos capitaneando la barca, y presumía de tener el mejor empleo del mundo.

—Tú debes de ser Tom Sherbourne. ¡Bienvenido a mi embarcación de recreo! —dijo, señalando las desnudas cubiertas de madera y la pintura estropeada por la sal cuando Tom subió a bordo, antes del amanecer, para emprender su primer viaje a Janus Rock.

—Me alegra conocerlo —contestó Tom estrechándole la mano.

El motor diésel marchaba al ralentí y los gases que despedía le llenaban los pulmones. Dentro de la cabina no hacía menos frío que fuera, pero como mínimo allí se estaba protegido de los aullidos del viento.

Una maraña de rizos rojos asomó por la escotilla del fondo de la cabina.

—Creo que ya estamos listos, Ralph. Todo arreglado —anunció el joven a quien pertenecían aquellos rizos.

—Bluey, te presento a Tom Sherbourne —dijo Ralph.

—Buenos días —repuso Bluey, y acabó de entrar por la escotilla.

—Buenos días.

—¡Vaya tiempo de perros! Espero que hayas cogido tus calzoncillos de lana. Esto no es nada comparado con el frío que debe de hacer en Janus —comentó Bluey soplándose las manos.

Mientras Bluey le enseñaba la barca a Tom, el capitán realizó las últimas comprobaciones. Limpió el parabrisas, manchado por las salpicaduras de agua salada, con un trapo hecho con una bandera vieja, y gritó:

—¡Ocúpate de los cabos, chico! ¡Listos para soltar amarras! —Abrió el regulador—. Vamos allá, preciosa —murmuró, animando a la barca a salir del atracadero.

Tom examinó el mapa desplegado sobre la mesa de navegación. Incluso ampliada a aquella escala, Janus no era más que un punto en los bajíos frente a la costa. Fijó la mirada en la gran extensión de mar que tenía delante e inspiró el aire denso y salado sin volver la cabeza hacia tierra firme, por si eso le hacía cambiar de opinión.

A medida que pasaban las horas, la profundidad de las aguas aumentaba y su color iba tomando un aspecto más sólido. De vez en cuando, Ralph señalaba algo de interés: un águila marina, un grupo de delfines que jugaban junto a la proa del barco. Vieron la chimenea de un vapor que pasaba rozando el horizonte. Bluey salía de la cocina periódicamente y les ofrecía té en unas tazas de esmalte desportilladas. Ralph le contó a Tom historias de tempestades terribles, de grandes dramas ocurridos en los faros de aquella zona costera. Tom habló un poco de la vida en Byron Bay y Maatsuyker, a miles de kilómetros hacia el este.

—Bueno, si has soportado vivir en Maatsuyker, tienes posibilidades de sobrevivir en Janus —dictaminó Ralph. Miró la hora y añadió—: ¿Por qué no echas una cabezadita ahora que puedes? Todavía nos queda un buen trecho, chico.

Cuando Tom volvió a cubierta, Bluey hablaba en voz baja con Ralph, y éste negaba con la cabeza.

—Sólo quiero saber si es verdad. No hay nada malo en preguntárselo, ¿no? —decía Bluey.

—¿Preguntarme qué? —intervino Tom.

—Si... —Bluey miró a Ralph. Se debatió entre su curiosidad y el cejo fruncido del capitán, y finalmente se sonrojó y se quedó callado.

—Bueno, no es asunto mío —añadió Tom, y dirigió la mirada hacia el mar, que se había vuelto de un gris foca mientras el oleaje se alzaba alrededor del barco.

—Yo era demasiado joven. Mi madre no me dejó mentir respecto a mi edad para alistarme. Y me han dicho...

Tom lo interrogó con la mirada.

—Pues dicen que tú tienes una Cruz Militar —le soltó Bluey—. Dicen que lo ponía en tu hoja de servicios, la que presentaste para solicitar el puesto en Janus.

Tom siguió con los ojos fijos en el agua. Bluey parecía alicaído, y después abochornado.

—Es que estaría muy orgulloso de poder decir que le he estrechado la mano a un héroe.

—Un poco de latón no convierte a nadie en un héroe —replicó Tom—. La mayoría de los tipos que de verdad merecen las medallas ya no están para recibirlas. Yo en tu lugar no me emocionaría demasiado, chico —añadió, y se volvió para examinar la carta de navegación.

—¡Allí está! —exclamó Bluey, y le pasó los prismáticos a Tom.

—Hogar, dulce hogar. Hasta dentro de seis meses —dijo Ralph riendo.

Tom enfocó con los prismáticos la masa de tierra que parecía surgir del agua como un monstruo marino. El acantilado, a un lado, marcaba el punto más alto, desde donde la isla descendía suavemente hasta alcanzar la orilla opuesta.

—El viejo Neville se alegrará de vernos —comentó Ralph—. No le sentó nada bien tener que aplazar su jubilación por culpa de la baja de Trimble, os lo aseguro. Pero aun así, cuando uno ha sido farero... Ningún miembro del servicio dejaría un faro desatendido, por mucho que proteste. Te advierto que Neville Whittnish no tiene mucho sentido del humor. Ni siquiera es muy hablador.

El embarcadero se adentraba unos buenos treinta metros en el mar; debido a su gran elevación podía resistir las mareas más altas y las tormentas más feroces. El aparejo de poleas para izar las provisiones por la abrupta pendiente hasta los edificios anexos ya estaba preparado. Un individuo adusto y de rostro curtido, sexagenario, los esperaba cuando atracaron.

—Ralph. Bluey —saludó, y asintió con la cabeza—. Tú debes de ser el sustituto —añadió, dirigiéndose a Tom.

—Tom Sherbourne. Encantado de conocerlo —repuso Tom, tendiéndole la mano.

El hombre se quedó mirándole la mano un momento, distraído, antes de recordar el significado de ese gesto, y entonces le dio un imperioso tirón, como si quisiera comprobar que el brazo no se desprendería.

—Por aquí —dijo, y, sin esperar a que Tom recogiera sus cosas, inició la caminata hacia el faro.

Empezaba a caer la tarde, y tras tantas horas en el oleaje, Tom tardó un momento en volver a sentirse firme en tierra. Cogió su petate y echó a andar, tambaleante, tras el farero, mientras Ralph y Bluey se preparaban para descargar las provisiones.

—La casa del farero.

Whittnish se acercó a un edificio bajo con tejado de chapa de zinc. Detrás de la casa había tres grandes depósitos de agua de lluvia, junto a una fila de edificios anexos que servían de almacenes para la casa y el faro.

—Puedes dejar el petate en el recibidor —dijo al abrir la puerta principal—. Tengo mucho que hacer. —Y dio media vuelta para dirigirse hacia la torre. Pese a su edad, conservaba la agilidad de un galgo.

Más tarde, cuando el viejo se puso a hablar del faro, le cambió la voz, como si hablara de un perro fiel o de su rosa favorita.

—Es una preciosidad, incluso después de tantos años —comentó.

La torre del faro, de piedra blanca, se alzaba contra el cielo color pizarra como una barra de tiza. Tenía cuarenta metros de altura, y estaba situado cerca del acantilado de la cúspide de la isla. A Tom no sólo lo impresionó ver que era mucho más alto que los otros faros donde había trabajado, sino también su esbeltez y elegancia.

Al atravesar la puerta pintada de verde, encontró más o menos lo que esperaba. Se podía cruzar el espacio con un par de zancadas, y el sonido de sus pasos rebotó como balas perdidas en un suelo pintado de verde brillante y en las paredes curvas y encaladas. Los escasos muebles —dos armarios y una mesita— tenían la parte posterior curvada para encajar con la redondez de la estructura; arrimados a la pared, parecían jorobados. En el centro de la estancia se hallaba el grueso cilindro de hierro que se elevaba hasta la cámara de iluminación y albergaba las pesas del mecanismo de relojería original que hacía girar la óptica.

Un tramo de escalera de poco más de medio metro de ancho empezaba a trazar una espiral por un lado de la pared y atravesaba el sólido metal del primer rellano. Tom siguió al anciano hasta el siguiente nivel, más estrecho, donde la espiral continuaba desde la pared opuesta y ascendía hasta el siguiente, y luego otra vez, hasta que llegaron al quinto rellano, justo debajo de la cámara de iluminación. Allí, en la sala de guardias, que era el corazón administrativo del faro, había una mesa con los cuadernos de servicio, el equipo de Morse y los prismáticos. Estaba prohibido, por supuesto, tener en la torre del faro una cama o cualquier otro mueble donde uno pudiera reclinarse, pero al menos había una silla de madera con los brazos lisos y gastados por el roce de varias generaciones de curtidas manos.

Tom se fijó en que el barómetro estaba bastante sucio, y le llamó la atención algo que reposaba junto a las cartas de navegación. Era un ovillo de lana con dos agujas de calceta clavadas, de las que colgaba un trozo de lo que parecía una bufanda.

—Eso era del viejo Docherty —dijo Whittnish señalándolo con la barbilla.

Tom sabía que los fareros realizaban actividades varias para entretenerse durante los turnos tranquilos: labrar conchas o huesos de ballena; tallar piezas de ajedrez. La calceta era una distracción bastante común.

Whittnish repasó el cuaderno de servicio y las observaciones meteorológicas, y a continuación acompañó a Tom hasta la linterna, que estaba en el siguiente nivel. Los vidrios que componían la cristalera de la cámara de iluminación sólo estaban interrumpidos por el entramado de los montantes que los sujetaban. Fuera, un balcón metálico cercaba la torre y una peligrosa escalerilla trepaba por la cúpula hasta la estrecha pasarela, justo debajo de la veleta que giraba impulsada por el viento.

—Tiene razón, es precioso —convino Tom contemplando la óptica gigantesca, mucho más alta que él, colocada sobre un pedestal giratorio: un palacio de prismas que parecía una colmena de cristal. Aquél era el verdadero centro de Janus, pura luz, claridad y silencio.

La sombra de una sonrisa apareció brevemente en los labios del anciano farero cuando dijo:

—Lo conozco desde que era un crío. Sí, es una preciosidad.

A la mañana siguiente, Ralph estaba de pie en el embarcadero.

—Bueno —dijo—, ya estamos casi a punto para zarpar. ¿Quieres que en el próximo viaje te traigamos todos los periódicos que no habrás podido leer?

—Si han pasado varios meses, pocas novedades traerán. Prefiero guardar el dinero y comprarme un buen libro —respondió Tom.

Ralph miró alrededor para comprobar que todo estaba en orden.

—Bueno, pues eso es todo. Ahora ya no puedes cambiar de opinión, hijo.

Tom rió, compungido.

—Supongo que en eso tienes razón, Ralph.

—Volveremos antes de que te des cuenta. ¡Tres meses no son nada, mientras no intentes aguantar la respiración!

—Si tratas bien al faro, él no te dará ningún problema —terció Whittnish—. Lo único que necesitas es paciencia y un poco de sentido común.

—Veré lo que puedo hacer —replicó Tom. Entonces se volvió hacia Bluey, que estaba preparándose para soltar amarras—. ¿Nos vemos dentro de tres meses, Blue?

—¡Por supuesto!

La barca se separó del muelle agitando el agua por la popa y luchando contra el viento con un estruendo humeante. La distancia fue empujándola más y más hacia el horizonte gris, como si un pulgar la hundiera en masilla, hasta quedar subsumida por completo en el mar.

Siguió un momento de quietud. No era silencio: las olas seguían estrellándose contra las rocas, el viento aullaba alrededor de Tom, y la puerta mal cerrada de uno de los cobertizos golpeaba como un tambor contrariado. Pero dentro de Tom algo estaba en calma por primera vez en años.

Subió a lo alto del acantilado. Sonó el cencerro de una cabra; un par de gallinas se peleaban. De pronto esos sonidos adquirieron una nueva importancia: correspondían a seres vivos. Tom subió los ciento ochenta y cuatro escalones que conducían a la cámara de iluminación y abrió la puerta que daba al balcón. El viento se abalanzó sobre él como un depredador, empujándolo contra la puerta hasta que logró impulsarse hacia fuera y agarrarse a la barandilla de hierro.

Captó por primera vez toda la magnitud del paisaje. A decenas de metros de altura, quedó fascinado por la abrupta caída hasta el mar, que allá abajo golpeaba la base del acantilado. El agua se agitaba como pintura blanca, densa y lechosa, y de vez en cuando la espuma se desprendía y revelaba una primera capa de azul intenso. En el otro extremo de la isla, una hilera de rocas inmensas formaba una barrera contra el oleaje, y detrás de ella el agua estaba quieta como en una bañera. A Tom le pareció estar colgado del cielo, no de pie en la tierra. Dio una lenta vuelta completa al faro, abarcando toda aquella extensión. Parecía como si sus pulmones no pudiesen aspirar tanto aire, que sus ojos no pudiesen divisar tanto espacio, y como si no pudiese oír el océano rugiente y retumbante en toda su amplitud. Por un instante, él mismo no tuvo límites.

Parpadeó varias veces y negó con la cabeza. Se estaba acercando a un vórtice, y para apartarse se concentró en los latidos de su corazón, en la planta de sus pies contra el suelo y en sus talones dentro de las botas. Se irguió cuan alto era. Escogió una arista de la puerta de la torre —una bisagra floja— y decidió empezar con eso. Algo sólido. Debía concentrarse en algo sólido, de lo contrario no sabía hasta dónde podían ser arrastradas su mente o su alma, como un globo sin lastre. Eso era lo único que le había hecho aguantar cuatro años de sangre y locura: saber exactamente dónde está tu fusil cuando echas una cabezada de diez minutos en el refugio subterráneo; comprobar siempre la máscara antigás; asegurarte de que tus hombres han entendido las órdenes a la perfección. Nunca piensas en los próximos meses o años: piensas en esta hora, y como mucho en la siguiente. Todo lo demás es especulación.

Cogió los prismáticos y escudriñó la isla en busca de otras señales de vida: necesitaba ver las cabras, las ovejas; necesitaba contarlas. Ceñirse a lo sólido. A las piezas de latón que había que pulir y los cristales que limpiar, primero la cristalera exterior de la linterna, luego los prismas de la óptica. Echar el petróleo, asegurarse de que las ruedas dentadas se movían con suavidad, llenar el depósito de mercurio para que la óptica se deslizara bien. Se agarraba a cada pensamiento como al travesaño de una escalerilla por la que podía ascender de nuevo hasta lo conocible, hasta su vida.

Esa noche, al encender el faro, se movió con la misma lentitud y el mismo cuidado con que debían de hacerlo, miles de años atrás, los sacerdotes del primer faro de la isla de Faro. Subió los estrechos escalones metálicos de la plataforma interior que rodeaba la óptica propiamente dicha, se metió por la abertura y accedió al equipo luminoso. Vertió el petróleo encendiendo una llama debajo del plato de modo que se evaporara y llegara al capillo en estado gaseoso. A continuación, acercó una cerilla al capillo, transformando el vapor en un resplandor blanco. Bajó al siguiente nivel y encendió el motor. La óptica empezó a girar con un movimiento constante y exacto, emitiendo destellos cada cinco segundos. Cogió la pluma y escribió en el cuaderno de servicio, ancho y con tapas de piel: «Encendido a las 17.09 h. Viento N/NE de 15 nudos. Nublado, borrascoso. Mar 6.» Entonces añadió sus iniciales: «T. S.» Su caligrafía retomaba la historia donde la había dejado Whittnish sólo unas horas antes, y Docherty antes que él; Tom formaba parte de la cadena ininterrumpida de fareros que atestiguaban el buen funcionamiento del faro.

Tras comprobar que todo estaba en orden, volvió a la casa. Necesitaba dormir, pero si no comía algo no podría trabajar. En los estantes de la alacena, junto a la cocina, encontró latas de carne en conserva, guisantes y peras, junto a sardinas, azúcar y un gran tarro de caramelos de menta a los que la difunta señora Docherty era muy aficionada. Para su primera cena en el faro cortó un pedazo de pan sin levadura que Whittnish había dejado, un trozo de queso cheddar y una manzana arrugada.

En la mesa de la cocina, la llama de la lámpara de petróleo temblaba de vez en cuando. El viento seguía con su inmemorial campaña contra las ventanas, acompañado del estruendo líquido de las olas. Tom se estremeció al pensar que era el único que podía oír aquellos sonidos: el único ser humano en cien millas a la redonda. Pensó en las gaviotas acurrucadas en sus ásperos nidos en los acantilados; en los peces, reunidos al abrigo de los arrecifes, protegidos por las gélidas aguas. Cada animal necesitaba su refugio.

Tom se llevó la lámpara al dormitorio. Su sombra, un gigante plano, se apretó contra la pared mientras se quitaba las botas y se quedaba en calzoncillos largos. Tenía el pelo apelmazado por la sal y la piel agrietada por el viento. Apartó las sábanas, se metió en la cama y se quedó dormido mientras su cuerpo seguía el oscilar de las olas y el viento. El faro, allá arriba, montó guardia toda la noche, cortando la oscuridad como una espada.

4

Todas las mañanas, después de apagar el faro al amanecer, Tom explora otra parte de su nuevo territorio antes de iniciar las tareas cotidianas. El norte de la isla es un acantilado de granito cortado a pico, sólidamente afianzado contra el océano. El terreno desciende hacia el sur y se desliza suavemente bajo el agua poco profunda de la laguna. Junto a la pequeña playa está la noria para subir agua dulce del manantial a la casa: desde el continente, extendiéndose por el suelo marino hasta la isla y más allá, hay fisuras de las que, misteriosamente, brota agua dulce. En el siglo XVIII, cuando los franceses describieron ese fenómeno, nadie los creyó y lo consideraron una leyenda. Pero era cierto: había agua dulce en diversas partes del océano, como si la naturaleza hiciera trucos de magia.

Empieza a perfilar su rutina. El reglamento exige que todos los domingos ice la enseña, y eso es lo primero que hace. También la iza cuando pasa por la isla algún buque de guerra, como mandan las normas. Sabe que muchos fareros maldicen por lo bajo por tener que cumplir esa obligación, pero a Tom lo reconforta el orden. Es un lujo hacer algo que carece de propósito práctico: el lujo de la civilización.

Empieza a arreglar cosas que se han deteriorado durante el declive de Trimble Docherty. Lo más importante es el propio faro: hay que enmasillar los montantes de la cristalera de la linterna. A continuación va a buscar piedra pómez y lija la madera del cajón del escritorio, que se ha hinchado por la humedad; luego le pasa el cepillo. Arregla las partes de los rellanos donde la pintura verde está rayada o gastada: pasará mucho tiempo hasta que venga una brigada a pintar toda la estación.

El equipo luminoso responde a sus atenciones: el vidrio reluce, el latón brilla y la óptica rota suavemente sobre su baño de mercurio como un págalo planeando en las corrientes de aire. De vez en cuando, encuentra tiempo para bajar a pescar a las rocas o pasear por la playa de arena de la laguna. Se gana la amistad de la pareja de lagartos negros que viven en la leñera, y a veces les da un poco de comida de las gallinas. No derrocha las raciones: la barca de avituallamiento no volverá hasta pasados unos meses.

Es un trabajo duro y entretenido. Los fareros no tienen sindicato, a diferencia de los marineros de las barcas de avituallamiento; nadie lucha para que les mejoren el sueldo o las condiciones. Acaba las jornadas exhausto o dolorido, preocupado por el aspecto del frente de una tormenta que se acerca al galope, o frustrado porque el granizo ha destrozado el huerto. Pero si no se obsesiona mucho con eso, sabe quién es y cuál es su cometido. Sólo tiene que mantener el faro encendido. Nada más.

La cara de Papá Noel, con sus mejillas coloradas y su barba blanca, sonrió de oreja a oreja.

—Bueno, Tom Sherbourne, ¿has sobrevivido? —Sin esperar a que Tom le respondiera, Ralph le lanzó un cabo grueso y mojado para que lo atara al noray. Habían transcurrido tres meses y Tom parecía más sano y en forma que ningún otro farero que el capitán hubiera conocido.

Tom, que estaba esperando los suministros para el faro, no había pensado mucho en las provisiones de alimentos. También había olvidado que la barca le llevaría el correo, y se sorprendió de que, a última hora del día, Ralph le entregara unos sobres.

—Casi se me olvida —dijo.

Había una carta del oficial de zona del Servicio de Faros que confirmaba retroactivamente su destino y las condiciones del puesto. Una carta del Departamento de Repatriaciones exponía ciertas prestaciones ofrecidas recientemente a los soldados retornados, entre ellas la pensión por incapacidad o préstamos para montar negocios. Como no le afectaba ninguno de esos dos beneficios, Tom abrió el siguiente sobre, que contenía una notificación del Commonwealth Bank confirmándole que había ganado unos intereses del cuatro por ciento sobre las quinientas libras que tenía en la cuenta. Dejó para el final el sobre con la dirección escrita a mano. No se le ocurría quién podía haberle escrito, y temió que se tratara de algún hacedor de buenas obras que quisiera hacerle llegar noticias sobre su padre o su hermano.

Lo abrió.

Querido Tom:

He pensado que podría escribirte para comprobar que el viento no se te ha llevado volando ni te has caído al mar y las olas te han arrastrado. Y que la ausencia de carreteras no te está causando demasiados problemas.

Tom saltó hasta la firma: «Atentamente, Isabel Graysmark.» Lo esencial de la carta era que confiaba en que Tom no se sintiera muy solo allí, y en que no se le olvidara pasar a saludarla antes de marcharse a cualquiera que fuera su siguiente destino después de Janus. Había decorado la carta con un dibujito de un farero apoyado en su torre, silbando, mientras a sus espaldas una ballena gigantesca emergía del agua con las mandíbulas muy abiertas. Por si acaso había añadido: «Hasta entonces, procura que no se te coma ninguna ballena.»

Tom sonrió por lo absurdo del dibujo. Y por algo más: su inocencia. Sólo con sostener aquella carta en la mano se notaba más ligero.

—¿Puedes esperar un momento? —le preguntó a Ralph, que estaba recogiendo sus cosas para emprender el viaje de regreso.

Tom fue rápidamente a su escritorio y cogió papel y pluma. Se sentó a escribir, y de pronto se dio cuenta de que no sabía qué poner. En realidad no quería decir nada. Sólo quería enviarle una sonrisa a Isabel.

Querida Isabel:

Por suerte, ni el viento se me ha llevado volando ni las olas me han arrastrado lejos (¿más lejos?). He visto muchas ballenas, pero hasta la fecha ninguna ha intentado comerme: seguramente no les parezco muy apetitoso.

Sobrellevo bastante bien la situación, a pesar de todo, y me las arreglo adecuadamente con la ausencia de carreteras. Espero que mantengas bien alimentada a la población ornitológica local.

Espero volver a verte antes de partir de Partageuse con destino a quién sabe dónde, dentro de tres meses.

¿Cómo debía firmar?

—¿Has terminado? —le preguntó Ralph.

—Casi —contestó, y escribió: «Tom.» Cerró el sobre, apuntó la dirección y se lo entregó al capitán—. ¿Crees que podrás echar esta carta al buzón?

Ralph leyó la dirección y le guiñó un ojo.

—La entregaré en mano. De todos modos, me viene de camino.

5

Transcurridos seis meses, Tom volvió a saborear los placeres de la hospitalidad de la señora Mewett, esa vez por un motivo inesperado: la vacante de Janus se había convertido en una plaza fija. Lejos de recuperar la razón, Trimble Docherty había perdido la poca que le quedaba y se había lanzado desde el enorme acantilado de granito de Albany conocido como «la Brecha», al parecer convencido de que saltaba a una barca capitaneada por su adorada esposa. Así pues, habían hecho volver a Tom al continente para hablar del destino, rellenar los papeles y tomarse unos días de permiso antes de ocupar oficialmente la plaza. A esas alturas, había demostrado sobradamente sus aptitudes, y Fremantle no se tomó la molestia de buscar a ningún otro candidato para ocupar el puesto.

—Nunca subestime la importancia de una buena esposa —había dicho el capitán Hasluck cuando Tom estaba a punto de salir de su despacho—. La pobre Moira Docherty llevaba tanto tiempo con Trimble que podría haberse encargado del faro ella sola. Para vivir con un farero hay que ser una mujer especial. Cuando encuentre a la adecuada, no la deje escapar y llévesela enseguida. Claro que ahora tendrá que esperar un poco...

Por el camino hacia la pensión de la señora Mewett, Tom pensó en las reliquias que había encontrado en el faro: la labor de Docherty, el tarro de caramelos de menta de su esposa, intacto en la despensa. Huellas que dejan las vidas al pasar. Y reflexionó sobre la desesperación de aquel hombre, destrozado por la pena. No hacía falta una guerra para traspasar el límite de lo soportable.

Dos días después de su regreso a Partageuse, Tom estaba sentado, rígido como un hueso de ballena, en el salón de los Graysmark, donde los padres observaban a su única hija como haría una pareja de águilas con su polluelo. Tom, esforzándose por encontrar temas de conversación adecuados, recurrió al tiempo, al viento (muy abundante) y a los primos Graysmark que vivían en otras regiones de Australia Occidental. Le resultó relativamente fácil apartar la conversación de su propia persona.

Después, cuando lo acompañó a la cancela, Isabel le preguntó:

—¿Cuánto tiempo vas a estar aquí?

—Dos semanas.

—Entonces tendremos que aprovecharlas —dijo ella, como si con eso zanjara una larga discusión.

—¿Ah, sí? —repuso Tom, complacido y sorprendido. Se sentía como si estuviera bailando un vals hacia atrás.

—Sí —confirmó ella con una sonrisa. La luz se reflejaba en sus ojos, y a Tom le pareció que podía asomarse por ellos hasta el interior de aquella mujer y ver una claridad, una franqueza que lo atraían—. Ven a buscarme mañana. Prepararé un picnic. Podemos bajar a la bahía.

—Antes tendré que pedirle permiso a tu padre, ¿no crees? O a tu madre. —Ladeó la cabeza y añadió—: No quisiera ser grosero, pero ¿cuántos años tienes?

—Suficientes para ir de picnic.

—Y dicho en números, eso sería...

—Diecinueve. Casi. Así que deja que de mis padres me encargue yo. —Isabel se despidió con la mano y entró en la casa.

Tom se encaminó hacia la pensión de la señora Mewett con una ligereza que se reflejaba en sus andares. No habría sabido decir por qué. No sabía nada de aquella muchacha, excepto que sonreía mucho y tenía algo que le producía... bienestar.

Al día siguiente Tom fue a la casa de los Graysmark, desconcertado más que nervioso, sin saber muy bien cómo podía ser que estuviera volviendo allí tan pronto.

La señora Graysmark lo recibió con una sonrisa.

—Muy puntual —observó, como si lo anotara en una lista.

—Es una costumbre militar...

Isabel apareció con una cesta de picnic y se la entregó diciendo:

—Eres el encargado de que llegue allí entera. —Se volvió y besó a su madre en la mejilla—. Adiós, madre. Hasta luego.

—Sobre todo, no te pongas al sol. No vayas a estropearte la piel llenándotela de pecas —advirtió a su hija. Entonces miró a Tom con más severidad de la que contenían sus palabras—: Pasadlo bien. Y no volváis demasiado tarde.

—Gracias, señora Graysmark. No vendremos tarde.

Isabel lo guió más allá de las pocas calles que formaban el pueblo en sí, camino del mar.

—¿Adónde vamos? —preguntó Tom.

—Es una sorpresa.

Recorrieron el camino de tierra que conducía al cabo, bordeado de árboles espesos y achaparrados. Esos árboles no eran como los gigantes del bosque que había algo más de un kilómetro tierra adentro, sino nervudos y fornidos, árboles capaces de soportar la sal y el embate del viento.

—Hay que andar un poco. No te cansarás, ¿verdad? —preguntó Isabel.

Tom rió y dijo:

—No he traído mi bastón, pero creo que aguantaré.

—Es que se me acaba de ocurrir que en Janus no puedes dar paseos muy largos, ¿no?

—Te aseguro que subir y bajar las escaleras del faro todo el día te mantiene en forma. —Todavía estaba haciéndose una idea de aquella muchacha y su asombrosa capacidad para desconcertarlo.

A medida que avanzaban, el bosque iba volviéndose menos denso y el sonido del mar se intensificaba.

—Supongo que Partageuse debe de parecer aburridísimo comparado con Sídney —comentó Isabel.

—La verdad es que no llevo suficiente tiempo aquí para saberlo.

—Sí, tienes razón. Pero Sídney... me la imagino enorme, bulliciosa y maravillosa. Una gran metrópoli.

—Es muy poca cosa comparada con Londres.

Isabel se sonrojó.

—No sabía que hubieras estado allí. Eso sí debe de ser una ciudad de verdad. Espero visitarla algún día.

—Te aseguro que estás mejor aquí. Londres es... Bueno, la encontré bastante deprimente cuando estuve allí de permiso. Gris, sombría y fría como un cadáver. Prefiero mil veces Partageuse.

—Estamos llegando a la parte más bonita. O la que a mí me parece más bonita. —Detrás de los árboles surgió un istmo que se adentraba mucho en el mar. Era una franja de tierra alargada y desnuda, de unos centenares de metros de ancho, acariciada por las olas por ambos lados—. Esto es el cabo de Point Partageuse —dijo Isabel—. Mi sitio favorito está allí abajo, a la izquierda, donde esas rocas grandes.

Siguieron andando hasta encontrarse en el centro del istmo.

—Deja la cesta y sígueme —pidió Isabel, y sin decir nada más se quitó los zapatos y echó a correr hacia las negras rocas de granito que descendían hasta el agua.

Tom la alcanzó cuando ella ya llegaba al borde. Las rocas formaban un círculo en cuyo interior las olas se agitaban y arremolinaban. Isabel se tumbó con la cabeza colgando por el canto de la roca.

—Escucha —dijo—. Escucha el sonido del agua. Parece que estés en una cueva o una catedral.

Tom se inclinó hacia delante y escuchó.

—Tienes que tumbarte —señaló ella.

—¿Para oír mejor?

—No. Para que no te derriben las olas. Esto es un géiser marítimo. Si viene una ola grande y no la ves, podrías acabar bajo las rocas sin darte ni cuenta.

Tom se tumbó a su lado y asomó la cabeza por la oquedad donde las olas resonaban, bramaban y se revolvían.

—Esto me recuerda Janus.

—Cuéntame cómo es. He oído muchas historias, pero la verdad es que poca gente ha estado allí, excepto el farero y los tripulantes de la barca. Y el médico, en una ocasión, hace años, cuando dejaron a toda la tripulación de un barco en cuarentena porque a bordo había fiebre tifoidea.

—Es como... Bueno, no se parece a ningún otro lugar de la tierra. Es un mundo aparte.

—Dicen que el clima es atroz.

—Tiene sus momentos.

Isabel se incorporó.

—¿Te sientes solo?

—Estoy demasiado ocupado para sentirme solo. Siempre hay algo que arreglar, comprobar o registrar.

Isabel ladeó la cabeza como expresando una duda, pero no dijo nada.

—¿Te gusta?

—Sí.

Entonces fue ella la que rió.

—No eres muy hablador, ¿verdad?

Tom se levantó.

—¿No tienes hambre? Ya debe de ser la hora de comer.

Le cogió la mano y la ayudó a levantarse. Una mano pequeña, suave, con la palma cubierta de una fina capa de arena, tan delicada en contraste con la suya.

Isabel le sirvió sándwiches de rosbif y cerveza de jengibre, y luego tarta de fruta y manzanas crujientes.

—Dime, ¿escribes a todos los fareros a los que envían a Janus? —preguntó Tom.

—¿A todos? Pero si son muy pocos. Tú eres el primero en muchos años.

Él vaciló antes de atreverse a hacer la siguiente pregunta.

—¿Cómo se te ocurrió escribirme?

Isabel le sonrió y bebió un sorbo de cerveza de jengibre antes de contestar.

—¿Porque fue divertido dar de comer a las gaviotas contigo? ¿Porque me aburría? ¿Porque nunca había enviado una carta a un faro? —Se apartó un mechón de pelo de los ojos y se quedó mirando el agua—. ¿Preferirías que no te hubiera escrito?

—No, no. No quería decir... Me refería a... —Se limpió las manos en la servilleta. Ya volvía a perder el control. Era una sensación nueva para él.

Estaban sentados al final del embarcadero de Partageuse. Era casi el último día de 1920, y la brisa entonaba melodías al enviar los rizos del agua contra los cascos de los barcos y hacer vibrar las drizas de los mástiles. Las luces del puerto surcaban la superficie del agua y el cielo estaba cuajado de estrellas.

—Es que quiero saberlo todo —dijo Isabel con los pies descalzos colgando por encima del agua—. No puedes decirme «no hay nada más que contar». —Le había sonsacando los detalles básicos de su educación en un colegio privado y de sus estudios de Ingeniería en la Universidad de Sídney, pero se sentía cada vez más frustrada—. Yo puedo contarte muchas más cosas: sobre mi abuela, que me enseñó a tocar el piano; lo que recuerdo de mi abuelo, aunque murió cuando yo era pequeña. Puedo contarte lo que significa ser la hija del director de la escuela en un sitio como Partageuse. Puedo hablarte de mis hermanos, Hugh y Alfie, de cómo jugábamos con el bote y nos íbamos a pescar al río. —Se quedó mirando el agua un instante y añadió—: Todavía echo de menos esos tiempos. —Se enroscó un mechón de pelo en el dedo y se quedó pensativa; entonces inspiró y continuó—: Es como si hubiera toda una... toda una galaxia esperando a que la descubras. Y yo quiero descubrir la tuya.

—¿Qué más quieres saber?

—Pues no sé, algo sobre tu familia, por ejemplo.

—Tengo un hermano.

—¿Puedo saber cómo se llama, o no te acuerdas?

—No creo que lo olvide fácilmente. Se llama Cecil.

—¿Y tus padres?

Tom miró con los ojos entornados la luz de lo alto de un mástil.

—¿Qué pasa con mis padres?

Isabel se incorporó y lo miró a los ojos.

—¿Qué pasa ahí dentro? Estoy intrigada.

—Mi madre murió. Y he perdido el contacto con mi padre. —A ella se le había resbalado el chal del hombro y él se lo puso bien—. ¿No tienes frío? ¿Quieres que volvamos?

—¿Por qué nunca hablas de eso?

—Si tanto te interesa, te lo contaré. Pero preferiría no hacerlo. A veces es bueno dejar el pasado en el pasado.

—Tu familia nunca está en el pasado. La llevas contigo a todas partes.

—Es una pena.

Isabel se enderezó.

—No importa. Vámonos. Mis padres estarán preguntándose dónde nos hemos metido —dijo, y recorrieron el embarcadero en silencio.

Esa noche, tumbado en la cama, Tom rememoró la infancia que Isabel tanto deseaba investigar y de la que él nunca había hablado con nadie. Pero ahora, al explorar los recuerdos, sentía un dolor parecido al que se notaba al pasar la lengua por un diente roto. Se vio a sí mismo, un niño de ocho años, tirándole de la manga a su padre y suplicándole: «¡Por favor! ¡Déjala volver! ¡Por favor, padre! ¡La quiero mucho!», y a su padre apartándole la mano de un manotazo, como si fuera una mancha de mugre. «No vuelvas a mencionarla en esta casa. ¿Me has oído, hijo?»

El padre salió muy indignado de la habitación, y el hermano de Tom, Cecil, cinco años mayor y a esas alturas muy alto, le dio una colleja. «Te lo dije, idiota. Te advertí que no lo dijeras», y siguió a su padre con el mismo paso enérgico, dejando a su hermano pequeño en medio del salón. Tom sacó del bolsillo un pañuelo de encaje que tenía la fragancia de su madre y se lo pasó por la mejilla evitando sus lágrimas y la goteante nariz. Era el tacto de la tela lo que buscaba, el perfume, no su utilidad.

Tom evocó la casa imponente y vacía: el silencio que amortiguaba cada una de las habitaciones con un tono ligeramente diferente; la cocina, que olía a ácido carbólico, siempre impecable gracias a sucesivas amas de llaves. Recordó el temido olor del jabón en escamas Lux, y su aflicción al ver que alguna de aquellas mujeres había lavado y almidonado el pañuelo tras encontrarlo en el bolsillo de sus pantalones cortos y meterlo en la colada, borrando para siempre la fragancia de su madre. Tom había registrado toda la casa en busca de algún rincón, algún armario que pudiera devolverle la borrosa dulzura de su madre. Pero ni siquiera encontró nada en su dormitorio, donde sólo olía a limpiamuebles y naftalina, como si por fin hubieran exorcizado su fantasma.

En Partageuse, sentados en el Salón de Té, Isabel lo intentó de nuevo.

—No pretendo ocultar nada —dijo Tom—. Lo que ocurre es que volver sobre el pasado es una pérdida de tiempo.

—Ni yo quiero entrometerme. Pero... tú tienes una vida, toda una historia, y yo he llegado tarde. Sólo intento entender las cosas. Entenderte a ti. —Titubeó y, con delicadeza, preguntó—: Ya que no puedo hablar del pasado, ¿me dejas hablar del futuro?

—No podemos hablar del futuro con precisión, piénsalo bien. Sólo podemos hablar de lo que imaginamos o deseamos. No es lo mismo.

—Muy bien, entonces dime: ¿tú qué deseas?

Tom caviló un instante.

—Vivir. Creo que con eso me basta. —Inspiró hondo y se volvió hacia ella—. ¿Y tú?

—¡Uy, yo deseo muchísimas cosas, todas a la vez! —exclamó—. Quiero que el domingo haga buen tiempo porque voy a ir de picnic con el grupo de catequesis. Quiero... no te rías: quiero un buen marido y una casa llena de niños. El estrépito de una bola de críquet rompiendo una ventana y olor a estofado en la cocina. Las niñas cantarán villancicos a coro y los niños jugarán a la pelota... No me imagino mi vida sin hijos, ¿y tú? —Se quedó pensativa un momento y añadió—: Pero no quiero tenerlos todavía, por supuesto. —Titubeó—. Como Sarah.

—¿Quién?

—Mi amiga Sarah Porter. Vivía al final de la calle. Jugábamos juntas a las casitas. Ella era un poco mayor que yo y siempre tenía que hacer de madre. —Su rostro se ensombreció—. Se quedó encinta cuando tenía dieciséis años. Sus padres la enviaron a Perth, para quitarla del medio. La obligaron a llevar el bebé a un orfanato. Dijeron que lo habían adoptado, pero tenía un pie deforme.

»Más tarde se casó y se olvidó de su hijo. Hasta que un día me pidió que la acompañara a Perth a visitar el orfanato en secreto. El Asilo Infantil, que estaba muy cerca del manicomio. Ay, Tom, seguro que no has visto nada tan espantoso como una sala llena de huerfanitos. Sin nadie que los quiera. Sarah no podía contárselo a su esposo, porque él la habría repudiado. Él no sabe nada de todo esto. El bebé de Sarah seguía allí: lo único que ella podía hacer era mirarlo. Y lo curioso es que era yo la que no podía parar de llorar. Sus caritas, sus miradas. Me impresionó mucho. Enviar a un niño al orfanato es como enviarlo al infierno.

—Los niños necesitan a sus madres —dijo Tom, ensimismado.

—Ahora Sarah vive en Sídney. No he vuelto a saber de ella.

Aquellas dos semanas se vieron todos los días. Cuando Bill Graysmark se preguntó ante su esposa sobre lo apropiado de ese cortejo, ella dijo:

—Ay, Bill. La vida es corta. Isabel es una muchacha sensata y sabe lo que hace. Además, hoy en día tiene pocas posibilidades de encontrar a un hombre con todas las extremidades en su sitio. A caballo regalado...

También sabían que Partageuse era un pueblo pequeño donde no podía pasar nada que hubiera que lamentar. Decenas de ojos y oídos les informarían de cualquier indicio de actitud indecorosa.

Tom no podía creerse las ganas que tenía de ver a Isabel. Aquella muchacha se había colado por debajo de sus defensas. Le gustaban sus historias sobre la vida en Partageuse y su historia; sobre cómo los franceses habían escogido ese nombre para aquel lugar entre dos océanos porque significaba «generoso» y, al mismo tiempo, «divisorio». Le contó de la vez que se cayó de un árbol y se rompió un brazo, del día en que sus hermanos y ella le pintaron lunares rojos a la cabra de la señora Mewett y llamaron a su puerta para decirle que tenía sarampión. Le contó en voz baja, y haciendo pausas, que sus dos hermanos habían muerto en el Somme, y cómo le gustaría que sus padres volvieran a sonreír.

Pero Tom era precavido. Aquél era un pueblo pequeño. Isabel era mucho más joven que él. Seguramente no volvería a verla cuando regresara al faro. Algunos hombres se habrían aprovechado, pero para Tom la idea del honor era una especie de antídoto ante ciertas experiencias de la vida que había soportado.

Isabel difícilmente habría podido expresar con palabras el nuevo sentimiento —emoción, tal vez— que la embargaba cada vez que veía a aquel hombre. Tenía algo misterioso, como si detrás de su sonrisa todavía estuviera muy lejos. Ansiaba llegar al fondo de él.

En cuanto a Tom, si algo le había enseñado la guerra era a valorar las cosas, y que no era prudente aplazar lo importante. La vida podía arrebatarte lo que más querías, y luego no había forma de recuperarlo. Empezó a sentir apremio, la necesidad de atrapar la oportunidad antes de que la atrapara otro en su lugar.

La víspera del día en que Tom debía volver a Janus, fueron a dar un paseo por la playa. Enero no había hecho más que empezar, y sin embargo a Tom le parecía que habían pasado años desde su llegada a Partageuse, seis meses atrás.

Isabel contemplaba el mar; en el horizonte, el sol resbalaba por el cielo y se hundía en las aguas grises.

—¿Podrías hacerme un favor, Tom? —preguntó.

—Claro. ¿De qué se trata?

—¿Me besarás? —pidió ella sin aminorar el paso.

Tom creyó que el viento no le había dejado oír bien y, como ella no se detuvo, intentó adivinar qué le había dicho en realidad.

—Claro que te añoraré —dijo—. Pero tal vez volvamos a vernos durante mi siguiente permiso.

Ella le lanzó una mirada extraña y Tom empezó a preocuparse. Pese a que había poca luz, vio que Isabel se había sonrojado.

—Perdóname, Isabel. En situaciones como ésta... las palabras no son mi fuerte.

—¿Qué situaciones? —preguntó ella, consternada por la posibilidad de que Tom hiciera aquello continuamente. Un amor en cada puerto.

—Pues... las despedidas. A mí no me importa estar solo. Y tampoco me importa tener un poco de compañía. Lo que me altera es pasar de una cosa a otra.

—En ese caso, te lo pondré fácil, ¿quieres? Me marcharé y ya está. Ahora mismo. —Giró sobre los talones y echó a andar por la playa.

—¡Isabel! ¡Espera, Isabel! —Corrió tras ella y la cogió de la mano—. No quiero que te vayas sin... bueno, no quiero que te vayas así. Y te haré el favor que me pides. Te añoraré. Me gusta estar contigo.

—Pues llévame a Janus.

—¿Cómo? ¿Quieres acompañarme allí?

—No. Quiero vivir allí contigo.

Tom se echó a reír.

—Madre mía, a veces dices unas barbaridades...

—Lo digo en serio.

—No puede ser —replicó Tom, aunque algo en la mirada de ella le indicó que era capaz.

—¿Por qué no?

—Bueno, pues así, de entrada, se me ocurren unas cien razones. La más obvia es que la única mujer autorizada para vivir en Janus es la esposa del farero. —Isabel no dijo nada, y Tom ladeó la cabeza un poco más, como si eso fuera a ayudarlo a comprender.

—¡Pues cásate conmigo!

Tom parpadeó.

—Pero ¡si apenas te conozco, Izz! Además, ni siquiera... ni siquiera te he besado nunca, por el amor de Dios.

—¡Por fin! —exclamó Isabel, como si la solución saltara a la vista; se puso de puntillas y acercó la cabeza de Tom hacia ella.

Antes de que él reaccionara, Isabel lo estaba besando, con poca pericia pero con gran ímpetu. Se apartó de ella.

—Estás jugando a un juego peligroso, Isabel. No deberías ir por ahí besando a los chicos alegremente. A menos que lo hagas en serio.

—¡Es que lo hago en serio!

Tom la miró; sus ojos y su pequeña pero firme barbilla lo desafiaban. Si cruzaba esa línea, ¿quién sabía dónde podría acabar? Maldita fuera. Al cuerno con el buen comportamiento. Al cuerno con hacer siempre lo correcto. Una muchacha hermosa le pedía que la besara, y se había puesto el sol y habían transcurrido las semanas, y al día siguiente, a esas horas, él estaría lejos de allí y de todo. Tomó la cara de Isabel entre sus manos y se inclinó mientras decía:

—En ese caso, te enseñaré cómo se hace. —Y la besó, dejando que el tiempo se desvaneciera. No recordaba ningún beso que se pareciera ni remotamente a aquél.

Al final se separó de ella y le apartó un mechón de pelo de los ojos.

—Será mejor que te acompañe a casa, o enviarán a los guardias a buscarme. —Le rodeó los hombros con un brazo y la guió por la playa.

—Lo digo en serio. Lo de casarnos.

—Tendría que faltarte un tornillo para que quisieras casarte conmigo, Izz. Los fareros no ganan mucho dinero. Y es un trabajo muy duro para una esposa.

—Sé lo que quiero, Tom.

Él se paró.

—Mira, Isabel, no quiero parecer paternalista, pero eres... bueno, eres bastante más joven que yo: cumpliré veintiocho este año. Y creo que no has salido con muchos chicos. —Apostaba, por aquel intento de besarlo, que no había salido con ninguno.

—¿Y eso qué tiene que ver?

—Pues... no sé. A veces deseamos tanto algo que nos engañamos y creemos haberlo encontrado. Piénsalo bien. Apuesto a que dentro de un año me habrás olvidado por completo.

—Acepto la apuesta —repuso ella, y se estiró para besarlo otra vez.

6

En los días despejados de verano, se diría que Janus se pone de puntillas: a veces parece elevarse más sobre el agua, y no sólo por efecto del flujo y reflujo de la marea. Cuando cae un aguacero puede desaparecer por completo, disfrazándose como una diosa en un mito griego. O cuando hay bruma: aire caliente cargado de cristales de sal que obstruyen el paso de la luz. Cuando hay incendios de monte en la costa, el humo puede llegar hasta allí, transportando una ceniza gruesa y pegajosa que tiñe los atardeceres de fastuosos rojos y dorados y cubre de suciedad la cristalera de la cámara de iluminación. Por eso la isla necesita el faro más potente y brillante.

Desde el balcón, su mirada abarca una distancia de cuarenta millas. A Tom le parece inverosímil que un espacio tan extenso pueda coexistir con el terreno por el que hace sólo unos años se peleaba palmo a palmo, donde los hombres perdían la vida por el afán de marcar unos cuantos metros fangosos como «nuestros» en lugar de «suyos», para que al día siguiente volvieran a arrebatárselos. Quizá fuera esa misma obsesión por marcar las cosas lo que llevó a los cartógrafos a dividir esta masa de agua en dos océanos, pese a que es imposible señalar un punto exacto donde sus corrientes empiezan a diferenciarse. Dividir. Etiquetar. Diferenciar. Hay cosas que nunca cambian.

· · ·

En Janus no hay necesidad de hablar. Tom puede pasar meses sin oír su propia voz. Sabe que algunos fareros se dedican a cantar, como si encendieran un motor para asegurarse de que sigue funcionando. Pero Tom halla libertad en el silencio. Escucha el viento. Observa los pequeños detalles de la vida en la isla.

De vez en cuando, como si lo trajera la brisa, el recuerdo del beso de Isabel se cuela flotando en su conciencia: el tacto de su piel, su suave plenitud. Y piensa en los años en que ni siquiera podría haber imaginado que existiera algo parecido. El simple hecho de estar a su lado lo había hecho sentirse en cierto modo más limpio, nuevo. Sin embargo, esa sensación lo devuelve a la oscuridad, a las galerías de cuerpos heridos y miembros retorcidos. Entenderlo, darle sentido: ése es el reto. Ser testimonio de la muerte sin que su peso te destroce. No hay ninguna razón para que él siga con vida, para que no haya quedado lisiado. De pronto se da cuenta de que está llorando. Llora por los hombres arrebatados a su derecha y a su izquierda, todas las veces que la muerte no se interesó por él. Llora por los hombres a los que mató.

Cuando trabajas en el Departamento de Puertos y Faros rindes cuentas de lo que sucede todos los días. Escribes en el cuaderno de servicio, informas de lo ocurrido, presentas pruebas de que la vida continúa. Al cabo de un tiempo, a medida que los fantasmas empiezan a disolverse en el aire puro de Janus, Tom se atreve a pensar en la vida que tiene por delante, algo que durante años era demasiado improbable para preocuparse por ello. Isabel aparece en sus pensamientos, riendo a pesar de todo, con una curiosidad insaciable por cuanto la rodea, dispuesta a cualquier cosa. El consejo del capitán Hasluck resuena en su memoria mientras camina hacia la leñera. Escoge un trozo de raíz de *mallee* y se la lleva al taller.

· · ·

Querida Isabel:

Espero que estés bien. Yo estoy bien. Me gusta la vida aquí. Supongo que te parecerá extraño, pero es la verdad. Me gusta la tranquilidad. Janus tiene algo mágico. No se parece a ningún otro sitio donde haya estado.

Es una pena que no puedas ver estos amaneceres y estas puestas de sol. Y las estrellas: por la noche el cielo está abarrotado, y es como observar un reloj, porque las constelaciones se deslizan por el firmamento. Es reconfortante saber que aparecerán, por muy malo que haya sido el día, por mucho que se compliquen las cosas. En Francia eso me ayudaba a ver las cosas objetivamente; las estrellas existen desde mucho antes que los humanos. Siguen brillando pase lo que pase. Con el faro ocurre algo parecido, y es como si una esquirla de estrella hubiera caído a la tierra: brilla pase lo que pase. Sea verano o invierno, haya tormenta o haga buen tiempo. La gente puede confiar en él.

Será mejor que pare de decir tonterías. Lo importante es que con esta carta te mando una cajita que he tallado para ti. Espero que te sea útil. Puedes guardar en ella joyas, horquillas o lo que quieras.

Seguramente ya habrás cambiado de opinión, y sólo quería que supieras que no pasa nada. Eres una chica maravillosa y lo pasé muy bien contigo.

La barca llega mañana, y entonces le entregaré esta carta a Ralph.

Tom

. . .

Janus Rock
15 de junio de 1921

Querida Isabel:

No puedo extenderme mucho porque los chicos se están preparando para zarpar. Ralph me ha entregado tu carta. Me alegro de tener noticias tuyas, y de que te gustara la cajita.

Gracias por la fotografía. Estás preciosa, pero no tan fresca como en persona. Ya sé dónde la pondré: en la cámara de iluminación, para que puedas mirar por la ventana.

No, tu pregunta no me extraña en absoluto. En la guerra conocí a muchos jóvenes que se casaban cuando volvían a Inglaterra con un permiso de tres días y luego regresaban al frente para seguir luchando. Muchos de ellos creían que tal vez no durasen mucho, y seguramente las chicas también. Con un poco de suerte, yo seré una proposición más a largo plazo, así que piénsatelo bien. Estoy dispuesto a correr el riesgo si tú también lo estás. Puedo solicitar un permiso extraordinario para finales de diciembre, de modo que tendrás tiempo para reflexionar. Si cambias de opinión, lo entenderé. Y si no, te prometo que siempre cuidaré de ti y haré cuanto esté en mi mano para ser un buen marido.

Un abrazo

Tom

Los seis meses siguientes pasaron con lentitud. Antes Tom no tenía nada que esperar, y se había acostumbrado a concebir los días como fines en sí mismos. Ahora había una fecha de boda. Permisos que pedir. Continuamente, cuando estaba en la casa, encontraba algo que arreglar: la ventana de la cocina que no cerraba bien, el grifo que sólo la mano de un hombre podía hacer girar. ¿Qué podía necesitar Isabel para vivir allí? La última vez que volvió la barca envió un pedido de pintura para pintar las habitaciones; un espejo para la cómoda; toallas y manteles nuevos; partituras para el decrépito piano (él no sabía tocar, pero Isabel sí, y estaba seguro de que le encantaría). Vaciló antes de añadir a la lista sábanas nuevas, dos almohadas y un edredón.

Cuando por fin llegó la barca para llevar a Tom a su gran cita, Neville Whittnish saltó con decisión al embarcadero, dispuesto a sustituirlo durante su ausencia.

—¿Todo en orden?

—Eso espero —contestó Tom.

Tras una breve inspección, Whittnish dijo:

—Sabes cómo tratar un faro. Eso hay que reconocerlo.

—Gracias —replicó Tom, emocionado por el cumplido.

—¿Listo, muchacho? —preguntó Ralph momentos antes de desamarrar.

—Eso sólo Dios lo sabe —respondió Tom.

—Una verdad como un templo. —Ralph dirigió la mirada hacia el horizonte—. Vamos allá, preciosa. Tenemos que llevar al capitán Sherbourne, Cruz Militar con Barra, junto a su damisela.

Ralph hablaba con la barca del mismo modo en que Whittnish se dirigía al faro: como si fueran seres vivos que tenían muy cerca del corazón. «Hay que ver qué cosas puede amar un hombre», pensó Tom, y dirigió la mirada hacia la torre. La próxima vez que la viera, su vida habría cambiado mucho. De pronto lo asaltó una duda: ¿le gustaría Janus a Isabel tanto como a él? ¿Entendería ella su mundo?

7

—¿Lo ves? Como está a tanta altura sobre el nivel del mar, la luz llega más allá de la curvatura de la tierra, más allá del horizonte. No el haz, sino el destello.

Tom estaba de pie detrás de Isabel en el balcón del faro, rodeándola con los brazos, la barbilla apoyada en el hombro de ella. El sol de enero sembraba motas doradas en el oscuro cabello de Isabel. Era 1922, y su segundo día solos en Janus. Tras una breve luna de miel en Perth, habían ido directamente a la isla.

—Es como ver el futuro —dijo Isabel—. Puedes avanzarte en el tiempo para salvar el barco antes de que éste sepa que necesita ayuda.

—Cuanto más alto es el faro, y cuanto mayor es el aparato óptico, mayor alcance tiene. Éste llega más lejos que ningún otro.

—¡No había estado a tanta altura en toda mi vida! ¡Es como volar! —exclamó Isabel, y se separó de Tom para dar otra vuelta completa a la torre—. ¿Y cómo dices que se llama el destello?

—Apariencia. Todos los faros costeros tienen una apariencia diferente. Éste destella cuatro veces en cada rotación de veinte segundos. Los barcos saben, por los destellos a intervalos de cinco segundos, que esto es Janus, y no Leeuwin, Breaksea ni otro sitio.

—¿Cómo lo saben?

—Los barcos tienen una lista de los faros por los que pasarán en su trayecto. Para un capitán, el tiempo es oro. Siempre tienen la tentación de ceñirse un poco más al doblar el cabo, quieren ser los primeros en descargar su mercancía y volver a cargar. Además, cuantos menos días pasen en el mar, más se reduce la paga de la tripulación. El faro está aquí para prevenirlos, para que no pierdan la cabeza.

A través de la cristalera, Isabel veía las gruesas cortinas negras de la cámara de iluminación.

—¿Para qué sirven? —preguntó.

—Sirven de protección. La lente no distingue qué luz es la que aumenta. Si puede convertir una pequeña llama en una luz equivalente a un millón de candelas, imagínate lo que sería capaz de hacer con la luz del sol cuando la lente permanece quieta todo el día. Si te encuentras a diez kilómetros no pasa nada, pero a un par de palmos no es lo mismo. Por eso hay que protegerla. Y al mismo tiempo te proteges tú. Si entrara ahí dentro de día y no estuvieran echadas las cortinas, me freiría. Ven y te enseñaré cómo funciona.

La puerta de hierro se cerró ruidosamente tras ellos cuando entraron en la cámara de iluminación; una vez allí se metieron por la abertura para acceder a la óptica.

—Esto es una óptica de primera categoría, de las más potentes que se fabrican.

Isabel vio los arcoíris que lanzaban los prismas.

—¡Qué bonita es!

—Esa pieza de cristal grueso es la lente central. Esta óptica tiene cuatro, pero el número varía según la apariencia. La fuente luminosa tiene que estar exactamente a la misma altura que esas lentes centrales, para que la óptica concentre la luz en cuatro haces.

—¿Y qué son todos esos círculos de cristal alrededor de la lente central?

En torno al centro de la lente había una serie de aros separados de cristal triangular, como aros de una diana.

—Los ocho primeros refractan la luz: la tuercen de modo que en lugar de apuntar a la luna o al fondo del océano, donde no le harían ningún bien a nadie, vaya directamente mar adentro: es como si le hicieran doblar una esquina. Los aros que hay por encima y por debajo del anillo metálico... ¿Los ves? Hay catorce. Aumentan de grosor a medida que se alejan del centro: desvían la luz hacia abajo, y así la luz se concentra en un solo haz, en lugar de salir disparada en todas direcciones.

—Y así toda la luz trabaja para ganarse el sustento —dijo Isabel.

—Es una forma de decirlo. Y esto es la fuente luminosa propiamente dicha —añadió Tom señalando el pequeño quemador colocado sobre el soporte metálico, en el mismo centro de la óptica, con una malla en la parte superior.

—No parece gran cosa.

—Ahora no lo es. Pero esa malla es un capillo incandescente, y hace que el petróleo gasificado, al arder, brille como una estrella una vez aumentada la luz. Esta noche te lo enseñaré.

—¡Tenemos nuestra propia estrella! ¡Es como si hubieran creado el mundo sólo para nosotros! Con el sol y el océano. Nos tenemos el uno al otro para nosotros solos.

—Me temo que en el Departamento de Puertos y Faros creen que son ellos los que me tienen para ellos solos.

—Ni vecinos entrometidos ni parientes pesados. —Le mordisqueó la oreja—. Solos tú y yo...

—Y los animales. Por suerte en Janus no hay serpientes. Por aquí hay islas que están llenas. Pero hay un par de arañas que pueden darte un pellizco, así que abre bien los ojos. Hay... —A Tom le estaba costando terminar su discurso sobre la fauna local porque Isabel seguía besándolo, mordisqueándole la oreja y metiéndole las manos en los bolsillos de manera que le costaba pensar y mucho más hablar coherentemente—. Esto que trato de explicarte... —continuó con esfuerzo— es importante, Izz. Debes tener cuidado con... —Y soltó un gemido cuando los dedos de ella encontraron su objetivo.

—Conmigo —dijo ella riendo—. ¡Soy la criatura más mortífera de esta isla!

—Aquí no, Izz. En medio de la linterna no. Vamos... —Inspiró hondo—. Vamos abajo.

—¡Sí, aquí! —rió Isabel.

—Esto es propiedad del gobierno.

—¿Y qué? ¿Vas a tener que registrarlo en el cuaderno de servicio?

Tom tosió, incómodo.

—Técnicamente... Estos materiales son muy delicados y cuestan más dinero del que tú o yo llegaremos a ganar en toda nuestra vida. No quiero tener que inventarme una excusa para explicar cómo se rompió algo. Vamos abajo.

—¿Y si me niego? —bromeó ella.

—En ese caso supongo que tendré que... —La cogió en brazos—. Tendré que obligarte. —Y bajó con ella los casi doscientos estrechos escalones.

—¡Esto es el paraíso! —exclamó Isabel al día siguiente, mientras contemplaba un océano plano azul turquesa.

El viento había declarado una tregua de bienvenida y el sol volvía a calentar.

La había llevado a la laguna, una plácida y extensa masa de agua de un azul ultramarino, de apenas dos metros de profundidad, y estaban nadando.

—Menos mal que te gusta. No tendremos un permiso hasta dentro de tres años.

Isabel lo rodeó con los brazos.

—Estoy donde quiero estar y con el hombre con el que quiero estar. Es lo único que me importa.

Tom la hizo girar suavemente, describiendo un círculo mientras decía:

—A veces los peces se cuelan aquí por los huecos entre las rocas. Puedes sacarlos del agua con una red, o incluso sólo con las manos.

—¿Cómo se llama esta laguna?

—No tiene nombre.

—Todo merece tener un nombre, ¿no te parece?

—Pues pónselo tú.

Isabel caviló un momento.

—Declaro bautizada esta laguna con el nombre de Lago del Paraíso. —Recogiendo agua con una mano ahuecada, la lanzó contra una roca—. Aquí será donde vendré a nadar.

—Aquí no correrás peligro. Pero ten los ojos bien abiertos por si acaso.

—¿Qué quieres decir? —preguntó Isabel mientras chapoteaba, sin prestar mucha atención.

—Normalmente los tiburones no pueden pasar entre las rocas, a menos que haya una marea muy alta o una tormenta, de modo que en ese sentido no creo que debas preocuparte.

—¿No lo crees?

—Pero debes tener cuidado con otras cosas. Los erizos de mar, por ejemplo. Mira dónde pones el pie cuando camines sobre rocas sumergidas, porque las púas se te pueden clavar en el pie, partirse y provocarte una infección. Y las rayas venenosas se entierran en la arena cerca de la orilla; si les pisas el aguijón de la cola, puedes tener problemas. Y si la raya da un coletazo y te clava el aguijón cerca del corazón... —Isabel se había quedado callada—. ¿Estás bien, Izz?

—Oyéndote recitarlo todo de un tirón se ve de otra manera, sobre todo porque estamos muy lejos para pedir ayuda.

Tom la abrazó y la llevó hasta la orilla.

—Yo cuidaré de ti, tesoro. No te preocupes —dijo con una sonrisa. Le besó los hombros y le apoyó la cabeza en la arena para besarla en la boca.

En el armario de Isabel, junto a los montones de gruesas prendas de lana, hay colgados unos cuantos vestidos floreados, fáciles de lavar, resistentes para sus nuevas tareas, como dar de comer a las gallinas u ordeñar las cabras, recoger hortalizas o limpiar la cocina. Cuando pasean por la isla se pone unos pantalones viejos de su esposo remangados más de un palmo y sujetos con un cinturón de cuero gastado, y una camisa sin cuello. Siempre que puede va descalza, porque le gusta notar el suelo en la planta de los pies, pero cuando camina por los acantilados tiene que ponerse unas zapatillas de lona para protegerlos del granito. Explora los límites de su nuevo mundo.

Una mañana, poco después de su llegada, un poco ebria de tanta libertad, decidió experimentar.

—¿Qué te parece mi nuevo atuendo? —le preguntó a Tom cuando fue a llevarle un sándwich a la sala de guardias a mediodía, completamente desnuda—. Creo que con el día tan precioso que hace no necesito ponerme ropa.

Tom arqueó una ceja y esbozó una sonrisa.

—Muy bonito. Pero pronto te cansarás de eso, Izz. —Le acarició la barbilla mientras cogía el sándwich—. Para sobrevivir en los faros de mar adentro hay que hacer ciertas cosas, querida, si quieres seguir siendo normal: comer a la hora adecuada, pasar las hojas del calendario... —Se rió—. Y dejarte la ropa puesta. Créeme, cariño.

Isabel se ruborizó, volvió a la casa y se puso varias capas de ropa: camisola y enagua, un vestido suelto, una rebeca; luego se calzó unas botas de goma y fue a coger patatas con un vigor innecesario bajo un sol reluciente.

—¿Tienes un mapa de la isla?

Tom sonrió.

—¿Te da miedo perderte? Ya llevas varias semanas aquí. Si caminas en la dirección opuesta del agua, tarde o temprano llegarás a casa. Y el faro también te ayudará a orientarte.

—Necesito un mapa. Tiene que haber alguno, ¿no?

—Claro que sí. Hay mapas de toda la región, pero no sé de qué te van a servir. No hay muchos sitios adonde ir.

—Hazme caso, querido esposo —dijo ella, y lo besó en la mejilla.

Más tarde, esa misma mañana, Tom apareció en la cocina con un gran rollo que entregó a Isabel con burlona ceremonia.

—Sus deseos son órdenes, milady.

—Gracias, milord —replicó ella en el mismo tono—. Nada más, de momento. Puede marcharse.

Tom se acarició la barbilla; se adivinaba una sonrisa en su boca.

—¿Se puede saber que estás tramando, jovencita?

—¡No es asunto tuyo!

Los días siguientes, Isabel salió de excursión todas las mañanas, y por la tarde se encerraba en el dormitorio, pese a que Tom estaba ocupado con su trabajo.

Una noche, después de secar los platos de la cena, fue a buscar el rollo y se lo entregó a Tom.

—Esto es para ti.

—Gracias, cariño. —Estaba leyendo un libro raído sobre nudos marineros. Levantó brevemente la cabeza—: Mañana lo guardaré.

—Es que es para ti.

—Es el mapa, ¿no?

Isabel esbozó una pícara sonrisa.

—Si no lo miras no lo sabrás.

Tom desenrolló el papel y vio que el mapa se había transformado. Habían aparecido numerosas anotaciones, acompañadas de dibujos y flechas en color. Lo primero que pensó fue que aquel mapa era propiedad de la Commonwealth y que en la siguiente inspección tendría que pagar su precio. Ahora estaba cubierto de nombres.

—¿Y bien? —preguntó ella, sonriente—. No me parecía bien que los sitios no tuvieran nombre. Le he puesto nombre a todo, ¿lo ves?

Todas las calas, los acantilados, las rocas y los prados estaban rotulados con un nombre, tal como Isabel había hecho con el Lago del Paraíso: Rincón Borrascoso, Roca Traicionera, Playa del Naufragio, Cala Tranquila, Mirador de Tom, Acantilado de Izzy, y muchos más.

—Supongo que yo nunca los había contemplado como lugares independientes. Para mí todo es Janus —dijo Tom sonriendo.

—Es un mundo hecho de muchas cosas diferentes. Cada lugar merece un nombre propio, como las habitaciones de una casa.

Tom reparó entonces en que él tampoco diferenciaba las habitaciones de la casa. Para él, la casa era un todo, sin partes. Y le entristeció un poco la disección de la isla, la división de sus partes en buenas y malas, seguras y peligrosas. Él prefería pensarla como un todo. Es más, le inquietaba que algunas partes llevaran su nombre. Janus no le pertenecía: él le pertenecía a la isla, como había oído decir que los indígenas concebían la tierra. Su trabajo consistía en cuidar de ella.

Miró a su esposa, que sonreía con orgullo ante su obra. Si le hacía ilusión poner nombre a las cosas, quizá no hubiera nada malo en ello. Y quizá acabara entendiendo la forma de pensar de Tom.

Cuando Tom recibe invitaciones a las reuniones de su batallón, siempre contesta. Siempre manda recuerdos para todos, y un poco de dinero para el comedor de oficiales. Pero nunca va a esas reuniones. La verdad es que, ahora que está en Faros, no podría ir aunque quisiera. Sabe que hay quienes se consuelan al ver una cara conocida, al volver a contar una historia. Pero él no quiere participar en eso. En la guerra perdió a amigos, hombres en los que confiaba, con los que había combatido, bebido y temblado. Hombres a los que entendía sin necesidad de palabras, a los que conocía como si fueran una prolongación de su cuerpo. Piensa en la lengua que los unía: palabras nacidas para describir circunstancias con las que nadie se había encontrado nunca. Una piña, un mequetrefe, un pudin de ciruelas: diferentes clases de proyectil que podían llegar a tu trinchera. Los piojos eran *chats*, la comida era *scran*, y una *blighty* era una herida lo bastante grave para que te enviaran a un hospital de Inglaterra. Se pregunta cuántos hombres podrán hablar todavía ese idioma secreto.

A veces, cuando se despierta al lado de Isabel, todavía se asombra, y siente alivio de que ella no esté muerta. Observa atentamente su respiración para asegurarse. Entonces apoya la cabeza en la espalda de su mujer y absorbe la suavidad de su piel, el suave subir y bajar de su cuerpo dormido.

Se trata del mayor milagro que Tom ha visto en toda su vida.

8

—Quizá todo el tiempo que pasé sin ti sólo era una prueba para comprobar si te merecía, Izz.

Estaban tumbados en la hierba, sobre una manta, tres meses después de la llegada de Isabel a Janus. Era una noche de abril, templada todavía, y adornada por relucientes estrellas. Isabel tenía los ojos cerrados, la cabeza apoyada en la parte interior del codo de Tom, mientras él le acariciaba el cuello.

—Eres mi otra mitad del cielo —dijo él.

—¡No sabía que fueras poeta!

—No me lo he inventado yo. Lo leí en algún sitio... ¿un poema en latín? ¿Un mito griego? Algo así, no lo sé.

—¡Tú y tu refinada educación de colegio privado! —bromeó ella.

Era el cumpleaños de Isabel. Tom le había preparado el desayuno y la cena, y observó cómo desataba el lazo del gramófono de manivela que había hecho traer, conspirando con Ralph y Bluey, para compensarla por el hecho de que el piano que con tanto orgullo le había enseñado a su llegada estaba completamente estropeado tras tantos años de abandono. Isabel llevaba todo el día escuchando a Chopin y Brahms, y ahora se oían los compases de *El Mesías* de Händel en el faro, donde lo habían colocado para resonara en aquella cámara acústica natural.

—Me encanta eso que haces —dijo Tom mientras Isabel se enroscaba un mechón de pelo en el dedo para luego soltarlo y empezar con otro.

—Mi madre dice que es una mala costumbre —repuso un poco cohibida—. Lo hago desde que era pequeña. Ni siquiera me doy cuenta.

Tom le cogió un mechón de pelo y se lo lió en un dedo; luego lo soltó y dejó que se desenroscara, como una serpentina.

—Cuéntame otra leyenda —dijo Isabel.

Tom caviló un momento.

—¿Sabes que la palabra «enero» proviene de «Janus»? El nombre del mes proviene del mismo Dios que da nombre a esta isla, Jano. Tiene dos caras que miran en direcciones opuestas. Un tipo bastante feo.

—¿Dios de qué?

—De las puertas. Siempre mira en ambas direcciones, dividido entre dos formas de ver las cosas. Enero mira hacia el nuevo año y hacia el que acaba de terminar. Jano ve el pasado y el futuro. Y la isla mira hacia dos océanos diferentes, hacia el Polo Sur y el Ecuador.

—¡Sí, claro! ¿Pretendes que me lo crea? —Le pellizcó la nariz y se echó a reír—. Era broma. Me encanta que me cuentes cosas. Háblame más de las estrellas. ¿Dónde dices que está el Centauro?

Tom le besó la yema de un dedo y le estiró el brazo hasta alineárselo con la constelación.

—Allí.

—¿Es tu favorita?

—Mi favorita eres tú. Eres mejor que todas las estrellas juntas. —Se inclinó para besarle el vientre—. ¿O debería decir que los dos sois mis favoritos? Pero ¿y si son gemelos? ¿O trillizos?

La cabeza de Tom subía y bajaba lentamente al compás de la respiración de Isabel.

—¿Oyes algo? ¿Ya te habla? —preguntó ella.

—Sí, dice que tengo que llevar a su mamá a la cama antes de que refresque más. —Cogió a su esposa en brazos y la llevó sin esfuerzo hasta la casa mientras, en el faro, el coro anunciaba: «...porque ha nacido un Niño».

Isabel se sintió muy orgullosa cuando escribió a su madre para darle la noticia del futuro nacimiento.

—Ay, no sé, me gustaría nadar hasta la costa o algo así para poder decírselo. ¡No sé si podré esperar a que llegue la barca! —Besó a Tom y le preguntó—: ¿No deberíamos escribirle a tu padre? ¿O a tu hermano?

Él se levantó y empezó a secar los platos que estaban en el escurridero.

—No hace falta —se limitó a decir.

Por su expresión de contrariedad, aunque no de enfado, Isabel supo que no debía insistir. Le quitó el trapo de la mano.

—De esto me encargo yo. Tú ya tienes suficiente trabajo.

Tom le acarició el hombro y repuso:

—Voy a seguir un poco con tu mecedora. —Se esforzó por sonreír y salió de la cocina.

En el cobertizo, echó un vistazo a las piezas de la mecedora que quería fabricarle a Isabel. Había intentado recordar la que su madre usaba para mecerlo a él, mientras le contaba cuentos. Su cuerpo recordaba la sensación de ser abrazado por ella, algo que durante décadas había permanecido olvidado. Se preguntó si en el futuro su hijo conservaría un recuerdo de las caricias de Isabel. La maternidad era un asunto muy misterioso. Qué valiente debía ser una mujer para embarcarse en algo así, pensó mientras reflexionaba sobre la trayectoria vital de su madre. Sin embargo, Isabel parecía absolutamente decidida. «Es ley de vida, Tom. No hay nada que temer.»

Cuando consiguió dar con su madre, Tom tenía veintiún años y estaba a punto de acabar sus estudios de Ingeniería. Por fin llevaba las riendas de su vida. La dirección que le había facilitado el detective privado correspondía a una pensión de Darlinghurst.

Ante la puerta, con el estómago hecho un torbellino de esperanza y terror, se sintió como si de pronto volviera a tener ocho años. Los sonidos de otras desesperaciones se colaban por debajo de las puertas del estrecho pasillo de madera: en la habitación de al lado, los sollozos de un hombre, una mujer que gritaba «¡No podemos seguir así!», y el llanto de un bebé; un poco más allá, el crujir frenético del cabecero de una cama mientras probablemente la mujer que estaba tendida en ella se ganaba el sustento.

Tom comprobó la dirección anotada con lápiz en el papel. Sí, era el número de habitación correcto. Registró una vez más su memoria en busca de la amable voz de su madre: «Aúpa, pequeño Thomas. ¿Vamos a vendarte ese rasguño?»

No abrieron a la primera, así que volvió a llamar. Al final accionó el picaporte con vacilación, y la puerta cedió enseguida. La fragancia inconfundible lo asaltó de inmediato, pero al cabo de un segundo Tom se dio cuenta de que estaba contaminada por un olor a alcohol barato y tabaco. Distinguió en la penumbra una cama deshecha y una butaca estropeada de tonos marrones. Había una grieta en el cristal de la ventana, y una rosa ya marchita en un jarrón.

—¿Busca a Ellie Sherbourne? —La voz pertenecía a un hombre calvo y enjuto que había aparecido en el umbral detrás de Tom.

Resultaba muy extraño oír aquel nombre en voz alta. Y Ellie... Nunca se habría imaginado que alguien pudiera llamarla así.

—Sí, la señora Sherbourne. ¿Cuándo volverá?

El hombre soltó una risotada.

—No volverá. Y es una pena, porque me debe un mes de alquiler.

La realidad era errónea. Tom no conseguía hacerla encajar con la imagen del reencuentro que había planeado, con el que llevaba años soñando. Se le aceleró el pulso.

—¿Ha dejado alguna dirección?

—Donde ella ha ido no hay direcciones que valgan. Murió hace tres semanas. He venido a recoger los últimos trastos.

Entre todas las escenas posibles que Tom había imaginado ninguna acababa así. Se quedó completamente inmóvil.

—¿Se marcha o piensa quedarse? —preguntó el hombre con aspereza.

Tom vaciló un momento, abrió su cartera y sacó cinco libras.

—Esto es para el alquiler —dijo en voz baja, y salió con premura al pasillo, conteniendo las lágrimas.

El hilo de esperanza que llevaba tanto tiempo protegiendo se había partido en una callejuela de Sídney, cuando el mundo estaba al borde de una guerra. Un mes más tarde se había alistado registrando a su madre como su pariente más cercano, con la dirección de la pensión. Los oficiales de reclutamiento no eran muy escrupulosos con los detalles.

Tom pasó las manos por la única pieza de madera que había torneado e intentó imaginar qué le diría a su madre en una carta si ella estuviera viva, cómo le daría la noticia del bebé.

Cogió la cinta métrica y pasó al siguiente trozo de madera.

—Zebedee. —Isabel miró a Tom con cara de póquer; las comisuras de su boca temblaban ligeramente.

—¿Qué? —preguntó Tom, e hizo una pausa en su tarea de frotarle los pies.

—Zebedee —repitió ella, y volvió a taparse la cara con el libro para que Tom no pudiera vérsela.

—No lo dices en serio, ¿verdad? ¿Qué clase de nombre...?

Isabel adoptó una expresión dolida.

—Mi tío abuelo se llamaba así. Zebedee Zanzibar Graysmark.

Tom la miró mientras ella continuaba:

—Le prometí a mi abuela en su lecho de muerte que si alguna vez tenía un hijo varón lo llamaría como su hermano. No puedo dejar de cumplir una promesa.

—Yo tenía pensado algo un poco más normal.

—¿Estás llamando anormal a mi tío abuelo? —Isabel no pudo contenerse más y soltó una carcajada—. ¡Te lo has creído! ¡Te lo has creído del todo!

—¡Serás pícara! ¡Te arrepentirás!

—¡No! ¡Para! ¡Para!

—¡No tendré piedad! —bromeó él, mientras le hacía cosquillas en la barriga y el cuello.

—¡Me rindo!

—¡Ahora ya es demasiado tarde!

Estaban tumbados en la hierba, al borde de la Playa del Naufragio. Avanzaba la tarde y la luz, tenue, teñía la arena de amarillo.

De pronto Tom paró.

—¿Qué pasa? —preguntó Isabel mirando por entre el largo cabello que le tapaba la cara.

Él le apartó los mechones de los ojos y la miró. Isabel le puso una mano en la mejilla.

—Tom...

—A veces me quedo pasmado. Hace tres meses estábamos solos tú y yo, y ahora hay otra vida que ha surgido de no se sabe dónde, como...

—...como un bebé.

—Sí, como un bebé, pero es algo más que eso, Izz. Antes de que tú llegaras, me sentaba en la cámara de iluminación y me preguntaba qué es la vida. Es decir, comparada con la muerte... —Se interrumpió—. Estoy diciendo tonterías. Mejor me callo.

Isabel le puso la mano bajo el mentón.

—Casi nunca hablas de cosas así, Tom. Cuéntame.

—No sé si puedo expresarlo con palabras. ¿De dónde surge la vida?

—¿Tanto importa?

—¿El qué?

—Que sea un misterio. Que no lo entendamos.

—Había veces en que yo quería una respuesta. Eso sí lo sé. Cuando veía a un hombre exhalar el último aliento, me daban ganas de preguntarle: «¿Adónde has ido? Hace sólo unos segundos estabas aquí a mi lado, y ahora unos trozos de metal te han agujereado la piel, porque te han golpeado a suficiente velocidad, y de pronto estás en otro sitio. ¿Cómo es posible?»

Isabel se rodeó las rodillas con un brazo y con la otra mano se puso a arrancar briznas de hierba.

—¿Crees que las personas recuerdan esta vida cuando se van? ¿Crees que en el cielo mi abuela y mi abuelo, por ejemplo, salen por ahí a pasear?

—No tengo ni idea —contestó Tom.

Con repentina urgencia, Isabel preguntó:

—Cuando nosotros muramos, Dios no nos separará, ¿verdad, Tom? Nos dejará estar juntos, ¿verdad?

Él la abrazó.

—Mira lo que he hecho. Debería haber mantenido la boca cerrada. Va, estábamos escogiendo un nombre. Y yo intentaba rescatar a un pobre recién nacido del destino de llamarse Zebedee no-sé-qué Zanzibar. ¿Y los nombres de niña?

—Alice, Amelia, Annabel, April, Ariadne...

Tom arqueó las cejas.

—¡Ya empezamos! ¡Ariadne! Bastante tendrá con vivir en un faro. No la hagamos cargar, encima, con un nombre del que todo el mundo se reirá.

—Sólo nos quedan doscientas páginas más —dijo Isabel esbozando una sonrisa.

—Pues será mejor que continuemos.

Esa noche, mientras miraba desde el balcón, Tom volvió a plantearse aquellas preguntas. ¿Dónde había estado el alma de aquella criatura? ¿Adónde iría? ¿Dónde estaban las almas de los hombres que habían bromeado, saludado y avanzado por el barro con él?

Allí estaba él, sano y salvo, con una hermosa esposa, y un alma había decidido unirse a ellos. Un ser surgido de la nada iba a llegar al rincón más alejado de la tierra. Tom había pasado tanto tiempo en la mira de la muerte que parecía imposible que la vida estuviera apostando por él.

Entró en la cámara de iluminación y volvió a mirar la fotografía de Isabel colgada en la pared. Todo aquello le parecía un misterio. Un gran misterio.

El otro regalo de Tom, que la barca les había llevado en su último viaje, era el *Manual de puericultura de la madre australiana*, del doctor Samuel B. Griffiths. Isabel lo leía siempre que tenía ocasión.

No paraba de lanzarle información a Tom: «¿Sabías que las rótulas de los bebés no son de hueso?» O: «¿A qué edad crees que los niños pueden empezar a comer con una cucharilla?»

—Ni idea, Izz.

—A ver si lo adivinas.

—En serio. ¿Cómo quieres que lo sepa?

—¡Ay, qué soso eres! —protestaba ella, y volvía a enfrascarse en el libro en busca de más datos.

Al cabo de unas semanas, las páginas tenían los bordes sobados y manchas de hierba de los ratos que Isabel pasaba leyendo en el cabo.

—Vas a tener un bebé, no a presentarte a un examen.

—Es que quiero hacer las cosas bien. ¿No ves que no puedo ir un momento a la casa de al lado a preguntárselo a mi madre?

—Ay, Izzy Bella —rió Tom.

—¿Qué pasa? ¿Qué te hace gracia?

—Nada. Nada, de verdad. No te cambiaría por nada del mundo.

Isabel sonrió y le dio un beso.

—Vas a ser un padre fabuloso, lo sé. —Lo miró con gesto inquisitivo.

—¿Qué? —preguntó Tom.

—Nada.

—No, en serio, ¿qué pasa?

—Pensaba en tu padre. ¿Por qué nunca me hablas de él?

—No te pierdes gran cosa.

—Pero ¿cómo era?

Tom reflexionó. ¿Cómo podía resumírselo? ¿Cómo iba a explicar su mirada, el vacío invisible de que siempre se rodeaba para no llegar a establecer contacto con nada?

—Era correcto. Y siempre hacía lo correcto en todas las circunstancias. Conocía las normas y se ceñía a ellas, pasara lo que pasara. —Recordó la alta y recta figura que había ensombrecido su infancia. Dura y fría como una tumba.

—¿Era muy estricto?

Tom rió con amargura.

—Estricto es poco. —Se llevó una mano al mentón mientras especulaba—. Tal vez sólo quería asegurarse de que sus hijos no se rebelarían. Nos atizaba con la correa por cualquier cosa. Bueno, me atizaba a mí. Cecil siempre se chivaba; con él era más indulgente. —Volvió a reír—. Pero ¿sabes qué? Eso hizo que la disciplina militar me resultara fácil. Nunca sabes de qué cosas vas a estar agradecido. —Adoptó un gesto serio—. Y supongo que también hizo que fuera más fácil estar allí, porque sabía que no había nadie que se moriría de pena si recibía el telegrama.

—¡Tom! ¡No digas eso!

Él atrajo la cabeza de Isabel hacia su pecho y le acarició el cabello en silencio.

A veces el océano no es el océano. No es azul; ni siquiera es agua, sino una explosión violenta de energía y peligro: ferocidad de una magnitud que sólo los dioses pueden lograr. Se arroja contra la isla lanzando espuma por encima del faro, arrancando trozos de acantilado. Y el ruido que hace es el rugido de una bestia cuya ira no conoce límites. Es en esas noches cuando más necesario es el faro.

En las peores tormentas, Tom se queda toda la noche en la cámara de iluminación si es preciso, calentándose con la estufa de queroseno, bebiendo té con azúcar de un termo. Piensa en los pobres desdichados que están en los barcos y da gracias a Dios por estar a salvo. Busca bengalas de socorro, tiene el bote preparado, aunque no sabe de qué serviría con un mar así.

Aquella noche de mayo, cogió libreta y lápiz y empezó a sumar cifras. Su salario anual era de 327 libras. ¿Cuánto costaba un par de zapatos de niño? Según Ralph, a los críos no les duraban nada. Luego estaba la ropa. Y los libros de texto. Claro que, si Tom se quedaba en los faros de mar adentro, Isabel tendría que enseñar a los niños en casa. Pero en noches como aquélla, se preguntaba si era justo imponerle esa vida a alguien, especialmente a un niño. Podía defenderse de esos pensamientos con las palabras de Jack Throssel, un farero al que había conocido en el este. «Es la vida ideal para los niños, te lo juro —le había dicho—. Yo tengo seis y son todos estupendos. Se pasan el día jugando y haciendo diabluras: explorando cuevas, jugando a las casitas. Son una pandilla de pioneros. Y mi mujer se asegura de que estudien. Créeme, criar a los hijos en un faro es pan comido.»

Tom siguió con sus cálculos: cómo podía ahorrar un poco más, asegurarse de que reservaba suficiente para ropa, médicos y... Dios sabía qué más. La perspectiva de ser padre lo ponía nervioso, le preocupaba y lo emocionaba, todo a la vez.

Su mente divagó de nuevo hacia los recuerdos de su padre, mientras la tormenta bramaba alrededor del faro impidiéndole oír cualquier otro ruido. Impidiéndole oír los gritos de Isabel pidiendo ayuda.

9

—¿Te traigo una taza de té? —preguntó Tom.

Se sentía impotente. Él era un hombre práctico: si le daban un instrumento técnico delicado, sabía mantenerlo; si le daban algo roto, sabía repararlo; se concentraba y era eficiente. Pero enfrentado a la tristeza de su esposa se sentía inútil.

Isabel ni siquiera lo miró. Tom volvió a intentarlo:

—¿Y unos polvos Vincent?

Las técnicas de primeros auxilios que enseñaban a los fareros incluían la reanimación de ahogados, el tratamiento de la hipotermia, la insolación, la desinfección de heridas, incluso los rudimentos de la amputación. Sin embargo, no incorporaban la ginecología, y por tanto los mecanismos de un aborto eran un misterio para Tom.

Habían transcurrido dos días desde aquella espantosa tormenta. Dos días desde que empezó el aborto. Isabel seguía sangrando y negándose a que su marido telegrafiara para pedir ayuda. Tom había montado guardia toda la noche, y cuando por fin volvió a la casa después de apagar la linterna, poco antes del amanecer, se caía de sueño. Al entrar en el dormitorio encontró a Isabel doblada por la cintura, y la cama empapada de sangre. Él jamás había visto una expresión tan desconsolada como la de sus ojos. «Lo siento mucho, Tom —le había dicho ella—. Lo siento, lo siento.» Entonces le sobrevino otra oleada de dolor, y gimió apretándose el vientre con las manos, deseando que cesara aquel sufrimiento.

—¿Qué sentido tiene llamar a un médico? —decía Isabel ahora—. El bebé ya no está. —Dejó vagar la mirada—. ¿Por qué soy tan inútil? —masculló—. Para otras mujeres, tener hijos es coser y cantar.

—Basta ya, Izzy Bella.

—Es culpa mía, Tom. Seguro.

—Eso no es cierto, Izz. —Apoyó la cabeza en su pecho y le besó una y otra vez el cabello—. Tendremos otro. Cuando haya cinco mocosos correteando por ahí y metiéndose entre tus pies, todo esto te parecerá un sueño. —Le puso el chal sobre los hombros—. Hace un día muy bonito. Ven a sentarte en el porche. Te hará bien.

Se sentaron uno al lado del otro en unas butacas de mimbre; Isabel, tapada con una manta azul a cuadros, contemplaba el avance del sol por el cielo de finales de otoño.

Isabel recordó que cuando llegó a la isla la había impresionado tanto vacío; parecía un lienzo en blanco. Poco a poco había empezado a verla como la veía Tom, y había aprendido a reconocer sus sutiles cambios. Las nubes, que se formaban, se agrupaban y se deslizaban por el cielo; la forma de las olas, que obedecían al viento y las estaciones y que, si sabías interpretarlas, te decían el tiempo que haría al día siguiente. También se había familiarizado con los pájaros que aparecían de vez en cuando, contra todo pronóstico, transportados al azar, igual que las semillas que traía el viento, o las algas que el mar arrojaba a la orilla.

Se quedó mirando los dos pinos y de pronto lloró por su soledad.

—Debería haber bosques —dijo súbitamente—. Echo de menos los árboles, Tom. Echo de menos sus hojas y su olor y que haya tantos... Echo de menos los animales. ¡Echo de menos los canguros! Lo echo de menos todo.

—Ya lo sé, Izzy, cariño.

—¿A ti no te pasa lo mismo?

—Tú eres lo único de este mundo que necesito, Izz, y estás aquí. Todo lo demás se solucionará. Sólo es cuestión de tiempo.

Un fino velo aterciopelado lo cubría todo, por mucho empeño que pusiera Isabel en quitar el polvo: la fotografía de su boda; la fotografía de Hugh y Alfie vestidos de uniforme la semana que se alistaron, en 1916, sonrientes como si acabaran de invitarlos a una fiesta. No eran los chicos más altos de la AIF, la Fuerza Imperial Australiana, pero estaban llenos de entusiasmo, y muy apuestos con sus flamantes sombreros flexibles.

Su costurero estaba debidamente ordenado, aunque no impecable como el de su madre. Había agujas y alfileres clavados en el forro almohadillado verde claro, y las piezas de un trajecito de bautizo estaban todavía por unir, detenidas a media puntada como un reloj roto.

El pequeño collar de perlas que Tom le había regalado el día de la boda estaba en el fondo de la caja que le había hecho él mismo. Sobre la cómoda no había nada más, salvo el cepillo del pelo y las peinetas de carey.

Isabel fue al salón y observó el polvo, la grieta del yeso cerca del marco de la ventana, el borde deshilachado de la alfombra azul oscuro. Había que deshollinar la chimenea, y el forro de las cortinas estaba empezando a romperse debido a la exposición constante a unas condiciones meteorológicas extremas. Pero el simple hecho de pensar en arreglar algo de aquello requería más energía de la que Isabel podía reunir. Sólo unas semanas atrás se había sentido llena de esperanza y vigor. Ahora la habitación parecía un ataúd, y su vida se había detenido al borde.

Abrió el álbum de fotografías que su madre le había preparado como regalo de despedida, con las fotos de cuando era niña, con el nombre del estudio fotográfico, Gutcher's, estampado en el dorso de cada retrato. Había una de sus padres el día de su boda; y una de la casa. Deslizó un dedo por la mesa, deteniéndose en el tapete de encaje que había hecho su abuela para su ajuar. Fue hasta el piano y lo abrió.

La madera de nogal estaba agrietada en algunos sitios. Las letras de pan de oro sobre el teclado rezaban «Eavestaff, Londres». Isabel había imaginado a menudo el viaje de aquel instrumento hasta Australia y las otras vidas que podría haber tenido: en una casa inglesa, o en una escuela, quizá combándose bajo la carga de escalas imperfectas tocadas por dedos pequeños y vacilantes, o incluso en un escenario. Sin embargo, debido a circunstancias extraordinarias, le había tocado vivir en aquella isla, y la soledad y el clima habían acabado por robarle la voz.

Pulsó el do central, tan despacio que no produjo ningún sonido. La tibia tecla de marfil era suave como las yemas de los dedos de su abuela, y su tacto la transportó a las tardes de clase de música, cuando tenía que practicar la escala de la bemol mayor en sentido contrario: una octava, y otra, y otra. La distraía el ruido de una bola de críquet contra la madera: Hugh y Alfie hacían el tonto fuera mientras ella, una señorita, adquiría habilidades y escuchaba a su abuela, que le explicaba otra vez la importancia de mantener las muñecas levantadas.

—¡Esto del sentido contrario es una estupidez! —protestaba Isabel.

—Pues tienes que aprenderlo, querida —insistía su abuela.

—¿No puedo salir a jugar al críquet, abuelita? Sólo un rato, y luego volveré.

—El críquet no es un juego para niñas. Vamos, el estudio de Chopin —decía con brío, y abría un libro con anotaciones a lápiz y pequeñas huellas de dedos manchados de chocolate.

Isabel volvió a acariciar la tecla. Sintió una repentina nostalgia, no sólo de la música, sino de aquella vez en que pudo haber salido, haberse recogido la falda y hacer de guardameta para sus hermanos. Pulsó las otras teclas, como si ellas pudieran devolverle aquel día. Pero lo único que se oyó fue el tableteo sordo de la madera contra la base del teclado, que tenía el fieltro gastado.

—¿Para qué lo queremos? —dijo, encogiéndose de hombros cuando entró Tom—. Ya no sirve. Como yo. —Y rompió a llorar.

• • •

Unos días más tarde estaban ambos de pie junto al acantilado.

Tom golpeaba con un martillo la pequeña cruz que había hecho con unas maderas arrastradas por el mar hasta la playa, hasta que quedó firmemente clavada en la tierra. Su esposa le había pedido que grabara estas palabras: «31 de mayo de 1922. Siempre te recordaremos.»

Cogió la pala y cavó un hoyo para plantar la mata de romero que Isabel había cogido del herbario. Sintió náuseas; el chispazo de un recuerdo trazaba un arco que unía los martillazos y los golpes de pala. Le sudaban las palmas de las manos, pese a que la tarea requería muy poco esfuerzo físico.

Isabel observaba desde lo alto del acantilado las maniobras de la *Windward Spirit* para atracar. Ralph y Bluey no tardarían en subir, así que no había necesidad de bajar a recibirlos. Los marineros colocaron la pasarela, e Isabel se llevó una sorpresa al ver que un tercer hombre desembarcaba con ellos. No habían pedido que les enviaran a ningún empleado de mantenimiento.

Tom subió por el camino mientras los otros tres se entretenían en el embarcadero. El desconocido, que llevaba un maletín negro, tenía dificultades para mantenerse en pie después del viaje.

Isabel tenía el rostro crispado de ira cuando Tom se le acercó.

—¿Cómo te atreves?

—¿Que cómo me atrevo? —dijo él.

—¡Te dije que no lo hicieras, pero no me has hecho caso! Bueno, pues ya puedes decirle que se marche. Que no se moleste en subir hasta aquí. No quiero ni verlo.

Isabel parecía una cría cuando se enfadaba. A Tom le dieron ganas de reír, y su sonrisa la enfureció aún más. Puso los brazos en jarras.

—Te dije que no necesitaba ningún médico, y tú lo has hecho venir sin avisarme. No pienso permitir que me toquetee para no decirme nada que yo no sepa ya. ¡Debería darte vergüenza! Ya puedes ir a ocuparte de ellos.

—Izzy. ¡Espera, Izzy! No te pongas así, cariño. No es... —Pero ella ya estaba demasiado lejos para oír el resto de sus palabras.

—¿Qué? —dijo Ralph cuando llegó junto a Tom—. ¿Qué ha dicho? ¡Se habrá puesto contentísima!

—No exactamente. —Tom metió los puños en los bolsillos.

—Pero si... —Ralph lo miró desconcertado—. Yo creía que se pondría loca de contento. Hilda tuvo que emplear todos sus encantos para convencerlo de que viniera, ¡y te aseguro que mi mujer no derrocha sus encantos!

—Es que... —Tom no sabía si explicárselo—. Ha habido un pequeño malentendido. Lo siento. Le ha dado una pataleta. En estos casos, lo único que se puede hacer es cerrar las escotillas y esperar a que pase la tormenta. Lo cual quiere decir que tendré que preparar bocadillos para comer.

En ese momento se acercaron Bluey y el otro hombre. Después de las presentaciones, entraron los cuatro en la casa.

Sentada en la hierba, cerca de la cala que había bautizado «Traicionera», Isabel hervía de indignación. Detestaba que sus trapos sucios quedaran a la vista de todos. Detestaba que Ralph y Bluey tuvieran que saberlo. Seguro que se habían pasado todo el viaje hablando de sus asuntos privados y a saber qué más. Que Tom hubiera hecho venir al médico sin que ella lo hubiese pedido le parecía una traición.

Contempló el agua, el viento inflando las olas, que al amanecer eran meras ondulaciones. Pasaban las horas. Isabel tenía hambre y sueño, pero no pensaba acercarse a la casa mientras estuviera allí el médico. Se concentró en el entorno. Se fijó en la textura de cada hoja, en los diferentes tonos de verde. Escuchó los diferentes sonidos del viento, el agua y los pájaros. Oyó un ruido extraño: una nota insistente, breve, repetida. ¿Provenía del faro? ¿De la casa? No era el clásico golpeteo metálico del taller. Volvió a oírlo, y se fijó en que el tono era diferente. En Janus, el viento arrastraba los sonidos en distintas frecuencias, distorsionándolos a medida que cruzaban la isla. Dos gaviotas se posaron cerca de allí y empezaron a pelearse por un pez, y aquel ruido, sumamente débil, se perdió.

Isabel siguió cavilando hasta que un sonido inconfundible transportado por el viento cambiante atrajo su atención. Era una escala; sonaba imperfecta, pero el tono iba mejorando poco a poco.

Nunca había oído que Ralph o Bluey mencionaran el piano, y Tom no sabía tocar ni la más sencilla canción infantil. Debía de ser aquel maldito médico, decidido a poner los dedos donde no debía. Ella nunca había conseguido sacarle una melodía a aquel piano, y sin embargo ahora parecía cantar. Impulsada por la rabia, Isabel echó a andar por el camino, dispuesta a alejar a aquel intruso del instrumento, de su cuerpo y de su casa.

Pasó por los cobertizos, donde Tom, Ralph y Bluey amontonaban sacos de harina.

—Buenas tardes, Isab... —intentó saludarla Ralph, pero ella pasó de largo a grandes zancadas y entró en la casa.

Irrumpió en el salón.

—Si no le importa, eso es un instrumento muy deli... —empezó, pero no terminó la frase, pues se quedó perpleja al ver el piano completamente desmontado, una caja de herramientas abierta, y al desconocido haciendo girar la tuerca de encima de una de las cuerdas de cobre del registro grave con una llave diminuta, al mismo tiempo que pulsaba la tecla correspondiente.

—Una gaviota momificada. Ése era el problema —dijo el hombre sin darse la vuelta—. Bueno, uno de los problemas. Eso y veinte años de arena, sal y Dios sabe qué más. En cuanto haya cambiado algunos de los fieltros, empezará a sonar mejor. —Mientras hablaba, seguía pulsando la tecla y girando la tuerca con la llave—. He visto de todo en los años que llevo en esta profesión. Ratas muertas. Bocadillos. Un gato disecado. Podría escribir un libro sobre las cosas que acaban dentro de un piano, aunque no sabría explicar cómo llegan allí. Dudo que esta gaviota llegara hasta aquí volando, por ejemplo.

Isabel, desconcertada, se había quedado sin habla. Todavía tenía la boca abierta cuando notó una mano sobre su hombro, y al volverse vio a Tom. Se ruborizó.

—Te has llevado una buena sorpresa, ¿eh? —dijo él, y la besó en la mejilla.

—Bueno... bueno, es que... —Se le quebró la voz.

Tom la cogió por la cintura y se quedaron los dos un momento así, frente contra frente, antes de echarse a reír.

Isabel pasó varias horas allí sentada, mientras el afinador, poco a poco, lograba un sonido más claro y hacía que las notas volvieran a sonar. Cuando hubo terminado, interpretó un fragmento del coro del *Aleluya*.

—He hecho todo lo que he podido, señora Sherbourne —dijo, mientras recogía sus herramientas—. Tendríamos que llevarlo al taller, pero el viaje de ida y vuelta le haría más mal que bien. No ha quedado perfecto ni mucho menos, pero se puede tocar. —Apartó la banqueta y agregó—: ¿Quiere probarlo?

Isabel se sentó al teclado y tocó la escala de la bemol mayor en sentido contrario.

—¡Suena mucho mejor que antes! —declaró. Tocó las primeras notas de un aria de Händel; iba rescatando la melodía de su memoria cuando alguien carraspeó. Era Ralph, que estaba detrás de Bluey en el umbral.

—¡No pare! —dijo Bluey cuando Isabel volvió la cabeza para saludarlos.

—Soy una maleducada. Lo siento mucho —se disculpó ella, e hizo ademán de levantarse.

—Nada de eso —repuso Ralph—. Y tome. Esto se lo manda Hilda. —Mostrando la mano que tenía a la espalda, le acercó un paquete atado con una cinta roja.

—¡Oh! ¿Puedo abrirlo ahora mismo?

—Será mejor que sí. Si no le hago una crónica detallada, no me dejará en paz.

Isabel abrió el envoltorio y encontró las *Variaciones Goldberg* de Bach.

—Dice Tom que usted sabe tocarlas con los ojos cerrados.

—Hace años que no las toco. Pero... ¡me encantan! ¡Muchas gracias! —Abrazó a Ralph y lo besó en la mejilla—. Y a ti también, Bluey —añadió, e iba a besarlo también en la mejilla, pero él volvió la cara y el beso fue a parar a sus labios.

Bluey se ruborizó y agachó la cabeza.

—Yo no he tenido mucho que ver con todo esto —dijo, pero Tom protestó:

—No te creas ni una palabra. Bluey fue a buscar a este caballero en coche a Albany. Tardó todo el día.

—En ese caso, te mereces otro beso —dijo Isabel, y se lo plantó, ahora sí, en la mejilla.

»¡Y usted también! —añadió, y besó al afinador.

Esa noche, mientras comprobaba el capillo, Tom disfrutó de una velada de Bach; las notas, disciplinadas, subían por la escalera del faro y resonaban en la cámara de iluminación, revoloteando entre los prismas. Isabel era misteriosa, como el mercurio que hacía girar la lámpara. Éste podía curar y envenenar; podía soportar todo el peso de la lámpara, pero también podía fracturarse en un millar de partículas inaprensibles, salir despedido en todas direcciones, huir de sí mismo. Tom salió al balcón. Mientras las luces de la *Windward Spirit* desaparecían tras el horizonte, murmuró una silenciosa oración por Isabel y por su vida juntos. Entonces cogió el cuaderno de servicio y, en la columna de «Observaciones» del miércoles 13 de septiembre de 1922, escribió: «Visita barca de avituallamiento: Archie Pollock, afinador de pianos. Con autorización previa.»

SEGUNDA PARTE

10

27 de abril de 1926

Isabel tenía los labios pálidos y la mirada triste. A veces todavía se ponía una mano sobre el vientre con cariño, antes de recordar, al notarlo liso, que estaba vacío. Y a veces todavía encontraba manchas en sus blusas: los restos de la leche que tan abundantemente había brotado los primeros días, un banquete para un invitado ausente. Entonces volvía a llorar como si acabara de recibir la noticia.

Se quedó de pie con una sábana en las manos: las tareas domésticas no se interrumpían, y el faro tampoco. Tras hacer la cama, doblar su camisón y ponerlo debajo de la almohada, se dirigió a lo alto del acantilado para sentarse un rato junto a las tumbas. Cuidaba la última con mucho esmero, preguntándose si el romero recién plantado prendería. Arrancó unas malas hierbas que habían brotado alrededor de las dos cruces más viejas. Con los años, habían acumulado una fina capa de sal y junto a ellas el romero crecía obstinadamente pese a los vendavales.

Cuando el viento le trajo el llanto de un niño, Isabel miró instintivamente hacia la tumba nueva. Antes de que pudiera intervenir la lógica, hubo un momento en que su mente le dijo que todo había sido un error, que aquel último niño no había nacido muerto antes de tiempo, sino que vivía y respiraba.

La ilusión se disolvió, pero el llanto no. Entonces los gritos de Tom desde el balcón —«¡En la playa! ¡Un bote!»— le confirmaron que no era un sueño, y fue tan deprisa como pudo a reunirse con él.

El hombre que encontraron dentro estaba muerto, pero Tom sacó de la proa un fardo que lloraba.

—¡Cielo santo! —exclamó—. ¡Cielo santo, Izzy! Es...

—¡Un bebé! ¡Dios mío de mi alma! ¡Oh, Tom! ¡Dámelo!

De nuevo en la casa, a Isabel le palpitaba el vientre con sólo mirar a la niña; su brazos sabían instintivamente cómo sujetarla y tranquilizarla, cómo calmarla. Mientras le echaba agua tibia por encima con la mano ahuecada, se fijaba en la lozanía de su piel, tersa y suave y sin una sola arruga. Le besó uno a uno los deditos y, con sumo cuidado, le mordisqueó un poco las uñas para que no se arañara. Le sostuvo la cabeza en la palma de la mano y, con el mejor pañuelo de seda que tenía, le limpió una fina costra de mucosidad bajo los orificios nasales y la sal seca que las lágrimas le habían dejado alrededor de los ojos. Ese momento pareció fundirse con el recuerdo de otro baño y otra cara, como si ambos conformaran un solo acto que había sido interrumpido.

Mirar aquellos ojos era como contemplar la cara de Dios. No había máscara ni fingimiento: la indefensión del bebé era abrumadora. Que aquella compleja criatura, aquella exquisita obra de artesanía hecha de sangre, huesos y piel hubiera encontrado el camino hasta ella era una lección de humildad. Que hubiera llegado precisamente en ese momento, apenas dos semanas después de... Era imposible verlo como una simple casualidad. El bebé, frágil como un copo de nieve, habría podido derretirse y pasar al olvido si las corrientes no la hubieran llevado, seguras y rectas como una flecha, hasta la Playa del Naufragio.

Privada todavía de palabras, la niña transmitía su confianza empleando una especie de idioma atávico, mediante el ablandamiento de los músculos o la relajación del cuello. Había estado muy cerca de caer en manos de la muerte, y ahora se fusionaba con la vida como el agua se mezcla con el agua.

Isabel era un torbellino de emociones: sobrecogimiento cuando aquellas manos diminutas se agarraban a uno de sus dedos; diversión al contemplar las pequeñas nalgas que todavía no estaban lo bastante llenas para diferenciarse de las piernas; reverencia por la respiración que tomaba el aire circundante y lo transformaba en sangre, en alma. Y por debajo de todo eso seguía zumbando un dolor oscuro y vacío.

—Mira, me has hecho llorar, tesoro —dijo Isabel—. ¿Cómo lo has conseguido? ¡Cosita bonita!

Sacó a la niña de la bañera levantándola como si fuera una ofrenda sagrada, la puso encima de una toalla blanca y suave y empezó a secarla dándole toquecitos, como si aplicara un secante sobre la tinta para no emborronarla, como si temiera borrarla del todo si no ponía mucho cuidado. La niña, paciente, dejó que Isabel le echara talco y le pusiera un pañal limpio. Ella no vaciló cuando fue a la cómoda del cuarto de los niños y escogió algunas prendas por estrenar. Sacó un vestido amarillo con patitos en el canesú y se lo puso a la pequeña con extrema delicadeza.

Mientras tarareaba una nana saltándose algunos compases, le abrió una manita y examinó las líneas de la palma: estaban allí desde el momento del nacimiento, un sendero ya marcado que la había conducido hasta aquella costa.

—Qué preciosa eres, pequeña mía —dijo.

Pero la niña, exhausta, se había quedado dormida; respiraba superficialmente, y de vez en cuando se estremecía. Isabel la sujetó con un brazo mientras se afanaba en poner una sábana en la cuna y desplegar la manta que ella misma había tejido a ganchillo con suave lana de cordero. Se resistía a dejar a la niña allí. En algún lugar muy alejado de la conciencia, el tropel de sustancias químicas que hasta hacía muy poco habían estado preparando su cuerpo para la maternidad conspiraban para fraguar sus sentimientos y guiar sus músculos. Los instintos frustrados volvían rápidamente a la vida. Llevó a la niña a la cocina y se la puso en el regazo mientras hojeaba el libro de nombres.

• • •

Los fareros escriben registros de muchas cosas. Todos los artículos de la estación están enumerados, almacenados, conservados, inspeccionados; no hay nada que escape al escrutinio oficial. El subdirector del Departamento de Puertos y Faros tiene derecho a reclamarlo todo, desde los tubos para los quemadores hasta la tinta para los cuadernos de servicio; desde las escobas del escobero hasta el felpudo de la puerta. Todo queda documentado en el registro de material, encuadernado en piel: hasta las ovejas y las cabras. No se tira nada, no se liquida nada sin la aprobación explícita de Fremantle o, en caso de que sea muy valioso, Melbourne. Que Dios se apiade del farero al que le falte una caja de capillos o un galón de petróleo y no pueda explicar por qué. Por muy alejados de todo que vivan, los fareros, como las palomillas en una caja de cristal, están inmovilizados, expuestos a ser examinados, y no pueden hacer nada para escapar. Los faros no se le pueden confiar a cualquiera.

El cuaderno de servicio relata la vida del farero con el mismo rigor. El minuto exacto en que se encendió el faro, el minuto exacto en que se apagó a la mañana siguiente. Los fenómenos atmosféricos, los barcos que pasan. Los que hacen señales, los que avanzan lentamente por un mar embravecido, demasiado concentrados en enfrentarse al oleaje como para entretenerse con el lenguaje Morse o el Código Internacional, que a veces todavía se usa, para indicar de dónde provienen y adónde se dirigen. De vez en cuando, el farero puede hacerse un guiño a sí mismo y decorar el inicio de un nuevo mes con una voluta o una floritura. Puede anotar, con picardía, que el inspector de Faros ha confirmado su permiso aprovechando que nadie ha dicho lo contrario. Pero ésas son las máximas libertades que se toman. El cuaderno de servicio es palabra sagrada. Janus no es una agencia Lloyds: los barcos no acuden a ella para conocer el pronóstico del tiempo, de modo que una vez que Tom cierra el cuaderno de servicio, es muy poco probable que nadie vuelva a leerlo nunca. Pero él siente una paz especial cuando escribe. El viento todavía se mide utilizando el sistema de la era de la navegación a vela: desde calma (0-2, suficiente viento para navegar) hasta huracán (12, las velas no aguantan, ni siquiera estando el barco en marcha). Tom se deleita con ese lenguaje. Cuando recuerda el caos, aquellos años de datos manipulados, o la imposibilidad de saber, y mucho menos describir qué demonios estaba pasando mientras las explosiones sacudían el suelo alrededor, disfruta con el lujo de exponer unas verdades tan sencillas.

Por eso el cuaderno de servicio fue en lo primero que pensó el día que apareció el bote. Informar de cualquier pequeño incidente que pudiera tener importancia era algo automático en él, algo que venía dado no sólo por las normas de su puesto de trabajo, sino por las leyes de la Commonwealth. Su información podía no ser más que una pieza diminuta de un gran rompecabezas, pero una pieza que sólo él podía aportar, y era de vital importancia que lo hiciera. Un cohete de señales, un penacho de humo en el horizonte, un trozo de metal traído hasta la playa que tal vez formara parte de un naufragio: todo quedaba registrado con su mano firme y eficaz, con una caligrafía de letra suave y regular inclinada hacia la derecha.

Se sentó a la mesa, bajo la cámara de iluminación; la pluma estilográfica esperaba fielmente para redactar el informe del día. Había muerto un hombre. Ciertas personas debían ser informadas, y había que llevar a cabo una investigación. Tom cargó de tinta la pluma, aunque ya estaba casi llena. Revisó algunos detalles de las páginas anteriores y fue hasta la primera entrada que había escrito, aquel miércoles gris en que había llegado a Janus, seis años atrás. Desde entonces los días se habían sucedido como el ascenso y descenso de las mareas, y nunca (ni cuando estaba muerto de cansancio por las reparaciones urgentes, ni después de pasarse toda la noche de guardia durante una tormenta, ni cuando se preguntaba qué demonios hacía allí; ni siquiera los días de mayor desesperación, cada vez que Isabel había tenido un aborto) empezar a escribir le había causado tanto desasosiego. Sin embargo, ella le había rogado que esperara un día.

Rememoró la tarde de sólo dos semanas atrás, cuando volvió de pescar y lo recibieron los gritos de Isabel. «¡Tom! ¡Deprisa, Tom!» Corrió hasta la casa y encontró a su esposa tendida en el suelo de la cocina.

—¡Algo va mal, Tom! —Isabel intercalaba gemidos en sus palabras—. ¡Ya viene! ¡Va a nacer el bebé!

—¿Estás segura?

—¡Claro que no estoy segura! —le había espetado ella—. ¡No sé qué está pasando! Sólo sé... ¡Ay, Tom, me duele! ¡Ay, Señor!

—Deja que te ayude a levantarte —dijo él, arrodillándose a su lado.

—¡No! No me muevas. —Isabel jadeaba y gemía, combatiendo el dolor que le producía cada inspiración—. Me duele mucho. ¡Dios mío, haz que esto pare! —se lamentaba, mientras la sangre le traspasaba el vestido y manchaba el suelo.

No era como las otras veces: Isabel estaba casi en el séptimo mes de embarazo, y las experiencias anteriores de Tom no servían de mucho.

—Dime qué tengo que hacer, Izz. ¿Qué quieres que haga?

Isabel revolvía entre su ropa tratando de quitarse las bragas; Tom le levantó las caderas, se las bajó hasta los tobillos y se las quitó mientras ella gemía cada vez más fuerte, contorsionándose; sus gritos resonaban por toda la isla.

El parto fue tan rápido como prematuro, y Tom, impotente, vio cómo el bebé —no cabía duda de que era un bebé, su bebé— salía del cuerpo de Isabel. Era pequeño y estaba ensangrentado: una miniatura grotesca del niño que llevaban tanto tiempo esperando, ahogado en un chorro de sangre, tejidos y placenta expulsados por una mujer que todavía no estaba preparada para su llegada.

Medía poco más de un palmo de la cabeza a la punta de los pies, y no pesaba más que una bolsa de azúcar. No se movía ni hacía ningún ruido. Tom lo sostuvo en las manos, entre maravillado y horrorizado, sin saber qué hacer ni qué sentir.

—¡Dámelo! —gritó Isabel—. ¡Dame a mi bebé! ¡Déjame abrazarlo!

—Es un niño —fue lo único que se le ocurrió decir al entregarle aquel cuerpo tibio a su mujer—. Un niñito.

El viento había intensificado su quejumbroso aullido. El último sol de la tarde seguía entrando por la ventana y cubría con un reluciente manto dorado a la mujer y su hijo. El viejo reloj de la cocina seguía marcando los minutos con una puntualidad quisquillosa. Una nueva vida había llegado y se había ido, y la naturaleza no se había detenido ni un segundo por ella. La maquinaria del tiempo y el espacio seguía machacando y las personas pasaban por ella como la molienda por las piedras del molino.

Isabel había conseguido incorporarse un poco y apoyarse contra la pared, y sollozaba ante aquel diminuto cuerpo que ella se había atrevido a imaginar más grande y más fuerte, como un niño de este mundo.

—Mi niño mi niño mi niño mi niño —susurraba como si recitara un conjuro mágico que pudiera resucitarlo.

La expresión del bebé, solemne, recordaba a la de un monje concentrado en la oración: los ojos cerrados, los labios sellados; ya había regresado a ese mundo del que por lo visto se resistía a alejarse.

Las oficiosas agujas del reloj seguían avanzando con leves chasquidos. Había transcurrido media hora e Isabel no había dicho nada.

—Voy a buscarte una manta.

—¡No! —Le cogió la mano a Tom—. No nos dejes solos.

Él se sentó a su lado y le pasó un brazo por los hombros mientras ella sollozaba con la cabeza contra su pecho. La sangre había empezado a secarse en los bordes de los charcos que había en el suelo. Muerte, sangre, reconfortar a los heridos: todo eso le resultaba familiar. Pero no así: una mujer, un bebé; sin explosiones ni barro. Todo lo demás estaba exactamente como debía: los platos con motivos chinos en azul reposaban ordenadamente en el escurridero; el trapo colgaba de la puerta del horno. La tarta que Isabel había preparado esa mañana estaba sobre la rejilla, y el molde todavía cubierto con un paño húmedo.

Al cabo de un rato, Tom dijo:

—¿Qué hacemos con el...? Con él.

Isabel miró el cuerpecito frío que tenía en los brazos.

—Enciende el calentador.

Tom la miró.

—Enciéndelo, por favor.

Todavía confuso, pero sin querer contrariarla, se levantó y fue a encender el calentador de agua. Cuando volvió a su lado, ella dijo:

—Llena el barreño de lavar la ropa. Cuando el agua esté caliente.

—Si quieres darte un baño, te llevo en brazos, Izz.

—No es para mí. Tengo que lavarlo. Ve al armario de la ropa blanca. Encontrarás las sábanas buenas, esas que bordé yo. Tráeme una.

—Izz, cariño, ya habrá tiempo para todo eso. Ahora lo que más importa eres tú. Voy a ir a telegrafiar. Pediré que nos manden la barca.

—¡No! —se opuso con fiereza—. ¡No! No quiero... no quiero que venga nadie. No quiero que lo sepa nadie. Todavía no.

—Pero corazón, has perdido mucha sangre. Estás pálida como un fantasma. Tienen que mandarnos un médico.

—El barreño, Tom. Por favor.

Cuando el agua estuvo caliente, Tom llenó el barreño de metal y lo puso en el suelo junto a Isabel. Le dio una manopla. Ella la mojó en el agua y, con mucho cuidado, sólo con la punta de un dedo, empezó a acariciarle la cara al niño, retirando la sangre coagulada que le cubría la piel casi translúcida. El bebé siguió con sus oraciones, enfrascado en su secreta conversación con Dios, mientras Isabel sumergía la manopla en el agua para enjuagarla. La retorció y repitió la operación, observando atentamente, quizá con la esperanza de ver temblar aquellos párpados o sacudirse aquellos dedos minúsculos.

—Izz —dijo Tom con dulzura, acariciándole el pelo—, ahora tienes que escucharme. Voy a prepararte un poco de té, con mucho azúcar, y quiero que te lo bebas, ¿de acuerdo? Y voy a buscar una manta para taparte. Luego limpiaré un poco todo esto. No hace falta que te muevas, pero tienes que dejar que cuide de ti. Sin discutir. Voy a darte unas tabletas de morfina para el dolor, y unas píldoras de hierro, y tú te las vas a tomar. —Hablaba con voz serena, mencionando sencillamente unos hechos.

Concentrada en su ritual, Isabel siguió limpiando el cuerpo de su hijo, que todavía tenía el cordón umbilical unido a la placenta caída en el suelo. Apenas levantó la cabeza cuando Tom le echó una manta sobre los hombros. Al poco rato, él volvió con un cubo y un trapo; se puso a gatas y empezó a limpiar la sangre y la suciedad.

Isabel metió el cuerpo del niño en el barreño para lavarlo, con cuidado de no sumergirle la cara. Lo secó con la toalla y lo envolvió con otra limpia, todavía con la placenta, de modo que quedó envuelto como un bebé indio.

—¿Puedes extender la sábana sobre la mesa, Tom?

Él apartó el molde de la tarta y extendió la sábana bordada, doblada por la mitad. Isabel le pasó el fardo.

—Ponlo encima —dijo, y su marido dejó el cuerpecito allí.

—Ahora tenemos que ocuparnos de ti —insistió Tom—. Todavía queda agua caliente. Va, vamos a limpiarte. Apóyate en mí. Despacio, cariño. Despacio, despacio.

Isabel fue dejando un rastro de gruesas gotas rojas mientras Tom la llevaba de la cocina al cuarto de baño, donde esa vez fue él quien le limpió la cara con una manopla, enjuagándola en el lavamanos y repitiendo la operación.

Una hora más tarde, Isabel estaba acostada en la cama con un camisón limpio y el pelo recogido en una trenza. Tom le acarició la cara hasta que ella acabó rindiéndose al agotamiento y los efectos de la morfina. Volvió a la cocina, terminó de limpiar y puso la ropa sucia en remojo en la tina de lavar. Caía la noche; Tom se sentó a la mesa y encendió la lámpara. Dijo una oración junto al cuerpecito de su hijo. La inmensidad, aquel cuerpo tan diminuto, la eternidad y el reloj que acusaba el paso del tiempo: todo aquello tenía aún menos sentido allí del que había tenido en Egipto o Francia. Tom había presenciado muchas muertes. Pero la quietud de aquel cadáver era diferente: como si, sin los disparos y los gritos, observara la muerte por primera vez desvelada. A los hombres a los que Tom había acompañado hasta la frontera de la vida los lloraría una madre, pero en el campo de batalla, los seres queridos estaban lejos y eran casi inimaginables. Ver a un niño arrebatado a su madre en el mismo momento del nacimiento —arrebatado a la única mujer del mundo que a Tom le importaba— producía un tipo de dolor mucho más espantoso. Volvió a contemplar las sombras que proyectaba el cuerpo del bebé, y a su lado, la tarta cubierta con el paño, como un gemelo amortajado.

—Todavía no, Tom. Ya se lo diré cuando esté preparada —había insistido Isabel al día siguiente, tumbada en la cama.

—Pero tus padres querrán saberlo. Esperan que llegues a casa en la próxima barca. Esperan a su primer nieto.

—¡Exacto! —dijo Isabel mirándolo con desvalimiento—. Esperan a su primer nieto, y yo lo he perdido.

—Estarán preocupados por ti, Izz.

—Entonces, ¿por qué darles un disgusto? Por favor, Tom. Esto es asunto nuestro. Es asunto mío. No tenemos que contárselo a todo el mundo. Deja que mis padres sueñen un poco más. Cuando vuelva la barca, en junio, les enviaré una carta.

—Pero ¡si para eso faltan semanas!

—No puedo, Tom. —Una lágrima cayó en su camisón—. Así, al menos tendrán unas cuantas semanas más de felicidad.

Tom había acabado cediendo a los deseos de su mujer y no había escrito nada en el cuaderno de servicio.

Pero aquello había sido diferente, un asunto personal. La llegada del bote no le dejaba esa libertad de acción. Empezó a anotar que esa mañana había visto pasar un vapor, el *Manchester Queen*, camino de Ciudad del Cabo. A continuación anotó la temperatura y la situación de calma meteorológica, y dejó la pluma. Mañana. Al día siguiente registraría toda la historia de la llegada del bote, una vez que hubiera telegrafiado. Se detuvo a considerar si debía dejar un espacio en blanco para rellenarlo después, o si era mejor fingir, sencillamente, que el bote había llegado un día más tarde. Optó por dejar un espacio en blanco. Por la mañana telegrafiaría y diría que había estado demasiado ocupado con el bebé para establecer contacto antes. El cuaderno de servicio diría la verdad, sólo que un poco tarde. Un solo día. Vio su reflejo en el cristal, junto al del cartel de «Aviso en orden a la Ley de Faros, 1911», que estaba colgado en la pared, y por un instante no reconoció su cara.

—No puedo decir que sea un experto en estas materias —le dijo a Isabel la tarde de la llegada del bebé.

—Y nunca lo serás si no paras de ir de un sitio a otro. Sólo necesito que la aguantes un momento mientras yo compruebo si el biberón está lo bastante caliente. Vamos. No te morderá —dijo sonriendo—. Al menos no de momento.

La niña era más pequeña que el antebrazo de Tom, pero él la sujetaba como si fuera un pulpo.

—Quédate quieto un momento —le pidió Isabel, colocándole bien los brazos—. Muy bien. Sujétala así. Y ahora... —hizo un último retoque— es toda tuya. Sólo serán dos minutos. —Fue a la cocina.

Era la primera vez que Tom estaba a solas con un bebé. Se quedó plantado como si estuviera en posición de firmes temiendo no pasar la inspección. La niña empezó a retorcerse, agitando pies y brazos en una maniobra que dejó desconcertado a Tom.

—¡Tranquila! Sé buena conmigo —suplicó mientras intentaba sujetarla más firmemente.

—¡No te olvides de aguantarle la cabeza! —le gritó Isabel desde la cocina.

Tom deslizó inmediatamente una mano bajo la nuca del bebé, y al hacerlo vio lo pequeña que era sobre la palma de su mano. La niña volvió a retorcerse, así que la meció suavemente.

—Vamos, pórtate bien. Sé buena con tu tío Tom.

Mientras la niña lo miraba a los ojos y parpadeaba, Tom tomó conciencia de pronto de un dolor casi físico. Aquel bebé estaba ofreciéndole un atisbo de un mundo que seguramente él ya nunca conocería.

Isabel regresó con el biberón.

—Toma. —Se lo dio a su marido y le guió la mano hasta la boca de la niña, enseñándole cómo tenía que frotarle los labios con la tetina hasta que se agarrara.

Tom estaba absorto en aquel proceso. El simple hecho de que el bebé no le exigiera nada le despertaba un sentimiento de respeto por algo que quedaba muy lejos de su comprensión.

Cuando Tom volvió al faro, Isabel se afanó en la cocina para preparar la cena mientras la niña dormía. En cuanto la oyó llorar, corrió hacia el cuarto de los niños y la sacó de la cuna. La pequeña estaba quisquillosa; volvió a frotarse contra el pecho de Isabel y empezó a succionar la fina tela de algodón de su blusa.

—¡Chiquitina! ¿Todavía tienes hambre? El manual del doctor Griffiths dice que hay que tener cuidado de no darte demasiada leche. Pero a lo mejor una gotita...

Calentó un poco más de leche y le acercó el biberón a la niña. Pero esa vez rechazó la tetina y se puso a llorar mientras toqueteaba el tentador y cálido pezón que notaba en la mejilla a través de la tela.

—Toma, cielito, aquí tienes el biberón —susurró Isabel, pero la niña estaba cada vez más inquieta, y agitaba los brazos y las piernas y volvía la cara hacia su seno.

Isabel recordó el tormento de la subida de la leche, cómo se le habían endurecido los pechos y el dolor que sentía porque no había bebé al que amamantar; le había parecido un mecanismo sumamente cruel de la naturaleza. Ahora aquella niña buscaba desesperadamente su leche, o quizá sólo consuelo, tras haber escapado a una segura muerte por inanición. Se quedó largo rato pensativa; en su mente se arremolinaban el llanto, la desolación y la pérdida.

—Ay, corazoncito —murmuró, y se desabrochó lentamente la blusa.

Unos segundos más tarde, la pequeña ya se había enganchado al pezón y succionaba con satisfacción, a pesar de que sólo salieron unas pocas gotas de leche.

Llevaban un buen rato así cuando Tom entró en la cocina.

—¿Cómo está la...? —No terminó la frase, sorprendido ante aquella escena.

Isabel lo miró con una mezcla de inocencia y culpabilidad.

—No había manera de que se tranquilizara.

—Pero... —Alarmado, Tom ni siquiera conseguía formular sus preguntas.

—Estaba desesperada. No quería el biberón...

—Pero... pero si antes lo ha querido. Yo lo he visto...

—Sí, porque estaba muriéndose de hambre. Supongo que literalmente.

Tom las miraba perplejo.

—Es lo más natural del mundo, Tom. Seguramente es lo mejor que podría hacer por ella. No pongas esa cara. —Le tendió una mano—. Ven aquí, cariño. Sonríe.

Él le cogió la mano, pero seguía muy turbado. Y su desasosiego no hacía sino aumentar.

Esa tarde, los ojos de Isabel tenían un brillo que Tom llevaba años sin ver.

—¡Ven a ver esto! —exclamó—. ¿Verdad que está preciosa? ¡Parece hecha a su medida! —Señalaba la cuna de mimbre en la que la niña dormía apaciblemente; su diminuto pecho se inflaba y se desinflaba como un leve eco de las olas que rodeaban la isla.

—Está tan a gusto como una nuez en su cáscara, ¿verdad? —observó Tom.

—Yo creo que todavía no tiene ni tres meses.

—¿Cómo lo sabes?

—Lo he mirado en el libro del doctor Griffiths. —Tom arqueó una ceja—. He cogido zanahorias y nabos, y he preparado un estofado con lo que quedaba de cordero. Esta noche vamos a tener una cena especial.

Tom frunció el entrecejo, extrañado.

—Tenemos que darle la bienvenida a Lucy y rezar una oración por su pobre padre.

—Suponiendo que fuera su padre. ¿Y qué es eso de llamarla «Lucy»?

—De alguna forma tenemos que llamarla. Lucy significa «luz». Es perfecto, ¿no?

—Izzy Bella. —Tom sonrió y le acarició el pelo con cariñosa seriedad—. Ten cuidado, corazón. No quisiera verte sufrir...

Por la noche, mientras encendía el faro, seguía sin poder ahuyentar su desazón y sin saber si ésta provenía del pasado —un dolor que volvía a despertar— o era producto de una premonición. Al bajar la estrecha escalera de caracol, un rellano tras otro, sentía una opresión en el pecho, y la sensación de deslizarse hacia una oscuridad de la que creía haber huido.

Esa noche se sentaron a cenar acompañados por los suspiros de la niña, que de vez en cuando gorjeaba, dibujando una sonrisa en los labios de Isabel.

—Me pregunto qué será de ella —caviló en voz alta—. Me entristece pensar que pueda acabar en un orfanato, como el hijo de Sarah Porter.

Más tarde hicieron el amor por primera vez desde el parto. Tom encontró diferente a su mujer: más segura de sí misma, más relajada. Después, ella lo besó y dijo:

—Cuando llegue la primavera tenemos que plantar una rosaleda. Una rosaleda que seguirá aquí años después de que nos hayamos marchado.

• • •

—Hoy enviaré la señal —anunció Tom poco después del amanecer, tras haber apagado la linterna.

El resplandor nacarado de la mañana se colaba en el dormitorio y acariciaba la carita del bebé. Se había despertado durante la noche e Isabel la había acostado entre los dos. Se llevó un dedo a los labios y apuntó con la barbilla a la niña dormida; entonces se levantó de la cama y llevó a Tom a la cocina.

—Siéntate, cariño. Voy a preparar el té —susurró, y dispuso las tazas, la tetera y el hervidor haciendo el menor ruido posible. Mientras ponía el hervidor en el fogón, dijo—: Tom, he estado pensando.

—¿En qué, Izzy?

—En Lucy. No puede ser una coincidencia que haya aparecido justo después de... —No era necesario completar la frase—. No podemos enviarla a un hospicio. —Se volvió hacia su marido y le cogió una mano—. Cariño, creo que debería quedarse con nosotros.

—¡Menuda ocurrencia, tesoro! Es un bebé precioso, pero no es nuestro. No podemos quedárnoslo.

—¿Por qué no? Piénsalo bien. En realidad, ¿quién sabe que está aquí?

—Para empezar, lo sabrán Ralph y Bluey cuando vuelvan, dentro de unas semanas.

—Sí, pero anoche se me ocurrió que ellos no sabrán que la niña no es nuestra. Todos siguen creyendo que estoy embarazada. Sólo les sorprenderá que la pequeña haya nacido antes de tiempo.

Tom se quedó mirándola con la boca abierta.

—Pero... Izzy, ¿te has vuelto loca? ¿Te das cuenta de lo que me estás proponiendo?

—Te estoy proponiendo que seamos buenos. Nada más. Que seamos compasivos con un bebé indefenso. Te estoy proponiendo, cariño —le apretó las manos con fuerza— que aceptemos este regalo que nos han enviado. ¿Cuánto tiempo hace que buscamos un hijo, que rezamos para tener uno?

Tom se volvió hacia la ventana, se llevó las manos a la cabeza y se echó a reír; luego levantó los brazos.

—¡Por el amor de Dios, Isabel! Cuando les informe sobre el hombre que iba en el bote, tarde o temprano alguien lo identificará. Y sabrán que con él había un bebé. Quizá no lo relacionen de entrada, pero a la larga...

—En ese caso, creo que no deberías informar.

—¿No informar? —De pronto adoptó un tono mucho más serio.

Isabel le acarició el pelo.

—No informes, corazón. No hemos hecho nada malo, salvo dar cobijo a un bebé indefenso. A ese hombre podemos darle un entierro decente. Y el bote... bueno, podemos dejarlo a la deriva.

—¡Izzy! ¡Izzy! Sabes que haría cualquier cosa por ti, cariño, pero ese hombre, quienquiera que sea y haya hecho lo que haya hecho, merece que se ocupen de él debidamente. Y legalmente. ¿Y si la madre no está muerta y ese hombre tenía una mujer que ahora está preocupada esperándolos a los dos?

—¿Qué mujer iba a separarse de una niña tan pequeña? Admítelo, Tom: ella debió de ahogarse. —Volvió a cogerle la mano y entrelazó los dedos con los suyos—. Ya sé lo importantes que son para ti las normas, y sé que técnicamente esto significaría infringirlas. Pero ¿para qué son esas normas? ¡Son para salvar vidas! Y eso es lo único que yo digo que deberíamos hacer, cariño: salvar esta vida. La niña está aquí y nos necesita, y nosotros podemos ayudarla. Por favor.

—No puedo, Izzy. Esto no puedo decidirlo yo. ¿Me entiendes?

El rostro de Isabel se ensombreció.

—¿Cómo puedes ser tan despiadado? Lo único que te importa son tus normas y tus barcos y tu maldito faro.

Eran acusaciones que Tom ya había oído otras veces, cuando, desesperada por la pena después de los abortos, ella desfogaba su rabia con la única persona que tenía a mano: el hombre que seguía cumpliendo con su deber, que la consolaba lo mejor que podía y no expresaba su sufrimiento. Tom volvió a tener la impresión de que Isabel se acercaba a un punto peligroso, quizá más de lo que nunca se había acercado.

11

Una inquisitiva gaviota observaba a Tom desde una roca recubierta de algas. Implacable, seguía todos sus movimientos mientras él envolvía el cadáver, que ya desprendía ese acre olor a muerto, en la lona. Resultaba difícil imaginar qué podía haber sido aquel hombre en vida. No parecía ni muy mayor ni muy joven. Era delgado y rubio. Tenía una pequeña cicatriz en la mejilla izquierda. Tom se preguntó quién lo echaría de menos, quién podría tener motivos para amarlo u odiarlo.

Cerca de la playa estaban las viejas tumbas del naufragio. Fue hasta allí y se puso a cavar un nuevo hoyo, ejecutando de memoria un ritual que sus músculos recordaban con claridad, pero que había esperado no tener que repetir jamás.

La primera vez que se había presentado para el enterramiento diario había vomitado al ver los cadáveres tendidos unos al lado de otros, esperando a que él cogiera la pala. Al cabo de un rato, aquello se convirtió en un trabajo más. Confiaba en que le tocara aquel soldado tan flaco, o aquel que tenía las piernas amputadas, porque era mucho más fácil moverlos. Los enterrabas y te marchabas: eso era todo. Tom se estremeció al pensar que entonces no le había parecido nada raro.

La pala daba un grito ahogado cada vez que entraba en contacto con el terreno arenoso. Después de apisonar la tierra formando un pulcro túmulo, se detuvo un momento para rezar por quienquiera que fuese aquel pobre desgraciado. Sin darse cuenta empezó a susurrar: «Perdóname, Señor, por esto, y por todos mis pecados. Y perdona a Isabel. Ya sabes lo buena que es. Y ya sabes lo mucho que ha sufrido. Perdónanos a los dos. Ten piedad de nosotros.» Se santiguó y regresó al bote, dispuesto a empujarlo hacia el agua. Le dio impulso, y un destello le lastimó los ojos: el sol se había reflejado en algo. Se asomó al interior del casco. Había un objeto brillante metido bajo la cuaderna de proa, y se resistió cuando trató de retirarlo. Después de tirar un poco, logró arrancar un objeto duro y frío que cobró vida con un tintineo: era un sonajero de plata, con querubines grabados y con su sello de contraste.

Le dio vueltas y vueltas como si fuera a decirle algo, darle alguna pista. Se lo guardó en el bolsillo: había infinidad de historias que podían explicar la llegada de aquella extraña pareja a la isla, pero sólo si se convencía a sí mismo de la historia de Izzy y aceptaba que la niña era huérfana podría conciliar el sueño por las noches. No podía pensar en ninguna otra versión, y necesitaba evitar cualquier prueba de lo contrario. Clavó la mirada en la línea donde confluían el océano y el cielo como un par de labios fruncidos. Era mejor no saber.

Comprobó que la corriente que iba hacia el sur hubiera atrapado el bote antes de volver a la playa. Agradeció el olor salado de las algas negro verdoso que se pudrían sobre las rocas, porque hizo desaparecer el olor a muerte de su nariz. Un pequeño cangrejo morado salió de debajo de una roca, se desplazó furtivamente hacia un pez globo muerto, hinchado y punzante incluso sin vida, y empezó a arrancar con sus pinzas trocitos del vientre, que luego se introducía en la boca. Tom se estremeció e inició el ascenso por el empinado sendero.

—La mayoría de los días no hay forma de escapar del viento en esta isla. Si eres una gaviota o un albatros no pasa nada: mira cómo planean en las corrientes de aire, como si estuviesen durmiendo.

—Sentado en el porche, Tom señaló un gran pájaro plateado que había llegado desde alguna otra isla y que parecía colgado de un hilo en un cielo inmóvil, pese a las turbulencias del aire.

La niña, ignorando el dedo de Tom, miraba fijamente sus ojos, hechizada por el movimiento de sus labios y la profunda resonancia de su pecho. Gimoteó un poco, emitiendo un agudo hipido. Tom intentó no prestar atención a su corazón, que enseguida se aceleró, y continuó con su discurso.

—Pero en esa cala, sólo en esa pequeña bahía, casi siempre puedes encontrar un poco de paz y tranquilidad, porque está orientada hacia el norte, y el viento rara vez sopla directamente del norte. Ese lado es el océano Índico, un océano cálido y tranquilo. El océano Antártico está al otro lado, y es sumamente bravo y peligroso. Lo mejor es no acercarse mucho a él.

La niña sacó un brazo de debajo de la manta y Tom dejó que cerrara la mano alrededor de su dedo índice. Había transcurrido una semana desde el día de su aparición, y Tom se había acostumbrado a sus gorjeos, a su silenciosa y dormida presencia en la cuna, que parecía extenderse por la casita como el olor a tarta o a flores. Se preocupaba cuando se sorprendía aguzando el oído por si la oía despertarse por la mañana, o cuando instintivamente la cogía en brazos en cuanto empezaba a llorar.

—Te estás enamorando de ella, ¿verdad? —dijo Isabel, que los observaba desde el umbral. Tom arrugó el entrecejo, y ella añadió, sonriente—: Es imposible no enamorarse.

—Pone unas caritas...

—Vas a ser un padre maravilloso.

Tom cambió de postura en la silla.

—Pero no informar de esto es una equivocación, Izz.

—Mírala. ¿A ti te parece que estamos haciendo algo malo?

—Pero... precisamente. No es necesario que hagamos nada malo. Podríamos informar de lo ocurrido ahora y solicitar su adopción. No es demasiado tarde, Izz. Todavía podemos arreglarlo.

—¿Adoptarla? —Isabel se puso tensa—. Jamás enviarían un bebé a un faro tan apartado, sin médicos ni colegios. Y sin iglesias, lo que seguramente les preocupará más que nada. Aunque decidieran dar a la niña en adopción, buscarían alguna pareja que viviera en un pueblo. Además, los trámites se hacen eternos. Querrían conocernos. No te concederían el permiso para ir a entrevistarte con ellos, y todavía falta año y medio para que volvamos al continente. —Le puso una mano en el hombro—. Sé que saldremos adelante. Sé que vas a ser un padre fabuloso. Pero ellos no lo saben.

Miró a la niña y le acarició la suave mejilla.

—El amor es más poderoso que los reglamentos, Tom. Si hubieras informado del bote, la niña ya estaría encerrada en algún espantoso hospicio. —Le puso la mano en el brazo—. Dios ha escuchado nuestras plegarias. Y las plegarias del bebé. ¿Cómo vamos a ser tan ingratos como para librarnos de ella?

La verdad era que, así como un injerto agarra y se une al rosal, la maternidad de Isabel (el instinto que el reciente aborto había dejado al descubierto y en carne viva) había tomado a la perfección el esqueje, el bebé necesitado de atenciones maternas. La pena y la distancia suturaron la herida, perfeccionando el cierre a una velocidad que sólo la naturaleza podía lograr.

Esa noche, cuando Tom bajó de la cámara de iluminación, encontró a Isabel sentada junto al primer fuego del otoño, amamantando a la niña en la mecedora que su marido le había regalado cuatro años atrás. Isabel no lo vio llegar, y Tom pudo observarla en silencio un momento. Parecía manejar a la pequeña por puro instinto, incorporándola a cada uno de sus movimientos. Tom pensó que quizá ella tuviera razón. ¿Quién era él para separar a aquella mujer de aquel bebé?

Isabel tenía en las manos el devocionario al que acudía con más frecuencia desde el primer aborto. Leía en silencio el «Rito de la purificación», que recogía oraciones para mujeres después del parto. «Los frutos del vientre de la madre son una bendición que proviene del Señor...»

· · ·

A la mañana siguiente, Isabel estaba de pie junto a Tom bajo la cámara de iluminación, con el bebé en brazos, mientras él telegrafiaba. Tom había cavilado mucho sobre cómo formularía el mensaje. Empezó con vacilación; lo aterrorizaba tener que anunciar el nacimiento de un niño muerto, pero aquello era aún peor. «Bebé prematuro. Ambos sorprendidos. Isabel recuperándose bien. No necesitamos ayuda médica. Una niña. Lucy.» Se volvió hacia Isabel.

—¿Algo más?

—El peso. Siempre quieren saber el peso. —Se acordó del bebé de Sarah Porter—. Di tres kilos y doscientos gramos.

Tom la miró, sorprendido por la facilidad con que mentía. Se volvió de nuevo hacia el interruptor y marcó las cifras.

Cuando llegó la respuesta, Tom la transcribió y la anotó en el cuaderno de señales. «Felicidades. Maravillosa noticia. Registrado oficialmente aumento de población de Janus según normativa. Ralph y Bluey mandan recuerdos. Informaremos abuelos en breve.» Suspiró, consciente de la opresión que notaba en el pecho, y esperó un momento antes de ir a comunicarle la respuesta a Isabel.

Isabel floreció en las semanas siguientes. Iba cantando por la casa. Colmaba a Tom de besos y abrazos. Su sonrisa encandilaba a su marido por la desinhibida felicidad que transmitía. ¿Y la niña? Ésta estaba tranquila y confiada. No ponía reparos a los abrazos que la envolvían, a las manos que la acariciaban, a los labios que la besaban y la arrullaban, «Mamá está aquí, Lucy, mamá está aquí», mientras la mecían hasta que se quedaba dormida.

No cabía duda de que mejoraba día a día. Su piel parecía relucir, emitiendo un débil halo. Pasadas semanas, los pechos de Isabel reaccionaron a la succión de la niña produciendo leche de nuevo (la relactancia que el doctor Griffiths describía detalladamente), y la pequeña mamaba sin vacilar, como si ambas hubieran firmando una especie de acuerdo. Pero Tom se quedaba un rato más en la cámara de iluminación por las mañanas después de apagar el faro. De vez en cuando se sorprendía volviendo a la página del cuaderno de servicio correspondiente al 27 de abril y contemplando aquel espacio en blanco.

Tom sabía que se podía matar a un hombre con los reglamentos. Y sin embargo a veces era precisamente eso lo que se interponía entre un hombre y el salvajismo, entre un hombre y los monstruos. Las normas dictaban que se debía hacer a alguien prisionero en lugar de matarlo. Las normas dictaban que había que dejar que los camilleros se llevaran al enemigo de la tierra de nadie, y no sólo a los propios hombres. Pero al final todo se reducía a una sencilla pregunta: ¿podía privar a Isabel de aquel bebé? ¿Si la niña estaba sola en el mundo, estaba bien apartarla de una mujer que la adoraba, y entregarla a la lotería del destino?

Por las noches, Tom empezó a soñar que se ahogaba, que agitaba brazos y piernas desesperadamente intentando asirse a algo, pero no encontraba nada a lo que agarrarse, nada que lo mantuviera a flote, excepto una sirena a cuya cola se aferraba y que entonces lo arrastraba a lo más profundo de las aguas oscuras, hasta que se despertaba jadeando y sudando y descubría a Isabel durmiendo beatíficamente a su lado.

12

—Buenos días, Ralph. Me alegro de verte. ¿Dónde está Bluey?

—¡Estoy aquí! —gritó el marinero desde la popa, oculto detrás de unos cajones de fruta—. ¿Cómo va todo, Tom? ¿Contento de vernos?

—Eso siempre, amigo. Vosotros sois los que traéis la manduca, ¿no? —Rió mientras ataba el cabo.

El viejo motor resoplaba al arrimarse la barca al embarcadero, llenando el aire de espesos gases de gasóleo. Era mediados de junio, la primera vez que la barca de avituallamiento visitaba la isla desde la llegada del bebé, siete semanas atrás.

—El cabestrante ya está preparado, y la maroma también.

—¡Válgame Dios, eres muy aplicado, Tom! —exclamó Ralph—. Pero no nos precipitemos, ¿de acuerdo? Hoy es un gran día. Podemos tomarnos las cosas con un poco de calma. ¡Queremos conocer a la recién llegada! Hilda me ha cargado de cosas para la pequeña, y no hablemos de los orgullosos abuelos.

Ralph recorrió la pasarela y envolvió a Tom en un abrazo de oso.

—Felicidades, hijo. Me alegro muchísimo. Sobre todo después... después de todo lo que ha pasado otras veces.

Bluey lo siguió.

—Sí, enhorabuena. Mi madre también os envía recuerdos.

Tom desvió la mirada hacia el agua.

—Gracias. Muchas gracias, de verdad.

Empezaron a subir por el sendero; la silueta de Isabel se recortaba contra una cuerda de tender con pañales colgados que parecían banderas de señales agitadas por el viento. Unos mechones de pelo escaparon del moño que acababa de hacerse. Ralph abrió los brazos y fue hacia ella.

—¡Bueno, cómo se nota! Nada le sienta mejor a una chica que tener un bebé. Rosas en las mejillas y destellos en el pelo; Hilda también se ponía así después de dar a luz.

Isabel se ruborizó por el cumplido y besó en la mejilla al anciano. Después besó también a Bluey, que agachó la cabeza y masculló:

—Felicidades, señora Sherbourne.

—Entrad todos. El agua ya hierve, y hay tarta —dijo ella.

Se sentaron alrededor de la vieja mesa de madera de pino. De vez en cuando, la mirada de Isabel se desviaba hacia la niña, que dormía en su cuna.

—Todas las mujeres de Partageuse hablan de ti. Te admiran por haber tenido a tu hija aquí, sola. Las esposas de los granjeros no estaban tan impresionadas, claro. Mary Linford dice que ella tuvo tres sin ninguna ayuda. Pero las del pueblo sí que te admiran. Espero que Tom fuese de utilidad.

La pareja se miró. Tom abrió la boca para decir algo, pero Isabel le cogió la mano y se la apretó con fuerza.

—Ha sido un cielo. No podría soñar con un marido mejor —dijo con lágrimas en los ojos.

—Es una preciosidad, por lo poco que se ve —comentó Bluey.

Lo único que asomaba de la esponjosa manta era una carita delicada rodeada por un gorrito.

—Tiene la nariz de Tom, ¿verdad? —aportó Ralph.

—Bueno... —Tom vaciló—. ¡No sé si mi nariz es lo mejor que puede heredar una niña!

—¡Tienes razón! —convino Ralph riendo—. Bueno, señor Sherbourne, amigo mío, necesito tu autógrafo en los formularios. Si quieres podemos hacerlo ahora.

Tom se alegró de tener una excusa para levantarse de la mesa.

—Muy bien. Acompáñeme a la oficina, capitán Addicott, señor —dijo, y dejó a Bluey haciéndole carantoñas a la niña.

El joven metió una mano en la cuna y agitó el sonajero ante la cara de la pequeña, que ya estaba completamente despierta. Lucy lo miraba con atención, y Bluey lo hizo sonar de nuevo.

—Mira qué suerte tienes, ¡te han regalado un precioso sonajero de plata! Digno de una princesa: ¡jamás había visto nada tan bonito! Tiene angelitos en el mango y todo. Ángeles para un ángel... y esta manta tan esponjosa...

—Ah, son cosas que guardaba... —La voz de Isabel se fue apagando—. De las otras veces.

Bluey se sonrojó.

—Lo siento. Ya he metido la pata. Será mejor... que vaya a descargar. Gracias por la tarta. —Y salió por la puerta de la cocina.

Janus Rock
junio de 1926

Queridos papá y mamá:

Dios nos ha enviado un ángel para que nos haga compañía. ¡La pequeña Lucy nos tiene cautivados! Es una niñita preciosa, absolutamente perfecta. Duerme mucho y come bien. No nos da ningún problema.

Ojalá pudierais verla y abrazarla. Cambia un poco cada día, y cuando la conozcáis ya habrá perdido esta carita de bebé. Cuando volvamos a tierra firme ya habrá crecido mucho. Pero entretanto, aquí tenéis lo más parecido a un retrato. ¡Le he untado la planta del pie con cochinilla! En los faros hay que tener imaginación... En el sobre encontraréis mi obra de arte.

Tom es un padre maravilloso. Janus parece muy diferente ahora que Lucy está aquí. De momento es muy fácil cuidar de ella: la meto en su cesto y viene conmigo cuando tengo que ir a recoger los huevos u ordeñar las cabras. Quizá las cosas se compliquen cuando empiece a gatear. Pero no quiero adelantarme a los acontecimientos.

Me gustaría explicaros tantas cosas...: que tiene el pelo castaño oscuro, lo bien que huele después del baño. Sus ojos también son muy oscuros. Pero no podría hacerle justicia. Es demasiado preciosa para describirla. Sólo la conozco desde hace unas semanas y ya no me imagino la vida sin ella.

Bueno, abuelitos (¡!), será mejor que termine ya para que la barca pueda llevarse esta carta, porque si no, ¡tardaréis otros tres meses en recibirla!

Con todo mi cariño,

Isabel

P. D.: Acabo de leer la carta que me ha traído la barca. Gracias por el arrullo. Y la muñeca es preciosa. Los libros también me han gustado mucho. Me paso el día cantándole canciones infantiles; seguro que estas nuevas le encantarán.

P. P. D.: Gracias de parte de Tom por el jersey. ¡Aquí ya empieza a hacerse sentir el invierno!

La luna era apenas un creciente bordado en el cielo del crepúsculo. Sentados en el porche, Tom e Isabel veían cómo la luz iba apagándose sobre sus cabezas. Lucy se había quedado dormida en los brazos de Tom.

—Es difícil respirar a un ritmo diferente del suyo, ¿verdad? —dijo él contemplando a la niña.

—¿Qué quieres decir?

—Es como una especie de hechizo. Cuando se queda dormida, siempre acabo respirando al mismo ritmo que ella. También me pasa con el faro: acabo haciendo las cosas al ritmo de los destellos de la linterna. —Como si hablara solo, añadió—: Me da miedo.

—Sólo es amor, Tom —comentó Isabel sonriendo—. El amor no tiene que darte miedo.

Tom sintió un escalofrío. Ya no podía imaginar una vida sin Isabel, y ahora se daba cuenta de que Lucy también estaba entrando en su corazón. Le habría gustado que la niña les perteneciera.

Cualquiera que haya trabajado en los faros de mar adentro podría explicar ese aislamiento y el hechizo que ejerce. Como chispas que hubieran salido despedidas del horno que es Australia, estos faros forman una línea de puntos alrededor del continente, y parpadean sin descanso, pese a que algunos sólo vayan a verlos un puñado de almas. Pero es precisamente su aislamiento lo que salva a todo el continente del aislamiento: contribuye a la seguridad de las vías de navegación, por las que circulan barcos que recorren miles de millas para llevar máquinas, libros y tejidos a cambio de lana, trigo, carbón y oro: los frutos del ingenio a cambio de los frutos de la tierra.

El aislamiento teje un misterioso capullo, concentrando la mente en un sitio, un tiempo, un ritmo: el girar constante del faro. La isla no conoce otras voces humanas, otras huellas. En los faros de mar adentro puedes vivir cualquier historia que quieras contarte, y nadie te dirá que estás equivocado: ni las gaviotas, ni los prismas, ni el viento.

Así, Isabel va flotando hasta adentrarse cada vez más en su mundo de divina benevolencia, donde las plegarias son escuchadas, donde los bebés llegan por voluntad celestial y con la ayuda de las corrientes. «¿Cómo podemos ser tan afortunados, Tom?», pregunta. Contempla, embelesada, cómo crece su adorada hija. Se deleita con los descubrimientos que cada día le trae esa pequeña criatura: darse la vuelta, empezar a gatear, los primeros sonidos vacilantes. Poco a poco las tormentas siguen al invierno hasta otro rincón de la tierra, y llega el verano, que trae un cielo de un azul más pálido, un sol de un dorado más intenso.

«¡Arriba!» Isabel ríe y se carga a Lucy en la cadera; bajan los tres hasta la playa y hacen un picnic en la blanca arena. Tom coge hojas de algas costeras y plantas suculentas, y Lucy las huele, mastica los extremos, hace muecas ante las sensaciones extrañas; forma diminutos ramilletes de pimelea, o les enseña las escamas relucientes de un caranx o una caballa austral que ha encontrado entre las rocas, en el lado de la isla donde el suelo marino cae en picado y se sume en una repentina oscuridad. En las noches serenas, la voz de Isabel viaja por el aire con una cadencia relajante cuando le lee a Lucy cuentos de Snugglepot y Cuddlepie en el cuarto de los niños, mientras Tom trabaja o hace reparaciones en el cobertizo.

Fuese o no correcto, Lucy estaba allí, e Isabel no habría podido ser una madre mejor. Todas las noches daba gracias a Dios por su familia, su salud y su dichosa vida, y rezaba para ser digna de los dones que recibía.

Los días comenzaban y se retiraban como las olas en la orilla, sin dejar apenas rastro del tiempo que transcurría en aquel pequeño mundo que consistía en trabajar, dormir, alimentar y observar. Isabel lloró un poco cuando guardó las cosas de recién nacida de Lucy.

—Parece que fue ayer cuando era tan pequeñita, y mírala ahora —le comentó a Tom mientras lo recogía todo con cuidado y lo guardaba envuelto en papel de seda: un chupete, el sonajero, los primeros vestidos, unos peúcos. Como habría hecho cualquier madre en cualquier otro lugar del mundo.

Isabel se emocionó cuando le faltó la menstruación. Cuando ya había abandonado toda esperanza de tener otro hijo, sus perspectivas iban a verse alteradas. Esperaría un poco más, seguiría rezando, antes de decirle nada a Tom. Y sin embargo se sorprendió soñando despierta con un hermanito o una hermanita para

Lucy. Tenía el corazón henchido. Y entonces la menstruación volvió como si quisiera vengarse, con una hemorragia más abundante y dolorosa, con unas pautas que Isabel no entendía. A veces le dolía la cabeza; por la noche se despertaba sudando. Luego pasaron meses sin que tuviera hemorragias. «En el próximo permiso iré a ver al doctor Sumpton —le prometió a Tom—. No te preocupes.» Siguió adelante sin quejarse. «Soy fuerte como un toro, cariño. No hay nada de que preocuparse.» Amaba a su marido y a su hija, y con eso bastaba.

Los meses se sucedían marcados por los peculiares rituales del faro: encender la lámpara, izar la enseña, vaciar la tina de mercurio para filtrar el petróleo. Rellenar formularios, contestar las cartas intimidatorias del jefe de mecánicos (según el cual cualquier desperfecto en los tubos de vapor sólo podía tener su origen en la negligencia del farero, y nunca en un defecto de fabricación). El cuaderno de servicio registró el paso de 1926 a 1927 a mitad de una página; en el Servicio de Faros de la Commonwealth no se malgastaba el papel: los libros eran caros. Tom caviló sobre la indiferencia institucional hacia la llegada de un nuevo año: era como si el Departamento de Puertos y Faros no se dejara impresionar por algo tan prosaico como el mero paso del tiempo. Y era cierto: la vista desde el balcón el día de Año Nuevo no se distinguía en nada de la del día de Nochevieja.

A veces Tom todavía volvía a la página del 27 de abril de 1926, hasta que el cuaderno empezó a abrirse por allí por inercia.

Isabel trabajaba con ahínco. El huerto prosperaba; la casa estaba siempre limpia. Ella lavaba y remendaba la ropa de Tom, y le preparaba sus platos favoritos. Lucy crecía. El faro giraba. El tiempo pasaba.

13

—Pronto hará un año —dijo Isabel—. Su cumpleaños es el 27 de abril. Falta muy poco.

Tom estaba en el taller, limando el óxido de la bisagra torcida de una puerta. Dejó la escofina.

—Me pregunto qué día será su verdadero cumpleaños.

—Para mí lo es el día que llegó. —Isabel besó a la niña, que estaba sentada en su cadera, mordisqueando un mendrugo.

Lucy le tendió los brazos a Tom.

—Lo siento, pequeña. Tengo las manos sucias. Te conviene más estar con mamá.

—Es increíble lo que ha crecido. Ya pesa una tonelada. —Isabel rió y empujó a Lucy hacia arriba para colocársela bien—. Voy a hacer un pastel de cumpleaños. —La niña hundió la cabeza en el pecho de Isabel y le dejó babas y migas de pan en la blusa—. Te molesta ese diente, ¿verdad, cariñito? Tienes las mejillas muy coloradas. ¿Vamos a ponerte unos polvos para la dentición? —Se volvió hacia Tom y añadió—: Nos vemos luego, corazón. Tengo la sopa en el fuego. —Y se marchó a la casa.

La luz, intensa, atravesaba la ventana y castigaba el banco de trabajo de Tom. Tenía que golpear el metal con mano firme, y cada golpe resonaba con dureza en las paredes. Era consciente de que golpeaba con más fuerza de la necesaria, pero no podía parar. No conseguía librarse de los sentimientos que le había provocado hablar de cumpleaños y aniversarios. Siguió trabajando con el martillo sin reducir la fuerza de los golpes, hasta que el metal se partió. Recogió las dos mitades rotas y se quedó mirándolas.

Tom, sentado en la butaca, levantó la cabeza. Habían celebrado el cumpleaños de la niña hacía unas semanas.

—No importa lo que le leas —dijo Isabel—. Es bueno que se acostumbre a oír palabras nuevas. —Le puso a Lucy en el regazo y se fue a terminar de hacer el pan.

—Papapapapa —dijo la pequeña.

—Bububububu —contestó Tom—. ¿Qué quieres? ¿Que te cuente un cuento?

Lucy estiró una manita, pero en lugar de señalar el grueso libro de cuentos que estaba a su lado, encima de la mesa, agarró un folleto de color beige y se lo dio a Tom, quien, riendo, dijo:

—Creo que éste no te gustará mucho, ratoncito. Para empezar, no tiene dibujos. —Cogió el libro de cuentos, pero Lucy le puso el folleto en la cara.

—Papapapapa.

—Si insistes, pequeñita... —Volvió a reír.

La niña abrió el folleto al azar y señaló las líneas del texto, como les había visto hacer a Tom e Isabel.

—Está bien —empezó él—. «Instrucciones para fareros. Número veintinueve: Los fareros no deben permitir que ningún interés, privado ni de otro tipo, interfiera en el cumplimiento de sus deberes, que son fundamentales para la seguridad de la navegación; y deben recordar que su continuidad o su promoción en el Servicio depende de su estricta obediencia a las órdenes, la observancia de las normas establecidas para su orientación, su diligencia, su seriedad y el mantenimiento de la limpieza y el orden en su propia persona y en los miembros de su familia, así como en cada una de las partes de las instalaciones del faro. Número treinta: En caso de mala conducta, predisposición a las discusiones, falta de seriedad o inmoralidad por parte de un farero...» —Hizo una pausa para sacarse los dedos de Lucy de los orificios nasales—. «...el infractor se expone a recibir un castigo o incluso al despido. Si algún miembro de la familia del farero comete alguna de estas infracciones, el infractor se expone a ser expulsado de la estación.» —Tom se interrumpió.

Había sentido un escalofrío y se le aceleró el pulso. Una manita que se apoyó en su barbilla lo devolvió al presente. Se la acercó a los labios, distraído. Lucy le sonrió y lo besó con cariño.

—Vamos a leer *La bella durmiente* —propuso él, y cogió el libro de cuentos, aunque le costó concentrarse.

—¡Aquí tienen, señoras, té y tostadas en la cama! —anunció Tom, y dejó la bandeja al lado de Isabel.

—Ten cuidado, Luce —dijo ella.

Era domingo, y mientras Tom apagaba el faro, ella había ido a buscar a la niña y se la había llevado a la cama; la pequeña trepaba hacia la bandeja para alcanzar la tacita de té que Tom había preparado para ella, poco más que leche caliente con una mancha de color.

Tom se sentó junto a su mujer y se puso a Lucy en una rodilla.

—Vamos allá, Lulu —dijo, y la ayudó a sujetar la taza con ambas manos para beber.

Se quedó concentrado en esa tarea hasta que reparó en el silencio de Isabel; se volvió hacia ella y vio que tenía lágrimas en los ojos.

—Izzy, Izzy, ¿qué te pasa, querida?

—Nada, Tom. Nada en absoluto.

Él le enjugó una lágrima que resbalaba por su mejilla.

—A veces soy tan feliz que me asusto, Tom.

Él le acarició el pelo, y Lucy empezó a soplar en el té para hacer burbujas.

—A ver, princesita, ¿vas a acabarte el té, o ya has bebido suficiente?

La niña siguió babeando la taza, muy complacida con los sonidos que producía.

—De acuerdo, creo que será mejor que lo dejes. —Le apartó la taza.

La niña se bajó de su rodilla y, haciendo todavía burbujas de baba, se subió al regazo de Isabel.

—¡Qué monada! —exclamó ella, riendo con lágrimas en los ojos—. ¡Ven aquí, monito! —La cogió y le hizo una pedorreta en la barriga.

Lucy rió y se retorció diciendo: «¡Más, más!», e Isabel la complació.

—¡Sois tal para cual! —dijo Tom.

—A veces me siento ebria de tanto como la quiero. Y a ti. Si me pidieran que caminara en línea recta, creo que no podría.

—En Janus no hay líneas rectas, así que en ese sentido puedes estar tranquila —observó él.

—No te burles de mí, Tom. Es como si antes de Lucy no distinguiera los colores, y ahora el mundo es completamente diferente. Es más brillante, y puedo ver más lejos. Estoy en el mismo sitio exactamente, los pájaros son los mismos, el agua es la misma, el sol sale y se pone como siempre, pero antes yo no sabía por qué, Tom. —Atrajo a la niña hacia sí—. Lucy es el porqué. Y tú también has cambiado.

—¿Ah, sí? ¿Cómo?

—Creo que hay aspectos de ti que no sabías que existieran hasta que llegó ella. Rincones de tu corazón que la vida había cerrado. —Le pasó un dedo por los labios—. Ya sé que no te gusta hablar de la guerra y eso, pero... bueno, supongo que te dejó entumecido.

—Los pies. Me dejó entumecidos los pies. Es lo que pasa cuando caminas por el barro helado. —Tom acompañó el chiste con un amago de sonrisa.

—Para, Tom. Estoy intentando decir algo. Estoy hablando en serio, por amor de Dios, y tú me esquivas con un chiste tonto, como si fuera una niña que no entiende nada o de la que no te fías para decirle la verdad.

Entonces él se puso muy serio.

—Es que no lo entiendes, Isabel. Ninguna persona civilizada debería tener que entenderlo. E intentar describirlo sería como extender una enfermedad. —Se volvió hacia la ventana—. Hice lo que hice para que las personas como Lucy y tú pudierais olvidar que aquello sucedió. Para que nunca volviera a pasar. «La guerra que acabará con todas las guerras», ¿te acuerdas? No tiene cabida aquí, en esta isla. Ni en esta cama.

Las facciones de Tom se habían endurecido, e Isabel detectó en su semblante una resolución que nunca antes había visto; supuso que debía de ser la misma resolución que lo había ayudado a soportar todo lo que había soportado.

—Es que... —volvió a empezar ella—, bueno, ninguno de nosotros sabemos si seguiremos aquí un año más, o cien años más. Y quería asegurarme de que sabes lo agradecida que te estoy, Tom. Por todo. Y sobre todo por darme a Lucy.

La sonrisa de él se congeló al oír esas últimas palabras, e Isabel se apresuró a añadir:

—Tú me la diste, cariño. Entendiste cuánto la necesitaba, y sé que te costó mucho. Muy pocos hombres harían eso por su esposa.

Tom regresó bruscamente de un mundo de ensueño, y notó que le sudaban las palmas de las manos. Se le aceleró el corazón, instigado por la necesidad de correr: a cualquier sitio, no importaba dónde, con tal de que fuera lejos de la realidad de la decisión que había tomado, que de pronto le pesaba como un collar de hierro.

—Será mejor que me vaya a trabajar un poco. Os dejo solas para que os comáis las tostadas —dijo, y salió de la habitación tan despacio como pudo.

14

Cuando el segundo período de tres años de Tom llegó a su fin, justo antes de la Navidad de 1927, la familia de Janus Rock realizó su primer viaje a Point Partageuse mientras un farero de relevo se ocupaba de la estación. Era el segundo permiso de la pareja, y el primer viaje de Lucy al continente. Mientras Isabel se preparaba para la llegada de la barca, le daba vueltas a la idea de encontrar alguna excusa para quedarse con la niña en Janus, donde se sentía segura.

—¿Estás bien, Izz? —le había preguntado Tom al encontrarla mirando por la ventana, ensimismada, con la maleta abierta encima de la cama.

—Sí, sí —se apresuró a responder—. Sólo quería asegurarme de que lo he cogido todo.

Tom se dispuso a salir de la habitación, pero se dio la vuelta y le puso una mano en el hombro.

—¿Estás nerviosa?

Isabel agarró un par de calcetines y los enrolló formando una bola.

—No, en absoluto —contestó, mientras los metía en la maleta—. En absoluto.

• • •

La desazón que Isabel había intentado ocultarle a Tom se esfumó al ver a Lucy en brazos de Violet, cuando sus padres fueron a recibirlos al embarcadero. Su madre lloraba, sonreía y reía, todo a la vez.

—¡Por fin! —Negaba con la cabeza, admirada, mientras examinaba minuciosamente a la niña, tocándole la cara, el pelo, una manita—. Mi preciosa nieta. ¡He tenido que esperar casi dos años para verte! ¿Verdad que es el vivo retrato de mi tía Clem?

Isabel llevaba meses preparando a Lucy para el contacto con otras personas.

«En Partageuse, Luce, vive muchísima gente —le había dicho—. Y todos son como tú. Al principio quizá te resulte un poco extraño, pero no tienes por qué asustarte.» A la hora de acostarla le había contado a la niña historias del pueblo y de las personas que vivían en él.

Lucy reaccionó con mucha curiosidad ante la infinidad de seres humanos que ahora la rodeaban. A Isabel le remordía un poco la conciencia mientras aceptaba las cariñosas felicitaciones de los vecinos por su hermosa hija. Hasta la anciana señora Mewett le hizo cosquillas bajo el mentón cuando la vio en la mercería, adonde había ido a comprarse una redecilla para el pelo.

—Ay, los niños —dijo con nostalgia—. Son una bendición. —E Isabel se quedó pensando si habría sido una alucinación.

En cuanto la familia llegó a Partageuse, Violet se los llevó a todos al estudio fotográfico Gutcher's. Fotografiaron a Lucy ante un telón de fondo con helechos y columnas griegas pintadas, primero con Tom e Isabel, luego con Bill y Violet, y por último a ella sola, sentada en una espectacular butaca de mimbre. Encargaron copias para llevárselas a Janus, para enviárselas a los primos que vivían en poblaciones distantes, para enmarcarlas y ponerlas en la repisa de la chimenea y encima del piano.

—Tres generaciones de mujeres Graysmark —comentó Violet, radiante, cuando se vio con Lucy sentada sobre sus rodillas y con Isabel a su lado.

Lucy tenía unos abuelos que la adoraban. «Dios no se equivoca», pensó Isabel. Había enviado a aquella niña al lugar idóneo.

—Ay, Bill —le dijo Violet a su marido la noche de la llegada de la familia—. Gracias a Dios. Gracias a Dios...

Violet había visto por última vez a su hija tres años atrás, cuando Isabel todavía estaba muy apenada por su segundo aborto, durante el primer permiso de la pareja. Isabel se había sentado con la cabeza en el regazo de su madre, llorando.

«Es la naturaleza —la había consolado Violet—. Tienes que respirar hondo y levantarte. Los hijos ya llegarán, si eso es lo que quiere Dios para ti. Ten paciencia y reza. Rezar es lo más importante.»

Sin embargo, no le dijo toda la verdad a su hija. No le dijo cuántas veces había visto a mujeres llevar su embarazo a término y soportar todo un verano abrasador o todo un crudo invierno, para luego perder a su hijo por culpa de la escarlatina o la difteria y tener que doblar y guardar su ropa para el siguiente hijo. Ni mencionó lo violento que podía resultar responder a una pregunta superficial sobre el número de hijos que una tenía. Un parto satisfactorio no era más que el primer paso de un viaje largo y peligroso. Violet, cuyo hogar se había sumido en el silencio años atrás, lo sabía muy bien.

La formal y responsable Violet Graysmark, respetable esposa de un respetable marido, se ocupaba de que no hubiera polillas en los armarios ni malas hierbas en los arriates. Cortaba las flores marchitas de los rosales hasta convencerlos para que florecieran incluso en agosto. Su crema de limón siempre era la primera que se acababa en la fiesta de la iglesia, y habían elegido su pudin de frutas para ilustrar el folleto de la asociación de mujeres. Y si bien todas las noches daba gracias a Dios por todo lo que tenía, a veces, cuando el atardecer convertía el verde del jardín en un gris pardusco mientras ella pelaba patatas en el fregadero, no había espacio en su corazón para contener la tristeza que sentía.

En aquella visita anterior, cuando Isabel había llorado sobre su regazo, a Violet le habría gustado llorar con ella, tirarse del pelo y decirle que sabía cómo dolía perder al primogénito: que nada —ningún ser humano, ni el dinero, ni nada que la tierra pudiera ofrecer— podía compensarte por eso, y que ese dolor jamás desaparecería. Le habría gustado decirle que te hacía enloquecer, te hacía negociar con Dios y ofrecerle cualquier sacrificio a cambio de recuperar a tu hijo.

Una vez que Isabel se hubo quedado dormida, mientras Bill roncaba junto a las brasas del fuego, Violet fue a su armario y cogió la vieja lata de galletas. Hurgó en ella apartando unas monedas, un espejito, un reloj de pulsera, una cartera, hasta dar con el sobre con los bordes gastados que tantas veces había abierto a lo largo de los años. Se sentó en la cama y, bajo la luz amarillenta de la lámpara, se puso a leer aquel texto escrito con caligrafía torpe, pese a que se sabía las palabras de memoria:

Estimada señora Graysmark:

Espero que me perdone por haberme tomado la libertad de escribirle, puesto que usted no me conoce. Me llamo Betsy Parmenter y vivo en Kent.

Hace dos semanas fui a visitar a mi hijo Fred, que había vuelto del frente con graves heridas de metralla. Estaba en el Hospital General n.º 1 de Stourbridge, y tengo una hermana que vive cerca, así que podía ir a visitarlo todos los días.

Verá, le escribo porque una tarde trajeron a un soldado australiano herido, que, según tengo entendido, era su hijo Hugh. Estaba muy malherido, pues como usted sabrá, había perdido la vista y un brazo. Sin embargo todavía podía articular algunas palabras, y me habló con mucho cariño de su familia y de su hogar en Australia. Era un chico muy valiente. Yo lo veía todos los días, y hubo un momento en que abrigamos muchas esperanzas de que se recuperara, pero parece ser que la infección le pasó a la sangre, y su estado empeoró.

Sólo quería que supiera que le llevé flores (estaban floreciendo los primeros tulipanes, y eran preciosos) y cigarrillos. Creo que mi Fred y él se llevaban bien. Un día su hijo hasta comió un poco de pudin que les llevé, de lo que me alegré mucho, y a él pareció gustarle. Yo estaba allí la mañana en que empezó a empeorar, y los tres rezamos juntos el Padrenuestro y cantamos «Quédate conmigo». Los médicos paliaron su dolor lo mejor que pudieron, y creo que no sufrió mucho al final. Vino un párroco y le dio los últimos sacramentos.

Me gustaría decirle lo mucho que todos valoramos el gran sacrificio que hizo su valeroso hijo. Mencionó a su hermano Alfie, y yo rezo para que vuelva a casa sano y salvo.

Siento haber tardado tanto en escribirle esta carta, pero mi hijo Fred murió una semana después de morir su hijo, y eso me ha impedido hacer muchas cosas, como podrá imaginar.

Reciba un cordial saludo y mis oraciones,

Betsy Parmenter

Hugh sólo debía de haber visto tulipanes en los libros ilustrados, pensó Violet, y la consoló pensar que quizá hubiera tocado uno y hubiese adivinado su forma por el tacto. Se preguntó si los tulipanes olerían.

Recordó que el cartero parecía muy serio y casi avergonzado un par de semanas más tarde, cuando le entregó el paquete: de papel marrón, atado con cordel, dirigido a Bill. Ella estaba tan descompuesta que ni siquiera leyó el impreso: no necesitaba leerlo. Muchas mujeres habían recibido la exigua colección de objetos que constituían la vida de su hijo.

El recibo de Melbourne rezaba:

Estimado señor:

Adjunto le remitimos por correo registrado separadamente el paquete que contiene los efectos personales del·difunto soldado Graysmark, n.º 4497, 28.º batallón, recibido vía «Themistocles» según inventario anexo.

Le agradecería mucho que tuviera la amabilidad de hacerme saber si se lo han entregado, firmando y devolviendo el recibo impreso incluido en el paquete.

Atentamente,

Comandante J. M. Johnson

Registro

En una hoja aparte, con remite del «Almacén de material, 110 Greyhound Road, Fulham, Londres SO» estaba el inventario de los artículos. A Violet la sorprendió un detalle mientras leía la lista: «espejo de afeitar, cinturón, tres peniques, reloj de pulsera con correa de piel, armónica». Le pareció raro que la armónica de Alfie estuviera entre las cosas de Hugh. Entonces volvió a examinar la lista, los impresos, la carta, el paquete, y leyó el nombre con más detenimiento: «A. H. Graysmark», y no «H. A.». Es decir: Alfred Henry, y no Hugh Albert. Fue corriendo a buscar a su marido.

—¡Bill! ¡Dios mío, Bill! ¡Ha habido un error!

Hizo falta una abundante correspondencia, en papel con reborde negro por parte de los Graysmark, para descubrir que Alfie había muerto sólo un día después que Hugh, tres días después de llegar a Francia. Los dos hermanos se habían unido al mismo regimiento el mismo día, y se enorgullecían de tener números de servicio consecutivos. El telegrafista, que había visto con sus propios ojos cómo embarcaban a Hugh, vivo, en una camilla, desoyó la indicación de enviar el telegrama de «caído en combate» de A. H. Graysmark, al dar por hecho que se trataba de H. A. La primera noticia que tuvo Violet de la muerte de su otro hijo fue aquel paquete anodino que tenía en las manos. Era fácil cometer un error así en el campo de batalla, concedió.

La última vez que Isabel había estado en su casa natal había recordado la oscuridad que se había instalado allí tras la muerte de

138

sus hermanos, y cómo el sentimiento de pérdida había invadido por completo la vida de su madre, como una mancha. Con catorce años, Isabel había acudido al diccionario. Sabía que cuando una mujer perdía a su marido existía una nueva palabra para describirla: había pasado a ser una viuda. El marido se convertía en un viudo. Pero cuando los padres perdían a un hijo, no había ninguna etiqueta específica que designara su dolor. Seguían siendo un padre o una madre, aunque ya no tuvieran un hijo o una hija. Eso la extrañó. En cuanto a su estatus, no sabía si seguía siendo técnicamente una hermana, ahora que sus adorados hermanos habían fallecido.

Se diría que uno de los proyectiles del frente francés hubiera explotado en medio de su familia dejando un cráter que ella nunca podría llenar ni reparar. La madre se pasaba días enteros limpiando las habitaciones de sus hijos, sacando brillo a los marcos de plata de sus fotografías. El padre se volvió taciturno. Fuera cual fuese el tema de conversación que Isabel le propusiera, él nunca contestaba, y a veces incluso salía de la habitación. Isabel decidió que su deber era no causarles a sus padres ninguna otra molestia ni preocupación. Ella era el premio de consolación, lo que les quedaba en lugar de sus hijos.

El embeleso de sus padres confirmaba a Isabel que había hecho lo correcto quedándose con Lucy. Desapareció toda sombra de duda. La niña había curado muchas vidas: no sólo la suya y la de Tom, sino también las de aquellas dos personas que ya se habían resignado a la pérdida.

En la comida del día de Navidad, Bill Graysmark bendijo la mesa y, con la voz quebrada, agradeció al Señor el nacimiento de Lucy. Más tarde, en la cocina, Violet le confesó a Tom que su marido había revivido desde que recibió la noticia del nacimiento de la pequeña.

—Ha sido un milagro. Como si se hubiera tomado un tónico mágico.

Se quedó mirando los hibiscos rosa a través de la ventana.

—A Bill le afectó mucho la noticia de la muerte de Hugh —continuó—, pero cuando se enteró de que también había muerto Alfie, sufrió una tremenda conmoción. Durante mucho tiempo no se lo creyó. Decía que era imposible que hubiera sucedido algo así. Pasó meses escribiendo aquí y allá, decidido a demostrar que era un error. Yo me alegré. En cierto modo, me sentía orgullosa de él por negarse a admitir aquellas noticias. Pero había por aquí muchas familias que habían perdido a más de un hijo. Yo no tenía ninguna duda de que fuera cierto.

»Al final se le agotaron las fuerzas. Se desanimó. —Inspiró antes de proseguir—: Pero ahora... —arqueó las cejas y sonrió, maravillada— vuelve a ser el de siempre gracias a Lucy. Creo que vuestra hijita significa para Bill tanto como para vosotros. Le ha devuelto la vida. —Se puso de puntillas y besó a Tom en la mejilla—. Gracias.

Después de comer, mientras las mujeres lavaban los platos, Tom se sentó con Lucy a la sombra, en la hierba del jardín trasero, donde la niña correteaba y de vez en cuando volvía junto a su padre para darle unos besos voraces.

—¡Gracias, chiquitina! —decía Tom riendo—. Pero ¡no me comas! —Ella lo escrutaba con aquellos ojos que se miraban en los suyos como en un espejo, hasta que él la atraía hacia sí y volvía a hacerle cosquillas.

—¡El padre perfecto! —dijo una voz a sus espaldas. Tom se volvió y vio acercarse a su suegro—. Venía a ver si necesitabas ayuda. Vi siempre dice que yo tenía mucha mano con nuestros hijos. —Al pronunciar esa última palabra, su rostro se ensombreció. Bill se recompuso y extendió los brazos—. Ven con el abuelito. A ver si puedes tirarme del bigote. ¡Ay, mi princesita!

Lucy se le acercó tambaleándose y le tendió los brazos.

—¡Aúpa! —dijo Bill, y la levantó del suelo. La niña buscó el reloj de bolsillo que llevaba en el chaleco y lo sacó—. ¿Quieres saber qué hora es? ¿Otra vez? —Bill rió y, para complacerla, abrió la tapa de oro del reloj y le mostró las manecillas. La pequeña lo cerró inmediatamente y se lo dio a su abuelo para que volviera a abrirlo—. Es duro para Violet —le dijo Bill a su yerno.

Tom se levantó y se sacudió la hierba de los pantalones.

—¿Qué es duro, Bill?

—No tener a Isabel, y ahora, echar de menos a esta pequeña. —Hizo una pausa—. Estoy seguro de que encontrarías trabajo cerca de Partageuse. Tienes un título universitario...

Tom, nervioso, trasladó el peso del cuerpo de una pierna a otra.

—Ya. Ya sé lo que dicen: quien ha sido farero, siempre será farero.

—Sí, eso dicen —repuso Tom.

—¿Y es cierto?

—Más o menos.

—Pero podrías dejarlo, ¿no? Si quisieras.

Tom reflexionó antes de contestar:

—Bill, un hombre podría dejar a su mujer, si quisiera. Pero eso no significa que esté bien hacerlo.

Bill se quedó mirándolo.

—No es justo que te preparen, que te ofrezcan la oportunidad de obtener la experiencia necesaria y luego dejarlos en la estacada. Además, te acostumbras. —Alzó la vista al cielo mientras cavilaba—. Es mi trabajo. Y a Isabel le encanta.

La niña tendió los brazos hacia Tom, que la cogió instintivamente.

—Bueno, pues cuida bien a mis niñas. Es lo único que te pido.

—Lo haré lo mejor que pueda. Te lo prometo.

En Point Partageuse, la tradición más importante del 26 de diciembre era la fiesta que se celebraba en el jardín de la iglesia. Consistía en una reunión de vecinos del municipio y de otros pueblos de la región, y la había instaurado mucho tiempo atrás alguien con vista para los negocios, consciente de lo oportuno de celebrar una fiesta benéfica en un día en que nadie podía alegar, para no asistir, que tuviera demasiado trabajo. Y como todavía estaban en el período navideño, tampoco tenían excusa para no ser generosos.

Además de por la venta de pasteles y tofes, y tarros de mermelada que a veces explotaban bajo un sol intenso, la fiesta era famosa por los originales encuentros deportivos: la carrera con cucharas y huevos, la carrera de tres pies, la carrera de sacos... todos eran ingredientes básicos de la fiesta. El tiro al coco seguía celebrándose, aunque después de la guerra habían suprimido el puesto de tiro al blanco, porque la puntería recientemente adquirida de los varones hacía que no resultara rentable.

Las actividades estaban abiertas a todos, y solían participar grupos de tres generaciones. Las familias pasaban allí todo el día, y se asaban hamburguesas y salchichas, que se vendían a seis peniques la unidad, en una barbacoa hecha con medio bidón de cuarenta y cuatro galones. Tom estaba sentado con Lucy e Isabel sobre una manta, a la sombra, comiendo salchichas en panecillos, mientras Lucy desmontaba su comida y volvía a distribuirla en el plato que tenía a su lado.

—Los chicos eran muy buenos corredores —comentó Isabel—. Siempre ganaban la carrera de tres pies. Y creo que mamá todavía conserva la copa que gané yo un año en la carrera de sacos.

Tom sonrió.

—No sabía que me hubiera casado con una campeona.

Ella le dio una palmada en el brazo.

—Sólo te cuento las leyendas familiares de los Graysmark.

Tom estaba ocupado tratando de impedir que la comida se cayera del plato de Lucy cuando se les acercó un chico que llevaba la escarapela de organizador en la solapa.

—Perdone. ¿Es su hija? —preguntó el chico, papel y lápiz en mano.

—¿Cómo dices? —dijo Tom, sobresaltado por aquella pregunta.

—Sólo quiero saber si esa niña es hija suya.

Tom consiguió articular algo, pero sus palabras sonaron incoherentes.

El chico se volvió hacia Isabel.

—¿Es su hija, señora?

Isabel arrugó brevemente la frente, y asintió tras comprender.

—¿Estás apuntando a los participantes en la carrera de padres e hijos?

—Exacto. —El chico levantó el lápiz de la hoja y le dijo a Tom—: ¿Le importaría deletrearme su apellido?

Tom volvió a mirar a Isabel, pero no vio señal alguna de inquietud en su cara.

—Si no te acuerdas, puedo deletrearlo yo —bromeó ella.

Tom esperó a que su mujer entendiera por qué estaba alarmado, pero Isabel no flaqueó en su sonrisa. Al final dijo:

—Las carreras no son mi fuerte, la verdad.

—Es que participan todos los padres —aclaró el chico; era evidente que aquélla era la primera negativa con que se encontraba.

Tom escogió cuidadosamente sus palabras:

—Dudo que superara la ronda de clasificación. —Y el chico se fue a buscar a su siguiente participante.

—No importa, Lucy —dijo Isabel alegremente—. Ya me apuntaré yo a la carrera de mamás. Al menos uno de tus padres está dispuesto a hacer el ridículo por ti. —Pero Tom no le devolvió la sonrisa.

El doctor Sumpton se lavó las manos mientras Isabel volvía a vestirse detrás de la cortina. Había cumplido su promesa de ir al médico durante su estancia en Partageuse.

—No hay ningún problema, fisiológicamente hablando —dijo el médico.

—Entonces, ¿qué me pasa? ¿Estoy enferma?

—En absoluto. Sólo es la edad crítica —contestó él mientras tomaba sus notas—. Tiene suerte de tener ya una hija; no será tan difícil para usted como lo es para otras mujeres cuando llega tan prematuramente. En cuanto a los otros síntomas, me temo que no tendrá más remedio que soportarlos. Desaparecerán en cosa de un año. Hay que pasarlo. —Sonrió y añadió—: Además, para usted supondrá un alivio: ya no sufrirá los problemas de la menstruación. Hay mujeres que la envidiarían.

Cuando volvía a casa de sus padres, Isabel intentó no llorar. Tenía a Lucy, tenía a Tom, y en unos tiempos en que muchas mujeres habían perdido para siempre a sus seres queridos. Desear algo más habría sido avaricia.

Unos días más tarde, Tom firmó el contrato para otros tres años de servicio. El oficial de zona, que se desplazó desde Fremantle para llevar a cabo las formalidades, volvió a prestar mucha atención a la caligrafía y la firma de Tom, comparándolas con los documentos originales. De haberse detectado el más leve temblor en su mano, Tom habría sido rechazado. El envenenamiento por mercurio era muy corriente: si conseguían detectarlo en una fase en que sólo provocaba temblores en las manos, podían evitar enviar a la estación a un farero que sin ninguna duda estaría completamente loco antes de terminar la siguiente temporada.

15

El bautizo de Lucy, en principio previsto para la primera semana de su permiso, había tenido que aplazarse a causa de la prolongada indisposición del reverendo Norkells. Finalmente se celebró el día antes de su regreso a Janus, a principios de enero. Aquella mañana de calor infernal, Ralph y Hilda acompañaron a Tom e Isabel a la iglesia. La única sombra que encontraron mientras esperaban a que se abrieran las puertas fue la de unos *mallees* que había junto a las lápidas.

—Esperemos que Norkells no vuelva a tener resaca —comentó Ralph.

—¡Ralph! ¡Por favor! —protestó Hilda. Para cambiar de tema, chasqueó la lengua dirigiendo la mirada hacia una lápida de granito que había a escasa distancia—. Qué lástima.

—¿Qué pasa, Hilda? —preguntó Isabel.

—Ese pobre hombre y su bebé, los que se ahogaron. Al menos por fin tienen su tumba.

Isabel se quedó paralizada. Por un instante temió desmayarse; los sonidos le llegaban lejanos y súbitamente retumbantes. Hizo un esfuerzo y descifró las relucientes letras doradas de la lápida: «En memoria de Franz Johannes Roennfeldt, amante esposo de Hannah, y de su adorada hija Grace Ellen. Acogidos en el seno de Dios.» Debajo, otra inscripción rezaba: «*Selig sind die da*

Leid tragen.» Al pie de la tumba había flores frescas. Con el calor que hacía, no podían llevar allí más de una hora.

—¿Qué les pasó? —preguntó Isabel. Un cosquilleo se extendía por sus manos y sus pies.

—Una desgracia —dijo Ralph negando con la cabeza—. ¿Te acuerdas de Hannah Potts? —Isabel reconoció inmediatamente aquel nombre—. La hija de Septimus Potts, el tipo más rico en muchos kilómetros a la redonda. Vino de Londres hará unos cincuenta años. Era huérfano, y llegó con una mano delante y otra detrás. Ganó una fortuna con el negocio de la madera. Su esposa murió cuando sus dos hijas eran muy pequeñas. ¿Cómo se llama la otra, Hilda?

—Gwen. Hannah es la mayor. Ambas estudiaron en ese internado para gente bien que hay en Perth.

—Hace unos años, Hannah se casó con un alemán. Después de eso, el viejo Potts dejó de hablarle y de darle dinero. Vivían en esa casita destartalada que hay junto a la estación de bombeo. Al final al viejo se le pasó el enfado, cuando nació el bebé. En fin, hace un par de años hubo un poco de bronca el Día de ANZAC.

—Ahora no, Ralph —le advirtió Hilda amenazándolo con la mirada.

—Sólo les estaba contando...

—No es el momento ni el lugar adecuado, creo yo. —Hilda se volvió hacia Isabel—. Digamos que hubo un malentendido entre Frank Roennfeldt y algunos vecinos, y el pobre hombre acabó saltando a un bote de remos con el bebé. Los vecinos... le tenían ojeriza por ser alemán. Bueno, alemán o algo muy parecido. Pero no hay necesidad de recordar todo aquello, y menos en un bautizo. Será mejor que lo olvidemos.

Isabel había aguantado la respiración mientras escuchaba la historia, y dio un grito ahogado al aspirar de golpe el aire que necesitaba.

—¡Sí, ya lo sé! —dijo Hilda, expresando su acuerdo—. Y todavía no has oído lo peor...

Tom miró a Isabel con los ojos como platos, alarmado; se le estaban formando gotas de sudor en el labio superior. El corazón le latía con tanta fuerza que creyó que los demás debían de estar oyéndolo.

—El chico no era un gran marinero —continuó Ralph—. Tenía problemas cardíacos desde pequeño, según cuentan. No estaba hecho para estas corrientes. Se desató una tormenta y no se volvió a saber nada más de ellos. Debieron de ahogarse. El viejo Potts ofreció una recompensa a quien pudiera darle información: ¡mil guineas! —Negó con la cabeza—. Si alguien hubiera sabido algo, seguro que lo habría dicho. ¡Hasta yo me planteé buscarlos! No me interpretes mal, no les tengo simpatía a los boches. Pero el bebé... sólo tenía dos meses. A un crío tan pequeño no se le puede reprochar nada, ¿no? Pobre criatura.

—La pobre Hannah no lo superó —dijo Hilda con un suspiro—. Su padre no logró convencerla hasta hace sólo unos meses para que pusiera la lápida. —Hizo una pausa y se subió los guantes—. Qué giros da la vida, ¿verdad? Nació con más dinero del que se puede soñar; estudió en la Universidad de Sídney y se licenció en no sé qué; se casó con el amor de su vida... y ahora la ves a veces deambulando como si no tuviera ni un techo bajo el que cobijarse.

Isabel sintió que se le helaba la sangre en las venas; las flores de la tumba se burlaban de ella y la amenazaban con la proximidad de la madre. Mareada, se apoyó en el tronco de un árbol.

—¿Te encuentras bien, querida? —le preguntó Hilda, preocupada por su repentina palidez.

—Sí, sí. Sólo es el calor. Estoy bien.

Se abrieron las macizas puertas de madera de *jarrah* y el párroco salió de la iglesia.

—¿Todos preparados para el gran día? —preguntó parpadeando bajo la intensa luz del sol.

—¡Tenemos que decir algo! ¡Ahora mismo! Cancelar el bautizo... —En la sacristía, Tom hablaba con Isabel en voz baja y con tono apremiante, mientras Bill y Violet exhibían a su nieta ante los invitados congregados en la iglesia.

—No podemos, Tom. —Respiraba con dificultad y estaba pálida—. ¡Es demasiado tarde!

—Pero ¡tenemos que aclarar esto! Tenemos que contárselo a todos, ahora mismo.

—¡No podemos! —Tambaleante todavía, trató de encontrar palabras que tuvieran algún sentido—. ¡No podemos hacerle eso a Lucy! Somos los únicos padres que ella ha conocido. Además, ¿qué íbamos a decir? ¿Que de repente nos hemos acordado de que no he tenido una hija? —Se puso aún más pálida—. ¿Y el cadáver de ese hombre? Ya hemos ido demasiado lejos. —El instinto le indicaba que necesitaba ganar tiempo. Estaba demasiado aturdida, demasiado aterrorizada para hacer cualquier otra cosa. Intentó aparentar serenidad—. Ya hablaremos de esto más tarde. Ahora tenemos que bautizar a la niña. —La luz hizo brillar el iris verde azulado de sus ojos, y Tom vio el miedo reflejado en ellos.

Isabel dio un paso hacia él y Tom retrocedió, como si fueran imanes contrarios.

Las pisadas del párroco se oyeron por encima del murmullo de los invitados; a Tom todo le daba vueltas. «En la salud y la enfermedad. En la prosperidad y en la adversidad.» Esas palabras, que había pronunciado en aquella misma iglesia años atrás, resonaban dentro de su cabeza.

—Ya está todo preparado —anunció el párroco con una sonrisa.

—¿Está bautizada ya esta niña? —empezó el reverendo Norkells. Quienes se habían reunido alrededor de la pila bautismal contestaron:

—No.

Junto a Tom e Isabel estaba Ralph, el padrino; Freda, la prima de Isabel, era la madrina.

Los padrinos sostuvieron los cirios y recitaron las respuestas a las preguntas del párroco.

—¿Renunciáis en nombre de esta niña al diablo y a todas sus obras?

—Sí, renunciamos —replicaron los padrinos.

Mientras las palabras resonaban en las paredes de arenisca, Tom, muy serio, se miraba las relucientes botas nuevas y se concentraba en la dolorosa ampolla que le había salido en el talón.

—¿Os comprometéis a cumplir obedientemente la sagrada voluntad de Dios?

—Sí, nos comprometemos.

Con cada promesa, Tom flexionaba el pie contra la piel rígida de la bota, para sentir sólo el dolor.

Lucy parecía fascinada por los vivos colores de las vidrieras de las ventanas, e Isabel, pese a su confusión, pensó que la niña nunca había visto colores tan brillantes.

—Oh, Señor misericordioso, que quede el Adán de esta niña enterrado, para que surja en ella el hombre nuevo...

Tom pensó en la tumba sin marcar de Janus. Vio la cara de Frank Roennfeldt cuando la cubría con la lona, un rostro indiferente, inexpresivo, que convertía a Tom en su propio acusador.

Fuera, unos niños jugaban al críquet francés en el jardín de la iglesia, y salpicaban el discurso del párroco con golpes y gritos de «¿Eliminado?». En la segunda hilera de bancos, Hilda Addicott le susurró a su vecina:

—Mira, Tom tiene lágrimas en los ojos. Qué sensible, ¿verdad? Parece duro como una roca, pero tiene un corazón muy tierno.

Norkells cogió a la niña en brazos y les preguntó a Ralph y a Freda:

—¿Cómo vais a llamar a esta niña?

—Lucy Violet —contestaron ellos.

—Lucy Violet, yo te bautizo en el nombre del Padre, del Hijo y el Espíritu Santo —dijo el párroco mientras vertía agua sobre la cabeza de la pequeña, que dio un grito de protesta al que siguieron enseguida los acordes de *Crimond* que la señora Rafferty le sacaba al decrépito órgano de madera.

Antes de que terminara el oficio, Isabel se disculpó y salió a toda prisa al excusado exterior que había al final del sendero. En ese pequeño edificio de ladrillo hacía más calor que en un horno, y ahuyentó unas moscas antes de inclinarse para vomitar con violencia. Un geco que estaba en la pared la observaba en silencio. Cuando tiró de la cadena, el bicho subió correteando al tejado de zinc para protegerse. Isabel volvió con sus padres y atajó las preguntas de su madre con voz débil: «Me he mareado.» Cogió a Lucy en brazos y la apretó tanto contra sí que la niña le apoyó las manos en el pecho y se apartó un poco de ella.

En la recepción ofrecida en el Palace Hotel, el padre de Isabel se sentó a la mesa con Violet, que llevaba un vestido suelto de algodón azul con cuello de encaje blanco. Le apretaba el corsé, y el moño le producía dolor de cabeza. Sin embargo, estaba decidida a que nada estropeara el día del bautizo de su primera y, por lo que le había contado Isabel, única nieta.

—Tom está un poco raro, ¿no te parece, Vi? Normalmente no bebe mucho, pero hoy le está dando al whisky. —Bill se encogió de hombros como si tratara de convencerse a sí mismo—. Supongo que lo hará para celebrar el bautizo de la niña.

—Yo creo que son sólo nervios. Hoy es un gran día. Isabel también está muy susceptible. Serán esos problemas de vientre.

En el bar, Ralph le dijo a Tom:

—Esta niña le ha hecho mucho bien a tu mujer, ¿verdad? Parece otra.

Tom le daba vueltas y más vueltas a su vaso vacío entre las manos.

—Sí, ha despertado una nueva faceta suya.

—Cuando me acuerdo de cómo estaba cuando perdió el bebé...

Tom dio un respingo imperceptible, pero Ralph continuó:

—...la primera vez. Cuando llegué a Janus fue como si viera un fantasma. Y la segunda vez fue aún peor.

—Sí, lo pasó muy mal.

—Bueno, al final Dios acude a rescatarnos, ¿no? —Ralph sonrió.

—¿Tú crees, Ralph? No puede rescatarnos a todos. No pudo rescatarnos a los alemanes y a nosotros, por ejemplo...

—No digas eso, chico. ¡A ti sí te ha rescatado!

Tom se aflojó la corbata y el cuello de la camisa; de pronto hacía un calor sofocante en el bar.

—¿Te encuentras bien? —preguntó Ralph.

—Hace mucho calor. Creo que voy a dar un paseo.

Pero fuera no se estaba mejor. El aire parecía sólido, como vidrio derretido que lo asfixiara en lugar de permitirle respirar.

Si pudiera hablar con Isabel a solas, con calma... todo se arreglaría. Debía de haber alguna forma de arreglarlo. Se enderezó, inspiró hondo y volvió lentamente hacia el hotel.

—Duerme profundamente —dijo Isabel al cerrar la puerta del dormitorio donde la niña yacía rodeada de almohadas para evitar que se cayera de la cama—. Se ha portado muy bien. Ha soportado todo el bautizo, con tanta gente como había. Sólo ha llorado cuando le han echado el agua. —A lo largo del día el temblor que le había provocado la revelación de Hilda había desaparecido de su voz.

—Sí, es un ángel —coincidió Violet, sonriendo—. No sé qué vamos a hacer mañana cuando os marchéis.

—Ya lo sé. Pero te prometo que os escribiré y os contaré todo lo que hace —dijo Isabel, y exhaló un suspiro—. Deberíamos acostarnos. Tenemos que levantarnos al alba para embarcar. ¿Vienes, Tom?

Él asintió con la cabeza.

—Buenas noches, Violet. Buenas noches, Bill —dijo; los dejó haciendo su rompecabezas y siguió a Isabel hasta el dormitorio.

Era la primera vez que estaban a solas aquel día, y en cuanto se cerró la puerta, Tom preguntó:

—¿Cuándo vamos a contárselo? —Tenía el rostro crispado, los hombros tensos.

—No vamos a contárselo —contestó Isabel con un susurro apremiante.

—¿Qué quieres decir?

—Tenemos que pensar, Tom. Necesitamos tiempo. Tenemos que marcharnos mañana. Si decimos algo se armará un lío infernal, y mañana por la noche tienes que haber vuelto al trabajo. Cuando lleguemos a Janus ya pensaremos qué podemos hacer. No debemos precipitarnos y hacer algo que podamos lamentar.

—Izz, en este pueblo hay una mujer que cree que su hija ha muerto, y que no sabe qué le sucedió a su marido. No quiero ni imaginar por lo que habrá pasado. Cuanto antes la libremos de su sufrimiento...

—Es todo muy complicado. No podemos equivocarnos, y no sólo por Hannah Potts, sino también por Lucy. Por favor, Tom. Ahora mismo ni tú ni yo podemos pensar con claridad. Hagamos las cosas con cabeza. De momento, vamos a dormir un poco.

—Vendré dentro de un rato —dijo él—. Necesito respirar aire fresco. —Y, sin hacer ruido, salió al porche ignorando las súplicas de Isabel para que se quedara.

Fuera no hacía tanto calor, y Tom se sentó en una butaca de mimbre, a oscuras, con la cabeza entre las manos. A través de la ventana de la cocina oía el ruido que hacía Bill al guardar las últimas piezas del rompecabezas en la caja de madera.

—Isabel parece contenta con la idea de volver a Janus. Dice que ya no le gustan las multitudes —comentó el hombre mientras cerraba la caja—. No sé qué entiende por multitud.

Violet estaba recortando la mecha de la lámpara de queroseno.

—Bueno, siempre ha sido muy nerviosa —caviló—. La verdad, creo que lo que le pasa es que quiere tener a Lucy para ella sola. —Dio un suspiro—. Vamos a echar de menos a la pequeña.

Bill le puso un brazo sobre los hombros.

—Te trae recuerdos, ¿verdad? ¿Te acuerdas de cuando Hugh y Alfie eran pequeños? Eran unos críos fenomenales. —Rió—. ¿Te acuerdas de aquella vez que dejaron al gato encerrado en el armario varios días? —Hizo una pausa—. No es lo mismo, ya lo sé, pero ser abuelos es lo mejor que podía pasarnos. Lo mejor que podía pasarnos después de recuperar a los chicos.

Violet encendió la lámpara.

—Había veces en que creía que no lo superaríamos, Bill. Creía que jamás volveríamos a tener un solo día más de felicidad. —Sopló y apagó la cerilla—. Por fin nos ha llegado una bendición. —Colocó la pantalla de cristal y guió a su esposo hacia el dormitorio.

Esas palabras resonaban en la mente de Tom mientras aspiraba el perfume nocturno de los jazmines, cuya dulzura era ajena a su desesperación.

16

La primera noche después de su regreso a Janus, el viento aullaba alrededor de la cámara de iluminación y empujaba los gruesos vidrios de la cristalera como si buscara en ellos algún punto débil. Tom encendió la fuente luminosa y siguió dándole vueltas a la discusión que había tenido con Isabel nada más marcharse la barca de avituallamiento.

Ella se había mostrado inflexible.

—No podemos cambiar lo que ha pasado, Tom. ¿Crees que yo no he intentado buscar una respuesta? —Tenía agarrada la muñeca que acababa de recoger del suelo y la abrazaba contra el pecho—. Lucy es una niña sana y feliz. Separarla de nosotros ahora sería... ¡sería horrible, Tom! —Iba y venía del cesto al armario de la ropa blanca, donde estaba guardando unas sábanas—. Para bien o para mal, hicimos lo que hicimos, Tom. Lucy te adora y tú la adoras a ella, y no tienes derecho a privarla de un padre que la quiere.

—¿Y qué me dices de su madre? ¡Su madre está viva! ¡Eso no puede ser justo, Izz!

Isabel se sonrojó.

—¿Crees que es justo que nosotros hayamos perdido tres bebés? ¿Crees que es justo que Alfie y Hugh estén enterrados a miles de kilómetros de aquí y que tú no tengas ni un solo arañazo? Claro que no es justo, Tom. ¡No es justo en absoluto! Pero ¡tenemos que aceptar lo que nos ofrece la vida!

Le había dado a Tom en su punto más vulnerable. Habían pasado años, y él todavía no podía librarse de la horrible sensación de haber engañado, no a la muerte, sino a sus camaradas, pues había salido ileso a su costa, aunque la lógica le decía que era sólo cuestión de suerte que se terminara de una manera o de otra. Isabel se percató de que lo había dejado sin aliento, y suavizó el tono.

—Tenemos que hacer lo correcto, Tom. Tenemos que hacerlo por Lucy.

—Por favor, Izz.

—¡No se hable más, Tom! —atajó ella—. Lo único que podemos hacer es amar a la pequeña tanto como ella se merece. ¡Y no hacerle ningún daño, nunca! —Sin soltar la muñeca, salió precipitadamente de la habitación.

Tom contemplaba el océano, agitado y blanco de espuma, mientras la noche avanzaba por todos los frentes. A medida que menguaba la luz, la línea que separaba el mar del cielo se hacía más difícil de distinguir. El barómetro estaba cayendo. Habría tormenta antes del amanecer. Tom comprobó el picaporte de latón de la puerta que daba al balcón y se quedó un momento mirando girar la óptica, constante e inalterable.

Mientras Tom se ocupaba del faro esa noche, Isabel, sentada junto a la cuna de Lucy, observaba cómo la niña se quedaba dormida. Había necesitado todas sus fuerzas para superar aquel día, y sus pensamientos todavía se agitaban, como la tormenta que estaba formándose fuera. Se puso a cantar, casi en susurros, la canción que siempre le pedía Lucy. *Blow the wind southerly, southerly, southerly...* A su voz le costaba seguir la melodía. «La última vez que nos separamos, me quedé en el faro hasta que la oscuridad se apoderó del mar y ya no distinguía el bajel de mi amado», rezaba la canción.

Cuando Lucy se quedó por fin dormida, Isabel le abrió los deditos para quitarle la caracola rosa que tenía en la mano. Las náuseas, que no la habían abandonado desde aquella conversación con Hilda junto a la tumba, se intensificaron e Isabel las combatió resiguiendo la espiral de la concha con un dedo, buscando consuelo en su asombrosa suavidad, en la exactitud de sus proporciones. La criatura que la había creado llevaba mucho tiempo muerta, y aquella escultura era el único vestigio que había dejado. Entonces la asaltó la idea de que el marido de Hannah Potts también había dejado en este mundo una escultura viva: aquella niña.

Lucy levantó un brazo por encima de la cabeza y arrugó brevemente la frente mientras cerraba los dedos con fuerza alrededor de la concha desaparecida.

—No dejaré que nadie te haga daño, cariño. Prometo que te protegeré siempre —murmuró Isabel. A continuación, hizo algo que llevaba años sin hacer: se arrodilló y agachó la cabeza—. Señor, ya sé que no puedo comprender tus misterios. Sólo puedo aspirar a ser digna de lo que me has llamado a hacer. Dame la fuerza necesaria para continuar. —Por un instante la asaltó con fiereza una duda, y se vio sacudida por un temblor hasta que consiguió normalizar el ritmo de su respiración—. Hannah Potts... Hannah Roennfeldt... —dijo, tratando de conformarse con esa idea—, de ella también te ocuparás, estoy segura. Concédenos la paz a todos.

Se quedó escuchando el aullido del viento y el rugido del mar, y sintió que la distancia restablecía la sensación de seguridad que lo ocurrido en los últimos dos días le había arrebatado. Dejó la caracola junto a la cuna de Lucy, donde la niña la encontraría cuando se despertara, y, fortalecida, salió sin hacer ruido de la habitación.

Para Hannah Roennfeldt, el lunes de enero posterior al bautizo había sido trascendental.

Cuando fue a abrir el buzón esperaba encontrarlo vacío: lo había revisado el día anterior, pues aquello formaba parte del ritual que había creado para pasar las horas desde aquella terrible noche del Día de ANZAC de casi dos años atrás. Primero pasaba por la comisaría de policía, donde a veces se limitaba a mirar con gesto interrogante al agente Harry Garstone, que respondía a su vez negando silenciosamente con la cabeza. Al salir Hannah de la comisaría, el colega de Garstone, el agente Lynch, tal vez comentara: «Pobre mujer. Quién iba a decir que acabaría así...», y también él negaba con la cabeza antes de continuar con su papeleo. Hannah iba todos los días a una parte diferente de la playa en busca de alguna señal, algún indicio: maderas arrastradas por el mar, el fragmento metálico de un tolete... Llevaba consigo una carta dirigida a su marido y a su hija. A veces adjuntaba cosas: un recorte de periódico sobre un circo que iba a instalarse en el pueblo; una canción infantil que había escrito a mano y pintado con lápices de colores... Lanzaba la carta a las olas con la esperanza de que, al correrse la tinta del sobre, en algún lugar, en uno u otro océano, sus seres queridos la absorbieran.

De regreso, pasaba por la iglesia y se sentaba en silencio en el último banco, cerca de la estatua de san Judas. A veces se quedaba allí hasta que los eucaliptos proyectaban su sombra larguirucha sobre las vidrieras y los cirios votivos quedaban reducidos a charcos fríos de cera dura. Allí era como si Frank y Grace todavía existieran, al menos mientras ella permaneciera sentada en la penumbra. Cuando ya no podía retrasarlo más, volvía a casa y no abría el buzón hasta sentirse lo bastante fuerte como para enfrentarse al disgusto de encontrarlo vacío.

En los dos últimos años había escrito a infinidad de sitios: hospitales, autoridades portuarias, misiones marineras: a cualquiera que pudiera saber algo de la aparición de un bote; pero sólo había recibido corteses respuestas asegurándole que la informarían enseguida si tenían alguna noticia de su marido y su hija desaparecidos.

Era una calurosa mañana de enero, y las urracas cantaban alegremente; las notas caían como una cascada y salpicaban los árboles de caucho bajo un cielo de un azul desteñido. Hannah recorrió sin prisa, como en trance, los escasos metros que separaban el porche del sendero de losas. Hacía ya mucho que no se fijaba en las gardenias y los jazmines de Madagascar, ni en el consuelo que ofrecía su perfume dulce y cremoso. El buzón de hierro, oxidado, chirrió al abrirlo Hannah; estaba tan cansado como ella y también se resistía a moverse. Dentro había algo blanco. Hannah parpadeó. Era una carta.

Un caracol había trazado una estela reluciente por el sobre y se había comido parte de una esquina. No había sello, y la caligrafía era sobria y firme.

Se la llevó dentro y la dejó encima de la mesa del comedor, alineando el borde con el pulido borde del tablero de madera. Se quedó allí sentada largo rato antes de coger el abrecartas con mango de madreperla y abrir el sobre, con cuidado de no romper lo que hubiera dentro.

Sacó la carta, una sola hojita de papel que rezaba:

No sufra por ella. La niña está a salvo. La quieren y la cuidan, y siempre será así. Su marido descansa en paz en el seno del Señor. Espero que esto la consuele.

Rece por mí.

La casa estaba a oscuras, con las cortinas de brocado echadas para proteger el interior de la implacable luz del sol. Las cigarras cantaban en la parra del porche trasero; producían un chirrido tan intenso que a Hannah le zumbaban los oídos.

Examinó la caligrafía. Las palabras se formaban ante sus ojos, pero no acababa de desembrollarlas. El corazón le golpeaba contra los pulmones, y le costaba respirar. Se había imaginado que la carta desaparecería en cuanto abriera el sobre; no habría sido la primera vez que le pasaba algo así: tal vez le parecía ver a Grace por la calle, el destello rosa de uno de sus trajecitos de bebé, y luego se daba cuenta de que sólo era un paquete de ese color, o la falda de una mujer; atisbaba la silueta de un hombre y habría jurado que era su marido, e incluso le tiraba de la manga para enfrentarse a la expresión de desconcierto de alguien que se parecía a él tanto como la tiza al queso.

—¿Gwen? —dijo cuando por fin se sintió capaz de articular unas palabras—. ¿Puedes venir un momento, Gwen? —Hizo salir a su hermana de su dormitorio, temiendo que si movía un solo músculo, la carta se evaporara y todo quedara reducido a una broma pesada de la penumbra.

Gwen todavía llevaba su tambor de bordar en las manos.

—¿Me has llamado, Hanny?

Hannah no dijo nada y se limitó a apuntar con la barbilla hacia la carta. Su hermana la cogió.

«Por fin —pensó Hannah—. No son imaginaciones mías.»

Una hora más tarde, habían salido de la sencilla casita de madera y habían ido a Bermondsey, la mansión de piedra de Septimus Potts en lo alto de la colina, en las afueras del pueblo.

—¿Y la has encontrado hoy en el buzón? —preguntó el señor Potts.

—Sí —respondió Hannah, que seguía aturdida.

—¿Quién podría hacer una cosa así, papá? —preguntó Gwen.

—¡Alguien que sabe que Grace está viva, quién si no! —dijo Hannah. No vio la mirada que se dirigieron su padre y su hermana.

—Hannah, cariño, ha pasado mucho tiempo —continuó Septimus.

—¡Ya lo sé!

—Lo que quiere decir papá —intervino Gwen— es que es muy raro que no hayas sabido nada hasta ahora, y que de pronto recibas esto.

—Pero ¡es algo! —replicó Hannah.

—Ay, Hanny —dijo Gwen, negando con la cabeza.

Ese mismo día, más tarde, el sargento Knuckey, el superior de la comisaría de Point Partageuse, estaba incómodamente sentado en una mecedora, sosteniendo una taza de té diminuta sobre una ancha rodilla mientras intentaba tomar notas.

—¿Y no han visto a nadie alrededor de la casa, señorita Potts? —le preguntó a Gwen.

—No, a nadie. —Dejó la jarrita de leche en la mesa auxiliar—. No suele venir nadie a visitarnos —añadió.

El policía escribió algo.

—¿Y bien?

Knuckey se dio cuenta de que Septimus le dirigía esa pregunta a él. Volvió a examinar la carta. Caligrafía pulida. Papel sencillo. Sin membrete. ¿Alguien del pueblo? No cabía duda de que todavía había por allí gente que disfrutaría viendo sufrir a un partidario de los alemanes.

—Me temo que no es gran cosa.

Escuchó pacientemente las protestas de Hannah, que estaba convencida de que aquella carta debía de contener alguna pista. Constató que el padre y la hermana parecían un poco incómodos, como cuando una tía loca se pone a ensalzar a Jesús en medio de una comida.

Cuando Septimus lo acompañó a la puerta, el sargento se puso la gorra y comentó en voz baja:

—Parece una broma de mal gusto. Ya va siendo hora de enterrar el hacha y olvidarse de los boches. Ya sé que es un asco, pero no hay necesidad de bromas como ésta. Yo no le contaría a nadie lo de la nota. Para no dar ideas a posibles imitadores. —Le estrechó la mano a Septimus y echó a andar por el largo sendero bordeado de árboles del caucho.

Septimus volvió a su estudio y le puso una mano en el hombro a Hannah.

—Vamos, pequeña. No dejes que esto te deprima.

—Es que no lo entiendo, papá. ¡Tiene que estar viva! Si no, ¿por qué iban a tomarse la molestia de escribir una nota mintiendo respecto a algo así, sin ningún motivo?

—Mira, corazón, ¿sabes qué haremos? Doblaré la recompensa. Ofreceré dos mil guineas. Si es verdad que alguien sabe algo, pronto lo averiguaremos.

Le sirvió otra taza de té a su hija, y por una vez no lo complació pensar que era poco probable que tuviera que desprenderse de su dinero.

A pesar de que Septimus Potts era muy conocido en los alrededores de Partageuse, pocos podían afirmar que lo conocieran bien. Tenía una acusada actitud protectora hacia su familia, pero su mayor oponente siempre había sido el destino. Septimus tenía cinco años cuando desembarcó del *Queen of Cairo* en Fremantle, en 1869. Colgado del cuello llevaba el letrerito que su madre le había puesto al despedirse de él en el muelle de Londres. Rezaba: «Soy un buen cristiano. Por favor, cuiden de mí.»

Era el séptimo y último hijo de un ferretero de Bermondsey, que, tras el nacimiento del bebé, sólo había tardado tres días en abandonar este mundo bajo los cascos de un caballo de tiro desbocado. Su madre había hecho todo lo posible para mantener unida a la familia, pero al cabo de unos años, cuando la tisis empezó a hacer estragos en su salud, comprendió que tenía que asegurar el futuro de sus hijos. Envió a cuantos pudo a vivir con distintos parientes de Londres y los alrededores, donde podrían ayudar a sus familias de acogida. Pero el más pequeño era demasiado joven y sólo habría mermado los escasos recursos de cualquier familia, así que una de las últimas cosas que hizo la madre fue comprarle un pasaje para Australia Occidental, adonde viajaría solo.

Como él mismo explicaría más tarde, esa clase de experiencias hacen que o te sientas atraído por la muerte o se despierten en ti unas grandes ansias de vivir, y él pensó que de todos modos la muerte no tardaría mucho en llamar a su puerta. Así que cuando lo recogió una mujer rolliza y de tez bronceada de la Misión Marinera y lo envió a un hogar decente del Sudoeste, él fue sin rechistar: ¿a quién más podía escuchar? Empezó una nueva vida en Kojonup, un pueblo muy al este de Partageuse, con Walt y Sarah Flindell, un matrimonio que a duras penas se ganaba la vida con la explotación de madera de sándalo. Eran buena gente, pero lo bastante avispados como para saber que, como pesaba

161

tan poco, la madera de sándalo podía cargarla y manejarla hasta un niño, así que aceptaron acoger a Septimus. En cuanto a éste, tras el largo viaje en barco, tener un suelo que no oscilaba y vivir con dos personas a las que no les dolía darle el pan de cada día le parecía el paraíso.

Y así fue como Septimus conoció ese nuevo país al que lo habían enviado como quien envía un paquete sin dirección, y acabó apreciando a Walt y Sarah y su sentido práctico. La pequeña cabaña donde vivían, en medio del terreno que iban talando, no tenía cristales en las ventanas ni agua corriente, pero en aquellos tiempos daba la impresión de que nunca faltaba lo imprescindible para vivir.

Al cabo de los años, cuando la valiosa madera de sándalo, cuyo valor superaba a veces el del oro, se agotó por culpa de la sobreexplotación, Walt y Septimus se pusieron a trabajar en los aserraderos que empezaban a aparecer alrededor de Partageuse.

La construcción de nuevos faros a lo largo de la costa hizo que enviar cargas por barco por aquella ruta marítima pasara de ser puro juego de azar a encerrar un riesgo comercial aceptable, y los nuevos ferrocarriles y embarcaderos permitían talar los bosques y enviar la madera a cualquier lugar del mundo desde la misma puerta de casa.

Septimus trabajaba como un condenado y rezaba sus oraciones, y los sábados la mujer del pastor le enseñaba a leer y escribir. Nunca gastaba ni medio penique más de lo necesario, y nunca desaprovechaba una oportunidad de ganarlo. Parecía tener el don de descubrir oportunidades que otros no sabían ver. Pese a no medir más de un metro setenta, tenía el porte de un hombre mucho más corpulento, y siempre vestía tan decentemente como le permitía su economía. Eso se traducía en que a veces parecía casi atildado, pero siempre tenía, como mínimo, una muda limpia para ir a la iglesia el domingo, aunque hubiera tenido que lavarla a medianoche para quitarle el serrín tras una larga jornada de trabajo.

Todo eso le resultó muy útil cuando, en 1892, un recién nombrado baronet de Birmingham pasó por la colonia en busca de algún lugar exótico donde invertir un pequeño capital. Septimus aprovechó la ocasión de empezar un negocio, y convenció al baronet para que invirtiera su dinero en la compra de un pequeño terreno. Septimus triplicó hábilmente la inversión, y a base de medir con cuidado los riesgos y reinvertir su parte con astucia, pronto consiguió montar su propio negocio. En 1901, cuando la colonia se unió a la recién formada nación de Australia, ya era uno de los madereros más ricos en muchos kilómetros a la redonda.

Fueron tiempos de prosperidad. Septimus se había casado con Ellen, una debutante de Perth. Nacieron Hannah y Gwen, y su casa, Bermondsey, se convirtió en paradigma de estilo y éxito en el Sudoeste. Y entonces, en una de sus afamadas meriendas en el bosque, servidas con gran derroche de lino y plata, a su querida esposa le picó una dugite australiana justo por encima del tobillo de la bota de cabritilla, y en menos de una hora había muerto.

«La vida es muy traidora —pensó Septimus cuando sus hijas hubieron regresado a la casita, el día de la llegada de aquella misteriosa carta—. Lo que te da con una mano te lo quita con la otra.» Al final se había reconciliado con Hannah, tras el nacimiento de la niña, y entonces el marido y la cría habían desaparecido del mapa dejando a su hija destrozada. Y ahora algún desgraciado se ponía a remover el pasado. No había más remedio que pensar en lo bueno que uno tenía y dar gracias de que las cosas no fueran peores.

Sentado a su escritorio, el sargento Knuckey daba golpecitos con el lápiz en el secante y observaba los minúsculos rastros que dejaba la mina de grafito. Pobre mujer. ¿Quién iba a reprocharle que se aferrara a la posibilidad de que su hija siguiera con vida? Irene, su esposa, todavía lloraba a veces al recordar al pequeño

Billy, y ya hacía veinte años que el niño se había ahogado siendo muy pequeño. Desde entonces habían tenido cinco hijos más, pero la tristeza nunca había desaparecido del todo.

Sin embargo, no existía ni la más remota posibilidad de que la niña estuviera viva. Aun así, cogió una hoja de papel y empezó a redactar un informe del incidente. La señora Roennfeldt merecía, como mínimo, que se cumplieran todas las formalidades.

17

«Su marido descansa en paz en el seno del Señor.» Hannah Roenn-feldt relee la frase una y otra vez el día de la llegada de la misteriosa carta. Grace está viva, pero Frank ha muerto. Le gustaría poder creer lo primero y no creer lo último. Frank. Franz. Recuerda al hombre bondadoso cuya vida tantas veces se había desbaratado a lo largo del extraño camino que acabó conduciéndolo hasta ella.

El primer revés lo sacó de una vida privilegiada en Viena cuando sólo tenía dieciséis años; las deudas de juego de su padre obligaron a la familia a viajar a Australia e instalarse en Kalgoorlie, un lugar donde tenían parientes, y tan alejado de Austria que ni el más tenaz acreedor habría continuado la persecución. Después de pasar del lujo a la austeridad, el hijo entró a trabajar de panadero en la tienda regentada por sus tíos Fritz y Mitzie, quienes, tras su llegada años atrás, habían pasado a llamarse Clive y Millie. Decían que era importante integrarse. Su madre lo entendía, pero su padre, con el orgullo y la testarudez que habían causado su ruina económica, se resistía a adaptarse, y ese mismo año se tiró a las vías para morir aplastado por un tren con destino a Perth, dejando a Frank como cabeza de familia.

Meses más tarde, al estallar la guerra, lo encerraron en un campo de internamiento por considerarlo enemigo extranjero —primero en Rottnest Island y luego en el Este—; ahora el chico no sólo estaba desarraigado y afligido, sino que lo despreciaban por cosas que sucedían muy lejos y que estaban fuera de su control.

Y nunca se quejaba de nada, pensó Hannah. La sonrisa fácil y abierta de Frank no había desaparecido cuando ella lo conoció en Partageuse, en 1922, año en que él empezó a trabajar en la panadería.

Recordaba la primera vez que lo había visto, en la calle principal, una mañana de octubre. Hacía sol, pero el ambiente todavía era bastante fresco. Frank le había sonreído y le había ofrecido un chal que ella reconoció.

—Se lo ha dejado en la librería —explicó.

—Gracias. Es usted muy amable.

—Es un chal muy bonito. ¡Qué bordados! Mi madre tenía uno parecido. La seda china es muy cara, sería una pena que se le extraviara. —Asintió respetuoso y se volvió para irse.

—Nunca lo había visto por aquí —declaró Hannah. Y tampoco había oído antes aquel acento tan encantador.

—Acabo de empezar a trabajar en la panadería. Me llamo Frank Roennfeldt. Encantado de conocerla, señorita.

—Bienvenido a Partageuse, señor Roennfeldt. Espero que le guste esto. Yo me llamo Hannah Potts. —Recolocó los paquetes que llevaba en las manos para echarse el chal sobre los hombros.

—Permítame, por favor —dijo él, y la envolvió con el chal con un único y fluido movimiento—. Le deseo un día excelente. —Volvió a esbozar una sonrisa deslumbrante. El sol iluminó el azul de sus ojos e hizo brillar su rubio cabello.

Al cruzar la calle hacia el *sulky* que la esperaba, Hanna se fijó en que una mujer la taladraba con la mirada y escupía en la acera. Hannah se sorprendió, pero no dijo nada.

Unas semanas más tarde, volvió a la pequeña librería de Maisie McPhee. Al entrar vio a Frank de pie ante el mostrador, sometido al ataque de una mujer mayor que blandía su bastón para enfatizar sus palabras.

—¡Es inconcebible, Maisie McPhee! —declaró la mujer—. ¡Cómo se te ocurre vender libros que defienden a los boches! Esos animales me mataron un hijo y un nieto, y no me hace ninguna gracia que tú les envíes dinero como quien envía un paquete de la Cruz Roja.

Maisie se había quedado sin habla.

—Lamento mucho haberla ofendido, señora —dijo Frank—. La señorita McPhee no tiene la culpa. —Sonrió y le tendió el libro abierto—. ¿Lo ve? Sólo es poesía.

—¡Qué poesía ni qué ocho cuartos! —le espetó la mujer, golpeando el suelo con el bastón—. ¡De sus bocas jamás ha salido ni una sola palabra decente! ¡Ya me habían dicho que había un alemán en el pueblo, pero no me imaginaba que sería tan descarado como para restregárnoslo! ¡Y tú, Maisie! —Se plantó ante ella y añadió—: Tu padre debe de estar revolviéndose en la tumba.

—Lo siento mucho, de verdad —insistió Frank—. Por favor, quédese el libro, señorita McPhee. No era mi intención ofender a nadie. —Dejó un billete de diez chelines encima del mostrador y salió de la tienda, rozando a Hannah al pasar y sin fijarse en ella. La mujer salió tras él, y se alejó taconeando por la calle en la dirección opuesta.

Maisie y Hannah se miraron un momento; entonces la librera sonrió y preguntó:

—¿Ha traído su lista, señorita Potts?

Mientras Maisie leía la lista, Hannah dirigió su atención al libro abandonado. Sentía curiosidad por saber por qué aquel diminuto volumen encuadernado en piel color verde oscuro podía haber sido tan ofensivo. Lo abrió, y las letras góticas impresas en la guarda le llamaron la atención: «*Das Stunden Buch* — Rainer Maria Rilke.» Había estudiado alemán en el colegio además de francés, y había oído hablar de Rilke.

—Y... —dijo sacando dos billetes de una libra— ¿le importa que me lleve éste también? —Maisie la miró con gesto de sorpresa, y Hannah agregó—: Ya va siendo hora de que todos olvidemos el pasado, ¿no le parece?

La librera envolvió el libro con papel de embalaje y lo ató con un cordel.

167

—La verdad es que me ahorra usted el trabajo de devolverlo a Alemania. Nadie más querría comprarlo.

Unos momentos más tarde, en la panadería, Hannah dejó el paquetito encima del mostrador.

—¿Le importaría darle esto al señor Roennfeldt, por favor? Se lo ha dejado en la librería.

—Está en la trastienda. Voy a llamarlo.

—No, no se moleste. Muchas gracias —dijo ella, y salió de la tienda antes de que el panadero pudiera decir nada más.

Unos días después, Frank fue a visitarla para darle las gracias en persona por su amabilidad, y la vida de Hannah tomó un nuevo rumbo que al principio parecía el más afortunado que ella hubiera podido soñar.

La alegría de Septimus Potts al insinuarle su hija que un joven del pueblo le hacía la corte se convirtió en consternación cuando se enteró de que se trataba del panadero. Pero recordó sus humildes orígenes y decidió no juzgar a aquel joven por su oficio. Sin embargo, cuando supo que era alemán, o casi alemán, su consternación derivó en indignación. Las discusiones con Hannah, que habían empezado poco después de iniciarse el noviazgo, hicieron que ambos, a cual más testarudo, se afianzaran en sus respectivas posturas.

Pasados dos meses, la situación había alcanzado un punto crítico. Septimus Potts se paseaba por el salón tratando de asimilar la noticia.

—¿Te has vuelto loca, niña?

—Es lo que quiero, papá.

—¡Casarte con un alemán! —Dirigió la mirada hacia el ornamentado marco de plata con la fotografía de Ellen que había en la repisa de la chimenea—. ¡Tu madre jamás me perdonaría, eso para empezar! Le prometí que te educaría como es debido...

—Y lo has hecho, papá. Lo has hecho.

—¿Ah, sí? Pues algo habré hecho mal para que ahora me hables de casarte con un maldito panadero alemán.

—Es austríaco.

—¿Acaso no es lo mismo? ¿Tengo que llevarte al asilo de repatriados para que veas cómo los chicos todavía farfullan como idiotas por culpa del gas? ¡Precisamente yo, que pagué ese maldito hospital!

—Sabes muy bien que Frank ni siquiera luchó en la guerra. Estuvo en un campo de internamiento. Jamás le ha hecho daño a nadie.

—No seas insensata, Hannah. Eres una chica bastante guapa. Hay muchos jóvenes en la región... Maldita sea, y en Perth, o Sídney, o incluso Melbourne... que estarían encantados de casarse contigo.

—Querrás decir encantados de casarse con tu dinero.

—Ya estamos otra vez, ¿no? Tú mereces algo mucho mejor que mi dinero, ¿no es así, jovencita?

—No se trata de eso, papá...

—He trabajado como un condenado para llegar a donde estoy. No me avergüenzo de ser quien soy ni de venir de donde vengo. Pero tú... tú puedes aspirar a algo mejor.

—Lo único a lo que aspiro es a vivir mi propia vida.

—Mira, si quieres hacer obras de caridad, puedes irte a vivir con los nativos a la misión. O trabajar en el orfanato. No hace ninguna falta que te cases con tus aspiraciones benéficas.

Hannah tenía las mejillas coloradas, y el corazón se le aceleró al oír ese último desaire, no sólo porque era un ultraje, sino por algo más, tal vez el vago temor de que pudiera ser cierto. ¿Y si le había dicho que sí a Frank sólo para fastidiar a los pretendientes que la perseguían por su dinero? ¿O si sólo quería compensarlo por todo lo que había sufrido? Entonces pensó en cómo la hacía sentir cuando sonreía, y cómo levantaba el mentón para reflexionar cuando ella le hacía alguna pregunta, y se sintió reafirmada.

—Es un hombre decente, papá. Dale una oportunidad.

—Hannah. —Septimus le puso una mano en el hombro—. Sabes cuánto significas para mí. —Le acarició el pelo—. Cuando eras pequeña no dejabas que tu madre te cepillara el pelo, ¿lo sabías? Decías: «¡Papá! ¡Quiero que me lo cepille papá!» Y yo te lo cepillaba. Te sentaba en mis rodillas junto a la chimenea, por la noche, y te cepillaba el pelo mientras los panecillos se tostaban en el fuego. Le ocultábamos a mamá las manchas de mantequilla que te habías hecho en el vestido. Y tu pelo brillaba como el de una princesa persa... Espera un poco —suplicó al fin.

Si lo único que su padre necesitaba era tiempo para acostumbrarse a la idea, tiempo para cambiar de opinión... Hannah estuvo a punto de ceder, pero entonces él continuó:

—Acabarás viendo las cosas igual que yo. Verás que estás cometiendo un grave error... —Respiró hondo y exhaló inflando los carrillos, como solía hacer cuando tomaba una decisión de negocios—. Y darás gracias al cielo de que te haya persuadido.

Hannah se apartó.

—No permitiré que me trates como si fuera una cría. No puedes impedir que me case con Frank.

—Querrás decir que no puedo salvarte de que lo hagas.

—Tengo edad suficiente para casarme sin tu consentimiento, y si quiero lo haré.

—Quizá no tengas ninguna consideración por lo que esto pueda significar para mí, pero deberías pensar en tu hermana. Ya sabes cómo se tomarán esto los hombres de por aquí.

—¡Los hombres de por aquí son unos hipócritas xenófobos!

—Ya veo que valió la pena que invirtiera dinero en tu educación universitaria. Ahora puedes menospreciar a tu padre con tus palabras cultas. —La miró a los ojos—. Nunca pensé que llegaría a decir esto, hija mía, pero si te casas con ese hombre, será sin mi bendición. Y sin mi dinero.

Con la serenidad que Septimus había encontrado tan atractiva en su madre, Hannah se mantuvo muy erguida y contestó:

—Si así quieres que sea, papá, así será.

Tras una boda sencilla a la que Septimus se negó a asistir, la pareja se instaló en la desvencijada casa de madera de las afueras del pueblo. No cabía duda de que llevaban una vida frugal. Hannah daba clases de piano y enseñaba a leer y escribir a algunos peones de los aserraderos. Había un par a los que les producía una morbosa satisfacción pensar que tenían contratada, aunque sólo fuera una hora por semana, a la hija del hombre que los contrataba a ellos. Pero en general, la gente respetaba la amabilidad y la sencilla cortesía de Hannah.

Hannah era feliz. Había encontrado un marido que parecía comprenderla por completo, con el que podía hablar de filosofía y mitología clásica, y cuya sonrisa disipaba las preocupaciones y hacía soportables las privaciones.

Pasaban los años, y a aquel panadero cuyo acento no acababa de desaparecer se le concedió cierto grado de tolerancia. Algunos, como la mujer de Billy Wishart, o Joe Rafferty y su madre, todavía se empeñaban en cambiar de acera cuando lo veían, pero en general las cosas habían mejorado. En 1925 Hannah y Frank decidieron que la vida ofrecía suficiente seguridad y que se ganaban lo bastante bien el sustento como para traer al mundo a un niño, y en febrero de 1926 nació su hija.

Hannah recordaba la cantarina voz de tenor de Frank mientras mecía la cuna. «*Schlaf, Kindlein, schlaf. Dein Vater hüt' die Schaf. Die Mutter schüttelt's Bäumelein, da fällt herab ein Träumelein. Schlaf, Kindlein, schlaf.*»

En aquella habitacioncita iluminada con una lámpara de parafina, sentado con la espalda dolorida en una silla que había que arreglar, Frank le había dicho: «No puedo imaginar una existencia más feliz.» El resplandor de su rostro no lo producía la lámpara, sino la criaturita acostada en la cuna, cuya respiración cambió claramente de ritmo cuando por fin se rindió al sueño.

Aquel mes de marzo habían decorado el altar con jarrones de margaritas y jazmín de Madagascar del jardín de Frank y Hannah, y su dulce perfume flotaba sobre las hileras de bancos vacíos hasta el fondo de la iglesia. Hannah llevaba un vestido azul claro con un sombrero de fieltro de ala caída a juego, y Frank el traje de la boda, que, pasados cuatro años, todavía le iba bien. Bettina, la prima de Frank, y su marido Wilf habían ido desde Kalgoorlie para hacer de padrinos, y sonreían con indulgencia a la niñita que Hannah tenía en brazos.

El reverendo Norkells, de pie junto a la pila bautismal, tiró con cierta torpeza de una de las borlas de colores para buscar la página correcta del rito del bautismo. Su torpeza quizá tuviera alguna relación con el tufillo a alcohol de su aliento. «¿Está bautizada ya esta niña?», empezó.

Era una tarde de sábado calurosa y opresiva. Una gruesa moscarda pasaba zumbando y se acercaba de vez en cuando a beber en la pila bautismal, de donde la ahuyentaban los padrinos. Se hizo tan pesada que Wilf acabó dándole con el abanico de su mujer y la moscarda cayó en picado en el agua bendita, como un borracho que cae en una zanja. El párroco la sacó de allí sin interrumpir su discurso y preguntó:

—¿Renunciáis, en nombre de esta niña, al diablo y a todas sus obras?

—Sí, renunciamos —respondieron los padrinos.

Mientras hablaban, la puerta de la iglesia reaccionó con un chirrido a un tímido empujón. Hannah se llevó una grata sorpresa al ver a su padre, al que Gwen llevaba cogido del brazo, avanzar lentamente hasta arrodillarse en el último banco. Hannah y su padre no se hablaban desde el día en que ella había salido de la casa para casarse, y había dado por hecho que él respondería a la invitación al bautizo como siempre: con silencio. «Lo intentaré, Hanny —le había prometido Gwen—. Pero ya sabes que es tozudo como una mula. Y te prometo que yo sí iré, diga lo que diga. Esto ya está durando demasiado.»

Frank se volvió hacia Hannah.

—¿Lo ves? —le susurró—. Al final Dios siempre lo arregla todo.

—Oh, Señor misericordioso, que quede el Adán de esta niña enterrado, para que surja en ella el hombre nuevo... —Las palabras resonaban en las paredes, y el bebé gimoteaba y se retorcía en brazos de su madre. Cuando empezó a lloriquear, Hannah le acercó el nudillo del dedo meñique a los labios, y la pequeña lo succionó con deleite. El rito continuó; Norkells cogió a la niña y les dijo a los padrinos:

—¿Cómo vais a llamar a esta niña?

—Grace Ellen.

—Grace Ellen, yo te bautizo en el nombre del Padre, del Hijo y del Espíritu Santo.

Durante el resto del oficio, la pequeña contempló las vidrieras de colores de las ventanas, tan fascinada como lo estaría dos años más tarde, cuando volviera a contemplarlas desde la pila bautismal, en brazos de otra mujer.

Una vez terminado el bautizo, Septimus permaneció en su banco. Mientras Hannah recorría lentamente el pasillo, la niña se removía en su arrullo, girando un poco la cabeza hacia uno y otro lado. Hannah se paró junto a su padre, que se levantó al ofrecerle ella a su nieta. Vaciló un momento y luego extendió los brazos para cogerla.

—Grace Ellen. Tu madre se habría emocionado —fue lo único que alcanzó a decir antes de que se le escapara una lágrima, y miró con sobrecogimiento a la niña.

Hannah lo cogió del brazo.

—Ven a saludar a Frank —dijo, y lo guió por el pasillo.

—Me gustaría mucho que entrarais —dijo Hannah más tarde, cuando su padre se quedó en la cancela con Gwen. Septimus titubeaba. La casita de tablas de madera, poco más que una choza, le recordaba el cobertizo de los Flindell donde él había crecido. Atravesar esa puerta significaba para él retroceder cincuenta años dando sólo un par de pasos.

En el salón, conversó con fría formalidad pero educadamente con los primos de Frank. Felicitó a su yerno por el delicioso pastel de bautizo y por el modesto pero primoroso surtido de alimentos. Con el rabillo del ojo no dejaba de mirar las grietas del yeso y los agujeros de la alfombra.

Antes de marcharse, se llevó a Hannah a un rincón y sacó su cartera.

—Deja que te dé algo para...

Hannah le apartó la mano con suavidad.

—No hace falta, papá. Nos arreglamos bien —dijo.

—Ya lo sé, pero ahora que tenéis otra boca que alimentar...

Ella le puso una mano en el brazo.

—En serio. Te lo agradezco, pero nos las arreglamos bien solos. Vuelve a visitarnos pronto.

Septimus sonrió; besó a la niña en la frente, y luego a su hija.

—Gracias, Hanny. —Y entonces, casi entre dientes, mascu-lló—: Ellen habría querido que vigilara a nuestra nieta. Y yo... te he echado de menos.

Pasada una semana empezaron a llegar regalos para la niña desde Perth, Sídney y desde más lejos aún. Una cuna, una có-moda de caoba. Vestidos, gorritos y artículos de baño. La nieta de Septimus Potts tendría todo lo que pudiera comprarse con dinero.

«Su marido descansa en paz en el seno del Señor.» Debido a la carta, Hannah vive a la vez un duelo y un renacimiento. Dios se ha llevado a su marido, pero ha salvado a su hija. Llora, y no sólo de pena, sino de vergüenza, cuando recuerda aquel día.

El pueblo corre un velo sobre ciertos sucesos. Es una comu-nidad pequeña, donde todos saben que a veces el compromiso de olvidar es tan importante como cualquier promesa de recordar. Los niños pueden crecer sin saber nada del desliz que cometió su padre en la juventud, ni del hermano ilegítimo que vive a cien kilómetros de allí y lleva el apellido de otro hombre. La historia es eso que se acuerda por consentimiento mutuo.

Así es como la vida continúa: protegida por el silencio que anestesia la vergüenza. Hombres que al volver de la guerra po-drían haber contado historias sobre la debilidad que habían demostrado sus camaradas en el momento de morir se limitaban a afirmar que habían muerto como valientes. Para el resto del mundo, ningún soldado visitaba jamás un burdel, ni actuaba como un salvaje, ni huía y se escondía del enemigo. Estar allí ya era castigo suficiente. Cuando las esposas tienen que esconder el dinero de la hipoteca o los cuchillos de la cocina de un marido que ha perdido el juicio, lo hacen sin decir ni una palabra, y a veces sin admitirlo ante ellas mismas.

Por eso, Hannah Roennfeldt sabe que no puede compartir con nadie el recuerdo de la pérdida de Frank. «¿Qué sentido tiene volver sobre el pasado?», diría la gente, ansiosa por volver a su imagen civilizada de la vida en Partageuse. Pero Hannah recuerda.

Día de ANZAC. Los pubs están llenos: llenos de hombres que estuvieron allí, o que perdieron a sus hermanos allí; hombres que han vuelto de Gallípoli y el Somme y que todavía no han superado la neurosis de guerra o los efectos del gas mostaza, aunque hayan pasado diez años. El 25 de abril de 1926. En la barra del fondo juegan al *two-up*; ése es el único día del año en que la policía hace la vista gorda. Qué demonios, los policías también juegan: también era su guerra. Y corre la cerveza Emu, y sube el tono de las conversaciones, y las canciones son cada vez más picantes. Hay mucho que olvidar. Volvieron a sus trabajos en las granjas, a sus trabajos detrás de los mostradores, y ante las clases, y salieron adelante. Salieron adelante porque no había más remedio. Y cuanto más beben, más les cuesta olvidar, y más ganas tienen de echar un trago por algo, o por alguien. En buena ley, de hombre a hombre. Malditos turcos. Malditos boches. Malditos cabrones.

Y Frank Roennfeldt les viene como anillo al dedo. Es el único alemán del pueblo, sólo que es austríaco. Es lo más parecido al enemigo que tienen, así que cuando lo ven bajar por la calle con Hannah al anochecer, empiezan a silbar *Tipperary*. Hannah se pone nerviosa y tropieza. Frank coge en brazos a Grace, tira

175

de la rebeca que su mujer lleva colgada del brazo para taparla y aprietan el paso, cabizbajos.

Los chicos del pub deciden que será divertido, y salen a la calle. Los chicos de los otros pubs de la calle principal salen también, y entonces un bromista decide que será divertido quitarle el sombrero a Frank, y se lo quita.

—¡Déjanos en paz, Joe Rafferty! —lo reprende Hannah—. Vuelve al pub y no te metas con nosotros. —Y la pareja acelera un poco más.

—¡Déjanos en paz! —la imita Joe con un agudo gimoteo—. ¡Maldito boche! ¡Son todos iguales, unos cobardes! —Se vuelve hacia sus compinches—. Mirad a la parejita con su adorable criatura. —Arrastra las palabras al hablar—. ¿Sabíais que los alemanes se comían a los bebés? Los asaban vivos, los muy cabrones.

—¡Vete o iremos a buscar a la policía! —grita Hannah, y de pronto ve a Harry Garstone y Bob Lynch, los agentes de policía, de pie en el porche del hotel, con sendas copas en la mano, con una sonrisita de complicidad detrás de los bigotes encerados.

De repente, como si alguien hubiera prendido una cerilla, los ánimos se encienden:

—¡Venga, chicos, vamos a divertirnos un poco con los simpatizantes de los boches! —exclama alguien—. Impidamos que el alemán se coma a ese bebé. —Y una docena de borrachos se ponen a perseguir a la pareja, y Hannah se queda rezagada porque la faja no la deja respirar.

—¡Grace, Frank! ¡Salva a Grace! —grita, y él corre con el fardo y se aleja de la turba, que lo acorrala y lo empuja calle abajo hacia el embarcadero, y el corazón le late desbocado y el dolor desciende por sus brazos mientras corre por los desvencijados tablones por encima del agua y salta al primer bote de remos que encuentra, y rema mar adentro para ponerse a salvo. Hasta que la muchedumbre se calma.

Situaciones peores ha vivido.

18

Mientras realiza sus tareas cotidianas —siempre de aquí para allá, siempre ocupada—, Isabel sabe en todo momento dónde está Lucy, como si las uniera un hilo invisible de amor. Nunca se enfada; tiene una paciencia infinita con la niña. Cuando se le cae comida al suelo, cuando sus manitas sucias decoran las paredes, nunca recibe una palabra brusca ni una mirada de desaprobación. Si Lucy se despierta llorando por la noche, Isabel la reconforta con dulzura y cariño. Acepta el regalo que le ha enviado la vida. Y acepta las cargas.

Por la tarde, mientras la niña duerme, Isabel sube hasta lo más alto del cabo, donde están clavadas las cruces de madera. Ésa es su iglesia, su santuario, donde reza en busca de orientación, y para ser una buena madre. Reza también, en un sentido más abstracto, por Hannah Roennfeldt. A ella no le corresponde juzgar lo que ha pasado. Allí arriba, Hannah sólo es un concepto lejano. No tiene cuerpo ni existencia, mientras que Lucy... Isabel conoce cada una de sus expresiones, cada uno de sus llantos. Ha visto cómo ese pequeño milagro iba formándose día a día, como un don revelado únicamente con el paso del tiempo. Está surgiendo toda una personalidad a medida que la niña aprende nuevas palabras y empieza a articular cómo se siente, quién es.

Isabel se sienta en esa capilla sin paredes, ventanas ni pastor, y da gracias a Dios. Y si la importunan pensamientos relacionados con Hannah Roennfeldt, su respuesta es siempre la misma. Es muy sencillo: ella no puede separarse de la niña, ella no es nadie para poner en peligro la felicidad de Lucy. ¿Y Tom? Tom es un buen hombre. Tom siempre hará lo correcto: Isabel confía plenamente en eso. Al final lo aceptará.

Pero se ha abierto entre los dos una fina grieta de distancia que no se puede cruzar: una tierra de nadie invisible, fina como una brizna.

Poco a poco el ritmo de la vida en Janus se restablece y absorbe a Tom en las minucias de sus rituales. A veces, cuando se despierta de sueños turbulentos de cunas rotas y brújulas sin agujas, ahuyenta la desazón y deja que la luz del día la contradiga. Y el aislamiento lo arrulla con la música de la mentira.

—Sabes qué día es hoy, ¿verdad, Luce? —preguntó Isabel mientras le pasaba el jersey por la cabeza a la niña y sacaba una mano por cada bocamanga. Habían pasado seis meses desde su regreso a Janus en enero de 1928.

Lucy echó un poco la cabeza hacia atrás.

—Hummm —dijo para ganar tiempo.

—¿Quieres que te dé una pista?

La niña asintió. Isabel le puso el primer calcetín.

—Vamos. El otro piececito. Así. Muy bien, la pista es que si te portas muy bien, tal vez te dé naranjas esta noche.

—¡La barca! —chilló Lucy; resbaló de la rodilla de su madre y se puso a saltar, con un zapato en el pie y el otro en la mano—. ¡Viene la barca! ¡Viene la barca!

—Eso es. ¿Me ayudas a poner la casa bien bonita para cuando lleguen Ralph y Bluey?

—¡Sí! —gritó Lucy corriendo hacia la cocina—. ¡Vienen Alf y Booey, papi!

Tom la cogió en brazos y le dio un beso.

—¡No tienes ni un pelo de tonta! ¿Te has acordado tú sola, o te ha ayudado alguien?

—Me lo ha dicho mamá —confesó la niña con una sonrisa; se retorció para que su padre la bajara al suelo y fue corriendo a buscar a Isabel.

Más tarde, provistas de abrigos y chanclos de goma, salieron las dos al gallinero. Lucy llevaba una versión en miniatura del cesto de Isabel.

—Todo un desfile de moda —observó Tom al pasar a su lado, camino del cobertizo.

—Prefiero ir abrigada que elegante —dijo Isabel, y le dio un beso fugaz—. Formamos una expedición huevera.

En el gallinero, Lucy cogía cada huevo con las dos manos, y abordaba la tarea que a Isabel le habría llevado sólo unos segundos como si fuera un delicado ritual. Se acercaba el huevo a la mejilla y anunciaba «¡Todavía caliente!» o «Frío», según fuera el caso; luego se lo pasaba a Isabel para que lo guardara, y el último se lo quedaba y lo llevaba en su cestito. A continuación empezaba: «Gracias, *Daphne*. Gracias, *Speckle*», y daba las gracias a cada una de las gallinas por su contribución.

En el huerto, Lucy sujetaba el mango de la pala con que Isabel desenterraba las patatas.

—Me parece que veo una... —dijo Isabel, y esperó a que Lucy la distinguiera en la tierra arenosa.

—¡Allí! —exclamó la pequeña, y metió la mano en el hoyo, sacando de él una piedra.

—Casi. —Isabel sonrió—. ¿Y al lado? Mira un poco más cerca del borde.

—¡Patata! —Lucy sonrió, radiante, y levantó su premio por encima de la cabeza, salpicándose el pelo de tierra; le entró un poco en los ojos y rompió a llorar.

—Déjame ver —la tranquilizó Isabel. Se limpió las manos en el delantal y le examinó el ojo—. Ya está. Ahora parpadea un poco. Muy bien, Luce. Ya no tienes nada. —Y la niña siguió abriendo y cerrando los ojos.

—Ya está —dijo por fin—. ¡Más patatas! —Y reanudaron la cacería.

Dentro, Isabel barrió el suelo de todas las habitaciones y fue juntando el polvo arenoso en montoncitos en un rincón para recogerlos luego. Volvió de una rápida inspección del pan que se estaba cociendo en el horno y vio una estela que recorría toda la casa, producto de los intentos de Lucy con el recogedor.

—¡Mira, mamá! ¡Te ayudo!

Isabel contempló el rastro de polvo y suspiró.

—Bueno, más o menos... —Cogió a Lucy en brazos y dijo—: Gracias. Lo has hecho muy bien. Ahora, para asegurarnos de que el suelo ha quedado muy limpio, vamos a darle otra barrida, ¿de acuerdo? —Negó con la cabeza y masculló—: Ay, Lucy Sherbourne, qué duro es ser ama de casa, ¿verdad?

Al cabo de un rato, Tom apareció en la puerta.

—¿Ya está lista?

—Sí —contestó Isabel—. Se ha lavado la cara y las manos. Ya no tiene los dedos pringosos.

—Pues allá vamos, pequeñaja.

—¿Subimos la escalera, papi?

—Sí, subimos la escalera.

Y Lucy fue con él hasta la torre. Al llegar al pie de la escalera, estiró los brazos para que Tom pudiera darle las manos por detrás de la espalda.

—Vamos, ratoncito, vamos a contar. Uno, dos tres... —Y empezaron a subir muy despacio; Tom contó todos los escalones en voz alta, hasta mucho después de que Lucy hubiera desistido.

Al llegar arriba, a la sala de guardias, Lucy tendió las manos y dijo:

—Máticos.

—Ahora mismo te doy los prismáticos —repuso Tom—. Primero tengo que subirte a la mesa.

La sentó encima de las cartas de navegación, le dio los prismáticos y la ayudó a sujetarlos.

—¿Ves algo?

—Nubes.

—Sí, hay muchas. ¿Ves alguna señal de la barca?

—No.

—¿Estás segura? —Tom rió—. Suerte que no estás al mando del cuartel. ¿Qué es eso de allí? ¿Lo ves? Mira hacia donde apunta mi dedo.

Lucy agitó las piernas.

—¡Alf y Booey! ¡Naranjas!

—Mamá dice que traen naranjas, ¿verdad? Bueno, crucemos los dedos.

La barca tardó más de una hora en atracar. Tom e Isabel esperaban de pie en el embarcadero; Tom llevaba a Lucy sobre los hombros.

—¡Esto sí es un comité de bienvenida! —exclamó Ralph.

—¡Hola! —gritó Lucy—. ¡Hola, Alf, hola, Boo!

Bluey saltó al embarcadero y atrapó el cabo que le lanzó Ralph.

—Cuidado, Luce —le dijo a la niña, que se había bajado de los hombros de su padre—, no vayas a tropezar con ese cabo. —Miró a Tom y añadió—: Madre mía, qué mayor está, ¿no? ¡Ya no es la pequeña Lucy!

—Los bebés crecen, ¿no lo sabías? —dijo Ralph riendo.

Bluey acabó de asegurar el cabo.

—Nosotros pasamos meses sin verla y lo notamos más. A los niños del pueblo los vemos todos los días y no nos damos cuenta de que crecen.

—¡Y de pronto son unos hombretones como tú! —bromeó Ralph. Saltó al embarcadero; sujetaba algo en la mano que tenía detrás de la espalda—. Bueno, ¿quién me ayuda a descargar?

—¡Yo! —gritó Lucy.

Ralph le guiñó un ojo a Isabel y sacó la lata de melocotones que llevaba escondida.

—Muy bien, pues aquí hay una cosa muy, muy pesada que tienes que llevar.

Lucy cogió la lata con ambas manos.

—¡Madre mía, Luce, ten mucho cuidado con eso! Vamos a llevarlo a la casa. —Isabel se volvió hacia los hombres y dijo—: Dime qué quieres que lleve, Ralph. —Éste volvió a saltar a la barca y cogió el correo y unos cuantos paquetes ligeros—. Nos vemos en la casa. Tendré el hervidor preparado.

Después de comer, mientras los adultos tomaban el té en la mesa de la cocina, Tom dijo:

—Lucy está muy callada...

—Ya —dijo Isabel—. Se supone que está terminando el dibujo para los abuelos. Voy a ver. —Pero antes de que hubiera salido de la cocina, entró Lucy con una enagua de Isabel que le llegaba hasta el suelo, unos zapatos de tacón y el collar de cuentas de cristal azules que la madre de Isabel les había enviado esa mañana con la barca.

—¡Lucy! —dijo Isabel—. ¿Has estado hurgando en mis cajones?

—No —respondió la niña con los ojos como platos.

Isabel se ruborizó.

—No suelo exhibir mi ropa interior —se disculpó ante sus invitados—. Vamos, Lucy, si te paseas así por la casa vas a pillar una pulmonía. Vamos a vestirte. Y hablaremos de eso de revolver en las cosas de mamá. Y de decir mentiras. —Salió de la cocina sonriendo, y no advirtió la expresión que pasó fugazmente por el rostro de Tom al oír esas últimas palabras.

Lucy sigue alegremente a Isabel cuando salen a recoger huevos. La fascinan los dorados polluelos recién salidos del cascarón que encuentra de vez en cuando, y se los pone bajo la barbilla para apreciar su suavidad. Cuando ayuda a arrancar zanahorias y chirivías, a veces estira tan fuerte que se cae hacia atrás, rociada de tierra.

—¡Lucy, patosita! —ríe Isabel—. ¡Arriba!

En el piano, se sienta en las rodillas de Isabel y aporrea las teclas. Ella le coge el dedo índice y la ayuda a tocar *Three Blind Mice*; luego la niña dice:

—Yo sola, mamá. —Y vuelve a iniciar su cacofonía.

Se pasa horas sentada en el suelo de la cocina, dibujando con lápices de colores en el dorso de los formularios antiguos del Servicio de Faros de la Commonwealth, haciendo garabatos indescifrables que luego señala y explica: «Ésta es mamá, éste es papá, y ésta es Lulu del Faro.» Da por hecho que la torre de cuarenta metros que se alza en el patio de su casa, con una estrella en lo alto, es suya. Además de palabras como «perro» y «gato» —a los que sólo ha visto en los libros—, aprende palabras más concretas como «lente», «prisma» y «refracción». «Es mi estrella —le dice una noche a Isabel mientras la señala—. Me la ha regalado papá.»

Le cuenta a Tom fragmentos de historias sobre peces, gaviotas y barcos. Cuando bajan a la playa, le encanta cogerle una mano a Tom y otra a Isabel para columpiarse entre los dos. «¡Lulu del Faro!» es su frase favorita, y la utiliza cuando se dibuja a sí misma en hojas llenas de borrones, o cuando se describe en las historias.

Los océanos nunca paran. No conocen principio ni fin. El viento nunca cesa. A veces desaparece, pero sólo para tomar impulso en algún otro sitio y volver a lanzarse contra la isla para decir algo que Tom no logra entender. Aquí la existencia es a escala gigantesca. El tiempo se mide en millones de años; las rocas que desde lejos parecen dados lanzados contra la costa son peñascos de varios metros de contorno, erosionados a lo largo de milenios, volcados sobre un costado, de modo que los estratos se convierten en rayas verticales.

Tom observa a Lucy e Isabel, que se bañan en la Laguna del Paraíso. La niña está embelesada con los chapoteos, con el agua salada y con la estrella de mar que ha encontrado, de un azul intenso; la agarra con sus deditos, con la cara iluminada por la emoción y el orgullo, como si la hubiera hecho ella misma. «¡Mira, papi, mi estrella de mar!» A Tom le cuesta enfocar ambas escalas al mismo tiempo: la existencia de una isla y la existencia de una niña.

No puede llegar a entender que la minúscula vida de la cría signifique más para él que todos los milenios anteriores a ella. Se esfuerza por comprender sus emociones: cómo es posible que sienta a la vez ternura y desasosiego cuando Lucy le da un beso de buenas noches, o le enseña una rodilla con un rasguño para que él se la cure con un beso, aplicando los poderes mágicos que sólo poseen los padres.

Con Isabel también se debate entre el deseo y el amor que siente por ella y la sensación de asfixia. Esas dos sensaciones no resueltas se rozan y se raspan una a otra.

A veces, a solas en el faro, piensa en Hannah Roennfeldt. ¿Es alta? ¿Es gorda? ¿Hay algún rasgo suyo en la cara de Lucy? Cuando trata de imaginársela, sólo ve unas manos que cubren un rostro lloroso. Se estremece y vuelve a su tarea más inmediata.

La niña está sana, y es feliz, y la adoran; vive en ese pequeño mundo, lejos del alcance de los periódicos y las habladurías. Lejos del alcance de la realidad. A veces, durante varias semanas seguidas, Tom casi logra relajarse con la historia de una familia feliz, normal y corriente, como si se tratara de una especie de opiáceo.

—No podemos contárselo a papá hasta que yo te diga.

Lucy miró a Isabel con gravedad.

—No puedo contárselo —contestó la niña, asintiendo con la cabeza—. ¿Puedo comerme una galleta?

—Dentro de un minuto. Tenemos que terminar de envolver esto.

En septiembre de 1928, la barca les había llevado varios paquetes que Bluey había conseguido entregarle a escondidas a Isabel mientras Ralph distraía a Tom descargando otras cosas. Organizarle una fiesta de cumpleaños sorpresa no había sido sencillo: Isabel había tenido que escribirle a su madre meses atrás para darle la lista de lo que necesitaba. Puesto que Tom era el único que tenía cuenta bancaria, también tuvo que prometerle que se lo pagaría la siguiente vez que fueran al continente.

Regalarle algo a Tom era a la vez fácil y difícil: estaría contento con cualquier cosa, pero en realidad no necesitaba nada. Isabel se había decidido por una pluma estilográfica Conway Stewart y la última edición del anuario de críquet Wisden: algo práctico y algo distraído. Cuando una noche le preguntó a Lucy, estando ambas sentadas fuera, qué quería regalarle a su papá, la niña se enroscó un mechón de pelo en el dedo mientras cavilaba, y entonces dijo:

—Las estrellas.

Isabel rió.

—No sé si las conseguiremos, Luce.

—¡Pues yo las quiero! —protestó la niña, enfurruñada.

A Isabel se le ocurrió una idea.

—¿Y si le regalamos un mapa de las estrellas? Un atlas.

—¡Sí!

Días más tarde, sentada ante el grueso libro, Isabel le preguntó:

—¿Qué dedicatoria quieres poner? —Sujetó la pluma, rodeándole los dedos a Lucy, para escribir con letra temblorosa, obedeciendo sus indicaciones: «Para mi papá, amor para siempre y siempre...»

—Más —insistió Lucy.

—Más ¿qué?

—Más siempres. «Para siempre y siempre y siempre y siempre...»

Isabel rió, y una larga hilera de «siempres» acabó recorriendo la hoja como una fila de orugas.

—¿Y qué más? ¿Ponemos «De tu hija que te quiere, Lucy»?

—No, de Lulu del Faro.

La niña empezó a trazar las letras con su madre, pero se cansó y se bajó de sus rodillas cuando todavía no habían terminado.

—Mamá lo termina —ordenó con toda tranquilidad.

Así que Isabel completó la firma, y añadió entre paréntesis: «Con Isabel Sherbourne, escriba y factótum del signatario de más arriba.»

Cuando Tom desenvolvió el paquete, una maniobra que resultó difícil con las manos de Lucy tapándole los ojos, dijo:

—Es un libro...

—¡Es un atlas! —gritó Lucy.

Tom contempló el regalo.

—*Atlas de las estrellas Brown, con todas las estrellas brillantes e instrucciones detalladas para encontrarlas y utilizarlas como apoyo a la navegación y para los exámenes de la Cámara de Comercio.* —Esbozó una lenta sonrisa y se volvió hacia Isabel—. Qué inteligente es Lucy, ¿verdad? Qué gran idea ha tenido.

—Lee, papi. Dentro. He escrito una cosa.

Tom abrió la cubierta y vio la larga dedicatoria. Seguía sonriendo, pero las palabras «Para siempre y siempre y siempre y siempre» le produjeron una punzada. «Para siempre» era un concepto imposible, sobre todo para aquella niña, en aquel lugar. Posó los labios en la coronilla de Lucy.

—Es precioso, Lulu del Faro. Es el regalo más bonito que me han hecho en mi vida.

19

—Al menos, si ganamos éste, no habrá sido un desastre total —comentó Bluey.

El equipo australiano de críquet había perdido los cuatro primeros partidos de la temporada 1928/1929 del torneo Ashes celebrados en casa, y la barca de marzo llegó cuando todavía se estaba celebrando el quinto y último partido en Melbourne. Bluey había estado haciéndole un resumen a Tom mientras descargaban.

—Bradman ha conseguido anotar su centena. Todavía no lo han eliminado. Dicen los periódicos que se lo ha puesto muy difícil a Gave Larwood. Pero créeme, el partido ya dura cuatro días. Creo que esta vez se va a alargar —añadió.

Mientras Ralph iba a la cocina para entregarle a Lucy otro de los regalos de Hilda, Tom y el marinero terminaron de amontonar los sacos de harina en el cobertizo.

—Tengo un primo que trabaja allí —continuó Bluey, apuntando con la barbilla la etiqueta de Dingo estampada en uno de los sacos.

—¿En el molino? —preguntó Tom.

—Sí. Creo que le pagan bien. Y tiene toda la harina que quiere, gratis.

—Cada trabajo tiene sus ventajas.

—Claro. Yo, por ejemplo, tengo todo el aire fresco que puedo respirar, y toda el agua que necesito para nadar. —Bluey rió.

Miró alrededor para asegurarse de que el capitán no andaba cerca—. Seguro que mi primo me conseguiría trabajo allí si quisiera. —Hizo una pausa—. A veces me dan ganas de trabajar en una tienda —dijo, cambiando de tema con estudiada indiferencia.

Aquello no era nada propio de Bluey. A veces hablaba de los resultados del Sheffield Shield, la liga australiana de críquet, o le contaba que había ganado un poco de dinero apostando a los caballos. Hablaba de su hermano Merv, que había muerto el primer día en Gallípoli, o de la formidable Ada, su madre viuda. Tom percibió algo diferente ese día.

—¿A qué viene esto?

Bluey le dio una patada a un saco para enderezarlo.

—¿Cómo es la vida de casado?

—¿Qué? —A Tom lo pilló por sorpresa el cambio de tema.

—No sé. ¿Vale la pena?

Tom no apartó la vista del inventario.

—¿Quieres contarme algo, Blue?

—No.

—Vale. —Tom hizo un gesto afirmativo. Si esperaba el tiempo suficiente, al final todo tendría sentido. Era lo que solía pasar.

Bluey enderezó otro saco.

—Se llama Kitty. Kitty Kelly. Su padre es el dueño de la tienda de alimentación. Hemos salido a pasear juntos un par de veces.

Tom arqueó las cejas y sonrió.

—Me alegro por ti.

—Y yo... Bueno, no sé. He pensado que a lo mejor deberíamos casarnos. —La mirada de Tom lo incitó a añadir—: Bueno, no es que tengamos que casarnos. No se trata de eso. En serio, nunca hemos... Quiero decir que su padre la vigila mucho. Y su madre. Y sus hermanos. Y la señora Mewett es prima de su madre, así que ya te imaginas de qué clase de familia se trata.

Tom rió.

—Entonces, ¿qué quieres saber?

—Es un paso muy importante. Ya sé que todo el mundo lo da tarde o temprano, pero no sé si... Bueno, ¿cómo sabes si...?

—Yo no soy ningún experto. Sólo me he casado una vez, y todavía estoy aprendiendo. ¿Por qué no se lo preguntas a Ralph? Lleva casado con Hilda desde que Matusalén usaba pañales, y ha criado a dos hijas. Y creo que no lo ha hecho del todo mal.

—No puedo decírselo a Ralph.

—¿Por qué no?

—Dice Kitty que si nos casamos tendré que dejar de trabajar en la barca y entrar en el negocio de su padre. Dice que le daría miedo que un día me ahogara y no volviera a casa.

—Vaya, es una chica optimista, ¿eh?

Bluey parecía preocupado.

—No, pero en serio. ¿Cómo es la vida de casado? Tener un hijo y todo eso.

Tom se pasó los dedos por el pelo mientras reflexionaba sobre esa pregunta; se sentía muy incómodo.

—Nosotros no somos una familia muy típica. No hay muchas familias como la nuestra por aquí, que vivan en un faro tan remoto. Si he de serte sincero, depende del día que me lo preguntes. Tiene sus cosas buenas y sus cosas malas. Es mucho más complicado que estar solo, eso te lo aseguro.

—Dice mi madre que soy demasiado joven y que todavía no sé lo que quiero.

Tom sonrió a su pesar.

—Seguramente tu madre seguirá diciéndote lo mismo cuando tengas cincuenta años. Pero de todos modos no se trata de lo que tú quieres. Se trata de lo que quieren tus tripas. Confía en tus tripas, Blue. —Vaciló un momento y añadió—: Pero no siempre es fácil, ni siquiera cuando has encontrado a la chica ideal. Tienes que comprometerte a largo plazo. Nunca sabes qué puede pasar: cuando firmas, aceptas lo que sea que te depare la vida. Y no hay vuelta atrás.

—¡Mira, papi! —Lucy apareció en la puerta del cobertizo blandiendo el tigre de peluche que le había regalado Hilda—. ¡Gruñe! —dijo—. Escucha. —Lo puso boca abajo para que hiciera ruido.

Tom cogió a la niña en brazos. Por el ventanuco veía a Ralph acercarse por el sendero.

—¡Qué suerte tienes! —le dijo, y le hizo cosquillas en el cuello.

—¡Sí, qué suerte! —rió ella.

—¿Y ser padre? ¿Cómo es ser padre? —preguntó Bluey.

—Ya lo ves.

—No, cuéntame más. Necesito saber más.

Tom se puso serio.

—No hay nada que pueda prepararte para ser padre. No puedes imaginarte hasta qué punto un bebé puede traspasar todas tus defensas, Bluey. Se cuela en tu interior. Es un ataque por sorpresa.

—Haz que gruña, papi —lo apremió Lucy.

Tom le dio un beso y volvió a poner el peluche boca abajo.

—Que quede entre nosotros dos, ¿vale, amigo? —dijo Bluey. Entonces lo pensó mejor y añadió—: Bueno, todo el mundo sabe que eres como una tumba. —E imitó el gruñido de un tigre para complacer a la niña.

A veces eres tú el afortunado. A veces es el otro desdichado quien se lleva la pajita más corta, y lo único que tienes que hacer es callarte y seguir adelante.

Tom estaba clavando un tablón en la pared del gallinero para tapar un agujero que el viento había hecho la noche anterior. Llevaba media vida tratando de proteger las cosas del viento. Sólo tenías que seguir adelante, hacer lo que pudieras.

Las preguntas de Bluey le habían removido sentimientos olvidados. Pero cada vez que Tom pensaba en la desconocida de Partageuse que había perdido a su hija, la imagen de Isabel ocupaba su lugar: Isabel había perdido a varios hijos, y no tendría más. Su esposa no sabía nada de Hannah cuando apareció Lucy. Sólo quería lo mejor para el bebé. Y sin embargo... Tom sabía que no lo había hecho sólo por Lucy. Isabel tenía una necesidad que él ya nunca podría satisfacer. Había renunciado a todo: comodidades, familia, amigos... todo para estar allí con él. Una y otra vez se decía que no podía privarla de aquella única cosa.

Isabel estaba cansada. Acababan de llegar las provisiones y se había ocupado de reponer la comida: había hecho pan, un pudin, había convertido un saco de ciruelas en mermelada para un año. Sólo había salido de la cocina un momento, el momento que Lucy había escogido para acercarse a la cocina a oler aquella deliciosa mezcla y se había quemado la mano con la olla de la mermelada. No fue nada grave, pero sí lo suficiente para impedir que la niña durmiera profundamente. Tom le vendó la quemadura y le dio una dosis de aspirina, pero a la hora de acostarse Lucy todavía estaba un poco inquieta.

—Me la llevaré al faro. Así podré vigilarla. De todos modos, tengo que terminar el papeleo del inventario. Tú tienes cara de cansada.

Isabel admitió que estaba agotada.

Tom cogió a la niña con un brazo, y una almohada y una manta con el otro; subió con cuidado la escalera y puso a Lucy sobre la mesa de trabajo de la sala de guardias.

—Ya está, corazón —dijo, pero la niña ya se había dormido.

Empezó a sumar columnas de cifras: galones de petróleo y cajas de capillos. En el piso superior, en la cámara de iluminación, la óptica giraba a un ritmo constante, produciendo un lento y grave murmullo. Desde allí arriba veía la única lámpara de petróleo de la casita.

Llevaba una hora trabajando cuando giró la cabeza por instinto y encontró a Lucy observándolo; sus ojos relucían bajo la tenue luz. Ella sonrió, y una vez más a Tom lo pilló desprevenido aquel milagro: una niña tan hermosa, tan indefensa. Lucy levantó la mano que tenía vendada y se la examinó.

—He ido a la guerra, papi —dijo, y arrugó un poco la frente. Le tendió los brazos.

—Duérmete, tesoro —le ordenó Tom, e intentó volver a concentrarse en el trabajo. Pero la niña seguía tendiéndole los brazos.

—Nana, papi —insistió.

Tom se la puso en el regazo y la meció con suavidad.

—Si te canto tendrás pesadillas, Lulu. La que sabe cantar es mamá, no yo.

—Me he hecho pupa, papi —argumentó ella, y le mostró la mano para demostrarlo.

—Sí, ¿verdad, ratoncito? —Le besó el vendaje con delicadeza—. Pronto se curará. Ya lo verás. —La besó en la frente y le acarició el fino y rubio cabello—. Ay, Lulu, Lulu. ¿Cómo has encontrado el camino hasta aquí? —Desvió la mirada hacia la sólida negrura de la noche—. ¿Cómo has aparecido en mi vida?

Notó que los músculos de la niña iban cediendo a medida que se quedaba dormida. Poco a poco, su cabeza fue posándose en la parte interior de su codo. En un susurro que apenas él mismo oía, le hizo esa pregunta que lo atormentaba:

—¿Cómo has conseguido que me sienta así?

20

—No sabía que hubiera intentado ponerse en contacto conmigo.

Tom estaba sentado con Isabel en el porche. Le daba vueltas y más vueltas a un sobre viejo y maltrecho, dirigido a él «c/o 13.º Batallón, AIF». Todo el espacio estaba ocupado con nuevas direcciones e instrucciones que culminaban en una orden autoritaria escrita con lápiz azul: «Devolver al remitente», al señor Edward Sherbourne, el padre de Tom. La carta había llegado en un pequeño paquete tres días atrás, cuando la barca de junio le trajo la noticia de su muerte.

La carta de Church, Hattersley & Parfitt, Abogados, observaba las formalidades y se limitaba a exponer los hechos: cáncer de garganta, 18 de enero de 1929. Habían tardado varios meses en localizar a Tom. Su hermano Cecil era el beneficiario exclusivo, con excepción de un guardapelo de su madre legado a Tom, razón por la cual aquella carta había recorrido medio mundo.

Esa noche abrió el paquete después de encender el faro, sentado en la cámara de iluminación, y, medio aturdido al principio, empezó a leer el texto escrito a mano con caligrafía puntiaguda:

Querido Thomas,

Te escribo porque sé que te has alistado. Las cartas no son mi especialidad. Pero estando tú tan lejos, y ante la posibilidad de que te pase algo antes de que tengamos ocasión de volver a vernos, supongo que la única forma de comunicarme contigo es escribirte.

Hay muchas cosas que no puedo explicarte sin denigrar a tu madre, y no tengo ningún deseo de hacer más daño del que ya se ha hecho. Por lo tanto, seguiré sin mencionar ciertas cosas. Soy culpable en un sentido, y eso es lo que pretendo remediar ahora. Incluyo un guardapelo que ella me pidió que te diera cuando se marchó. Dentro hay un retrato suyo. En su momento me pareció que era mejor para ti que no te la recordaran, y por eso no te lo di. No fue una decisión fácil para mí determinar que tu vida sería mejor sin su influencia.

Ahora que ella ha muerto, creo que debo cumplir su petición, aunque ya sea tarde.

He intentado criarte como a un buen cristiano. He procurado que recibieras la mejor educación posible. Espero haberte inculcado el sentido del bien y del mal: no hay éxito ni placer mundano capaz de redimir la pérdida de nuestra alma inmortal.

Me enorgullezco del sacrificio que has hecho al alistarte. Te has convertido en un joven responsable, y después de la guerra me gustaría buscarte un empleo en el negocio. Cecil tiene madera para ser un buen director, y espero que dirija la fábrica con éxito cuando yo me jubile. Pero estoy seguro de que podremos encontrar un puesto adecuado para ti.

Me dolió tener que enterarme de tu embarque por terceros. Me habría gustado verte vestido de uniforme, y despedirme de ti, pero supongo que después de seguirle la pista a tu madre y enterarte de que había muerto, no querrás saber nada más de mí. Así pues, lo dejo en tus manos. Si decides contestar esta carta, me darás una alegría. Al fin y al cabo eres mi hijo, y hasta que no seas padre no entenderás todo lo que eso significa.

Sin embargo, si prefieres no contestar, respetaré tu decisión y no volveré a molestarte. De todos modos rezaré para que Dios te proteja en la batalla y para que vuelvas victorioso a estas tierras.

Tu padre que te quiere,

Edward Sherbourne

Se diría que había pasado una eternidad desde que Tom habló por última vez con aquel hombre. Cuánto debía de haberle costado escribir una carta como ésa. Que su padre hubiera intentado ponerse en contacto con él después de su amarga separación no sólo era una sorpresa, sino también una fuerte impresión. Ya nada parecía seguro. Tom se preguntó si con su frialdad su padre no habría hecho sino proteger una herida todo aquel tiempo. Por primera vez atisbó algo más allá de la fachada de piedra y, por un breve instante, logró imaginarse a un hombre de principios elevados, herido por la mujer que amaba, pero incapaz de demostrarlo.

Tom había buscado a su madre por una razón concreta. En la puerta de la pensión, con los zapatos lustrados, las uñas cortadas, había ensayado las palabras por última vez. «Siento mucho haberte causado problemas.» En aquel momento se sintió tan tembloroso como el niño que había esperado trece años para pronunciar esas palabras. Estaba a punto de vomitar. «Lo único que dije fue que había visto un automóvil. Que había un automóvil en la casa. Yo no sabía...»

Sólo años más tarde había entendido toda la magnitud de su revelación. La habían declarado inadecuada como madre, y la habían desterrado de la vida de su hijo. Pero Tom había emprendido demasiado tarde el peregrinaje en busca de perdón, y ya nunca oiría a su madre absolverlo del sentimiento de culpa por aquella traición, por inocente que hubiera sido. Las palabras se las ingeniaban para colarse en toda clase de sitios donde no debían. Tom aprendió que más valía callarse las cosas.

Miró el retrato de su madre que contenía el guardapelo. Quizá sus padres, los dos, lo hubieran amado, aunque fracasaran en el intento. De pronto sintió rabia hacia su padre por aquella arrogación casi informal del derecho a separarlo de su madre: era tan sincero, y sin embargo tan destructivo.

Tom no se percató de que estaba llorando hasta que una lágrima emborronó la tinta formando diminutos riachuelos. «Hasta que no seas padre no entenderás...»

Isabel estaba sentada a su lado en el porche.

—Aunque llevaras años sin verlo, era tu padre. Padre no hay más que uno. Es lógico que te afecte, cariño.

Tom se preguntó si Isabel comprendía la ironía de sus propias palabras.

—Ven, Luce, bebe un poco de chocolate —dijo después.

La niña fue corriendo y cogió la taza con ambas manos. Luego se limpió los labios frotándoselos con el antebrazo en lugar de con su manita regordeta, y le devolvió la taza a su madre.

—¡Ya ta! —dijo alegremente—. Ahora me voy a Pataterz a ver a los abuelitos —añadió, y volvió corriendo a su caballo de juguete.

Tom miró el guardapelo que tenía en la palma de la mano.

—Durante años creí que mi madre me odiaba por haber revelado su secreto. No sabía lo del guardapelo... —Apretó los labios—. Eso lo habría cambiado todo.

—Ya sé que no puedo decir nada para consolarte. Ojalá... no sé, ojalá pudiera hacer algo.

—Tengo hambre, mami —anunció Lucy al volver junto a la pareja.

—No me extraña. ¡Si no paras! —le espetó Isabel, y la cogió en brazos—. Ven, dale un beso a papá. Hoy está triste. —Y sentó a la niña en el regazo de Tom, de modo que ambas pudieran abrazarlo con fuerza.

—Sonríe, papi —dijo la niña—. Así. —Y sonrió.

La luz traspasaba las nubes sesgadamente, buscando refugio de la lluvia que descargaba a lo lejos. Lucy, sentada sobre los hombros de Tom, sonreía encantada con la vista que tenía desde allí arriba.

—¡Por aquí! —exclamó, y apuntó con vehemencia hacia la izquierda.

Tom corrigió su trayectoria y bajó por el campo. Una cabra se había escapado de su redil provisional, y Lucy se había empeñado en ayudar a encontrarla.

No había ni rastro del animal en la cala, pero no podía andar muy lejos.

—Buscaremos en otro sitio —resolvió Tom.

Subió de nuevo hacia el llano y giró sobre sí mismo.

—¿Adónde vamos, Lulu? Elige tú.

—¡Allí abajo! —Volvió a señalar, esa vez hacia el otro lado de la isla, y se pusieron en marcha.

—¿Cuántas palabras sabes que empiecen por ce?

—¡Casa!

—Muy bien. ¿Alguna más?

La niña volvió a intentarlo:

—¿Casa?

Tom rió.

—¿Qué nos prepara mamá para cenar cuando hace mucho frío?

—¡Sopa!

—Sí, muy bien, pero que empiece por ce.

—¡Caldo!

Tom le hizo cosquillas en la barbilla.

—Caldo, casa, cabra. A propósito... Mira allí abajo, Luce, cerca de la playa.

—¡Está allí! ¡Corre, papi, corre!

—No, ratita. Si corremos, la asustaremos. Iremos despacito.

Tom estaba tan entretenido que al principio casi no se dio cuenta del lugar que el animal había escogido para pacer.

—Abajo, pequeña. —Levantó a Lucy por encima de los hombros y la bajó al suelo—. Sé buena y quédate aquí mientras yo voy a buscar a *Flossie*. Le ataré esta cuerda al collar, y ya verás como viene.

La cabra levantó la cabeza y retrocedió un poco.

—Vamos, *Flossie*, no hagas el tonto. Ya está bien. Quédate quieta. —Tom la cogió por el collar y le ató la cuerda—. Ya está. ¿Lo ves? Muy bien, Lulu.

Se volvió y notó un cosquilleo en los brazos; tardó una milésima de segundo en entender por qué. Lucy estaba sentada en un pequeño montículo, donde crecía una hierba más espesa que en el terreno circundante. Tom solía evitar aquella parte de la isla, que a él le parecía permanentemente umbría y lúgubre, por muy soleado que estuviera el día.

—Mira, he encontrado un asiento, papi —dijo la niña, sonriente.

—¡Lucy! ¡Baja de ahí ahora mismo! —gritó Tom sin pensar.

Ella se asustó; hizo pucheros y se echó a llorar: era la primera vez que le gritaban.

Tom fue corriendo a cogerla en brazos.

—Perdóname, Lulu. No quería asustarte —dijo, avergonzado de su reacción. Intentando disimular su espanto, se alejó unos pasos—. Éste no es un buen sitio para sentarse, amor.

—¿Por qué? —se lamentó la niña—. Es mi sitio favorito. Es mágico.

—Es que... —Acercó la cabecita de la niña a su cuello—. No es un buen sitio para sentarse, corazón. —La besó en la coronilla.

—¿Me he portado mal? —preguntó ella, desconcertada.

—No, no te has portado mal. Tú no, Lucy. —La besó en la mejilla y le apartó el rubio cabello de los ojos.

Pero mientras la abrazaba, fue plenamente consciente, por primera vez, de que las manos que la tocaban eran las mismas manos que habían enterrado a su padre. Con los ojos cerrados, recordó la sensación de sus músculos, el peso del cadáver, y lo comparó con el peso de la niña. Lucy parecía la más pesada de los dos.

Notó unos golpecitos en las mejillas.

—¡Papi! ¡Mírame!

Tom abrió los ojos y la miró en silencio. Por fin, inspiró hondo y dijo:

—Tenemos que llevar a *Flossie* a casa. ¿Por qué no sujetas la cuerda?

Lucy asintió; Tom le enroscó la cuerda en la mano y la llevó en brazos por el camino.

Esa tarde, en la cocina, Lucy iba a subirse a una silla, pero antes miró a Tom y preguntó:

—¿Puedo sentarme en esta silla, papá?

Tom no levantó la vista del picaporte que estaba reparando.

—Sí, puedes sentarte, Lulu —respondió sin pensar.

Cuando Isabel fue a sentarse a su lado, Lucy exclamó:

—¡No, mamá! ¡Ése no es un buen sitio para sentarse!

Isabel rió.

—Es donde me siento siempre, corazón. Me parece una silla preciosa.

—No es un buen sitio. ¡Lo dice papá!

—¿De qué está hablando Lucy, papá?

—Ya te lo explicaré luego —contestó él; cogió el destornillador con la esperanza de que Isabel lo olvidara.

Pero no lo olvidó.

Tras arropar a Lucy en la cama, volvió a preguntarle:

—¿Qué era ese jaleo sobre dónde debía sentarme? Lucy todavía estaba preocupada cuando me he sentado en su cama para contarle el cuento. Ha dicho que te enfadarías mucho.

—Ah, es un juego que se le ha ocurrido. Seguro que mañana ya no se acuerda.

Pero esa tarde Lucy había hecho aparecer al fantasma de Frank Roennfeldt, y el recuerdo de su cara perseguía a Tom cada vez que miraba hacia las tumbas.

«Hasta que no seas padre...» Había pensado mucho en la madre de Lucy, pero hasta ese momento no comprendió el alcance del sacrilegio que había cometido con el padre de la niña. Por su culpa, ningún sacerdote marcaría el fallecimiento de aquel hombre con el debido ritual; ya no podría vivir, ni siquiera en el recuerdo, en el corazón de Lucy, algo a lo que tenía derecho como padre. Por un instante, sólo unos pocos palmos de arena habían separado a Lucy de sus verdaderos orígenes: de Roennfeldt y de todos sus antepasados. Tom sintió un escalofrío al pensar que tal vez hubiera matado a algún pariente del hombre que había engendrado a la niña; parecía bastante probable. De pronto, vívidas y acusadoras, las caras del enemigo se levantaron de la tumba en lo más recóndito de la memoria, donde Tom las había confinado.

A la mañana siguiente, mientras Isabel y Lucy iban a recoger los huevos, Tom se puso a ordenar el salón, metiendo los lápices de Lucy en una lata de galletas y amontonando sus libros. Entre ellos encontró el devocionario que Ralph le había regalado el día del bautizo, y que Isabel solía leerle a la niña. Hojeó sus finas páginas, con el filo dorado. Oraciones matutinas, ritos de eucaristía... Se fijó en el salmo 37, *Noli aemulari*. «No te exasperes a causa de los impíos, ni envidies a los malhechores. Porque serán cortados como el pasto y se marchitarán como la hierba verde.»

Isabel entró con Lucy a cuestas; iban riendo por algo.

—¡Madre mía, qué limpio está todo! ¿Han venido los duendes? —preguntó Isabel.

Tom cerró el libro y lo dejó encima del montón.

—Sólo quería poner un poco de orden.

• • •

Unas semanas más tarde, Ralph y Tom, sentados en el suelo con la espalda apoyada contra la pared de piedra del cobertizo, descansaban tras descargar las provisiones de septiembre. Habían trabajado mucho esa mañana, y compartían una botella de cerveza bajo los primeros rayos de sol primaveral mientras Bluey, en la barca, arreglaba un problema con la cadena del ancla, e Isabel, en la cocina, hacía galletas de jengibre con Lucy.

Tom llevaba semanas esperando ese momento, buscando la forma de abordar el tema cuando llegara la barca. Carraspeó un poco y dijo:

—¿Has hecho alguna vez... algo malo, Ralph?

El anciano miró a Tom ladeando la cabeza.

—¿Qué demonios se supone que significa eso?

Las palabras le salían con poca fluidez, pese a lo mucho que Tom las había planeado.

—Me refiero a... Bueno, a cómo arreglas algo cuando has metido la pata. Cómo lo remedias. —Tenía la vista fija en el cisne negro de la etiqueta de cerveza, y se esforzaba para no acobardarse—. Me refiero a algo grave.

Ralph dio un trago a la cerveza y se quedó mirando la hierba mientras asentía despacio con la cabeza.

—¿Qué me quieres decir? No es asunto mío, por supuesto. No pretendo meter las narices.

Tom estaba sumamente quieto; su cuerpo anticipaba la sensación de alivio que tendría cuando se desahogara y contara la verdad sobre Lucy.

—La muerte de mi padre me ha hecho pensar en todo lo que he hecho mal en la vida, y en cómo puedo arreglarlo antes de morirme. —Al abrir la boca para continuar, lo asaltó una imagen de Isabel bañando a su hijo muerto, y se interrumpió un instante—. Ni siquiera llegaré a saber sus nombres... —Lo sorprendió la rapidez con que el espacio se había llenado de otros pensamientos, otras culpas.

—¿Qué nombres?

Tom vaciló, al borde del abismo, tratando de decidir si debía lanzarse o no. Bebió un trago de cerveza.

—Los de los hombres que maté. —Las palabras cayeron: rotundas, pesadas.

Ralph caviló su respuesta.

—Bueno, eso es lo que pasa en las guerras. O matas, o te matan.

—Cuanto más tiempo pasa, más me parece una locura todo lo que he hecho.

Tom se sentía físicamente atrapado en cada uno de los momentos del pasado, como en una red que le oprimía cada sensación, cada pensamiento cargado de culpabilidad que se había ido acumulando con los años. Le costaba respirar. Ralph estaba completamente inmóvil, a la espera.

Tom, tembloroso, se volvió hacia él.

—¡Dios mío, Ralph, yo sólo quiero hacer lo que es debido! ¡Dime qué coño es lo que es debido! ¡No lo soporto más! No puedo seguir así. —Lanzó la botella, que se rompió al chocar contra una roca, y sus palabras se disolvieron en sollozos.

Ralph le pasó un brazo por los hombros.

—Tranquilo, chico. Tómatelo con calma. Tengo más experiencia que tú, y he visto de todo. El bien y el mal son como dos serpientes: se enredan tanto que no puedes distinguirlas hasta que las matas a las dos, y entonces ya es demasiado tarde.

Dirigió a Tom una mirada larga y silenciosa.

—Lo que yo me pregunto es: ¿de qué sirve remover el pasado? Ahora ya no puedes arreglar nada de todo eso. —Sus palabras, pese a estar desprovistas de crítica o animosidad, se clavaron como un cuchillo en las tripas de Tom—. La forma más rápida de hacer enloquecer a un hombre es dejarle seguir luchando en su guerra hasta que la resuelve.

Ralph se rascó un callo que tenía en el dedo.

—Si yo hubiera tenido un hijo varón, estaría orgulloso de él sólo con que fuera la mitad de decente que tú. Eres un buen hombre, Tom, y tienes la suerte de tener a tu mujer y tu hija. Ahora debes concentrarte en lo que es mejor para tu familia. Ese de ahí arriba te ha dado una segunda oportunidad, así que no debe de estar demasiado cabreado por lo que hiciste o dejaste de hacer. Concéntrate en el presente. Arregla las cosas que puedas arreglar hoy y olvídate de las del pasado. El resto déjaselo a los ángeles, al demonio o a quien sea que se ocupe de ellas.

—La sal. No hay forma de librarse de la sal. Si no vigilas, se lo come todo, como un cáncer.

Era el día después de su charla con Ralph, y Tom murmuraba para sí. Lucy estaba sentada a su lado, en el interior del gigantesco capullo de cristal de la óptica, dándole caramelos imaginarios a su muñeca mientras él pulía los accesorios de latón. Lo miró con sus azules ojos.

—¿También eres el papá de Dolly? —le preguntó.

—No lo sé —respondió Tom—. ¿Por qué no se lo preguntas a Dolly?

Lucy se inclinó y le susurró algo a la muñeca, y entonces anunció:

—Dice que no, que sólo eres mi papá.

La cara de la niña había perdido su redondez, y ya se adivinaban en ella rasgos de cómo sería en el futuro: pelo rubio, en lugar del más oscuro de los primeros años; ojos de mirada penetrante; piel clara. Tom se preguntó si empezaría a parecerse a su padre o a su madre. Rememoró el semblante del hombre rubio al que había enterrado. El temor le produjo un escalofrío al imaginarse a Lucy haciéndole preguntas más difíciles con el paso del tiempo. Pensó también que ahora, cuando se miraba en el espejo, veía en su rostro rasgos de su padre cuando tenía su edad. El parecido estaba al acecho. Partageuse era un pueblo pequeño: una madre quizá no reconociera a su bebé en la cara de una niña pequeña, pero al final, ¿no se vería a sí misma en las facciones de la mujer adulta? Esa idea lo atormentaba. Metió el trapo en la lata de limpiametales y siguió frotando, hasta que las gotas de sudor se le metieron en los ojos.

· · ·

Esa noche, apoyado en el poste del porche, Tom observaba cómo el viento soplaba hasta conseguir que el sol le cediera el sitio a la noche. Había encendido el faro, y ya no había nada más que hacer en la torre hasta el amanecer. Le había dado muchas vueltas al consejo de Ralph. «Arregla las cosas que puedas arreglar hoy.»

—Ah, estás aquí, cariño —dijo Isabel—. Lucy ya se ha acostado. ¡He tenido que leerle *La cenicienta* tres veces! —Rodeó a Tom por la cintura y se apoyó en él—. Me encanta cuando hace como si leyera y pasa las páginas. Se sabe los cuentos de memoria.

Tom no contestó; Isabel lo besó en el cuello y continuó:

—Podríamos acostarnos pronto. Estoy cansada, pero no demasiado...

Él seguía contemplando el mar.

—¿Cómo es la señora Roennfeldt?

Isabel tardó un momento en darse cuenta de que Tom se refería a Hannah Potts.

—¿Para qué demonios quieres saberlo?

—¿A ti qué te parece?

—¡No se parece en nada a ella! Lucy es rubia y tiene los ojos azules; eso ha debido de heredarlo de su padre.

—Bueno, de nosotros seguro que no lo ha heredado. —Se volvió y miró a su mujer—. Izzy, tenemos que decir algo. Tenemos que contárselo.

—¿A Lucy? Es demasiado pequeña para...

—No, a Hannah Roennfeldt.

Isabel estaba horrorizada.

—¿Para qué?

—Merece saberlo.

Isabel se estremeció. Algunas veces se había preguntado qué era peor: creer que tu hija había muerto o que estaba viva y nunca volverías a verla; había imaginado el tormento de Hannah. Pero sabía que darle aunque sólo fuera una pizca de razón a au marido sería fatal.

—Tom, hemos hablado de esto hasta la saciedad. No es justo que pongas tu engorrosa conciencia por encima del bienestar de Lucy.

—¿Mi engorrosa conciencia? ¡Por el amor de Dios, Isabel, no estamos hablando de birlar seis peniques del cepillo! ¡Estamos hablando de la vida de una niña! Y de la vida de una mujer. Cada momento nuestro de felicidad se lo robamos a ella. Eso no puede estar bien, por mucho que intentemos darle la vuelta.

—Tom, estás cansado, y triste, y confuso. Por la mañana lo verás de otra forma. No quiero seguir hablando de eso esta noche. —Le tocó la mano y se esforzó en disimular el temblor de su voz—. No vivimos... No vivimos en un mundo perfecto. Tenemos que aceptarlo.

Él se quedó mirándola, embargado por la sensación de que tal vez ella no existiera. Quizá nada de todo aquello existiera, pues los centímetros que los separaban parecían dividir dos realidades completamente diferentes que ya no encajaban.

A Lucy le encanta mirar las fotografías que le hicieron cuando era pequeña y fue de visita a Partageuse.

—¡Ésa soy yo! —le dice a Tom, sentada en su rodilla, señalando la fotografía que hay encima de la mesa—. Pero entonces era muy pequeña. Ahora soy mayor.

—Sí, eres muy mayor, corazón. Vas a cumplir cuatro años.

—¡Ésa es la mamá de mi mamá! —dice señalando con autoridad.

—Así es. La mamá de tu mamá es tu abuelita.

—Y ése es el papá de mi papá.

—No, es el papá de tu mamá, el abuelito. —Lucy no las tiene todas consigo—. Sí, ya sé que es complicado. Pero tus abuelitos no son mis papás.

—¿Quiénes son tus papás?

Tom se pasó a Lucy de una rodilla a la otra.

—Mis papás se llamaban Eleanora y Edward.

—¿Y también son mis abuelitos?

Tom esquivó la pregunta.

—Los dos están muertos, corazón.

—Ah —dijo Lucy, y asintió con tal seriedad que Tom sospechó que la niña no sabía de qué le estaba hablando—. Como *Flossie*.

Tom ya no se acordaba de la cabra que había enfermado y había muerto unas semanas atrás.

—Bueno, sí, como *Flossie*.

—¿Por qué se murieron tus papás?

—Porque eran muy viejecitos y estaban enfermos. —Hizo una pausa y añadió—: Se murieron hace mucho tiempo.

—¿Yo me moriré?

—No si yo puedo evitarlo, Lulu.

Pero últimamente, cada día que pasaba con la niña le parecía algo precario. A medida que incorporaba palabras, mayor era su capacidad para excavar en el mundo que la rodeaba, labrando su historia y su personalidad. A Tom lo atormentaba pensar que su concepto de la vida y de sí misma estaría basado en una gran mentira: una mentira que él había ayudado a construir y refinar.

Todas las superficies de la cámara de iluminación relucían: Tom siempre la había cuidado con esmero, pero últimamente le hacía la guerra a cada tornillo, cada accesorio, hasta obtener un lustre deslumbrante. Tom olía siempre a Duraglit. Los prismas resplandecían, y el haz de luz brillaba sin el estorbo de una sola mota de polvo. Todas las ruedas del engranaje se movían con suavidad. El equipo luminoso nunca había funcionado con mayor precisión.

La vivienda, en cambio, se había resentido.

—¿Podrías poner un poco de masilla en esa grieta? —le preguntó Isabel en la cocina, después de comer.

—Lo haré cuando esté preparado para la inspección.

—Pero si hace ya semanas que estás preparado para la inspección, por no decir meses. ¡Ni que fuera a venir el rey!

—Es que quiero tenerlo todo limpio y ordenado. Ya te he explicado que tenemos posibilidades de que nos concedan la plaza de Point Moore. Estaríamos en tierra firme, cerca de Geraldton. Menos aislados. Y a sólo unos cientos de kilómetros de Partageuse.

—Antes no querías ni oír hablar de marcharte de Janus.

—Ya, pero las cosas cambian con el tiempo.

—No es el tiempo lo que ha cambiado las cosas, Tom —repuso ella—. Tú eres el que siempre dice que si parece que un faro está en un sitio diferente, no es el faro lo que se ha movido.

—Bueno, pues tú sabrás qué ha sido. —Tom cogió su llave inglesa y se dirigió a los cobertizos sin mirar atrás.

Esa noche, Tom cogió una botella de whisky y fue a contemplar las estrellas cerca del acantilado. La brisa le soplaba en la cara mientras él trazaba las constelaciones y saboreaba el licor abrasador. Dirigió la mirada hacia el haz de luz giratorio, y soltó una carcajada amarga al pensar en la paradoja de que la isla donde se erigía semejante fuente luminosa siempre estuviera a oscuras. Un faro es para los otros; no puede hacer nada para iluminar el espacio que tiene más cerca.

21

Tres meses más tarde tuvo lugar en Point Partageuse una celebración espectacular según los criterios del Sudoeste. El director del Departamento de Marina Mercante había ido desde Perth, junto con el gobernador del Estado. Estaban presentes todas las autoridades municipales: el alcalde, el capitán de puerto, el párroco, así como tres de los cinco últimos fareros. Se habían dado cita allí para conmemorar el día en que se había encendido el faro de Janus por primera vez, cuarenta años atrás, en enero de 1890. La efeméride significó para la familia Sherbourne la concesión de un breve permiso extraordinario.

Tom se pasó un dedo por debajo del cuello almidonado de la camisa, que le apretaba.

—¡Me siento como un ganso de Navidad! —se quejó a Ralph; estaban de pie entre bastidores, mirando desde detrás de las cortinas del salón de actos.

Sentados en fila en el escenario estaban los ingenieros municipales y los empleados de Puertos y Faros que habían tenido alguna relación con Janus a lo largo de los años. Al otro lado de las ventanas abiertas, el chirrido de los grillos invadía la noche veraniega. Isabel y sus padres estaban sentados a un lado del salón; Bill Graysmark tenía a Lucy en las rodillas, y la niña no paraba de cantar canciones infantiles.

—Tú piensa en la cerveza gratis, hijo —le susurró Ralph—. Ni siquiera Jock Johnson puede enrollarse demasiado esta noche. Esa vestimenta debe de estar matándolo. —Apuntó con la barbilla hacia el individuo calvo y sudoroso, engalanado con una túnica con cuello de armiño y un collar de alcalde, que se paseaba preparándose para dirigirse a la concurrencia en el destartalado ayuntamiento.

—Ahora mismo vuelvo —dijo Tom—. Tengo que atender un asunto urgente. —Y fue en busca de los lavabos.

Cuando regresaba al salón, se fijó en que una mujer lo miraba fijamente.

Comprobó que tenía la bragueta abrochada; miró detrás de sí, por si la mujer estaba observando a otra persona. Pero ella seguía mirándolo, y al acercarse más, le dijo:

—No se acuerda de mí, ¿verdad?

Tom volvió a mirarla.

—Lo siento. Creo que se confunde.

—Ha pasado mucho tiempo —añadió ella, y se sonrojó.

Entonces algo cambió en su semblante, y Tom reconoció la cara de la muchacha del barco en que había hecho su primer viaje a Point Partageuse. Había envejecido; estaba más delgada y tenía ojeras. Se preguntó si padecería alguna enfermedad. La recordó en camisón, aterrorizada, con los ojos como platos e inmovilizada contra la pared por un borracho. Ese recuerdo pertenecía a otro hombre, a otra vida. En aquellos años, Tom se había preguntado un par de veces qué habría sido de ella y del tipo que la había importunado. Nunca se había molestado en mencionarle ese incidente a nadie; ni siquiera a Isabel, a la que el instinto le decía que ya era demasiado tarde para contárselo.

—Sólo quería darle las gracias —prosiguió la mujer, pero la interrumpió una voz desde la puerta trasera de la sala.

—Estamos a punto de empezar. Más vale que vayan entrando.

—Discúlpeme —se excusó Tom—. Me temo que tengo que irme. Tal vez nos veamos luego.

. . .

Nada más ocupar su asiento en el escenario, empezó el acto. Hubo discursos, unas cuantas anécdotas por parte de los anteriores fareros; la presentación de una maqueta de la estructura original.

—Esta maqueta —anunció el alcalde con orgullo— la ha pagado nuestro benefactor, el señor Septimus Potts. Es un honor para mí que el señor Potts y sus encantadoras hijas Hannah y Gwen hayan asistido a nuestra pequeña reunión de esta noche, y les agradecería a todos que expresaran su agradecimiento con un aplauso. —Extendió un brazo hacia un hombre mayor que estaba sentado junto a dos mujeres.

Tom se percató, sobresaltado, de que la primera era la muchacha del barco. Miró a Isabel, que sonreía fríamente mientras aplaudía con el resto del público.

El alcalde continuó:

—Y por supuesto, damas y caballeros, también está con nosotros esta noche el actual farero de Janus, el señor Thomas Sherbourne. Estoy seguro de que Tom estará encantado de dirigirnos unas palabras sobre la vida en Janus Rock hoy en día. —Se volvió hacia Tom y le hizo señas para que se acercara al atril.

Tom estaba paralizado. Nadie le había dicho que tendría que pronunciar un discurso. Todavía no se había recuperado del impacto de haber conocido a Hannah Roennfeldt. El público aplaudió. El alcalde volvió a hacerle señas, esta vez con más ímpetu.

—Arriba, amigo.

Tom se preguntó si todo, desde el día en que había aparecido el bote, habría sido sólo, al fin y al cabo, una pesadilla terrible. Pero entre el público distinguía a Isabel, a los Pott y a Bluey, opresivamente reales e ineludibles. Se levantó, con el corazón golpeándole con fuerza en el pecho, y fue hacia el atril como un condenado que camina hacia la horca.

—Dios mío —empezó, e hizo que una oleada de risas recorriera el auditorio—. No esperaba esto. —Se secó las palmas de las manos en los laterales de los pantalones y se sujetó al atril—.

La vida en Janus hoy en día... —Se detuvo, ensimismado, y repitió—: La vida en Janus hoy en día... —¿Cómo podía describir aquel aislamiento? ¿Cómo podía explicar a aquellas personas cómo era aquel mundo, tan lejano a su experiencia como otra galaxia? La burbuja de Janus se había roto como el cristal, y allí estaba él, ante una multitud, en una sala normal y corriente, llena de gente, de otras vidas. En presencia de Hannah Roennfeldt.

Se produjo un largo silencio. Unos cuantos carraspearon; otros se removieron en el asiento.

—El faro de Janus lo diseñaron personas muy inteligentes —dijo—. Y lo construyeron personas muy valientes. Yo sólo procuro hacerles justicia. Mantener el faro encendido. —Buscó refugio en lo técnico, lo práctico, de lo que podía hablar sin necesidad de pensar—. La gente piensa que el faro debe de ser inmenso, pero no lo es. La luminiscencia proviene de una llama de petróleo gasificado que arde en un capillo incandescente. Se amplía y se dirige mediante un gigantesco juego de prismas de cristal de tres metros y medio de altura, llamado lente de Fresnel, que concentra la luz en un rayo tan intenso que puede verse a más de treinta millas de distancia. Es asombroso que una cosa tan pequeña pueda adquirir tanta potencia y llegar tan lejos... Mi trabajo... mi trabajo consiste en mantenerla limpia y hacer que no pare de girar.

»Es como estar en otro mundo y en otro tiempo: allí lo único que cambia son las estaciones. Existen muchísimos faros a lo largo de la costa de Australia: hay muchos otros tipos como yo que tratan de ofrecer seguridad a los barcos, manteniendo sus faros encendidos para quien lo necesite, aunque probablemente nunca los veamos ni sepamos quiénes son.

»La verdad es que no se me ocurre nada más que decir. Excepto que nunca sabes qué puede traer la marea un buen día: cualquier cosa que a los océanos se les antoje enviarnos. —Vio que el alcalde miraba la hora en su reloj de bolsillo—. Bueno, creo que ya los he entretenido bastante: hace calor y todos estamos sedientos. Gracias —concluyó, y se dio media vuelta bruscamente para ir a sentarse, ante un moderado aplauso del desconcertado público.

—¿Estás bien, chico? —le preguntó Ralph en un susurro—. Te veo un poco pálido.

—No me gustan las sorpresas —se limitó a decir Tom.

A la capitana Hasluck le encantaban las fiestas. En Partageuse no tenía muchas ocasiones de satisfacer esa afición, de modo que esa noche no cabía en sí de gozo. Disfrutaba cumpliendo su obligación, en calidad de esposa del capitán de puerto, de animar a los invitados a mezclarse unos con otros, sobre todo teniendo en cuenta que había visitantes de Perth. Iba de un lado a otro haciendo presentaciones, recordándole nombres a la gente y sugiriendo cosas que tenían en común. Vigilaba el consumo de jerez del reverendo Norkells; charlaba con la mujer del director del Departamento de Marina Mercante sobre la dificultad de lavar los galones dorados de los uniformes. Hasta convenció al anciano Neville Whittnish para que relatara la historia del día en que salvó a la tripulación de una goleta cuyo cargamento de ron se había incendiado cerca de Janus en 1899.

—Eso fue antes de la federación de las colonias, por supuesto —aclaró el hombre—. Y mucho antes de que la Commonwealth se hiciera con los Faros en 1915. Desde entonces hay muchos más trámites burocráticos. —La esposa del gobernador del Estado asintió diligentemente con la cabeza y se preguntó si Whittnish sabría que tenía caspa.

La capitana miró alrededor en busca de un nuevo objetivo y no tardó en encontrarlo:

—Isabel, querida —dijo, y la tomó por el codo—. ¡Qué discurso tan interesante el de Tom! —Le hizo arrumacos a Lucy, a la que Isabel llevaba apoyada en la cadera—. Esta noche vas a acostarte muy tarde, jovencita. Espero que seas muy buena con tu mamá.

—Es buenísima —comentó Isabel, sonriendo.

Con una hábil maniobra digna de la mano más experta con la aguja de ganchillo, la señora Hasluck agarró por el brazo a una mujer que pasaba por su lado.

—Gwen —dijo—, conoces a Isabel Sherbourne, ¿verdad?

Gwen Potts titubeó un momento. Su hermana y ella eran unos años mayores que Isabel, y como habían estudiado en un internado de Perth, ninguna de las dos la conocía bien. La capitana se percató de su vacilación—. Graysmark. Seguramente la conoces como Isabel Graysmark —agregó.

—Pues yo... bueno, sí sé quién es, desde luego —declaró Gwen Potts esbozando una educada sonrisa—. Su padre es el director de la escuela.

—Sí —respondió Isabel, y notó que le entraban náuseas. Miró alrededor como si intentara huir de allí con la mirada.

La capitana empezaba a lamentar haber hecho aquella presentación. De pequeñas, las hijas de Potts nunca se habían relacionado mucho con los lugareños. Y después de aquel incidente con el alemán, la hermana... ¡Ay! Estaba tratando de dar con la forma de salvar la situación cuando Gwen le hizo señas a Hannah, que estaba a escasa distancia.

—Hannah, ¿sabías que el señor Sherbourne, el que acaba de pronunciar el discurso, está casado con Isabel Graysmark? La conoces, ¿verdad? Es la hija del director de la escuela.

—No, no lo sabía —dijo Hannah, que se acercó con aire distraído, como si anduviera pensando en otra cosa.

Isabel se quedó paralizada, muda de espanto, mientras una cara demacrada se volvía lentamente hacia ella. Apretó más a Lucy e intentó articular un saludo, pero no le salieron las palabras.

—¿Cómo se llama su hija? —le preguntó Gwen, sonriente.

—Lucy. —Isabel tuvo que hacer un esfuerzo supremo para no salir corriendo de la sala.

—Qué nombre tan bonito —repuso la mujer.

—Lucy —dijo Hannah, como si pronunciara una palabra extranjera.

Miraba con fijeza a la niña, y extendió la mano para acariciarle un brazo.

Isabel se estremeció, aterrorizada, al ver la expresión con que Hannah contemplaba a la niña.

Lucy se quedó como hipnotizada por la caricia de la mujer. Observó sus oscuros ojos, y ni sonrió ni arrugó la frente, como si estuviera concentrada en un rompecabezas.

—Mami —dijo, y ambas mujeres parpadearon. Lucy se volvió hacia Isabel—. Mami —repitió—. Tengo sueño. —Y se frotó los ojos.

Por un brevísimo instante, Isabel se imaginó a sí misma entregándole la niña a Hannah. Ella era su madre. Tenía todo el derecho. Pero sólo eran alucinaciones. No, ya lo había pensado muchas veces, y su decisión no tenía vuelta atrás. Fuera lo que fuese lo que Dios se había propuesto, Isabel tenía que seguir adelante con el plan, aceptar su voluntad. Buscó en su mente algo que decir.

—Ah, mira —dijo la señora Hasluck al ver aproximarse a Tom—. Aquí está el hombre de moda. —Y lo acercó al grupo mientras ella continuaba su ronda.

Tom llevaba ya rato queriendo huir de allí con Isabel, aprovechando que los invitados se apiñaban alrededor de las mesas de caballetes donde estaban dispuestas las bandejas de salchichas envueltas en hojaldre y los sándwiches. Al darse cuenta de quién era la mujer que hablaba con Isabel, se le erizó el vello de la nuca y se le aceleró el pulso.

—Tom, te presento a Hannah y Gwen Potts —dijo Isabel, tratando de esbozar una sonrisa.

Tom se quedó mirándolas mientras su mujer le ponía una mano en el brazo.

—Hola —saludó Gwen.

—Encantada de conocerlo otra vez, formalmente —comentó Hannah, y por fin apartó la mirada de la niña.

Tom no sabía qué decir.

—¿Cómo que «formalmente»? —inquirió Gwen.

—Nos conocimos hace años, pero yo no sabía su nombre.

Isabel los miraba alternativamente con nerviosismo.

—Su marido se portó como un caballero. Me rescató de un hombre que... bueno, que me estaba molestando. Fue en un barco, viniendo de Sídney. —Para responder la silenciosa pregunta

214

de Gwen, añadió—: Ya te lo contaré más tarde. Es algo que pasó hace mucho tiempo. —Dirigiéndose a Tom, añadió—: No sabía que estuviera destinado en Janus.

Tom no dijo nada, y los cuatro se quedaron en silencio, a escasos centímetros unos de otros.

—Papi —dijo Lucy finalmente, y le tendió los brazos.

Isabel se resistía, pero la niña se abrazó al cuello de Tom y éste dejó que trepara hasta él y apoyara la cabeza en su pecho, donde debía de oír los fuertes latidos de su corazón.

Tom iba a aprovechar esa oportunidad para marcharse, pero entonces Hannah le puso una mano en el codo y dijo:

—Por cierto, me ha gustado eso que ha dicho de que el faro está allí para quien lo necesite. —Hizo una breve pausa para ordenar sus siguientes palabras—. ¿Puedo preguntarle una cosa, señor Sherbourne?

Aquello le produjo pavor, pero contestó:

—¿De qué se trata?

—Quizá le parezca una pregunta extraña, pero ¿los barcos rescatan a náufragos? ¿Ha oído hablar alguna vez de que hayan recogido un bote? ¿De que unos supervivientes hayan sido llevados hasta el otro extremo del mundo, tal vez? Se me ha ocurrido que quizá usted haya oído contar alguna historia...

Tom carraspeó.

—Tratándose del mar, supongo que todo es posible. Cualquier cosa.

—Entiendo... Gracias. —Hannah respiró hondo y volvió a mirar a Lucy—. Seguí su consejo —añadió—. Con aquel hombre del barco. Como usted dijo, él ya tenía bastantes problemas. —Se volvió hacia su hermana—. Quiero irme a casa, Gwen. No me siento muy cómoda en estas reuniones. ¿Le dirás a papá que me he marchado? No quiero interrumpirlo. —Entonces se volvió hacia Tom e Isabel—. Discúlpenme. —Ya iba a marcharse cuando Lucy, adormilada, le dijo «Adiós» y agitó una manita. Hannah intentó sonreír—. Adiós —le dijo a la niña. Con lágrimas en los ojos, añadió—: Tienen ustedes una hija adorable. Les ruego que me disculpen. —Y se apresuró hacia la puerta.

—Lo siento mucho —dijo Gwen—. Hannah sufrió una terrible tragedia hace unos años. Perdió a su familia en el mar: a su marido y a una hija que ahora tendría la edad de la suya. Siempre hace esas preguntas. Los niños pequeños se lo recuerdan.

—Qué horror —atinó a murmurar Isabel.

—Vale más que vaya a ver si se encuentra bien.

En cuanto se marchó Gwen, la madre de Isabel se les unió.

—¿No estás orgullosa de tu papá, Lucy? ¿Verdad que es un hombre muy inteligente? ¡Hasta pronuncia discursos! —Se volvió hacia Isabel—. ¿Quieres que me la lleve a casa? Tom y tú podéis quedaros en la fiesta. Debe de hacer una eternidad que no vais a bailar.

Isabel miró a Tom en busca de una respuesta.

—Les he prometido a Ralph y Bluey que me tomaría una cerveza con ellos. Esto no es lo que más me va. —Y sin mirar a su esposa, se dirigió hacia la puerta y salió a la calle.

Más tarde, cuando Isabel se miró en el espejo mientras se lavaba la cara, le pareció ver reflejadas allí las facciones de Hannah, teñidas por la aflicción. Se echó más agua para borrar aquella imagen tan perturbadora además del sudor que le había provocado el encuentro. Pero no consiguió hacerla desaparecer, ni controlar ese otro hilo de temor, casi imperceptible, que le había producido saber que Tom ya conocía a Hannah. No habría sabido decir por qué eso empeoraba las cosas, pero de alguna manera era como si el suelo se hubiera desplazado imperceptiblemente bajo sus pies.

El encuentro había sido impactante. Ver de cerca los oscuros ojos de Hannah Roennfeldt. Oler el débil olor dulzón de sus polvos de tocador. Sentir, casi físicamente, la desesperación que emanaba. Pero al mismo tiempo había probado la posibilidad de perder a Lucy. Se le tensaron los músculos de los brazos, como si quisiera abrazar a la niña. «Dios mío —rezó—, concédele la paz a Hannah Roennfeldt. Y déjame conservar a Lucy.»

Tom todavía no había vuelto a casa, así que fue a la habitación de Lucy para ver qué hacía. Le quitó un cuento de las manos y lo dejó en el tocador.

—Buenas noches, angelito —susurró, y le dio un beso.

Al acariciarle el pelo se sorprendió comparando la forma de la cara de la niña con la visión de Hannah en el espejo, buscando algún parecido en la curva de su mentón o en el arco de una ceja.

22

—¿Podemos tener un gatito, mamá? —preguntó Lucy a la mañana siguiente, mientras seguía a Isabel hasta la cocina de los Graysmark.

La niña estaba fascinada con *Tabatha Tabby*, la exótica gata anaranjada que se paseaba por la casa. Había visto gatos en los libros de cuentos, pero aquél era el único que había tocado.

—Verás, no creo que un gato fuera muy feliz en Janus, corazoncito. No tendría amiguitos con los que jugar. —La voz de Isabel denotaba cierta angustia.

—¿Podemos tener un gatito, papá? ¡Por favor! —insistió la niña, totalmente ajena a la tensión que se respiraba en la atmósfera.

La noche anterior, Tom llegó a la casa cuando todos dormían, y se había levantado muy temprano por la mañana. Estaba sentado a la mesa hojeando un ejemplar viejo del *West Australian* cuando Lulu se acercó para jugar.

—Lulu —le dijo—, ¿por qué no te llevas a *Tabatha* al jardín y buscas alguna aventura? Podríais cazar ratones.

La niña cogió al dócil animal por la cintura y fue dando traspiés hacia la puerta.

Tom se volvió hacia Isabel.

—¿Cuánto va a durar esto?

—¿Cómo dices?

—¿Cómo podemos hacer algo así? ¿Cómo vamos a vivir con esto todos los días de nuestra vida? Ya sabías que esa pobre mujer había enloquecido por nuestra culpa. ¡Y ahora lo has visto con tus propios ojos!

—No podemos hacer nada, Tom. Lo sabes tan bien como yo. —Pero la cara de Hannah volvió a aparecérsele, y su voz. Tom apretó las mandíbulas, e Isabel buscó alguna manera de aplacarlo—. Quizá... —aventuró— quizá cuando Lucy sea mayor... quizá entonces podamos contárselo a Hannah, cuando la revelación ya no tenga un efecto tan devastador. Pero para eso faltan años, Tom, años.

Atónito ante esa concesión, pero también ante lo inadecuada que era, siguió insistiendo.

—Isabel, ¿qué más necesitas? Esto no puede esperar años. ¡Piensa en esa mujer! ¡Si hasta la conocías!

El miedo se apoderó de ella.

—Pues resulta que tú también la conocías, Tom Sherbourne. Pero te lo tenías muy calladito, ¿verdad?

A él lo pilló desprevenido ese contraataque.

—No la conozco. Sólo la había visto una vez.

—¿Cuándo?

—En el barco, viniendo de Sídney.

—Eso es lo que ha provocado todo esto, ¿no es verdad? ¿Por qué nunca me habías hablado de ella? ¿Qué quiso decir con eso de que te habías portado como un caballero? ¿Qué me estás ocultando?

—¿Que qué te estoy ocultando? ¡Tiene gracia que digas eso!

—¡No sé nada de tu vida! ¿Qué más guardas en secreto, Tom? ¿Cuántos romances de a bordo?

Tom se levantó.

—¡Basta! ¡Basta ya, Isabel! Sólo dices tonterías para cambiar de tema porque sabes que tengo razón. Qué más da que la hubiera visto antes o no.

Intentó apelar a su buen juicio.

—Ya has visto en qué se ha convertido, Izz. Eso lo hemos provocado nosotros. —Desvió la mirada—. Yo he visto cosas...

Vi muchas cosas en la guerra, Izz. Cosas que nunca te he contado y nunca te contaré. Dios, hice cosas... —Tenía los puños apretados y la mandíbula tensa—. Juré que después de aquello no volvería a hacer sufrir a nadie si podía evitarlo. ¿Por qué crees que entré a trabajar en los Faros? Pensé que tal vez pudiera hacer algún bien, que tal vez pudiera evitar que algún pobre desgraciado naufragara. Y mira dónde me he metido. ¡No le desearía que pasara por lo que ha tenido que pasar Hannah Roennfeldt ni a mi peor enemigo! —Hizo una pausa y continuó—: En Francia aprendí que puedes considerarte afortunado si tienes algo con que engañar el hambre y dientes con que masticarlo. —Las imágenes invadían su mente y casi le impedían hablar—. Cuando te conocí y tú te dignaste mirarme dos veces, creí que estaba en el cielo.

Se detuvo unos instantes.

—¿Qué estamos haciendo, Izzy? ¿A qué estamos jugando, por amor de Dios? ¡Juré que permanecería a tu lado en las duras y en las maduras, Isabel, en las duras y en las maduras! Y lo único que puedo decir es que las cosas se han puesto bastante duras —concluyó, y se alejó a grandes zancadas por el pasillo.

Plantada en la puerta trasera, la niña observaba el final de la discusión como hechizada. Nunca había oído a su padre decir tantas palabras seguidas, y nunca en voz tan alta. Nunca lo había visto llorar.

—¡Se ha ido! —exclamó Isabel cuando Tom regresó con Bluey a casa de los Graysmark—. ¡Lucy se ha ido! La he dejado fuera jugando con la gata mientras iba a hacer las maletas... Creía que mi madre la estaba vigilando, y ella creía que la vigilaba yo.

—Cálmate, Izz. —Tom la sujetó por los brazos—. Tranquila. ¿Cuánto hace que no la ves?

—No lo sé. Una hora. Dos como mucho.

—¿Cuándo te has dado cuenta de que no estaba?

—Hace sólo un momento. Mi padre a ido a buscarla al monte de detrás de la casa.

Toda la periferia de Partageuse bordeaba terrenos de maleza autóctona, y más allá del pulcro césped del jardín de los Graysmark se extendían hectáreas de matorrales que lindaban con un denso bosque.

—Gracias a Dios que has vuelto, Tom. —Violet había salido presurosa al porche—. Lo siento mucho. Es culpa mía. ¡Debí comprobar qué hacía! Bill ha ido a buscarla por el viejo camino del aserradero...

—¿Hay algún otro sitio adonde pueda haber ido? —Tom recurrió automáticamente a su sentido práctico y metódico—. ¿Algún sitio del que le hayáis hablado Bill y tú?

—Podría estar en cualquier parte —dijo Violet, negando con la cabeza.

—Hay serpientes, Tom. Espaldas rojas. ¡Que Dios nos ayude! —imploró Isabel.

—Yo me pasaba el día en ese monte cuando era pequeño, señora Sherbourne —intervino Bluey—. Tranquila, no le pasará nada. La encontraremos, no se preocupe. Vamos, Tom.

—Bluey y yo iremos al monte, a ver si encontramos alguna pista. Izz, tú sal a echar otro vistazo al jardín. Violet, vuelva a mirar en la casa. Busque en todos los armarios y debajo de las camas. En cualquier sitio donde pueda haberse metido persiguiendo a la gata. Si no la hemos encontrado dentro de una hora, tendremos que avisar a la policía. Habrá que ir a buscar a los rastreadores.

Al mencionar Tom a la policía, Isabel le lanzó una mirada de angustia.

—No será necesario —auguró Bluey—. Seguro que Lucy está tan campante, señora Sherbourne. Ya lo verá.

Cuando las mujeres ya no podían oírlos, Bluey le dijo a Tom:

—Espero que haga mucho ruido al andar. Las serpientes duermen de día. Si te oyen venir, se apartan de tu camino. Pero si las sorprendes... ¿Es la primera vez que se pierde?

—En el faro Lucy no tiene un maldito sitio donde perderse —dijo Tom con aspereza, y se disculpó rápidamente—: Perdóname, Blue. No era mi intención... Es que Lucy no tiene mucha noción de las distancias. En Janus, todo queda cerca de casa.

Mientras andaban, llamaban a la niña con la esperanza de oír una respuesta. Seguían los restos de un sendero invadido por las matas que lo bordeaban, cuyas ramas ocupaban el espacio a la altura de una persona adulta, pero dejaban una especie de túnel debajo por donde Lucy, con su estatura, no habría tenido muchos problemas para avanzar.

Llevaban unos quince minutos buscando cuando el sendero desembocó en un claro; luego se bifurcaba en direcciones opuestas.

—Hay muchos senderos como éste —dijo Bluey—. Antes abrían una ruta cada vez que salían en busca de buenos terrenos de árboles madereros. Todavía hay alguna charca sin tapar, así que vigila —añadió, señalando los pozos excavados para acceder a las aguas subterráneas.

La niña del faro no tiene miedo. Sabe que no debe acercarse al borde de los acantilados. Sabe que las arañas pueden picar, y que tampoco hay que acercarse a ellas. Sabe que no debe bañarse a menos que papá o mamá estén con ella. En el agua, sabe distinguir la aleta de un inofensivo delfín, que sube y baja, de la de un tiburón, que avanza cortando la superficie sin sumergirse. En Partageuse, si le tira de la cola a la gata, es posible que ésta la arañe. Ésos son los límites del peligro.

Cuando sigue a *Tabatha Tabby* hasta más allá de los confines del jardín, no es consciente de que se pierde. Al cabo de un rato ya no ve a la gata, pero para entonces es demasiado tarde: se ha alejado demasiado para volver sobre sus pasos, y cuanto más lo intenta, más se desorienta.

Al final llega a un claro y se sienta junto a un tronco caído. Mira alrededor. Hay hormigas soldado; sabe que debe evitarlas, y mantiene una distancia prudente con la fila que están formando. No está preocupada. Papá y mamá la encontrarán.

Mientras está allí sentada, dibujando en el suelo arenoso con una ramita, ve una criatura extraña, no más larga que un dedo, que sale de debajo del tronco y se le acerca. Jamás había visto nada parecido: el animal tiene el cuerpo alargado y patas como las de los insectos o las arañas, pero dos gruesas pinzas como las de los cangrejos que papá caza a veces en Janus. Fascinada, lo toca con la punta de la ramita, y el animal enrosca rápidamente la cola formando un bonito arco y apuntando a su cabeza. Entonces aparece otro animal a escasos centímetros.

Lucy contempla cautivada cómo los bichos siguen la ramita, tratando de agarrarla con sus pinzas de cangrejo. Un tercero sale de debajo del tronco. Los segundos transcurren lentamente.

Al llegar al claro, Tom da un respingo. Ve un piececito calzado que asoma por detrás de un tronco.

—¡Lucy! —Echa a correr hacia la niña, que está sentada jugando con una ramita. Tom se estremece al identificar la forma que cuelga del extremo de ésta: es un escorpión—. ¡Lucy! ¡Por Dios! —Coge a la niña por debajo de los brazos y la levanta cuanto puede del suelo, al mismo tiempo que sacude al arácnido y lo aplasta con la bota—. ¿Qué demonios haces, Lucy? —grita.

—Pero ¡papi! ¡Lo has matado!

—¡Eso es peligroso! ¿Te ha picado?

—No. Es mi amigo. Y mira. —Abre el ancho bolsillo de la parte delantera de su vestido y le enseña con orgullo otro escorpión—. Tengo uno para ti.

—No te muevas —le ordena Tom aparentando tranquilidad, y deja a la niña en el suelo. Introduce la ramita en el bolsillo hasta que el escorpión la agarra y, poco a poco, lo saca de allí para tirarlo al suelo antes de aplastarlo de un pisotón.

Le examinó los brazos y las piernas buscando picaduras o mordeduras.

—¿Seguro que no te ha picado? ¿No te duele nada?

Lucy negó con la cabeza.

—¡He tenido una aventura!

—Y que lo digas. Una aventura de las buenas.

—Asegúrate bien —dijo Bluey—. A veces cuesta ver las marcas. Pero no parece somnolienta. Eso es buena señal. Si quieres que te diga la verdad, me preocupaba más que se hubiera caído en una de esas charcas.

—Siempre tan optimista —masculló Tom—. Lucy, corazón, en Janus no hay escorpiones. Son peligrosos. No debes tocarlos, nunca. —La abrazó—. ¿Dónde demonios estabas?

—Jugando con *Tabatha*. Como tú me dijiste que hiciera.

Tom sintió una punzada al recordar que esa mañana le había ordenado que saliera fuera con la gata.

—Vamos, tesoro. Tenemos que volver con mamá. —Tom recordó lo sucedido la noche anterior y le pareció que esa palabra adquiría un nuevo significado.

Isabel salió corriendo del porche para ir a recibirlos al borde del jardín. Abrazó a Lucy y se puso a llorar de alivio.

—Gracias a Dios —dijo Bill, de pie junto a Violet. Abrazó a su mujer—. Demos gracias al Señor. Y también a ti, Bluey —añadió—. Nos has salvado la vida.

Esa tarde, Isabel se olvidó por completo de Hannah Roennfeldt. Tom sabía que no podía volver a sacar el tema a colación, pero aún lo perseguía la cara de aquella mujer. Alguien que hasta entonces había sido un ente abstracto se había convertido en una persona de carne y hueso que sufría cada minuto por culpa de lo que él había hecho. Cada uno de sus rasgos —las mejillas descarnadas, los ojos hundidos, las uñas mordidas— se dibujaban vívidamente en su conciencia. Lo más difícil de soportar era el respeto que ella le había mostrado: la confianza.

Una y otra vez reflexionaba sobre los recovecos de la mente de Isabel, los rincones donde ella conseguía enterrar aquella agitación de la que Tom no podía escapar.

• • •

Cuando Ralph y Bluey zarparon de Janus al día siguiente, después de dejar a la familia en el faro, el más joven de los dos dijo:

—Caray, parecían un poco fríos el uno con el otro, ¿no te parece?

—Si quieres un consejo, Blue, nunca intentes entender lo que pasa en un matrimonio.

—Sí, ya lo sé, pero bueno, me sorprende que no estén más aliviados de que ayer no le pasara nada a Lucy. Isabel se comportaba como si fuera culpa de Tom que la niña se hubiera perdido.

—Olvídalo, muchacho. Ve a preparar un poco de té.

23

El enigma de lo que les había sucedido a la pequeña Grace Roennfeldt y su padre era uno de los grandes misterios de la región. Había quienes opinaban que aquello demostraba que no se podía confiar en un boche: Roennfeldt era un espía y al final, después de la guerra, lo habían obligado a volver a Alemania. No importaba que fuera austríaco. Otros, conocedores de los océanos, no se inmutaron ante su desaparición: «Hombre, ¿cómo se le ocurrió meterse en esas aguas? Debía de tener canguros en la cocorota. No debió de durar ni cinco minutos.» La opinión general era que con aquello Dios había expresado su desaprobación respecto a la elección de cónyuge por parte de Hannah. Todo eso del perdón está muy bien, pero mira las cosas que hicieron los alemanes...

La recompensa ofrecida por el viejo Potts alcanzó la categoría de mito. Durante años, atrajo a gente de los Goldfields, en el norte, incluso de Adelaida, que veía la oportunidad de adquirir una fortuna con sólo presentarse con un trozo de madera astillada y una teoría. En los primeros meses, Hannah escuchaba atentamente todas las historias que le relataban en las que presuntamente alguien había divisado un bote, todos los recuerdos del llanto de un bebé oído desde la costa aquella noche fatídica.

Con el tiempo, incluso su abatido corazón detectaba los fallos de aquellas historias. Cuando Hannah apuntaba que cierto vestidito de bebé que habían «encontrado» en la playa no correspondía con el que llevaba Grace, el buscador de recompensas insistía: «¡Piénselo bien! Está usted embargada por el dolor. ¿Cómo iba a recordar qué ropa llevaba la pobre niña?», o «Sabe que dormiría mejor si aceptara los hechos, señora Roennfeldt». Entonces hacían algún comentario de mal gusto y Gwen los acompañaba hasta la puerta, les agradecía que se hubieran tomado la molestia y les daba unos chelines para el viaje de regreso.

Ese mes de enero los jazmines de Madagascar volvían a estar en flor y lanzaban al aire el mismo perfume voluptuoso, pero era una Hannah Roennfeldt aún más demacrada la que seguía realizando su trayecto ritual —aunque con menor frecuencia— por la comisaría, la playa, la iglesia.

«Está completamente desquiciada», mascullaba el agente Garstone cuando Hannah salía por la puerta. Hasta el reverendo Norkells le aconsejó que no pasara tanto tiempo en la fría penumbra de la iglesia y que «buscara a Cristo entre quienes la rodeaban». Dos noches después de la fiesta de los faros, Hannah estaba despierta en la cama cuando oyó chirriar las bisagras del buzón. Miró el reloj, cuyas fantasmagóricas agujas marcaban las tres de la madrugada. ¿Un opossum, quizá? Se levantó de la cama y miró por la ventana sin descorrer las cortinas, pero no vio nada. Todavía no había salido la luna, y no había más luz que el débil resplandor de las estrellas que espolvoreaban el cielo. Volvió a oír el ruido metálico del buzón, esa vez provocado por el viento.

Hannah encendió un farol y salió por la puerta principal, procurando no despertar a su hermana y sin preocuparse demasiado por las serpientes que pudieran estar aprovechando aquella oscuridad impenetrable para cazar ratones o ranas. Sus pies descalzos no hacían el menor ruido al pisar el sendero.

La puerta del buzón oscilaba suavemente dejando entrever la forma de un objeto en el interior. Hannah acercó más el farol y distinguió el contorno de un paquete alargado. Lo sacó. No era mucho más grande que su mano, y estaba envuelto con papel de embalaje marrón. Miró alrededor en busca de alguna pista de cómo había llegado hasta allí, pero la oscuridad se enroscaba en el farol como los dedos de un puño. Volvió con premura a su dormitorio y cogió las tijeras de costura para cortar el cordel. El paquete iba dirigido a ella, con la misma pulcra caligrafía que la otra vez. Hannah lo abrió.

Mientras retiraba una a una las capas de papel de periódico, algo sonaba dentro. Cuando por fin el paquete quedó abierto por completo, apareció, reflejando el débil resplandor del farol, el sonajero de plata que el padre de Hannah había encargado en Perth para su nieta. Los querubines grabados en el mango eran inconfundibles. Debajo del sonajero había una nota:

La niña está a salvo. La quieren y la cuidan. Por favor, rece por mí.

Nada más. Ni fecha, ni iniciales, ni firma.

—¡Gwen! ¡Corre, Gwen! —Hannah aporreaba la puerta de la habitación de su hermana—. ¡Mira esto! ¡Está viva! ¡Grace está viva! ¡Lo sabía!

Gwen se levantó de la cama, preparada para oír otra idea descabellada. Pero al ver el sonajero se puso inmediatamente alerta, porque había acompañado a su padre a Perth y estaba sentada a su lado frente al mostrador de Caris Brothers mientras él decidía un diseño con el orfebre. Lo acarició con cautela, como si fuera un huevo que pudiera encerrar un monstruo.

Hannah lloraba y sonreía, reía mirando al techo y luego al suelo.

—¡Ya te lo decía yo! ¡Ay, mi querida Grace! ¡Está viva!

Gwen le puso una mano en el hombro.

—No nos emocionemos, Hannah. Por la mañana iremos a ver a papá y le pediremos que nos acompañe a la comisaría. La policía sabrá qué hacer. Ahora ve a acostarte. Mañana necesitarás tener la mente despejada.

Pero Hannah no podía dormir. La aterrorizaba pensar que si cerraba los ojos quizá se despertara. Salió al jardín trasero y se sentó en la mecedora donde antaño se había sentado con Frank y Grace, y contempló los miles de estrellas que salpicaban el hemisferio; ellas la tranquilizaron con su firmeza, como pinchazos de esperanza en la noche. En un lienzo tan extenso era improbable oír o sentir otras vidas. Y sin embargo ella tenía el sonajero, y el sonajero le daba esperanzas. No era ninguna tontería: era un talismán de amor, un símbolo del perdón de su padre; un objeto que habían tocado su hija y quienes la guardaban como un tesoro. Recordó sus estudios clásicos y la historia de Deméter y Perséfone. De pronto ese relato antiguo cobró vida para Hannah, mientras se imaginaba el regreso de su hija de dondequiera que la hubieran tenido cautiva.

Intuía —mejor dicho, sabía— que estaba llegando al final de un viaje espeluznante. Cuando Grace hubiera vuelto con ella, la vida volvería a empezar; juntas recogerían la felicidad que durante tanto tiempo les habían negado. Se rió al pensar en recuerdos graciosos: Frank intentando cambiar un pañal; su padre tratando de no perder la calma cuando su nieta le vomitó toda una toma en el hombro de su mejor traje. Por primera vez en varios años, se sentía el estómago encogido de emoción. Lo único que tenía que hacer era esperar hasta el día siguiente. Cada vez que un atisbo de duda se colaba en su pensamiento, se concentraba en lo concreto: en que Grace tenía el pelo de la nuca más fino a causa del roce con la sábana; en que tenía diminutas medias lunas en la base de las uñas. Anclaba a su hija en la memoria y la atraía a fuerza de voluntad, asegurándose de que había un sitio en esta tierra donde se conocía cada uno de sus detalles. Hannah la amaría hasta traerla a casa sana y salva.

En el pueblo no se hablaba de otra cosa. Habían encontrado un chupete. No, era un mordedor. Era algo que demostraba que la niña había muerto; era algo que demostraba que estaba viva. El padre la había matado; habían matado al padre. En la carnicería y en la verdulería, en la herrería y en el local social, la historia adquiría y perdía hechos y detalles a medida que pasaba de boca

229

en boca, siempre con un chasquido de lengua o una mueca para disimular la emoción de cada narrador.

—Señor Potts, no ponemos en duda que pueda usted reconocer sus propias compras. Pero admitirá, sin duda, que esto no demuestra que la niña esté viva. —El sargento Knuckey intentaba tranquilizar al acalorado Septimus, que estaba plantado ante él con la barbilla levantada y sacando pecho, como un boxeador.

—¡Tiene que investigarlo! ¿Por qué iban a esperar hasta ahora para entregarlo? ¿En plena noche? ¿Sin reclamar la recompensa? —Su bigote parecía aún más blanco, a medida que su cara pasaba del rojo al morado.

—Con todo respeto, ¿cómo demonios quiere que yo lo sepa?

—¡Le agradecería que moderara su lenguaje! ¡Está hablando usted delante de dos damas!

—Lo siento. —Knuckey apretó los labios—. Lo investigaremos, se lo aseguro.

—¿Cómo exactamente? —exigió saber Septimus.

—Pues... Yo... Le doy mi palabra de que lo investigaremos.

A Hannah se le cayó el alma a los pies. Iba a pasar lo mismo de siempre. Sin embargo, a partir de ese día se acostaba muy tarde todas las noches y se quedaba vigilando el buzón en espera de alguna señal.

—Veamos, necesito una fotografía de esto, Bernie —dijo el agente Lynch. De pie frente al mostrador del estudio Gutcher, sacó el sonajero de plata de una bolsa de fieltro.

Bernie Gutcher lo miró con recelo.

—¿Desde cuándo te interesan los críos?

—¡Desde que esto es una prueba! —contestó el policía.

El fotógrafo tardó un poco en preparar su equipo, y mientras lo hacía, Lynch examinó los retratos colgados en las paredes, que ilustraban diferentes estilos de fotografía y proponían diferentes marcos. Su mirada pasó sin detenerse por una serie de ejemplos que incluían al equipo de fútbol local, a Harry Garstone y a su madre, y a Bill y Violet Graysmark con su hija y su nieta.

Unos días más tarde, colgaron una fotografía en el tablón de anuncios de la comisaría en la que aparecía el sonajero junto a una regla para mostrar la escala, y en la que se instaba a cualquiera que lo reconociera a presentarse ante las autoridades. A su lado había una nota firmada por Septimus Potts, en la que éste anunciaba que la recompensa a quien ofreciera datos que propiciaran el regreso sana y salva de su nieta Grace Ellen Roennfeldt había aumentado a tres mil guineas, y que todas las informaciones serían tratadas con la más estricta confidencialidad.

En Partageuse, con mil guineas podías comprarte una granja. Con tres mil... Bueno, con tres mil guineas podías hacer lo que quisieras.

—¿Estás seguro? —volvió a preguntar la madre de Bluey mientras se paseaba por la cocina; todavía llevaba en la cabeza los rulos de tela que se había puesto para dormir—. ¡Piensa, hijo mío, por el amor de Dios!

—No, no puedo estar completamente seguro. Ha pasado mucho tiempo. Pero nunca había visto nada tan ostentoso, ¡y menos en la cuna de un crío! —Le temblaban las manos mientras liaba un cigarrillo, y se le cayó la cerilla cuando intentó encenderla—. ¿Qué puedo hacer, madre? —Se le estaban formando gotas de sudor en la frente, bajo sus rizos pelirrojos—. Quizá todo tenga una explicación. O quizá sólo lo soñara. —Dio una fuerte calada al cigarrillo y exhaló, pensativo—. Vale más que espere hasta el próximo viaje a Janus y se lo pregunte, de hombre a hombre.

—¡De hombre a simio, querrás decir! ¡Si eso es lo que piensas hacer, es que eres más bobo de lo que creía! ¡Tres mil guineas! —Agitó una mano con tres dedos extendidos ante su cara—. ¡Tres mil guineas es más de lo que ganarías en esa barca de mala muerte en cien años!

—Pero es que estamos hablando de Tom e Isabel. Ellos jamás harían nada indebido. Y aunque fuera el mismo sonajero, podrían haberlo encontrado en la playa. No te imaginas las cosas que aparecen en Janus. ¡Una vez Tom encontró un mosquete! Y un caballito de balancín.

—No me extraña nada que Kitty Kelly te haya dado calabazas. No tienes ni pizca de ambición. No tienes ni pizca de sentido común.

—¡Madre! —A Bluey le dolió aquella burla.

—Ponte una camisa limpia. Nos vamos a la comisaría.

—Pero ¡estamos hablando de Tom! ¡Es amigo mío, madre!

—¡Estamos hablando de tres mil guineas! Y si no te das prisa, el viejo Ralph Addicott irá a contarles la misma historia. —Hizo una pausa y añadió—: Kitty Kelly no mirará por encima del hombro a un hombre con tanto dinero, ¿no crees? Ve a peinarte. Y apaga ese maldito cigarrillo.

24

Al principio, Tom creyó que se lo estaba imaginando: le pareció ver acercarse la *Windward Spirit*, azotada por la cola de un ciclón que había descendido por la costa de Australia Occidental. Llamó a Isabel para comprobar si ella también lo veía. Sólo llevaban una semana en Janus. La barca no tenía que volver hasta mediados de marzo, cuando estaba previsto que los llevaran al continente para su traslado a Point Moore. Quizá hubiera surgido algún problema en el motor camino de otro trabajo. Quizá Ralph o Bluey se hubieran lesionado por culpa del mal tiempo.

Había un intenso y peligroso oleaje, y la tripulación tuvo que emplear toda su destreza para atracar la barca sin estrellarla contra el embarcadero.

—¡Cualquier puerto es bueno en medio de una tormenta, ¿eh, Ralph?! —gritó Tom por encima del bramido del viento, cuando la barca se situó a su lado, pero el viejo capitán no contestó.

Cuando, en lugar de ver salir a Bluey de la popa de la barca, Tom reconoció las facciones curtidas e intemporales de Neville Whittnish, su confusión se intensificó. Detrás de él iban cuatro agentes de policía.

—¡Caramba, Ralph! ¿Qué significa todo esto?

Ralph tampoco le contestó. Tom sintió un escalofrío. Miró hacia lo alto de la cuesta y vio a Isabel retrocediendo, hasta que dejó de vérsela desde el embarcadero. Uno de los policías recorrió la pasarela tambaleándose, como si estuviera borracho, y tardó unos momentos en acostumbrarse al muelle, que no tenía movimiento. Los otros lo siguieron.

—¿Thomas Edward Sherbourne?

—Sí, soy yo.

—Soy el sargento Spragg, de la policía de Albany. Éste es mi ayudante, el agente Strugnell. Al sargento Knuckey y al agente Garstone quizá los conozca de la comisaría de Point Partageuse.

—Pues no, no los conocía.

—Señor Sherbourne, hemos venido con relación a Frank Roennfeldt y su hija Grace.

Esa revelación fue como un puñetazo que le cortó brevemente la respiración. Tenía el cuello rígido y estaba pálido como un muerto. La espera había llegado a su fin. Era como recibir la señal de salir a atacar tras varios días esperando en las trincheras.

El sargento se sacó algo del bolsillo: un trozo de cartón que agitó el fuerte viento; lo sostuvo con firmeza con las dos manos.

—¿Reconoce esto, señor?

Tom miró la fotografía del sonajero. Echó un vistazo a lo alto del acantilado y caviló su respuesta. Isabel se había ido. El tiempo hacía equilibrios en el fulcro de una palanca: después de aquello no habría vuelta atrás.

Dio un hondo suspiro, como si se librara de una carga física; cerró los ojos y agachó la cabeza. Notó una mano en el hombro. Era Ralph.

—Tom. Tom, hijo... ¿Qué demonios ha estado pasando aquí?

Mientras los policías interrogan a Tom, Isabel sube al acantilado, donde están las cruces de madera. Las matas de romero se enfocan y se desenfocan, como sus pensamientos. Temblorosa, rememora la escena: el más bajo de los policías, que es también el más joven, se ha mostrado muy solemne al enseñarle la fotografía, y no puede haber pasado por alto que, al verla, Isabel abría mucho los ojos y dejaba de respirar un instante.

—Alguien le envió este sonajero a la señora Roennfeldt la semana pasada.

—¿La semana pasada?

—Todo parece indicar que fue la misma persona que le envió una carta hace dos años.

Esa última noticia resulta incomprensible.

—Queremos hacerle algunas preguntas una vez que hayamos hablado con su marido, pero entretanto sería mejor que... —encogió los hombros, nervioso— no se alejara demasiado.

Isabel contempla la vista desde el acantilado: hay tanto aire, y sin embargo le cuesta respirar. Imagina a Lucy durmiendo la siesta mientras, en la habitación contigua, la policía interroga a su padre. Van a llevársela. Intenta pensar en qué sitio de la isla puede esconderla. Puede... podría marcharse con ella en el bote. Calcula a toda prisa: el bote de rescate siempre está preparado para cualquier contingencia. Si pudiera fingir que se llevaba a Lucy a... ¿adónde? A cualquier sitio, no importa. Podría meter a la niña en el bote y zarpar de la isla sin que nadie se diera cuenta. Y si cogieran la corriente adecuada, el mar las llevaría hacia el norte... Se imagina que la niña y ella desembarcan cerca de Perth, juntas, salvadas. Entonces interviene la lógica y le recuerda los peligros de la corriente del sur y la elevada probabilidad de morir en el océano Antártico. Explora con premura otra ruta. Puede jurar que la niña es suya, que en el bote que apareció había dos cadáveres, y que ellos sólo se quedaron el sonajero. Se aferra a cualquier posibilidad, por absurda que sea.

Sigue apareciendo el mismo impulso: «Necesito preguntarle a Tom qué vamos a hacer.» Entonces siente náuseas, y recuerda que todo eso es obra de Tom. Es como cuando se despertó la noche después de saber que su hermano Hugh había muerto, y pensó: «Tengo que darle la mala noticia a Hugh.»

Poco a poco, empieza a admitir que no hay huida, y el miedo deja paso a la rabia. ¿Por qué? ¿Por qué no podía él dejar las cosas como estaban? Se supone que Tom tiene que proteger a su familia, y no destrozarla. En lo más profundo de su conciencia, un sentimiento denso como el alquitrán ha sido alterado y ahora busca un puerto seguro. Los pensamientos de Isabel caen en espiral y se sumen en la oscuridad: Tom lleva dos años planeando eso. ¿Quién es ese hombre capaz de mentirle, de separarla de la niña? Recuerda a Hannah Roennfeldt tocándole el brazo a Tom, y se pregunta qué pasó entre ellos. Vomita en la hierba.

El mar rugía contra el acantilado, y la espuma llegaba hasta Isabel, a decenas de metros por encima del agua, en el borde, y había empapado las cruces y su vestido.

—¡Izzy! ¡Isabel! —El vendaval alejaba la voz de Tom de la isla.

Un petrel revoloteaba en el aire, describiendo círculos y más círculos, hasta caer en picado, certero como un rayo, en el agitado oleaje para pescar un arenque. Pero la suerte y la tempestad estaban a favor del pez, que consiguió soltarse del pico del pájaro y caer de nuevo al agua.

Tom recorrió la distancia que lo separaba de su mujer. El petrel seguía cerniéndose en las corrientes de la tormenta, consciente de que el tumulto del agua convertiría en presa fácil a cualquier pez que no se hubiera refugiado en los arrecifes.

—No tenemos mucho tiempo —dijo Tom atrayendo a Isabel hacía sí—. Lucy se despertará en cualquier momento. —La policía lo había interrogado durante una hora, y dos agentes se dirigían hacia las viejas tumbas del otro extremo de la isla, provistos de palas.

Isabel escrutó el rostro de Tom como si fuera el de un desconocido.

—La policía me ha dicho que alguien le envió un sonajero a Hannah Roennfeldt...

Él le sostuvo la mirada, pero no dijo nada.

—...que alguien le escribió hace dos años para decirle que su hija estaba viva. —Isabel luchó un poco más contra lo que eso implicaba—. ¡Tom! —fue lo único que alcanzó a decir; el terror se reflejaba en sus ojos—. ¡Oh, Tom! —repitió, y dio un paso atrás.

—Tenía que hacer algo, Izzy. Dios sabe que he intentado explicártelo. Sólo quería que esa mujer supiera que su hija estaba a salvo.

Isabel lo miró como si tratara de comprender unas palabras gritadas desde muy lejos, pese a que Tom estaba tan cerca de ella que su pelo le azotaba la cara.

—Yo confiaba en ti, Tom. —Se agarró el cabello con los puños mientras miraba a su marido con fijeza, boquiabierta, buscando las palabras que necesitaba—. ¿Qué nos has hecho, por amor de Dios? ¿Qué le has hecho a Lucy?

Isabel vio resignación en los hombros caídos de Tom, y alivio en sus ojos. Dejó caer las manos, y el pelo volvió a taparle la cara como un velo mortuorio. Estalló en sollozos.

—¡Dos años! ¿Me has estado mintiendo durante dos años?

—¡Tú viste a esa desgraciada! Viste lo que le habíamos hecho.

—¿Acaso ella significa más para ti que nuestra familia?

—No es nuestra familia, Izz.

—¡Es la única familia que jamás tendremos! ¿Qué va a ser de Lucy?

Tom le sujetó los brazos.

—Mira, haz lo que te digo y no pasará nada. Les he dicho que fui yo, ¿de acuerdo? Les he dicho que quedarnos a Lucy fue idea mía, que tú no querías, pero que te obligué. Si te mantienes firme en eso, nadie te hará nada... Van a llevarnos a Partageuse. Izzy, prometo que te protegeré. —Volvió a atraerla hacia sí y posó los labios sobre su frente—. No importa lo que me pase a mí. Sé que me enviarán a la cárcel, pero cuando salga podremos...

De pronto Isabel se lanzó contra él y le golpeó el pecho con los puños.

—¡No vuelvas a hablar en plural, Tom! ¡Después de lo que has hecho! —Él no intentó detenerla—. ¡Ya tomaste tu decisión! Lucy y yo no te importamos un rábano, así que no... —buscó las palabras—, no esperes que me preocupe por lo que pueda pasarte a partir de ahora. ¡Por mí puedes irte al infierno!

—Izz, por favor, no sabes lo que dices...

—¿Ah, no? —repuso ella con voz chillona—. Sé que se van a llevar a nuestra hija. No lo entiendes, ¿verdad? Lo que has hecho es... es... ¡imperdonable!

—Por el amor de Dios, Izz...

—¡Preferiría que me hubieras matado, Tom! Matarme habría sido mejor que matar a nuestra hija. ¡Eres un monstruo! ¡Un monstruo egoísta y sin sentimientos!

Tom se quedó plantado tratando de asimilar unas palabras que le hacían más daño que los golpes. Escudriñó el rostro de Isabel en busca de algún vestigio del amor que tantas veces ella le había declarado, pero lo vio lleno de una furia gélida, como el océano que los rodeaba.

El petrel volvió a descender en picado, y se elevó triunfante con el pez que había aprisionado en el pico, de modo que sólo la boca, que se abría y se cerraba débilmente, indicaba que éste hubiera existido.

—Hay demasiada marejada para volver ahora —le dijo Ralph al sargento Knuckey. El sargento Spragg, el superior de Albany, había insistido mucho en la necesidad de partir de inmediato—. Por mí puede ir nadando si tanta prisa tiene —se limitó a sentenciar el capitán.

—Bueno, pues Sherbourne debe quedarse bajo custodia en la barca. No quiero que se invente historias con su mujer, muchas gracias —insistió Spragg.

El sargento Knuckey miró a Ralph y arqueó las cejas; el ángulo de sus labios delataba la opinión que tenía de su colega.

Al acercarse el anochecer, Neville Whittnish se dirigió con paso enérgico hacia la barca.

—¿Qué quiere? —le preguntó el agente Strugnell, que se estaba tomando muy en serio su tarea de vigilancia.

—Necesito a Sherbourne para el relevo. Tiene que venir conmigo a encender el faro. —Whittnish hablaba poco, pero su tono no admitía discusión.

Desprevenido, Strugnell vaciló un momento, pero recobró la compostura lo suficiente para decir:

—En ese caso, tendré que acompañarlo.

—En el faro sólo puede entrar personal autorizado. Son las normas de la Commonwealth. Lo devolveré aquí cuando hayamos terminado.

Tom y el antiguo farero caminaron en silencio hasta la torre. Cuando llegaron ante la puerta, Tom dijo en voz baja:

—¿A qué ha venido eso? No me necesita para encender el faro.

El anciano se limitó a replicar:

—Nunca había visto un faro tan bien cuidado. Las otras cosas que hayas hecho no son asunto mío. Pero supongo que querrás despedirte de él. Esperaré aquí abajo. —Se volvió y se quedó mirando por la ventana redonda, como si calibrase la tormenta.

Tom subió una vez más la escalera. Por última vez, realizó la operación de alquimia por la que se obtenía luz a partir de azufre y petróleo. Por última vez, envió su señal a los navegantes que se encontraban a millas de allí: tened cuidado.

A la mañana siguiente la tormenta ha amainado y el cielo vuelve a estar sereno y azul. Las playas están engalanadas con bancos de espuma amarilla y algas arrojadas por las olas. Cuando la barca se aleja de Janus Rock, un grupo de delfines juega un rato alrededor de la proa; sus figuras grises y resbaladizas emergen y se sumergen como chorros de agua, ora más cerca, ora más lejos. Isabel, con los párpados hinchados y los ojos enrojecidos, está sentada en un lado de la cabina, y Tom en el otro. Los policías hablan entre ellos de listas de turnos y de la mejor manera de lustrarse las botas. En la popa, la lona podrida exhala el hedor de su espantoso contenido.

Lucy, sentada en el regazo de Isabel, vuelve a preguntar:

—¿Adónde vamos, mamá?

—Volvemos a Partageuse, corazón.

—¿Por qué?

Isabel le lanza una mirada a Tom.

—La verdad es que no lo sé, Luce, amor mío. Pero tenemos que ir.

La abraza con fuerza.

Más tarde, la niña se baja de las rodillas de su madre y se sube a las de Tom. Él la abraza en silencio, tratando de grabarla en su memoria: el olor de su pelo, la suavidad de su piel, la forma de sus deditos, el sonido de su respiración cuando le acerca la cara.

La isla va alejándose de ellos, se encoge hasta quedar reducida a una versión aún más pequeña de sí misma, hasta que sólo es un destello de la memoria que cada pasajero guarda de forma diferente e imperfecta. Tom observa a Isabel, espera a que ella le devuelva la mirada, ansía que le dedique una de aquellas sonrisas que le recordaban el faro de Janus: un punto fijo y fiable que significaba que él no estaba perdido. Pero la llama se ha apagado, y ahora su cara parece deshabitada.

Mide el viaje hasta la costa en los cambios de la luz.

TERCERA PARTE

25

Nada más desembarcar, el sargento Spragg se sacó unas esposas del bolsillo y caminó hacia Tom. Vernon Knuckey lo detuvo negando con la cabeza.

—Es el procedimiento habitual —dijo el sargento de Albany, cuyo rango era superior al de Vernon.

—Eso no importa. Hay una niña pequeña —contestó Knuckey apuntando con la barbilla a Lucy, que corrió hacia Tom y se agarró a su pierna.

—¡Papi! ¡Cógeme en brazos, papi!

La aflicción apareció fugazmente en la cara de Tom cuando ella lo miró a los ojos y le hizo aquella súplica tan rutinaria. En lo alto de un árbol pipermint cantaban un par de abanicos lavanderas. Tom tragó saliva y se hincó las uñas en las palmas de las manos.

—¡Mira, Lulu! Mira qué pájaros tan graciosos. De ésos no hay en casa, ¿verdad? —Sin dejar de mirarlos, añadió—: Ve a verlos.

Cerca del embarcadero había dos automóviles aparcados, y el sargento Spragg se dirigió a Tom.

—Por aquí. Suba al primero.

Tom se volvió hacia Lucy, que estaba distraída observando a los pájaros sacudir sus largas colas negras. Fue a tenderle una mano, pero se imaginó cómo se angustiaría ella: era mejor que se marchara sin decirle nada.

Pero la niña detectó el movimiento de Tom y le tendió los brazos.

—¡Espera, papi! ¡Cógeme en brazos! —volvió a suplicar; su tono de voz delataba que había notado que pasaba algo raro.

—Haga el favor —lo urgió Spragg, asiéndolo por el codo.

Al alejarse Tom a regañadientes, Lucy lo persiguió con los brazos extendidos.

—¡Espera a Lulu, papá! —le rogaba, dolida y desconcertada.

Entonces tropezó, cayó de bruces en la grava y dio un grito; Tom, incapaz de continuar, se dio media vuelta y se soltó del policía.

—¡Lulu! —La levantó del suelo y le besó la rasguñada barbilla—. Lucy, Lucy, Lucy, Lucy —murmuró, acariciándole la mejilla con los labios—. No pasa nada, pequeñaja. Tranquila, no ha sido nada.

Vernon Knuckey bajó la vista al suelo y carraspeó.

—Ahora tengo que marcharme, corazón —dijo Tom—. Espero... —Se interrumpió. Miró a Lucy a los ojos y le acarició el pelo; por último, le dio un beso—. Adiós, pequeña.

Como la niña no mostraba la menor intención de soltarlo, Knuckey miró a Isabel.

—¿Señora Sherbourne?

Ella separó a Lucy de Tom.

—Ven aquí, tesoro. No pasa nada. Ven con mamá —dijo, pese a que la niña seguía llamando a su padre:

—¡Papá! ¡Quiero ir contigo, papá!

—¿Estás contento, Tom? Esto era lo que querías, ¿verdad? —Las lágrimas resbalaban por la cara de Isabel y caían en la mejilla de Lucy.

Tom se quedó contemplándolas un instante; el dolor se reflejaba en las caras de las dos personas que él había prometido a Bill Graysmark proteger y cuidar. Al final consiguió decir:

—Lo siento, Izz.

A Kenneth Spragg se le había agotado la paciencia; volvió a agarrarlo por el brazo y lo empujó hacia el coche. Tom se metió en la parte trasera del vehículo, y Lucy se puso a berrear:

—¡No te vayas, papá! ¡Por favor, papi! ¡Por favor! —Tenía el rostro crispado y colorado, y las lágrimas le entraban en la boca abierta, mientras Isabel trataba en vano de consolarla—. ¡Mamá, no les dejes! ¡Son malos, mamá! ¡Se están portando mal con papá!

—Ya lo sé, cariño, ya lo sé. —Acercó los labios a la cabeza de la niña y murmuró—: A veces los hombres hacen cosas horribles, corazón. Cosas muy malas. —Mientras decía esas palabras, era consciente de que lo peor estaba por llegar.

Ralph contemplaba la escena desde la cubierta de la barca. Cuando llegó a su casa, miró a Hilda; la miró como quizá hacía veinte años que no la miraba.

—¿Qué te pasa? —le preguntó su mujer, desconcertada por aquella intensidad.

—Nada —respondió él, y le dio un largo abrazo.

En su despacho, Vernon Knuckey hablaba con Kenneth Spragg:

—Vuelvo a repetírselo, sargento. Esta tarde no puede llevárselo a Albany. Lo trasladarán a su debido tiempo, cuando yo haya tenido ocasión de hacerle unas preguntas.

—Es nuestro detenido. Los faros pertenecen a la Commonwealth, no lo olvide, así que hemos de proceder correctamente.

—Conozco las normas tan bien como usted. —Kenneth Spragg era famoso entre todos los policías de la región de Perth por su afán de mangonear. Todavía estaba resentido por no haberse alistado, e intentaba compensarlo comportándose como si fuera un maldito brigada—. Insisto: se lo llevarán a Albany a su debido tiempo.

—Quiero ocuparme personalmente de Sherbourne, llegar al fondo de este asunto. No veo por qué no he de llevármelo, aprovechando que estoy aquí.

—Si tanto le interesa, puede volver por él. Esta comisaría la dirijo yo.

—Llamaremos a Perth.

—¿Cómo dice?

—Déjeme llamar por teléfono a Perth. Si me lo ordena la autoridad del distrito, lo dejaré aquí. Si no, Sherbourne ya está subiendo al coche y viniendo conmigo a Albany.

Isabel tardó mucho en convencer a la compungida niña de que se metiera en el segundo automóvil, de modo que Tom ya estaba en una celda cuando llegaron a la comisaría.

En la sala de espera, Lucy se sentó en el regazo de Isabel, quejumbrosa y agotada por el largo viaje y los extraños sucesos. No paraba de tocarle la cara a Isabel, dándole palmadas e hincándole el dedo para reclamar su atención.

—¿Dónde está papá? Quiero verlo.

Isabel estaba pálida, y arrugaba el entrecejo con expresión ausente. De vez en cuando se quedaba ensimismada, concentrada en una muesca de la madera del mostrador, o en el graznido de una urraca que se oía a lo lejos. Entonces Lucy le hincaba un dedo en la mejilla y le hacía otra pregunta, e Isabel volvía a tomar conciencia de dónde estaba.

Un anciano que había ido a pagar una multa por dejar que su ganado ocupara la calzada de la carretera esperaba frente al mostrador a que le entregaran su recibo. Se entretuvo intentando hacer reír a Lucy tapándose y destapándose los ojos con una mano.

—¿Cómo te llamas? —le preguntó.

—Lucy —contestó ella con timidez.

—Eso es lo que tú crees —masculló Harry Garstone esbozando una sonrisa sarcástica, mientras firmaba el recibo.

En ese momento llegó el doctor Sumpton de su consultorio, resoplando y con un maletín en la mano. Saludó de pasada a Isabel, pero evitó mirarla a los ojos. Ella se puso muy colorada al recordar la última visita que le había hecho al médico y la aplastante conclusión a la que éste había llegado.

—Por aquí, doctor —dijo Garstone, y lo hizo pasar a una habitación del fondo. El agente volvió junto a Isabel—. El doctor tiene que examinar a la niña. Démela, por favor.

—¿Examinarla? ¿Para qué? ¡A la niña no le pasa nada!

—Esto no es asunto suyo, señora Sherbourne.

—¿Que no es asunto mío? Soy su... —Isabel se interrumpió antes de terminar la frase—. No necesita ningún médico. ¡Tenga un poco de consideración, por favor!

El policía agarró a la niña, que gritaba y forcejeaba, y se la llevó. Sus agudos chillidos resonaron por toda la comisaría y llegaron hasta la celda de Tom, a quien le parecieron aún más fuertes, pues él no sabía qué estaba sucediendo.

En el despacho de Knuckey, Spragg colgó el auricular y miró con el entrecejo fruncido a su homólogo de Partageuse.

—Muy bien. De momento se ha salido con la suya... —Se subió la cintura del pantalón y cambió de táctica—. En mi opinión, a la mujer también habría que recluirla en una celda. Seguramente está metida en esto hasta el cuello.

—La conozco desde que era una cría, sargento —replicó Knuckey—. No ha faltado ni un solo domingo a la iglesia. Ya ha oído la historia que ha contado Tom Sherbourn: por lo visto, ella sólo es una víctima más.

—¡La historia que ha contado! Se lo digo yo: esa mujer no es ninguna mosquita muerta. Déjeme hablar con él a solas y pronto sabremos cómo murió realmente ese tal Roennfeldt.

Knuckey también estaba al corriente de la reputación de Spragg a ese respecto, pero hizo caso omiso del comentario.

—Mire, yo no conozco a Sherbourne. Podría ser el mismísimo Jack *el Destripador*, no voy a negarlo. Si es culpable, le va a caer una buena. Pero encerrar a su mujer porque sí no va a servir de nada, así que no se precipite. Usted sabe tan bien como yo que a una mujer casada no se le puede imputar ningún delito que su marido la haya obligado a cometer. —Alineó un montón de papeles con la esquina de su secante—. Esto es un pueblo pequeño. Aquí los errores se pagan caros. No encierras a una joven si no estás completamente seguro de tus acusaciones. Así que, si no le importa, vamos a ir por partes.

. . .

Cuando el contrariado sargento Spragg hubo salido de la comisaría, Knuckey entró en la sala de interrogatorios y salió con Lucy.

—El doctor ya nos ha dado luz verde —dijo. Entonces bajó la voz y añadió—: Ahora vamos a llevar a la niña con su madre, Isabel. Le agradecería que no nos pusiera las cosas aún más difíciles. Así que... si quiere... despedirse de ella...

—¡Por favor! ¡No nos haga esto!

—No empeore las cosas. —Vernon Knuckey, que durante años había visto la difícil situación de Hannah Roennfeldt, convencido de que la mujer se aferraba a una vana ilusión, miraba ahora a Isabel y pensaba que a ella le sucedía lo mismo.

Creyendo que ya estaba otra vez a salvo en los brazos de su madre, la niña se agarró con fuerza a Isabel cuando ésta la besó en la mejilla, incapaz de separar sus labios de aquella suave piel. Harry Garstone cogió a Lucy por la cintura y tiró de ella.

A pesar de que aquél era el desenlace lógico de las últimas veinticuatro horas, y a pesar de que era un temor que Isabel había albergado desde el día en que había mirado por primera vez a la pequeña, sintió un dolor desgarrador.

—¡Por favor! —suplicó, anegada en llanto—. ¡Tenga piedad! —Su voz rebotaba en las desnudas paredes—. ¡No se lleve a mi niña!

Le arrancaron de los brazos a Lucy, que no paraba de berrear, e Isabel se desmayó y cayó al suelo de piedra con un sonoro golpe.

Hannah Roennfeldt no podía estarse quieta. Miraba la hora en su reloj y en el de la repisa de la chimenea; le preguntaba la hora a su hermana, ansiosa por saber cuánto tiempo había transcurrido. La barca había zarpado hacia Janus el día anterior por la mañana, y desde entonces cada minuto había sido un suplicio comparable al de Sísifo.

Le costaba creer que pronto volvería a abrazar a su hija. Desde el día que había encontrado el sonajero, había soñado con su regreso. Los abrazos. Las lágrimas. Las sonrisas. Había cogido flores de frangipán del jardín y las había puesto en el cuarto de la niña, y el perfume invadía toda la casa. Sonriendo y tarareando, había barrido y quitado el polvo, y había colocado las muñecas encima de la cómoda. Entonces la asaltaron las dudas: ¿qué comería la niña? Había enviado a Gwen a comprar manzanas, leche y dulces, pero Hannah se preguntó de pronto si debería darle algo más. Como ella apenas comía, fue a casa de su vecina, la señora Darnley, que tenía cinco hijos pequeños, y le preguntó qué comían los críos de la edad de Grace. Fanny Darnley, siempre encantada de tener una historia que contar, no tardó nada en comentarle al señor Kelly en la tienda de comestibles que Hannah se había vuelto completamente loca y había empezado a cocinar para los fantasmas, pues la noticia todavía no se había extendido. «No me gusta hablar mal de mis vecinos, pero... bueno, para algo tenemos manicomios, ¿no? No me hace ninguna gracia que mis hijos vivan tan cerca de una persona a la que le falta un tornillo. A usted, en mi lugar, le pasaría lo mismo.»

La llamada telefónica había sido breve.

—Será mejor que venga en persona, señor Graysmark. Tenemos a su hija aquí.

Bill Graysmark llegó a la comisaría de policía aquella tarde en un estado de profunda confusión. Tras la llamada, en su mente se había formado una imagen del cadáver de Isabel sobre una mesa, esperando que pasaran a recogerlo. Apenas había oído el resto de las palabras que le llegaron a través del teléfono recientemente instalado: la muerte era la conclusión más obvia que se podía sacar. Un tercer hijo no, por favor. No podía haber perdido a toda su prole; eso era algo que Dios no podía permitir. Aquellas palabras inconexas sobre la hija de los Roennfeldt, y algo relacionado con Tom y un cadáver no tenían ningún sentido.

Cuando llegó a la comisaría, lo condujeron a una habitación donde estaba su hija sentada en una silla, con las manos en el regazo. Bill estaba tan convencido de que había muerto que al verla se le llenaron los ojos de lágrimas.

—¡Isabel! ¡Isabelita mía! —susurró, al tiempo que la envolvía en un cálido abrazo—. Creía que nunca volvería a verte.

Tardó unos segundos en percatarse del extraño comportamiento de su hija, que no lo abrazó ni lo miró a los ojos. Isabel, apagada y pálida, se quedó sentada en la silla.

—¿Dónde está Lucy? —preguntó Bill, primero a su hija, y luego al agente Garstone—. ¿Dónde está la pequeña Lucy? ¿Y Tom? —Su mente volvió a ponerse en funcionamiento: debían de haberse ahogado. Debían de...

—El señor Sherbourne está en el calabozo, señor. —El policía puso una hoja de papel sobre la mesa—. Van a trasladarlo a Albany tras la audiencia preliminar.

—¿Audiencia preliminar? ¿De qué demonios me está hablando? ¿Dónde está Lucy?

—La niña está con su madre, señor.

—¡Es evidente que la niña no está con su madre! ¿Qué han hecho con ella? ¿Qué significa todo esto?

—Parece ser que la verdadera madre de la niña es la señora Roennfeldt.

Bill creyó que había entendido mal lo que fuera que Garstone hubiera dicho, e insistió:

—Le exijo que ponga a mi yerno en libertad inmediatamente.

—Me temo que no voy a poder. El señor Sherbourne está detenido.

—¿Detenido? ¿Y se puede saber por qué?

—Hasta ahora, por falsificación de documentos de la Commonwealth e incumplimiento del deber como funcionario. Eso, para empezar. Luego está el robo de menor. Y el hecho de que hemos desenterrado los restos de Frank Roennfeldt en Janus Rock.

—¿Se ha vuelto loco? —Se volvió hacia su hija, y de pronto comprendió la palidez de su rostro y su aparente desorientación—. No te preocupes, Isabel. Yo lo arreglaré. No sé qué ha pasado, pero es evidente que se ha cometido un tremendo error. Pienso llegar hasta el fondo de esto.

—Me parece que no lo entiende, señor Graysmark —dijo el policía.

—¡Pues claro que no lo entiendo! ¡Esto va a tener consecuencias! Llevar a mi hija a una comisaría de policía a santo de no sé qué historia absurda, calumniar a mi yerno... —Miró a su hija—. Isabel, ¡diles que todo esto es ridículo!

Pero ella permaneció inmóvil e inexpresiva. El policía carraspeó.

—La señora Sherbourne se niega a hablar, señor.

Tom nota sobre sí el peso del silencio del calabozo, denso y líquido como el mercurio. Hace mucho tiempo que el sonido de las olas y el viento, y el ritmo del faro, dan forma a su vida. De pronto todo se ha detenido. Escucha a la zordala crestada que reivindica su territorio cantando desde lo alto de los eucaliptos, ajena a todo.

La soledad le resulta familiar, y lo transporta al tiempo en que estuvo solo en Janus; se pregunta si los años que ha pasado con Isabel y Lucy habrán sido imaginados. Entonces se mete una mano en el bolsillo y saca la cinta de raso lila de la niña, y recuerda cómo le sonrió al dársela cuando se le cayó. «Aguántame esto, papi, por favor.» Cuando Harry Garstone intentó confiscársela en la comisaría, Knuckey le espetó: «Por el amor de Dios, hombre. Dudo mucho que nos vaya a estrangular con eso», y Tom la dobló y se la guardó.

No logra conciliar la pena que siente por lo que ha hecho y el profundo alivio que lo invade. Esas dos fuerzas opuestas crean una reacción inexplicable, dominada por una tercera fuerza, aún más fuerte: la conciencia de haber privado a su mujer de una hija. Lo asalta el sentimiento de pérdida, y siente como si le clavaran un gancho de carnicero: lo mismo que debió de sentir Hannah Roennfeldt, eso que Isabel ha sentido tantas veces y vuelve a abrumarla ahora. Empieza a preguntarse cómo puede él haber infligido semejante sufrimiento. Empieza a preguntarse qué demonios ha hecho.

Intenta comprenderlo, darle sentido: todo ese amor, tan deformado, refractado, como la luz que atraviesa una lente.

Vernon Knuckey conocía a Isabel desde que era una cría. Su padre había impartido clases a cinco de sus hijos.

—Lo mejor que puede hacer es llevársela a casa —le había dicho con gravedad a Bill—. Mañana ya hablaré con ella.

—Pero ¿qué hay de...?

—Llévesela a casa, Bill. Llévese a la pobre chica a casa.

—¡Isabel, hija mía! —Su madre la abrazó nada más verla entrar por la puerta. Violet Graysmark estaba tan aturdida como el que más, pero cuando vio en qué estado se encontraba su hija, no se atrevió a preguntarle nada—. Tienes la cama hecha. Ve a buscar su bolsa, Bill.

Isabel entró como dejándose llevar, con gesto inexpresivo. Violet la guió hasta una butaca, fue a la cocina y regresó con un vaso.

—Agua caliente con coñac. Para los nervios —dijo.

Isabel se tomó la bebida mecánicamente, y dejó el vaso vacío en la mesita auxiliar.

Violet fue a buscar una manta y le tapó con ella las piernas, pese a que en la habitación no hacía ni gota de frío. Isabel empezó a acariciar la lana siguiendo las líneas de los cuadros escoceses con el dedo índice. Estaba tan abstraída que no pareció oír a su madre cuando ésta le preguntó:

—¿Necesitas algo, corazón? ¿Tienes hambre?

Bill asomó la cabeza por la puerta y le hizo señas a Violet para que fuera a la cocina.

—¿Ha dicho algo?

—Ni una palabra. Creo que está conmocionada.

—Pues ya somos dos. No entiendo nada. Iré a la comisaría a primera hora de la mañana para que me lo expliquen. Hannah Roennfeldt está chiflada, eso lo sabemos desde hace años. Y el viejo Potts se cree con derecho a mangonearnos a todos porque tiene dinero. —Se tiró de los extremos del chaleco—. No voy a permitir que me manipulen una lunática y su padre, por mucho dinero que él tenga.

Esa noche, Isabel se acostó en la cama en la que había dormido hasta que se casó, y que ahora le parecía extraña y estrecha. Una leve brisa agitaba las cortinas de encaje, y fuera, el chirrido de los grillos parecía un reflejo del centelleo de las estrellas. Una noche muy parecida, que ya no le parecía tan lejana, se había acostado en aquella misma cama y había permanecido despierta, emocionada ante la perspectiva de su boda a la mañana siguiente. Había dado gracias a Dios por haberle enviado a Tom Sherbourne: por haber dejado que naciera, por protegerlo durante la guerra, por arrastrarlo, impulsado por la Providencia, hasta su orilla, donde ella fue la primera persona a la que él vio al desembarcar.

Intentó evocar aquella euforia, la sensación de que la vida, después del dolor y la pérdida ocasionados por la guerra, estaba a punto de florecer. Pero esa sensación había desaparecido: ahora todo parecía un error, un engaño. La felicidad que había sentido en Janus era algo distante, inimaginable. Tom llevaba dos años mintiéndole con cada palabra y cada silencio. Y si ella no había descubierto aquella farsa, ¿qué más se le había escapado? ¿Por qué Tom nunca le había dicho que conocía a Hannah Roennfeldt? ¿Qué le ocultaba? La asaltó una espeluznante imagen de Tom, Hannah y Lucy, una familia feliz. Las sospechas de traición que la habían atormentado en Janus se volvieron más truculentas. Quizá su marido tuviera otras mujeres, otras vidas. Quizá hubiera abandonado a una esposa, o a más de una, en el este... Y a unos hijos... Esa fantasía parecía plausible, convincente, y se colaba entre el espacio que había entre su recuerdo de la vigilia de su boda y el presente terrible y opresivo. Un faro advierte de un peligro, avisa a los navegantes de que deben mantenerse a distancia. Ella lo había confundido con un lugar seguro.

Haber perdido a su hija, haber visto a Lucy aterrorizada y angustiada porque la separaban de las únicas personas del mundo que verdaderamente conocía: eso, por sí solo, ya era insoportable. Pero saber que había ocurrido por culpa de su marido —el hombre que ella adoraba, el hombre a quien le había entregado su vida— era sencillamente inconcebible. Él había prometido protegerla, y sin embargo había hecho la única cosa que con toda seguridad la destrozaría.

Concentrarse en lo externo, en Tom, por muy doloroso que fuera, la salvaba de un examen más intolerable. Poco a poco fue formándose entre las sombras de su mente una sensación casi sólida: el impulso de castigar; la ferocidad de un animal salvaje al que han arrebatado sus crías. La policía iba a interrogarla al día siguiente. Para cuando las estrellas se hubieron apagado en el cielo, Isabel se había convencido: Tom merecía sufrir por lo que había hecho. Y él mismo le había ofrecido las armas necesarias.

26

La comisaría de Point Partageuse, como muchos otros edificios del pueblo, estaba construida con la piedra del lugar y con madera del bosque circundante. Era un horno en verano y una nevera en invierno, lo que daba lugar a ciertas irregularidades en el uniforme los días de temperaturas extremas. Cuando llovía demasiado, los calabozos se inundaban y había partes del techo que se combaban; en una ocasión, el techo había llegado a caerse matando a un prisionero. En Perth eran demasiado tacaños para aflojar el dinero necesario para reparar la estructura correctamente, de modo que ésta tenía un aire de herida permanente, más vendada que reparada.

Sentado a una mesa cerca del mostrador principal, Septimus Potts anotaba en un formulario los escasos detalles que recordaba sobre su yerno. Sabía el nombre completo de Frank y su fecha de nacimiento, que aparecían en la factura de la lápida de su tumba. Pero en cuanto al lugar de nacimiento, el nombre de sus padres...

—Mire, joven, yo creo que podemos dar por sentado que tenía padres. Ciñámonos a lo que importa —dijo con vehemencia, poniendo a raya al agente Garstone con una técnica afinada mediante años de tratos comerciales.

El agente concedió que con aquello bastaría para redactar el atestado policial contra Tom. Sobre el día de la desaparición no había dudas: Día de ANZAC, 1926; pero ¿y la fecha de la muerte de Frank?

—Eso tendrá que preguntárselo al señor Sherbourne —dijo Potts con acritud, y en ese momento Bill Graysmark entró en la comisaría.

Septimus se volvió, y los dos hombres se fulminaron con la mirada, como dos toros viejos.

—Voy a buscar al sargento Knuckey —balbució el agente, levantándose con tanta precipitación que tiró la silla al suelo.

Entró en el despacho del sargento, y regresó al cabo de un momento para hacer pasar a Bill, que desfiló hacia allá con la cabeza muy alta pasando al lado de Potts.

—¡Vernon! —arremetió contra el sargento nada más cerrarse la puerta—. No sé qué demonios ha pasado, pero exijo que devuelvan a mi nieta a su madre de inmediato. ¡Cómo se os ocurre quitársela así! Por amor de Dios, la niña todavía no ha cumplido cuatro años. —Señaló con un dedo hacia el otro lado de la comisaría—. Lo que les pasó a los Roennfeldt fue muy lamentable, pero Septimus Potts no puede robarnos a mi nieta para compensar lo que él ha perdido.

—Bill —dijo el sargento—, comprendo lo duro que esto debe de ser para ti...

—¿Que lo comprendes? ¡No me digas! No sé qué significa todo esto, pero sea lo que sea, se os ha ido de las manos, seguramente por creer a una mujer que lleva años viviendo en el mundo de las hadas.

—Tómate una copa de coñac...

—¡No necesito tomarme una copa de coñac! Lo que necesito es un poco de sentido común, si no es mucho pedir. ¿Desde cuándo se mete a alguien en la cárcel basándose en las acusaciones insustanciales de una loca?

Knuckey se sentó a la mesa e hizo rodar su pluma con las yemas de los dedos.

—Si te refieres a Hannah Roennfeldt, ella no ha dicho nada contra Tom. El que lo empezó todo fue Bluey Smart: él identificó el sonajero. —Hizo una pausa—. Isabel no nos ha dicho ni una sola palabra hasta el momento. Se niega a hablar. —Examinó la pluma sin parar de hacerla girar, y añadió—: ¿No te parece extraño, si todo esto sólo es un error?

—Bueno, es evidente que mi hija está destrozada. Acaban de arrebatarle a su hija.

Knuckey levantó la cabeza.

—Entonces, tal vez puedas contestarme esta pregunta, Bill: ¿Por qué Sherbourne no lo ha negado?

—Porque... —Lo dijo antes de haber registrado la pregunta del policía, y rectificó—: ¿Cómo que no lo ha negado?

—En Janus nos contó que el bebé iba en un bote que apareció en la playa, en el que encontraron también a un hombre muerto, y que él insistió para que se lo quedaran. Dio por hecho que la madre también se habría ahogado, porque en el bote encontraron una rebeca. Dijo que Isabel quiso informar de lo ocurrido, y que él se lo impidió. La culpaba por no haber podido darle descendencia. Por lo visto, desde entonces no ha parado de mentir: una gran farsa. Tenemos que investigarlo, Bill. —Vaciló un momento y, bajando la voz, agregó—: Y luego queda por dilucidar cómo murió Frank Roennfeldt. Quién sabe qué podría estar ocultando Sherbourne. Quién sabe qué podría haber obligado a Isabel a mantener en secreto... Todo este asunto huele muy mal.

Hacía años que no había tanto alboroto en el pueblo. Como el director del *South Western Times* le dijo a un colega suyo en el pub:

—Es como si Jesucristo en persona hubiera aparecido y nos hubiese invitado a todos a una ronda de cerveza. Tenemos a una madre y una hija que se reencuentran, una muerte misteriosa, y al viejo Potts regalando pasta como si fuera... ¡no sé, Navidad! La gente está que no da crédito.

El día después del regreso de la niña, la casa de Hannah sigue decorada con cintas de papel crepé. Una muñeca nueva cuya carita de porcelana reluce bajo la luz de la tarde reposa en una silla, abandonada en un rincón, con los ojos muy abiertos, como si suplicara en silencio. Las agujas del reloj de la repisa de la chimenea avanzan impasibles, y de una caja de música salen las notas de *Rock-a-bye Baby*, con un tono macabro y amenazador. La música queda ahogada por los gritos provenientes del jardín trasero.

La niña berrea tirada en la hierba, colorada de rabia y de miedo; tiene la piel de los pómulos tensa y abre la boca mostrando unos dientecitos que parecen las teclas de un piano en miniatura. Intenta escabullirse de Hannah, que la coge cada vez que ella se suelta y se pone a gritar de nuevo.

—Grace, cariño. Chsst, chsst, Grace. Ven, por favor.

La niña vuelve a llorar desconsoladamente.

—Quiero a mi mamá. Quiero a mi papá. ¡Vete! ¡No me gustas!

El reencuentro de la madre con su hija había causado un gran revuelo. Les habían tomado fotografías, y tanto Dios como la policía habían recibido agradecimientos y alabanzas. Las lenguas del pueblo volvían a estar muy ocupadas divulgando noticias, describiendo con todo detalle la mirada aletargada de la niña, la alegre sonrisa de la madre.

—La pobre criaturita tenía tanto sueño cuando se la entregaron a su madre... Parecía un ángel. ¡Hemos de agradecer al Señor que la hayan librado de las garras de ese desgraciado! —dijo Fanny Darnley, que se había encargado de sonsacarle los detalles a la madre del agente Garstone.

Lo cierto era que Grace no estaba somnolienta, sino prácticamente inconsciente, pues el doctor Sumpton le había administrado un potente somnífero al ver que la niña estaba trastornada por la separación de Isabel.

Ahora Hannah mantenía un pulso con su aterrorizada hija. Durante años la había tenido tan cerca de su corazón que nunca se le había ocurrido pensar que tal vez a la niña no le hubiera pasado lo mismo. Cuando Septimus Potts llegó al jardín, no habría sabido decir cuál de las dos parecía más afligida.

—No voy a hacerte daño, Grace. Ven con mamá —suplicaba Hannah.

—¡No me llamo Grace! ¡Me llamo Lucy! —chilló la niña—. ¡Quiero irme a mi casa! ¿Dónde está mi mamá? ¡Tú no eres mi mamá!

Hannah, cada vez más dolida por esos gritos, sólo atinó a murmurar:

—Te he querido tanto, desde hace tanto tiempo...

Septimus recordó la impotencia que él había sentido cuando Gwen, más o menos a la misma edad, había seguido exigiendo que la llevaran con su madre, como si él tuviera a su difunta esposa escondida en algún lugar de la casa. Todavía se le hacía un nudo en la garganta.

Hannah vio a su padre, cuya expresión delataba qué opinaba de la situación, y se sintió humillada.

—Sólo necesita un poco de tiempo para acostumbrarse a ti. Ten paciencia, Hanny —dijo.

La niña había encontrado un rincón protegido entre el viejo limonero y el grosellero, y estaba allí agazapada, lista para salir disparada.

—No tiene ni idea de quién soy, papá. Ni idea. Es lógico que no quiera ni acercarse a mí —se lamentó Hannah entre sollozos.

—Ya se le pasará —opinó Septimus—. O se cansará y se quedará dormida ahí, o tendrá hambre y saldrá. De una forma u otra, sólo es cuestión de esperar.

—Ya lo sé, ya sé que tiene que volver a acostumbrarse a mí.

Él le pasó un brazo por los hombros.

—No tiene que «volver» a acostumbrarse. Para ella eres una persona completamente nueva.

—Inténtalo tú, por favor. A ver si consigues que salga de ahí. También ha huido de Gwen.

—Creo que por hoy ya ha visto suficientes caras nuevas. Ver la mía no le hará ninguna gracia. Yo, en tu lugar, la dejaría en paz.

—¿Qué he hecho mal para merecer todo esto, papá?

—Tú no tienes la culpa de nada. Esa niña es hija tuya, y ahora está donde le corresponde. Ten un poco de paciencia, Hanny.

Ten un poco de paciencia. —Le acarició el pelo—. Y yo ya me encargaré de que ese desgraciado de Sherbourne reciba su merecido. Te lo prometo.

Potts volvió dentro y encontró a Gwen, de pie en la penumbra de la galería, observando a su hermana. Gwen negó con la cabeza y susurró:

—Ay, papá, no soporto ver llorar a esa pobre niña. ¡Me parte el corazón! —Soltó un hondo suspiro—. A ver si se acostumbra —añadió, encogiéndose de hombros, aunque no parecía muy convencida.

En los alrededores de Partageuse, todos los seres vivos tienen sus defensas. Los que menos peligro entrañan son los que se mueven deprisa, pues desaparecen para sobrevivir: el varano de arena, los periquitos llamados «veintiochos», el opossum de cola de cepillo. Huyen a la menor señal de problemas: retirada, evasión, camuflaje son sus trucos de supervivencia. Otros sólo son mortíferos si te pones en su punto de mira. La serpiente tigre, el tiburón, el ctenícido emplean sus armas de ataque para defenderse de los humanos cuando se sienten amenazados.

Los más temibles son los que permanecen inmóviles, inadvertidos, pues no detectas sus defensas hasta que las haces saltar por accidente. No hacen distinciones. Si te comes la bonita flor de la digitalis, por poner un ejemplo, se te para el corazón. Lo único que intentan todos ellos es protegerse. Pero que Dios te ayude si te acercas demasiado. Las defensas de Isabel Sherbourne no se pusieron en funcionamiento hasta que se sintió amenazada.

Vernon Knuckey tamborileaba con los dedos en la mesa mientras, en la habitación contigua, Isabel esperaba a que la interrogaran. Partageuse era una localidad muy tranquila para un policía. Alguna agresión o alguna alteración del orden público por borrachera era lo máximo que podía surgir en una semana normal. El sargento habría podido trasladarse a Perth para obtener un ascenso, y así tener la oportunidad de participar en la resolución de delitos más graves, cicatrices más feas en unas vidas que significaran menos para él. Pero en la guerra ya había presenciado suficientes conflictos; se contentaba con los pequeños hurtos y las multas por venta ilegal de licores. Kenneth Spragg, en cambio, estaba impaciente por trasladarse a la gran ciudad. Iba a hacer cuanto estuviera en su mano para utilizar aquel caso como pasaporte a Perth. Knuckey pensó que Spragg no conocía a ningún vecino de Partageuse, y que por lo tanto no le importaban: Bill y Violet, por ejemplo, o los dos hijos que habían perdido. Recordó todas las veces que él había visto a la pequeña Isabel, con su hermosa voz y su hermosa carita, cantando en el coro de la iglesia por Navidad. Entonces pensó en el viejo Potts, que había vivido entregado a sus dos hijas desde que falleció su esposa, y que se había llevado un disgusto tremendo cuando Hannah eligió a su marido. En cuanto a la pobre Hannah... No podía decirse que fuera una gran belleza, pero era todo un cerebrito, y una joven decente. Él siempre había creído que le faltaba un tornillo por creer que su hija aparecería tras tantos años, pero al final, mira lo que había pasado.

Respiró hondo, hizo girar el pomo de la puerta y entró. Se dirigió a Isabel con respeto y formalidad.

—Isabel... señora Sherbourne, tengo que hacerle algunas preguntas más. Ya sé que es su marido, pero éste es un asunto muy serio. —Le quitó el capuchón a la pluma y la posó en el papel. El plumín dejó un pequeño charco de tinta negra, y el sargento la extendió en varias direcciones, trazando líneas negras que partían del punto central.

—Dice que usted quiso informar de la aparición del bote y que él se lo impidió. ¿Es eso cierto?

Isabel se miró las manos.

—Dice que estaba resentido porque usted no le había dado hijos, y que decidió hacer las cosas a su manera.

Esas palabras impactaron a Isabel. ¿Y si con esa mentira Tom había revelado una verdad?

—¿No intentó usted disuadirlo y hacerle entrar en razón? —preguntó Knuckey.

Ella no mintió cuando respondió:

—Cuando Tom Sherbourne cree que está haciendo lo que es correcto, no hay forma de persuadirlo de hacer lo contrario.

—¿La amenazó? —preguntó él con delicadeza—. ¿La agredió físicamente?

Isabel no respondió, y volvió a invadirla la rabia que había surgido en ella la pasada noche de insomnio. Se aferró a su silencio como a una roca.

Knuckey había sido testigo en numerosas ocasiones de cómo los peones de los aserraderos, auténticos gigantones, sometían a sus esposas e hijas con sólo una mirada.

—¿Le tiene miedo?

Isabel apretó los labios y no dijo nada.

El sargento puso los codos sobre la mesa y se inclinó hacia delante.

—Isabel, la ley reconoce que la esposa puede estar completamente impotente en manos de su esposo. Según el código penal, no se la puede responsabilizar de nada que él le haya hecho hacer o le haya impedido hacer, de modo que por ese lado no debe preocuparse. No van a castigarla a usted por sus delitos. Y ahora, necesito hacerle una pregunta, y quiero que reflexione antes de contestarla. Recuerde que no pueden acusarla de nada que él le obligara a hacer. —Carraspeó—. Según Tom, Frank Roennfeldt estaba muerto cuando apareció el bote. —La miró a los ojos—. ¿Es eso cierto?

Isabel se desconcertó. Estuvo a punto de saltar: «¡Claro que es cierto!», pero antes de abrir la boca, su mente había vuelto a recordarle la traición de Tom. Desbordada de pronto —por la pérdida de Lucy, por la rabia, por el agotamiento—, cerró los ojos.

El policía insistió:

—¿Es eso cierto, Isabel?

Ella fijó la mirada en la alianza que llevaba en el dedo.

—No tengo nada que decir —dijo, y rompió a llorar.

Tom se bebió la taza de té despacio, observando las volutas de vapor que se disolvían en el aire. La luz de la tarde entraba sesgada por las altas ventanas de la habitación con escasos muebles. Mientras se frotaba la barba rala del mentón, recordó los días en que era imposible afeitarse o lavarse.

—¿Quiere otra? —le preguntó Knuckey con calma.

—No, gracias.

—¿Fuma?

—No.

—Está bien. Un bote de remos aparece en la playa. De la nada.

—Todo eso ya se lo expliqué en Janus.

—¡Y volverá a explicármelo tantas veces como yo quiera! Muy bien. Encuentra el bote.

—Sí.

—Y dentro hay un bebé.

—Sí.

—¿En qué estado se encuentra el bebé?

—Sano. Llora, pero está sano.

Knuckey tomaba notas.

—Y en el bote hay un hombre.

—Un cadáver.

—Un hombre —repitió Knuckey.

Tom le lanzó una mirada escrutadora.

—Usted está acostumbrado a ser el amo y señor de Janus, ¿verdad? —añadió el sargento.

Tom captó la ironía, que a nadie que supiera cómo era la vida en los Faros se le habría escapado, pero no contestó. Knuckey continuó:

—Supongo que allí uno puede hacer lo que se le antoje. No hay nadie vigilando.

—Lo que pasó no tuvo nada que ver con hacer lo que a uno se le antoje.

—Y decidió quedarse el bebé. Isabel había perdido un hijo. Nadie tenía por qué saberlo, ¿no es eso?

—Ya se lo he dicho: tomé una decisión y obligué a Isabel a aceptarla.

—Pega a su mujer, ¿verdad?

—¿De veras lo cree?

—¿Por eso perdió ella el niño?

La conmoción se reflejó en la cara de Tom.

—¿Eso se lo ha dicho ella?

Knuckey guardó silencio, y Tom inspiró hondo.

—Mire, ya le he contado lo que pasó. Mi mujer intentó disuadirme. Soy culpable de cualquier cosa de que me acuse usted, así que acabemos con esto y mantenga a mi mujer al margen.

—No me diga lo que tengo que hacer —le espetó Knuckey—. Yo no soy su ordenanza. Haré lo que decida hacer cuando me parezca bien. —Apartó la silla de la mesa y se cruzó de brazos—. El hombre que iba en el bote...

—¿Qué pasa con él?

—¿En qué estado se encontraba cuando usted lo vio?

—Estaba muerto.

—¿Está seguro?

—No era el primer cadáver que veía.

—¿Por qué tendría que creerle?

—¿Por qué tendría que mentirle?

Knuckey hizo una pausa y dejó la pregunta suspendida en el aire, para que su prisionero notara cómo su peso descendía sobre él. Tom se removió en la silla.

—Exacto —dijo Knuckey—. ¿Por qué tendría que mentirme?

—Mi mujer le confirmará que ese hombre estaba muerto cuando el bote llegó a la playa.

—¿Se refiere a la misma mujer a la que admite haber obligado a mentir?

—Mire, no es lo mismo proteger a una criatura indefensa que...

—¿Matar a alguien? —terminó Knuckey por él.

—Pregúnteselo a ella.

—Ya se lo he preguntado —dijo el sargento, impasible.

—Entonces ya sabrá que estaba muerto.

—No, no sé nada. Su mujer se niega a hablar de lo ocurrido.

Tom sintió como si recibiera un martillazo en el pecho. Evitó mirar a Knuckey a los ojos.

—¿Qué ha dicho?

—Que no tiene nada que decir.

Tom agachó la cabeza.

—Dios todopoderoso —masculló antes de responder—: Lo único que puedo hacer es repetir lo que ya he dicho. No llegué a ver a ese hombre con vida. —Entrelazó los dedos—. Si pudiera verla, hablar con ella...

—Eso está descartado. Además de no estar permitido, tengo la impresión de que ella no querría hablar con usted aunque fuera la última persona en el mundo.

El mercurio: fascinante pero impredecible. Podía soportar la tonelada de cristal de la óptica, pero si intentabas meter el dedo en una gota, ésta salía disparada en cualquier dirección. Esa imagen aparecía una y otra vez en la mente de Tom, mientras pensaba en Isabel tras el interrogatorio con Knuckey. Recordó los días posteriores al nacimiento del niño muerto, y cómo había intentado consolarla.

—Todo saldrá bien. Si hemos de pasar el resto de la vida solos tú y yo, para mí ya es suficiente.

Ella había vuelto la mirada hasta encontrarse con la de él, y la expresión de su rostro lo impresionó. Puro desconsuelo. Derrota.

Fue a acariciarla, pero ella se apartó.

—Te pondrás mejor. Todo se arreglará. Sólo es cuestión de tiempo.

Sin previo aviso, ella se levantó y se precipitó hacia la puerta; el dolor la obligó a doblarse un momento por la cintura, y entonces salió de la casa renqueando.

—¡Izzy! ¿Adónde vas, por el amor de Dios? ¡Vas a hacerte daño!

—¡Voy a hacer algo peor que eso!

La luna estaba suspendida en un cielo cálido y sin viento. El camisón largo y blanco que Isabel se había puesto en su noche de bodas, cuatro años atrás, brillaba como un farolillo de papel y la hacía destacar a lo lejos, reducida a un puntito de luz en un océano de oscuridad.

—¡No lo soporto! —gritó con una voz tan estridente que las cabras se despertaron y empezaron a moverse por el corral, haciendo sonar los cencerros—. ¡No lo soporto más! Dios mío, ¿por qué me dejas vivir y te llevas a mis hijos? ¡Llévame a mí! —Echó a andar dando traspiés hacia el acantilado.

Tom corrió hasta ella y la abrazó.

—Tranquilízate, Izz.

Pero ella se soltó y echó a correr, cojeando cuando el dolor se intensificaba.

—¡No me digas que me tranquilice, estúpido! Tú tienes la culpa. ¡Odio este sitio! ¡Te odio! ¡Quiero a mi hijo! —El faro abría un sendero de luz en lo alto, pero su haz no alcanzaba a iluminarla a ella—. ¡Tú no lo querías! ¡Por eso ha muerto! ¡Porque sabía que a ti no te importaba!

—Por favor, Izz. Entra en casa, te lo ruego.

—¡No tienes sentimientos, Tom Sherbourne! ¡No sé qué has hecho con tu corazón, pero no lo tienes dentro del pecho, eso seguro!

Todas las personas tienen un límite. Tom lo había comprobado en más de una ocasión. Muchachos que habían llegado llenos de entusiasmo y dispuestos a darles su merecido a los boches, que habían sobrevivido a los bombardeos, la nieve, los piojos y el barro, a veces durante años, perdían de pronto el juicio y se refugiaban en algún misterioso rincón de sí mismos donde nadie podía hacerles daño. A veces se volvían contra ti, caminaban hacia ti empuñando la bayoneta, riendo como maníacos y llorando al mismo tiempo. Dios mío, cuando pensaba en el estado en que había quedado él cuando todo terminó...

¿Quién era él para juzgar a Isabel? Ella había llegado al límite, eso era todo. Todos tenemos un límite. Todos. Y al separarla de Lucy, él la había llevado hasta el suyo.

Esa noche, Septimus Potts se quitó las botas y movió los dedos de los pies, enfundados en unos bonitos calcetines de lana. Rezongó al oír el conocido crujido de su espalda. Estaba sentado en el borde de su maciza cama de madera de *jarrah*, hecha con un árbol del bosque de su propiedad. En la espaciosa habitación sólo se oía el tictac del reloj de la mesilla de noche. Suspiró mientras contemplaba el lujo que lo rodeaba: las sábanas almidonadas, los muebles relucientes, el retrato de su difunta esposa Ellen, todo iluminado por las lámparas eléctricas, con pantallas de cristal esmerilado rosa. Todavía tenía muy fresca la imagen de su nieta esa tarde, angustiada y encogida de miedo: la pequeña Grace, a quien todos excepto Hannah daban por muerta. ¡La vida! ¿Quién demonios podía decirte qué sorpresas podía depararte?

Esa aflicción, la desesperación que provocaba perder a una madre... No creía que fuera a ver nada parecido tras la muerte de Ellen hasta que se enfrentó a su nieta en el jardín. Cuando ya creía haber visto todos los trucos que podía hacerle la vida, ésta salía con uno nuevo, como un fullero. Sabía por lo que estaba pasando la niña. Una duda se coló en un recoveco de su mente. Quizá... quizá fuera cruel arrebatársela a la mujer de Sherbourne...

Volvió a contemplar el retrato de Ellen. Grace tenía la misma mandíbula. Tal vez llegara a ser tan hermosa como su abuela cuando se hiciera mayor. Se puso a rememorar Navidades y cumpleaños del pasado. Una familia feliz, eso era lo único que él quería. Pensó en el rostro torturado de Hannah; recordó con sentimiento de culpa esa misma mirada cuando él había intentado evitar que se casara con Frank.

No. La niña debía volver junto a su verdadera familia. Tendría todo lo mejor y acabaría por acostumbrarse a su verdadero hogar y a su verdadera madre. Ojalá Hannah aguantara el tiempo suficiente.

Notó que se le llenaban los ojos de lágrimas, y la rabia encontró el camino hasta la superficie. Alguien tenía que pagar. Alguien tenía que sufrir como habían hecho sufrir a su hija. ¿A quién se le ocurría encontrarse un bebé y quedárselo, como si fuera un trozo de madera arrastrado por el mar hasta la playa?

Ahuyentó aquella duda intrusiva. No podía cambiar el pasado, ni los años en que se había negado a reconocer la existencia de Frank, pero ahora podía compensar a Hannah. Sherbourne recibiría su justo castigo. Él se encargaría de que así fuera.

Apagó la lámpara y se quedó mirando el reflejo de la luz de la luna en el marco de plata de la fotografía de Ellen. Y evitó pensar en qué estarían sintiendo los Graysmark esa noche.

27

Desde el día de su regreso, Isabel buscaba constantemente a Lucy. ¿Dónde se habría metido? ¿Era hora de acostarla? ¿Qué iba a darle para comer? Entonces su cerebro la corregía, le recordaba cuál era la situación, y volvía a atormentarla el sentimiento de pérdida. ¿Qué le estaría pasando a su hija? ¿Quién le daría de comer? ¿Quién la desvestiría? Lucy debía de estar fuera de sí.

Se le hacía un nudo en la garganta al recordar la carita de la niña cuando la habían obligado a tragarse aquel amargo jarabe somnífero. Intentó borrar ese recuerdo con otros: Lucy jugando en la arena; Lucy tapándose la nariz para zambullirse en el agua; su cara cuando dormía por la noche: descansada, segura, perfecta. No había en el mundo imagen más grata que la de un hijo dormido. Isabel llevaba grabada en todo el cuerpo la impronta de su hija: sus dedos conocían la suavidad de su pelo cuando se lo cepillaba; sus caderas recordaban su peso y la firme traba de sus piernas alrededor de la cintura; la tibia tersura de su mejilla.

Mientras se recreaba con esas escenas, extrayendo consuelo de ellas como el insecto liba el néctar de una flor que se marchita, percibía algo oscuro detrás de sí misma, algo que no soportaba mirar. Se le aparecía en sueños, emborronado y espantoso. Le gritaba: «¡Izzy! Izzy, amor mío...», pero ella no era capaz de volverse, y encogía los hombros hasta tocarse con ellos las orejas, como si evitara huir de sus garras. Se despertaba sin aliento y con el estómago revuelto.

Los padres de Isabel confundían su silencio con una lealtad inmerecida. «No puedo decir nada», fueron las únicas palabras que dijo el día de su llegada, y las repetía cada vez que Bill y Violet mencionaban a Tom e intentaban sacar a colación lo ocurrido.

Normalmente, los calabozos de la comisaría sólo servían para encerrar a algún borracho hasta que hubiera dormido la mona o dar a un marido furioso tiempo para entrar en razón y prometer que no volvería a desahogarse empleando los puños. La mayoría de las veces, quien estuviera de guardia no se molestaba en cerrar con llave, y si el detenido era alguien a quien conocía, o si el turno era especialmente aburrido, lo dejaba salir a la oficina a jugar a las cartas, con la estricta condición de que no intentara escapar.

Ese día, Harry Garstone estaba muy emocionado, pues por fin tenía a su cargo a un criminal peligroso. Todavía se jactaba de que estaba de guardia hacía un año, la noche en que habían llevado a la comisaría a Bob Hitching desde Karridale. El tipo nunca había estado muy bien de la cabeza desde que volvió de Gallípoli. Se le había ido la mano con una cuchilla de carnicero y había matado a su hermano, que vivía en la granja de al lado, porque no se ponían de acuerdo con el testamento de su madre. Había acabado en la horca. Así que Garstone se deleitaba ahora con los detalles del procedimiento. Sacó el reglamento para comprobar que lo estaba siguiendo al pie de la letra.

Cuando Ralph pidió que le dejaran ver a Tom, el agente, con mucha parsimonia, consultó el libro, aspirando entre dientes y haciendo un mohín con su gran boca.

—Lo siento, capitán Addicott. Me gustaría permitírselo, pero aquí pone...

—No me vengas con tonterías, Harry Garstone, o se lo contaré a tu madre.

—Es que lo dice con toda claridad, y...

Las paredes de la comisaría eran delgadas, y al agente lo interrumpió la voz de Vernon Knuckey, que rara vez se molestaba en levantarse de su silla.

—No sea tan puntilloso, Garstone. El que está en el calabozo es el farero, y no el maldito Ned Kelly. Deje pasar a ese hombre.

El abatido agente sacudió enérgicamente el llavero en señal de protesta, pero hizo pasar a Ralph por una puerta que abrió con una llave, bajó con él una escalera y lo acompañó por un pasillo oscuro hasta que llegaron ante unas celdas con barrotes.

En una de esas celdas estaba Tom, sentado en una litera de lona plegable. Miró a Ralph; estaba demacrado y pálido.

—Hola, Tom.

—Hola, Ralph. —Tom lo saludó con la cabeza.

—He venido en cuanto he podido. Hilda te manda recuerdos —dijo—. Y Blue. —Fue soltando los saludos como si se sacara la calderilla de los bolsillos.

Tom volvió a asentir. Los dos se quedaron sentados en silencio. Al cabo de un rato, Ralph dijo:

—Si prefieres que te deje...

—No, me alegro de verte. Es sólo que no tengo mucho que contar, lo siento. ¿Te importa que sigamos un rato sin hablar?

Ralph tenía muchas preguntas que hacerle, suyas y de su mujer, pero permaneció sentado en silencio en una silla desvencijada. Empezaba a hacer calor, y las paredes de madera crujían, como un animal que se despereza al despertar. Fuera gorjeaban los melifágidos y los abanicos lavandera. Oyeron petardear un automóvil un par de veces por la calle, y ese sonido ahogó el chirrido de los grillos y las cigarras.

Las ideas se agitaban en la mente de Ralph y conseguían llegar hasta su lengua, pero él las mantuvo a raya. Puso las manos bajo los muslos para dominar el impulso de zarandear a Tom. Cuando ya no pudo soportarlo más, saltó:

—Por el amor de Dios, Tom, ¿qué está pasando? ¿Qué es todo eso de que Lucy es la hija de Roennfeldt?

—Es la verdad.

—Pero... ¿Cómo...? ¿Qué demonios...?

—Ya se lo he explicado a la policía, Ralph. No estoy orgulloso de lo que he hecho.

—¿Es esto... era esto a lo que te referías aquella vez, en Janus, cuando hablabas de arreglar lo que habías hecho mal?

—No es tan sencillo. —Hubo una larga pausa.

—Cuéntame lo que pasó.

—No tiene mucho sentido, Ralph. Hace tiempo tomé una decisión equivocada, y ahora tengo que pagar por ello.

—¡Cielo santo, chico, al menos déjame ayudarte!

—No puedes hacer nada. Tengo que enfrentarme a esto yo solo.

—No me importa lo que hayas hecho. Eres un buen hombre y no voy a dejar que te hundas así. —Se levantó—. Déjame buscarte un buen abogado. Seguro que él sabrá qué hacer.

—Tampoco hay nada que pueda hacer un abogado, Ralph. Me sería más útil un sacerdote.

—Pero ¡si todo eso que dicen de ti son sandeces!

—No todo, Ralph.

—¡Mírame a los ojos y dime que todo esto lo planeaste tú! ¡Que amenazaste a Isabel! Mírame a los ojos y dímelo, muchacho, y te dejaré en paz.

Tom examinaba atentamente el veteado de una viga en la pared.

—¿Lo ves? —exclamó Ralph, triunfante—. ¡No puedes!

—Era yo el que tenía un deber que cumplir, no ella. —Tom miró a Ralph y se preguntó si habría algo que pudiera contarle, algo que pudiera explicarle, sin perjudicar a Isabel. Al final dijo—: Izzy ya ha sufrido bastante. No debe sufrir más.

—Colocarte en el punto de mira no es la manera de arreglar esto. Esto hay que resolverlo como es debido.

—No hay nada que resolver, Ralph, y no hay forma de volver atrás. Le debo esto a Isabel.

• • •

Los milagros existían: era oficial. Los días posteriores al regreso de Grace, el reverendo Norkells constató un claro aumento de su congregación, sobre todo entre la población femenina. Muchas madres que habían abandonado toda esperanza de volver a ver a su querido hijo y muchas viudas de guerra empezaron a rezar con renovado vigor y ya no se sentían ridículas por pedir lo imposible. San Judas nunca había recibido tanta atención. Volvieron a despertar aquellos dolores sordos, y la viva añoranza se aplacaba con aquel bálsamo ya casi agotado: la esperanza.

Gerald Fitzgerald estaba sentado frente a Tom; en la mesa que los separaba había esparcidos documentos y la cinta rosa del expediente. El abogado de Tom era un hombre de corta estatura, con calvicie incipiente; parecía un jockey vestido con traje de tres piezas, enjuto pero ágil. Había llegado en el tren de Perth la noche anterior, y había leído el expediente mientras cenaba en The Empress.

—Lo han acusado formalmente. A Partageuse llega un juez itinerante cada dos meses, y acaba de irse, de modo que permanecerá usted detenido hasta que vuelva. Está mucho mejor en prisión preventiva aquí que en la cárcel de Albany, eso se lo aseguro. Aprovecharemos ese tiempo para preparar la audiencia preliminar.

Tom lo interrogó con la mirada.

—Es en la audiencia preliminar donde se decide si tiene acusaciones a las que responder. Si las tiene, se dictará auto de procesamiento en Albany o en Perth, depende.

—¿De qué? —preguntó Tom.

—Repasemos los cargos y lo entenderá —dijo Fitzgerald. Volvió a dirigir la vista hacia la lista que tenía delante—. Bueno, no se han quedado cortos, desde luego. Código Penal de Australia Occidental; Ley de Funcionarios Civiles de la Commonwealth; Ley de Enjuiciamiento Criminal de Australia Occidental; Ley de Enjuiciamiento Criminal de la Commonwealth. Un bonito cóctel de delitos que competen al Estado y a la Commonwealth. —Sonrió y se frotó las manos—. Como a mí me gusta.

Tom arqueó una ceja.

—Eso significa que están dando palos de ciego; no saben con certeza de qué pueden acusarlo —continuó el abogado—. Incumplimiento de Deberes Legales: eso son dos años y una multa. Tratamiento indebido de un cadáver: dos años de trabajos forzados. No informar del hallazgo de un cadáver: bueno —dijo con tono burlón—, eso sólo es una multa de diez libras. Falsedad en el registro de un nacimiento: dos años de trabajos forzados y multa de doscientas libras. —Se rascó la barbilla.

Tom se aventuró a decir:

—¿Y la acusación de robo de menor? —Era la primera vez que utilizaba ese término, y se estremeció al oír las palabras.

—Sección 343 del Código Penal. Siete años de trabajos forzados. —El abogado apretó los labios y asintió con la cabeza para sí—. La ventaja que usted tiene, señor Sherbourne, es que la ley cubre lo habitual. Las leyes se redactan para juzgar lo que ocurre la mayoría de las veces. Por ejemplo, la sección 343 se aplica a... —cogió el manoseado código y leyó en voz alta—: «cualquier persona que, con la intención de privar a un padre de la posesión de su hijo... sustrae, atrae o retiene a un menor por la fuerza o fraudulentamente».

—¿Y? —preguntó Tom.

—Pues que nunca podrán condenarlo por eso. Afortunadamente para usted, la mayoría de las veces los bebés no abandonan a sus madres a menos que alguien se los lleve. Y normalmente no encuentran el camino hasta una isla prácticamente deshabitada. ¿Me sigue? No pueden presentar los elementos necesarios para considerarlo un delito. Usted no «retuvo» al bebé: legalmente hablando, la niña podría haberse marchado cuando quisiera. Tampoco la «atrajo». Y nunca podrán demostrar «intención de privar», porque alegaremos que usted estaba convencido de que los padres habían muerto. De modo que supongo que ese cargo no nos causará muchos problemas. Y es usted un héroe de guerra, con una Cruz Militar con Barra. La mayoría de los tribunales no serían muy duros con un hombre que arriesgó la vida por su país y que nunca se ha metido en ningún lío.

El rostro de Tom se relajó, pero el abogado mudó la expresión y continuó:

—Lo que no les gusta, señor Sherbourne, son los mentirosos. De hecho, les gustan tan poco que la pena por perjurio es de siete años de trabajos forzados. Y si el mentiroso impide que el verdadero culpable reciba su merecido, eso es obstaculizar la aplicación de la ley, y se castiga con otros siete años. ¿Entiende por dónde voy?

Tom le lanzó una mirada.

—A la ley le gusta asegurarse de que los verdaderos culpables reciben su castigo. Los jueces son un poco escrupulosos con esas cosas. —Se levantó, fue hasta la ventana y se quedó mirando los árboles entre los barrotes—. Verá, si yo entrara en un tribunal y contara la historia de una pobre mujer trastornada por el dolor tras el parto de un hijo muerto, una mujer cuya mente estaba transitoriamente ofuscada, incapaz de distinguir entre el bien y el mal... Y de su marido, un hombre honrado que siempre había cumplido con su deber, pero que, por una vez, para ayudar a su esposa, aparcó su sentido común, se dejó llevar por el corazón y secundó la idea de ella... Bueno, eso podría vendérselo al juez. Podría vendérselo al jurado. El tribunal se reserva lo que llamamos «derecho de gracia», el derecho a imponer una pena menor, también a la esposa.

»Pero de momento, lo que tengo es un hombre que ha admitido ser no sólo un mentiroso, sino un bravucón. Un hombre que, supuestamente preocupado por si la gente pensará que es impotente, decide quedarse un bebé que no es suyo y obliga a su mujer a ocultar su mentira.

Tom se enderezó.

—Yo he dicho lo que he dicho.

Fitzgerald continuó:

—Pues bien, si es verdad que es usted la clase de hombre capaz de hacer algo así, según la policía, también es la clase de hombre capaz de ir un poco más lejos para conseguir lo que quiere. Si es usted la clase de hombre que se apropia de lo que desea porque sí, y si está dispuesto a hacer que su mujer actúe bajo coacción, entonces tal vez esté dispuesto a matar para conseguir lo que quiere. Todos sabemos que aprendió a matar en la guerra. —Hizo una pausa—. Eso es lo que podrían decir.

—No me han acusado de eso.

—Hasta ahora no. Pero según me han dicho, ese poli de Albany se muere de ganas de echarle el guante. Me he cruzado otras veces con él, y le aseguro que es un cabronazo.

Tom respiró hondo y negó con la cabeza.

—Y está muy emocionado con eso de que su mujer no haya corroborado su versión de que Roennfeldt ya estaba muerto cuando lo encontró. —Se enroscó la cinta del expediente alrededor de un dedo—. Debe de estar furiosa con usted. —Desenroscó la cinta y dijo con lentitud—: Ahora bien, podría estar furiosa porque usted la obligó a mentir con lo de quedarse el bebé. O incluso porque mató usted a un hombre. Pero yo creo que es más probable que esté furiosa porque usted ha abandonado el juego.

Tom no contestó.

—Le corresponde a la Corona demostrar cómo murió ese hombre. Cuando un cadáver lleva casi cuatro años enterrado, eso no resulta tarea fácil. No queda gran cosa de él. Ni huesos rotos, ni fracturas, ni antecedentes de problemas cardíacos. En general, seguramente eso conduciría a un veredicto abierto por parte del juez de instrucción. Suponiendo que confesara usted y contara toda la verdad.

—Si me declaro culpable de todos los cargos... Supongamos que consiguiera que Isabel corroborara mi versión, y que no hubiera más pruebas... A ella no podrían acusarla de nada, ¿no es así?

—No, pero...

—Entonces aceptaré la condena que me impongan.

—El problema es que podrían acusarlo de mucho más de lo que usted prevé —dijo Fitzgerald mientras guardaba los documentos en su maletín—. No tenemos ni idea de qué va a declarar su esposa que hizo o dejó de hacer, si es que algún día se decide a hablar. Yo, en su lugar, me lo pensaría muy bien.

Si antes de que volviera Grace ya era habitual que la gente se quedara mirando a Hannah por la calle, ahora la miraban mucho más. Esperaban que se produjera una suerte de transformación milagrosa, una especie de reacción química, cuando madre e hija se reencontraran. Pero en ese sentido se habían llevado un chasco: la niña parecía muy afligida, y la madre, consternada. Lejos de haber recuperado el rubor de las mejillas, Hannah estaba aún más demacrada, pues cada uno de los berridos de Grace le hacían cuestionarse si habría hecho bien reclamando a la niña.

Tras examinar la caligrafía de las cartas que había recibido Hannah, la policía había requisado los cuadernos de servicio de Janus. No cabía duda de que la letra, firme y segura, era la misma. Tampoco había ninguna duda respecto al sonajero que Bluey había identificado. Lo que había cambiado de manera casi irreconocible era la propia niña. Hannah le había entregado a Frank una criatura diminuta, morena, que apenas pesaba cinco kilos, y el destino le había devuelto a una niña rubia, terca y asustada, capaz de caminar de un lado a otro y berrear hasta que se ponía morada y las babas y las lágrimas resbalaban por su barbilla. La seguridad que Hannah había adquirido en el manejo del bebé durante sus primeras semanas de vida se vio rápidamente debilitada. Los ritmos de la intimidad, los acuerdos tácitos que Hannah suponía que podría recuperar estaban lejos de su alcance: la niña ya no respondía de una manera que ella pudiera prever. Eran como una pareja de baile cuyos pasos les eran extraños a ambas.

A Hannah la aterrorizaban los momentos en que perdía la paciencia con su hija, que al principio sólo comía, dormía y se dejaba bañar después de una batalla campal, y que más adelante se limitaba a retraerse. Nunca en todos aquellos años de ensoñaciones, ni siquiera en sus pesadillas, la imaginación de Hannah había previsto algo tan espantoso como aquello.

Desesperada, llevó a la niña a ver al doctor Sumpton.

—Bueno —dijo el rollizo médico tras dejar su estetoscopio encima de la mesa—, físicamente goza de una salud excelente. —Empujó el tarro de caramelos de goma hacia Grace—. Coge uno, señorita.

La niña, muerta de miedo todavía por su primer encuentro con el médico en la comisaría, permaneció muda, y Hannah le ofreció el tarro.

—Coge uno. Del color que quieras, cariño. —Pero su hija giró la cabeza y empezó a enroscarse un mechón de pelo en el dedo.

—¿Y dice usted que moja la cama?

—Sí, muy a menudo. A su edad, lo lógico sería que...

—No, no hace falta que me recuerde que eso no es normal para su edad. —Hizo sonar una campanilla que había encima de la mesa y, tras unos discretos golpecitos en la puerta, entró una mujer de pelo cano.

—Señora Fripp, ¿quiere llevarse a la pequeña Grace con usted mientras hablo un momento con su madre, por favor?

La mujer sonrió.

—Vamos, muñequita. A ver si encontramos una galleta para ti en algún sitio —dijo, y se llevó a la apática criatura.

—No sé qué hacer ni qué decir —empezó Hannah—. Grace sigue preguntado por... por Isabel Sherbourne.

—¿Qué le ha contado usted de ella?

—Nada. Le he dicho que yo soy su madre, que la quiero y que...

—Pues tendrá que decirle algo de la señora Sherbourne.

—Sí, pero ¿qué?

—Podría decirle que ella y su marido han tenido que irse.

—Irse ¿adónde? ¿Por qué?

—A esa edad no tiene mucha importancia. Lo que importa es que la niña tenga una respuesta a esas preguntas. Al final lo olvidará, si no hay nada alrededor que le recuerde a los Sherbourne. Se acostumbrará a su nuevo hogar. He visto muchos casos, con huérfanos adoptados, por ejemplo.

—Pero es que se pone de una manera... Yo sólo quiero hacer lo que sea mejor para ella.

—Me temo, señora Roennfeldt, que todo tiene un coste. El destino le ha repartido unas cartas muy complicadas a esta niña, y eso es algo que usted no puede remediar. Al final, esos dos acabarán de borrarse de su pensamiento, siempre que no mantenga ningún contacto con ellos. Y, entretanto, dele una gota de somnífero cuando la vea demasiado nerviosa o angustiada. Eso no le hará ningún daño.

28

—Aléjate de ese hombre, ¿me oyes?

—Tengo que ir a verlo, madre. ¡Lleva mucho tiempo en el calabozo! ¡Todo esto es culpa mía! —se lamentó Bluey.

—No digas tonterías. Has hecho que una madre se reencuentre con su hija, y estás a punto de embolsarte una recompensa de tres mil guineas. —La señora Smart sacó la plancha del fuego y la presionó sobre un mantel, apretando un poco más con cada frase—. Usa la sesera, muchacho. Tú has hecho lo que tenías que hacer. Ahora no lo estropees.

—Tiene más apuros que los primeros colonos, madre. Dudo que salga muy bien parado de ésta.

—Eso no es asunto tuyo, hijo mío. Y ahora, sal al jardín y arranca las hierbas de los rosales.

Instintivamente, Bluey dio un paso hacia la puerta trasera; su madre masculló:

—¡Mira que quedarme con el hijo tonto!

Bluey se paró y, para sorpresa de su madre, se irguió cuan alto era.

—Mira, quizá sea tonto, pero no soy un traidor. Y no soy de la clase de hombres que abandonan a sus amigos. —Se dio media vuelta y se dirigió hacia la puerta principal.

—¿Adónde crees que vas, Jeremiah Smart?

—¡A la calle, madre!

—¡Por encima de mi cadáver! —le espetó ella, y le cerró el paso.

Medía un metro cincuenta, y Bluey, un metro ochenta.

—Lo siento —dijo el chico; cogió a su madre por la cintura, la levantó como si fuera un trozo de madera de sándalo y la puso suavemente a un lado.

Allí la dejó, con la boca abierta y los ojos llameantes; salió por la puerta y recorrió el sendero que llevaba hasta la calle.

Bluey recorrió la estancia con la mirada. El reducido espacio, el orinal en un rincón, la taza de estaño encima de una mesa atornillada al suelo. Desde que conocía a Tom, jamás lo había visto sin afeitar; nunca lo había visto despeinado ni con la camisa arrugada. Ahora tenía unas marcadas ojeras, y sus pómulos sobresalían como crestas sobre el cuadrado mentón.

—¡Tom! Cuánto me alegro de verte, amigo —declaró el visitante, y ese saludo los transportó a ambos a otros tiempos, cuando la *Winward Spirit* atracaba en el embarcadero tras un largo viaje, y cuando de verdad se alegraban de volver a verse.

Bluey intentó mirar a los ojos a Tom, pero no conseguía sortear los barrotes, de modo que o bien la cara o bien los barrotes estaban desenfocados. Estuvo pensando un rato, hasta que se le ocurrió preguntar:

—¿Cómo va todo?

—No tan bien como yo quisiera.

Bluey jugueteó un poco con el sombrero que tenía en las manos, hasta que se hubo armado de valor.

—No voy a aceptar la recompensa —dijo atropelladamente—. No estaría bien.

Tom desvió brevemente la vista hacia un lado.

—Ya pensé que debía de haber alguna razón para que no vinieras aquel día con la policía —dijo con apatía más que con enfado.

—¡Lo siento! Me obligó mi madre. No debí escucharla. No tocaría ese dinero por nada del mundo.

—Tanto da que te lo quedes tú como que se lo quede otro. A mí ya no me importa.

Fuera lo que fuese lo que Bluey esperara de Tom, desde luego no era aquella indiferencia.

—¿Qué va a pasar ahora?

—No tengo ni idea, Blue.

—¿Necesitas algo? ¿Se te ocurre algo que pueda traerte?

—Un poco de cielo y un poco de mar no me vendrían mal.

—Lo digo en serio.

—Yo también. —Tom inspiró hondo y se quedó pensativo antes de proseguir—: Hay una cosa que podrías hacer. Podrías ir a ver a Izzy. Debe de estar en casa de sus padres. Sólo... quiero saber si está bien. Habrá sido un duro golpe. Lucy lo era todo para ella. —Se interrumpió, porque empezó a quebrársele la voz—. Dile... que lo entiendo. Nada más. Dile que lo entiendo, Bluey.

El joven no lo entendió muy bien, pero se tomó aquel encargo como una tarea sagrada. Le transmitiría el mensaje a Isabel como si su propia vida dependiera de ello.

Cuando Bluey se marchó, Tom se tumbó en la litera y volvió a preguntarse cómo estaría Lucy, cómo le estaría afectando todo aquello. Intentó pensar si habría podido hacer las cosas de otra manera, si habría podido actuar de otro modo desde el primer día. Entonces recordó las palabras de Ralph: «La forma más rápida de hacer enloquecer a un hombre es dejarle seguir luchando en su guerra hasta que la resuelve.» Decidió buscar consuelo en la perspectiva: dibujó mentalmente en el techo la posición exacta en que estarían las estrellas esa noche, empezando por Sirius, que siempre es la más brillante; la Cruz del Sur; y luego los planetas, Venus y Urano, fácilmente localizables en el cielo de la isla. Trazó las constelaciones y su trayectoria por la bóveda celeste desde el anochecer hasta el alba. Aquella precisión, el silencioso orden de los astros, le producía una sensación de libertad. No había nada que a él le estuviera sucediendo y que las estrellas no hubieran visto antes, en algún lugar del planeta, en algún momento. Con el tiempo, su vida sólo existiría en la memoria de las estrellas. Todo quedaría olvidado, toda herida cicatrizada, todo sufrimiento eliminado. Entonces se acordó del atlas de las estrellas y la dedicatoria de Lucy: «Para siempre y siempre y siempre y siempre», y volvió a invadirlo el dolor del presente.

Rezó por Lucy. «Protégela. Haz que tenga una vida feliz. Déjala olvidarme.» Y por Isabel, perdida en la oscuridad: «Devuélvela a casa, a sí misma, antes de que sea demasiado tarde.»

Plantado en la puerta de la casa de los Graysmark, la cabeza gacha, Bluey dibujaba en el suelo con un pie y volvía a ensayar mentalmente su discurso. Cuando se abrió la puerta, Violet lo miró con recelo.

—¿Puedo ayudarlo en algo? —preguntó; su formalidad era un escudo que la protegía de nuevos disgustos.

—Buenas tardes, señora Graysmark. —Como ella no dijo nada, Bluey continuó—: Me llamo Bl... Jeremiah Smart.

—Ya sé quién eres.

—¿Le importaría...? ¿Cree usted... que podría hablar un momento con la señora Sherbourne?

—No recibe visitas.

—Yo... —Estuvo a punto de rendirse, pero recordó la cara de Tom e insistió—: No la entretendré mucho. Sólo quiero...

La voz de Isabel llegó desde el oscuro salón:

—Déjalo pasar, mamá.

Su madre arrugó la frente.

—Será mejor que entre. Límpiese los zapatos en el felpudo, por favor —pidió, y se quedó mirando las botas de Bluey mientras él frotaba las suelas una y otra vez en el felpudo, antes de seguirla.

—Tranquila, mamá. No hace falta que te quedes —dijo Isabel desde su butaca.

Bluey vio que tenía tan mal aspecto como Tom: pálida y con la mirada ausente.

—Gracias por... dejarme entrar. —Bluey vaciló. El ala de su sombrero estaba húmeda por la parte donde la sujetaba—. He ido a ver a Tom.

El rostro de Isabel se ensombreció; desvió la mirada.

—Está muy mal, señora Sherbourne. Muy mal.

—¿Y te ha pedido que vengas a decírmelo?

Bluey siguió manoseando el sombrero.

—No. Me ha pedido que le trajera un mensaje.

—¿Ah, sí?

—Me ha pedido que le diga que lo entiende.

Isabel no pudo evitar que la sorpresa se reflejara en su cara.

—¿Que entiende qué?

—Eso no me lo ha dicho. Me ha pedido que le diga solamente eso.

Isabel mantuvo la vista fija en Bluey, pero no lo estaba mirando. Al cabo de un rato, después de que el chico se ruborizara aún más por sentirse observado, respondió:

—Muy bien. Pues dile que me lo has dicho. —Se levantó despacio—. Te acompañaré a la puerta.

—Pero... —empezó Bluey, confuso.

—¿Pero qué?

—¿Qué tengo que decirle? ¿No quiere que le lleve ningún mensaje a Tom?

Isabel no contestó.

—Él siempre se ha portado bien conmigo, señora Sherbourne. Los dos se han portado bien conmigo.

—Es por aquí —continuó ella, y lo guió hasta la puerta de la calle.

Después de cerrar, Isabel se quedó con la cara apoyada contra la pared, temblando.

—¡Isabel, cariño! —exclamó su madre—. Ven a tumbarte. —Y la acompañó hasta su habitación.

—Voy a vomitar otra vez —dijo ella, y Violet le puso la vieja vasija de porcelana en el regazo justo a tiempo.

• • •

Bill Graysmark presumía de saber juzgar a la gente. Como director de la escuela, tenía la oportunidad de observar el carácter humano en su proceso de formación. Rara vez se equivocaba respecto a quién saldría adelante en la vida y quién acabaría fracasando. Su instinto no le indicaba que Tom Sherbourne fuera un mentiroso ni un hombre violento. Bastaba verlo con Lucy para saber que la niña no le tenía ningún miedo. Y era evidente que amaba a su hija como el que más.

Sin embargo, tras haber perdido a la única nieta que jamás tendría, Bill había depositado su lealtad en la única hija que había sobrevivido. Su juicio instintivo quedaba en segundo plano: había aprendido a base de golpes que la sangre tira.

—Todo esto es terrible, Vernon. Terrible. La pobre Isabel está destrozada —dijo, cuando se sentaron los dos en un rincón del pub.

—Mientras declare en contra de Tom —comentó Knuckey—, tu hija no tiene nada que temer.

Bill lo interrogó con la mirada.

—A Isabel no se le puede imputar ningún delito que él la haya obligado a cometer, así que basta con que presente su versión de la historia. Está dispensada de la obligación de declarar —explicó el policía—. Su testimonio es admisible; según el tribunal, es tan válido como el de cualquiera. Pero no se puede obligar a una mujer a testificar contra su marido. Y, por supuesto, él tiene derecho a guardar silencio. Tampoco podemos obligarlo a declarar contra ella si no quiere, y él ya ha dejado muy claro que no piensa decir ni una palabra. —Hizo una pausa—. Isabel... ¿Nunca os ha parecido que estuviera intranquila respecto a la niña?

Bill le lanzó una mirada.

—No nos desviemos del tema, Vernon.

Knuckey lo dejó estar y caviló en voz alta:

—Mira, el de farero es un puesto de confianza. Nuestro país, por no decir el mundo entero, depende de que esos hombres sean honrados y decentes. No podemos permitir que vayan por ahí falsificando documentos del gobierno ni coaccionando a sus esposas. Y menos aún hacer lo que sea que Tom le hiciera a Frank

Roennfeldt antes de enterrarlo. —Se percató de la expresión de alarma de Bill, pero continuó—: No. Eso es mejor atajarlo cuanto antes. El juez llegará dentro de unas semanas para la audiencia preliminar. Dado lo que Sherbourne ha dicho hasta ahora... Bueno, seguramente lo enviarán a Albany, donde el tribunal tiene poder para imponer penas más severas. Aunque también podrían ponerse duros con él y llevárselo a Perth. Spragg todavía está buscando algún indicio de que ese tipo no estuviera muerto cuando llegó a Janus. —Apuró su jarra de cerveza y añadió—: Esto no pinta nada bien para él, Bill, te lo aseguro.

—¿Te gustan los libros, tesoro? —aventuró Hannah.

Había intentado por todos los medios construir un puente hasta su hija. A ella le encantaban los cuentos cuando era niña, y uno de los pocos recuerdos que conservaba de su madre era leer con ella *La historia de Peter Rabbit,* una soleada tarde en los jardines de Bermondsey. Recordaba claramente el perfume floral y poco común de su madre y la blusa de seda azul claro que llevaba. Y recordaba su sonrisa, el mayor de los tesoros.

—¿Qué pone aquí? —le preguntaba a Hannah—. Conoces esta palabra, ¿verdad?

—Zanahoria —contestaba ella con orgullo.

—¡Muy bien, Hannah! —le decía su madre sonriendo—. ¡Qué niña tan lista!

El recuerdo se interrumpía allí, como el final de un cuento, y Hannah no tenía más remedio que volver a empezar, una y otra vez.

Ahora intentaba tentar a Grace con el mismo libro.

—¿Lo ves? Es sobre un conejito. Ven a leerlo conmigo.

Pero la niña la miró con resentimiento.

—Quiero a mi mamá. ¡Odio ese cuento!

—¡No digas eso! Pero ¡si ni siquiera lo has mirado! —Inspiró hondo y volvió a intentarlo—. Sólo una página. Leeremos una página, y si no te gusta, lo dejaremos.

La niña le arrancó el libro de las manos y se lo lanzó; una esquina le arañó la mejilla a Hannah y estuvo a punto de lastimarle un ojo. Luego salió disparada de la habitación y tropezó con Gwen, que entraba en ese momento.

—¡Eh, señorita! —dijo Gwen—. ¿Qué le has hecho a Hannah? ¡Pídele perdón ahora mismo!

—Déjala, Gwen. No lo ha hecho a propósito. Ha sido un accidente. —Hannah recogió el libro y lo dejó con cuidado en el estante—. He pensado que esta noche podría tentarla con un poco de sopa de pollo. A todos los niños les gusta la sopa de pollo, ¿no? —preguntó sin mucha convicción.

Unas horas más tarde, Hannah estaba a gatas, limpiando la sopa que su hija había vomitado en el suelo.

—Pensándolo bien, ¿qué sabíamos realmente de él? Todas esas historias de que era de Sídney... podrían ser cuentos chinos. Lo único que sabemos con certeza es que no es de Partageuse. —Violet Graysmark hablaba con Bill aprovechando que su hija dormía—. ¿Qué clase de hombre es? Espera hasta que Isabel ya no puede vivir sin la niña y entonces se la quita. —Tenía la mirada fija en la fotografía de su nieta. La había quitado de la repisa de la chimenea y ahora la estaba escondiendo bajo su ropa interior en un armario de la cómoda.

—Sí, de acuerdo, pero ¿tú qué crees, Vi? Sinceramente.

—Por el amor de Dios. Aunque no le haya puesto una pistola en la sien a Isabel, sigue siendo responsable. Está claro que ella estaba muy trastornada después de perder el tercer bebé. Y culparla de ello... Le correspondía a él obedecer las normas desde el principio, si eso era lo que pensaba hacer. Y no dar marcha atrás años más tarde, cuando iban a verse afectadas tantas personas. Tenemos que vivir con las decisiones que tomamos, Bill. En eso consiste la valentía. Atenerte a las consecuencias de tus errores.

Su marido no dijo nada, y mientras volvía a colocar las bolsitas de lavanda, Violet continuó:

—Era echar sal en la herida, anteponer su sentimiento de culpa a lo que pudiera pasarnos a Isabel, a Lucy o... —posó una mano sobre la de su esposo— a nosotros, querido. No ha pensado en nosotros en ningún momento. Como si no hubiéramos sufrido ya suficiente. —Una lágrima resbaló por su mejilla—. Nuestra nietecita, Bill. Tanto amor... —Cerró lentamente el cajón.

—Vamos, Vi, querida. Ya sé que es muy duro para ti —dijo su esposo. La estrechó entre sus brazos y se fijó en que últimamente su cabello había encanecido. Se quedaron los dos abrazados, mientras Violet lloraba—. Fui un ingenuo al creer que los malos tiempos habían pasado. —De pronto se le escapó un fuerte sollozo, y abrazó a su esposa aún más fuerte, como si pretendiera impedir físicamente aquel nuevo derrumbe de su familia.

Después de limpiar el suelo, y con la niña por fin dormida, Hannah se sienta junto a su camita y la contempla. De día, eso es imposible. Grace esconde la cara cuando cree que la están observando. Se da media vuelta, o huye a otra habitación.

Ahora, a la luz de una sola vela, Hannah puede observar cada una de sus facciones, y en la curva de su mejilla, en la forma de sus cejas, ve a Frank. Eso la emociona, y casi cree que si hablara con la niña dormida, sería Frank quien contestaría. La llama de la vela arroja sombras que tiemblan al ritmo de la respiración de su hija y hace brillar su rubio cabello, o un hilillo de baba que cuelga de una comisura de sus labios, de un rosa transparente.

Poco a poco, Hannah se percata de que en el fondo de su mente se ha formado un deseo: que Grace pudiera quedarse dormida días, años, si fuera necesario, hasta que se hubiera borrado todo recuerdo de esas personas, de esa vida. Siente dentro ese extraño vacío que sintió la primera vez que vio aflicción en la cara de su hija recién recuperada. Ojalá Frank estuviera allí. Él sabría qué hacer, cómo superar aquello. A él la vida lo había derribado una vez tras otra, y siempre había vuelto a levantarse, con una sonrisa en los labios y sin resentimiento.

Hannah retrocede en su memoria hasta que ve una figura más pequeña —su bebé de una semana, tan perfecto— y oye a

Frank cantar su canción de cuna: *Schlaf, Kindlein, schlaf.* Recuerda cómo Frank miraba a la niña en su cunita y le susurraba en alemán. «Le susurro cosas bonitas para que tenga sueños bonitos —decía—. Si uno tiene cosas bonitas en la cabeza, puede ser feliz. Te lo digo yo.»

Ahora Hannah se endereza. Esos recuerdos bastan para infundirle el valor necesario para afrontar el día siguiente. Grace es su hija. Al final, el alma de la niña acabará recordando, acabará reconociendo a su madre. Lo único que necesita es paciencia, como dice su padre. Muy pronto volverá a ser suya, volverá a ser el motivo de alegría que fue el día de su nacimiento.

Apaga la vela sin hacer ruido y sale de la habitación aprovechando la luz que entra desde el pasillo. Cuando se acuesta en su cama, la impresiona lo vacía que la nota.

Son las tres de la madrugada. Isabel ha salido por la puerta trasera de la casa de sus padres y se pasea arriba y abajo. Un gomero fantasma ha atrapado la luna entre dos de sus largas ramas, que semejan dedos largos y flacos. La hierba seca cruje débilmente bajo sus pies descalzos cuando va de la jacarandá a la nuytsia, de la nuytsia a la jacarandá: ésa era el área central cuando jugaban a críquet, hace ya muchos años.

Pasa de la incomprensión a la comprensión, del ser al no ser, en ese revuelo de pensamientos que surgió por primera vez tras el primer aborto y que creció con los otros dos, y ahora Lucy. Y el Tom al que amaba, el Tom con el que se casó, también ha desaparecido en la niebla del engaño, ha ido escabulléndose cuando ella no miraba: ha ido corriendo a llevarle notas a otra mujer; ha conspirado para quitarle a su hija.

«Lo entiendo.» El mensaje de Tom la desconcierta. El estómago se le encoge de rabia y añoranza. Sus pensamientos echan a volar en todas direcciones, y por un momento recuerda lo que sentía físicamente cuando tenía nueve años e iba a lomos de un caballo desbocado. Recuerda la serpiente tigre que encontró en el camino. El caballo se encabritó y salió disparado, echó a correr entre los troncos, haciendo caso omiso de las ramas y de la niña que se aferraba desesperadamente a su crin. Isabel se tumbó sobre el cuello del animal hasta que a éste se le agotaron el miedo y los músculos y se paró, por fin, en un claro, cuando había recorrido casi dos kilómetros. «No puedes hacer nada —había dicho su padre—. Cuando un caballo se desboca, lo único que puedes hacer es rezar y agarrarte con todas tus fuerzas. No hay forma de detener a un caballo cegado por el pánico.»

No puede hablar con nadie. Nadie lo entendería. ¿Qué sentido puede tener su vida por sí sola, sin la familia para la que ella vivía? Pasa los dedos por la corteza de la jacarandá y encuentra la marca que grabó Alfie para señalar la estatura de Isabel, el día antes de que Hugh y él partieran para Francia.

—Cuando volvamos, vendré a ver cuánto has crecido, hermanita, así que no te duermas.

—Pero ¿cuándo volveréis? —había preguntado ella.

Los chicos se habían mirado, entre preocupados y emocionados.

—Cuando llegues aquí —había contestado Hugh, haciendo un corte en la corteza, quince centímetros por encima de la primera marca—. Cuando llegues aquí, habremos vuelto a casa y te estaremos chinchando otra vez, Bella.

Isabel nunca llegó a crecer tanto.

El correteo de un geco la devuelve al presente y a sus tribulaciones. La acosan las preguntas mientras la luna languidece en las ramas altas de los árboles: ¿quién es Tom en realidad? Ese hombre al que ella creía conocer tan bien. ¿Cómo ha podido traicionarla? ¿Qué ha sido su vida con él? ¿Y quiénes eran esos seres, esas mezclas de su sangre y la de él, que no encontraron el camino hasta la vida de Isabel? La asalta un pensamiento terrible: ¿qué sentido tiene el mañana?

Las semanas posteriores al regreso de Grace fueron para Hannah más angustiosas que las posteriores a su pérdida, pues se enfrentaba a verdades que, tras mucho tiempo apartadas, se habían vuelto ineludibles. Era cierto que habían pasado los años. Era cierto que Frank estaba muerto. Una parte de la vida de su hija se había perdido y nunca podría recuperarla. Todo el tiempo que Grace había estado ausente del día a día de Hannah, había estado presente en el de otra persona.

Se sorprendió pensando que su hija había vivido una vida sin ella, sin pensar ni un instante en ella. Se dio cuenta de que se sentía traicionada. Por un bebé. Y eso la avergonzó.

Se acordó de la esposa de Billy Wishart, y de que la alegría por el regreso de su marido, al que ella daba por muerto en el Somme, se había transformado en desesperación. La víctima del gas que volvió a casa era un extraño para sí mismo y para su familia. Después de cinco años de lucha, una mañana, cuando una gruesa capa de hielo cubría todavía el agua del depósito, la mujer se había subido a un cubo de ordeñar en el establo de las vacas y se había colgado, y sus hijos tuvieron que cortar la cuerda para bajarla porque Billy todavía no tenía fuerzas ni para sujetar un cuchillo.

Hannah pedía a Dios que le diera paciencia, fuerza y entendimiento. Todas las mañanas, pedía a Dios que la ayudara a llegar hasta el final del día.

Una mañana, al pasar por delante del cuarto de la niña, oyó una voz. Aminoró el paso y se acercó de puntillas a la puerta, que estaba entreabierta. Se emocionó al ver que su hija jugaba por fin con las muñecas: hasta ese momento, todos los intentos de Hannah para que lo hiciera habían sido rechazados. Había piezas de un juego de té de juguete esparcidas por la colcha de la cama. Una muñeca todavía llevaba su exquisito vestido de encaje, pero la otra iba en enagua y bombachos. La muñeca con vestido tenía en el regazo una pinza de madera para la ropa. «Hora de cenar», decía, y la niña acercaba la tacita de té a la pinza y hacía «ñam ñam». «Muy bien. Y ahora, a la cama, corazón. Buenas noches», y acercaba la pinza a los labios de la muñeca y hacía como que ésta le daba un beso. «Mira, papá —continuaba—. Lucy ya duerme.» Y acariciaba la pinza con su manita. «Buenas noches, Lulu, buenas noches, mamá», decía la muñeca con bombachos. «Voy a subir a encender. Ya casi se ha puesto el sol.» Y metía la muñeca debajo de la manta. La muñeca con vestido decía: «No te preocupes, Lucy. La bruja no puede llevarte, porque la he matado.»

Antes de darse cuenta de lo que estaba haciendo, Hannah irrumpió en la habitación y le quitó las muñecas a su hija.

—¡Basta de jueguecitos estúpidos, ¿me oyes?! —le gritó, y le dio un cachete en la mano. La pequeña se puso en tensión, pero no lloró, y se limitó a mirar a Hannah en silencio.

Ésta se arrepintió al instante.

—¡Lo siento, corazón! ¡Lo siento mucho! No quería hacerte daño. —Recordó las instrucciones del médico—: Esa gente se ha ido. Se portaron muy mal cuando te arrancaron de tu familia. Y ahora se han ido. —Grace la miró con gesto de desconcierto al oírla hablar de su familia, y Hannah suspiró—. Algún día lo entenderás todo.

A la hora de comer, mientras Hannah lloraba en la cocina, avergonzada por su arrebato, su hija ya volvía a jugar al mismo juego, pero con tres pinzas. Hannah se acostó tarde; estuvo cosiendo, y por la mañana, al despertar, la niña encontró una nueva muñeca de trapo en su almohada: una niña con su nombre, «Grace», bordado en el delantal.

—No soporto pensar por lo que debe de estar pasando, mamá —se lamentó Isabel.

Estaban las dos sentadas en unas butacas de mimbre bajo el alero de la parte trasera de la casa.

—Nos echará de menos, echará de menos su casa. La pobre no debe de entender nada —añadió.

—Ya lo sé, cariño. Ya lo sé —la consoló su madre.

Violet le había preparado una taza de té y se la había puesto en las rodillas. Su hija había cambiado mucho: tenía los ojos hundidos y con ojeras, y el pelo sin brillo y enredado.

Isabel habló como si pensara en voz alta, quizá para entender mejor lo que acababa de ocurrírsele:

—Nunca ha habido un funeral...

—¿Qué quieres decir? —preguntó Violet. Últimamente, Isabel decía cosas sin sentido.

—Todos los seres queridos que he perdido... A todos me los han arrebatado dejándome sin nada. Quizá un funeral habría ayudado. No sé, quizá habría sido diferente. Al menos tenemos la fotografía de la tumba de Hugh en Inglaterra. Alfie sólo es un nombre en ese monumento a los caídos. A mis tres primeros hijos (tres, mamá) ni siquiera les cantaron un himno. Y ahora... —se le empañó la voz, y rompió a llorar— Lucy...

Violet siempre se había alegrado de no haber celebrado los funerales de sus hijos: un funeral era una prueba irrefutable. Un funeral significaba admitir que tus hijos estaban definitivamente muertos y enterrados. Era una traición. Que no hubiera funeral significaba que un buen día podías verlos entrar tan contentos en la cocina y preguntar qué había para cenar y reírse con ella de aquel estúpido error que le había hecho pensar —¡imagínate!— que sus niños se habían ido para siempre.

Meditó muy bien sus palabras cuando dijo:

—Cariño, Lucy no está muerta. —Isabel hizo como si ignorara ese comentario, y su madre frunció el entrecejo—. Tú no tienes la culpa de nada, hija mía. Jamás perdonaré a ese hombre.

—Creía que me amaba, mamá. Me dijo que yo era lo más valioso que tenía en el mundo. Y luego va y hace algo horrible...

Más tarde, mientras limpiaba los marcos de plata de las fotografías de sus hijos, Violet repasó mentalmente la situación por enésima vez. Una vez que un niño entra en tu corazón, ya no existe ni bien ni mal. Ella sabía de mujeres que habían tenido hijos cuyos padres eran maridos a los que ellas detestaban, o incluso algo peor, hombres que las habían forzado. Y esas mujeres amaban a sus hijos con todo su corazón, al mismo tiempo que odiaban al bruto que los había engendrado. Violet sabía muy bien que no podías defenderte del amor de un bebé.

29

—¿Por qué la proteges? —Esa pregunta hizo reaccionar a Tom, que miró a Ralph con recelo entre los barrotes—. Está más claro que el agua, amigo. En cuanto nombro a Isabel, empiezas a decir tonterías.

—Debí protegerla mejor. Protegerla de mí.

—No digas estupideces.

—Has sido un buen amigo, Ralph. Pero... hay muchas cosas de mí que no sabes.

—Y hay muchas cosas de ti que sí sé, muchacho.

Tom se levantó.

—¿Ya habéis arreglado el motor? Me dijo Bluey que habíais tenido problemas con él.

Ralph lo observó atentamente.

—No pinta nada bien.

—Esa barca te ha hecho muy buen servicio durante años.

—Sí. Siempre he confiado en ella, y nunca pensé que me decepcionaría. Fremantle quiere retirarla del servicio. —Miró a Tom a los ojos—. Pronto estaremos todos criando malvas. ¿Quién eres tú para echar por la borda los mejores años de tu vida?

—Los mejores años de mi vida terminaron hace mucho tiempo, Ralph.

—¡Eso son paparruchas, y tú lo sabes! ¡Ya va siendo hora de que te levantes y hagas algo! ¡Por amor de Dios, despierta ya!

—¿Qué me propones que haga, Ralph?

—Te propongo que digas la verdad, sea la que sea. Lo único que se consigue mintiendo es meterse en líos.

—A veces eso también es lo único que consigues diciendo la verdad... Todos tenemos un límite, Ralph. Dios mío, eso lo sé yo mejor que nadie. Izzy era una muchacha alegre y normal hasta que se enredó conmigo. Si no hubiera venido a Janus, no habría pasado nada de todo esto. Ella creyó que aquello sería el paraíso. No tenía ni idea de lo que le esperaba. No debí dejarla venir.

—Es una mujer adulta, Tom.

Miró al capitán y sopesó lo que iba a decir a continuación.

—Ralph, esto tenía que pasar tarde o temprano. Al final, los pecados siempre se pagan. —Suspiró y desvió la vista hacia una telaraña que había en un rincón de su celda, de la que colgaban unas cuantas moscas como olvidadas decoraciones navideñas—. Yo debería haber muerto hace muchos años. Debió alcanzarme una bala o una bayoneta, no faltaron ocasiones. Llevo mucho tiempo en la prórroga. —Tragó saliva—. Para Izz ya es bastante duro no tener a Lucy. No sobreviviría mucho en... Ralph, esto es lo único que puedo hacer por ella. Es la única compensación que puedo ofrecerle.

—No hay derecho. —La niña repite esa frase una y otra vez, no con tono lastimero, sino como una llamada desesperada a la razón. Parece que estuviera explicándole una expresión a un extranjero—. No hay derecho. Quiero irme a casa.

A veces, Hannah consigue distraerla unas horas haciendo pasteles o recortando muñecas de papel. Les echa migas a los maluros blanquiazules, y los diminutos pajarillos van hasta la puerta dando saltitos con sus patas finas como el alambre, embelesando a Grace mientras picotean con delicadeza las migas de pan.

Un día ve su expresión de placer al pasar al lado de un gato atigrado, y pregunta por el pueblo si alguien tiene gatitos. Se llevan a casa uno pequeño, negro y con las patas y la cara blancas.

A Grace le interesa el animal, pero desconfía.

—Es tuyo, Grace. Todo tuyo —le asegura Hannah, y le pone el gatito en las manos—. Tendrás que ayudar a cuidarlo. A ver, ¿cómo quieres llamarlo?

—Lucy —responde la niña sin vacilar.

Hannah se resiste:

—A mí me parece que Lucy es un nombre de niña, no de gato. ¿Y si le ponemos un nombre de gato?

Así que Grace propone el único nombre de gato que conoce:

—*Tabatha Tabby.*

—No se hable más. Se llamará *Tabatha Tabby* —dice Hannah, conteniendo el impulso de decirle que no es un nombre muy apropiado para un macho. Al menos ha conseguido que la niña hable.

Al día siguiente, Hannah le propone:

—¿Vamos a darle un poco de carne picada a *Tabatha*?

—A ti no te quiere —responde Grace mientras juguetea con un mechón de pelo—. Sólo me quiere a mí. —Lo dice sin malicia, limitándose a exponer los hechos.

—Quizá deberías dejar que viera a Isabel Sherbourne —sugirió Gwen, tras un asalto especialmente violento entre madre e hija a raíz de unos zapatos.

Hannah se quedó horrorizada.

—¡Gwen!

—Ya sé que es lo último que querrías. Pero lo único que digo es que... a lo mejor ayudaría que Grace pensara que eres amiga de su madre.

—¡Amiga de su madre! ¡Cómo se te ocurre decir una cosa así! Además, ya sabes lo que me ha recomendado el doctor Sumpton. ¡Cuanto antes se olvide de esa mujer, mucho mejor!

Pero Hannah no podía eludir el hecho de que su hija llevaba estampado el sello de aquellos otros padres, de aquella otra vida. Cuando paseaban por la playa, Grace siempre intentaba irse hacia el agua. Por la noche, mientras que otros niños se limitarían a identificar la luna, Grace señalaba la estrella más brillante del firmamento y exclamaba: «¡Sirius! ¡Y la Vía Láctea!», con tanta seguridad que Hannah se asustaba y la hacía entrar precipitadamente en la casa, diciéndole que era hora de acostarse.

Hannah rezaba para no sentir resentimiento ni amargura.

«Señor, soy muy afortunada por haber recuperado a mi hija. Enséñame el buen camino.» Pero a continuación se imaginaba a Frank, arrojado a una tumba sin lápida, envuelto en un trozo de lona. Recordaba la expresión de su cara la primera vez que cogió en brazos a su hija, como si su mujer le ofreciera el cielo y la tierra arropados en aquella manta rosa.

No era asunto suyo. Lo menos que podían hacer era aplicarle la ley a Tom Sherbourne. Si el tribunal decidía que debía ir a la cárcel... La Biblia decía: ojo por ojo. Hannah dejaría que la justicia siguiera su curso.

Pero entonces se acordaba del hombre que la había salvado de quién sabía qué, años atrás, en aquel barco. Se acordaba de lo segura que de pronto se había sentido en su presencia. Esa ironía le cortaba la respiración. ¿Cómo se podía saber cómo era una persona en el fondo? Hannah había visto el tono autoritario que Sherbourne había adoptado con aquel borracho. ¿Consideraría que estaba por encima de las normas? Pero aquellas dos notas, aquella hermosa caligrafía... «Rece por mí.» Así que volvía a concentrarse en sus oraciones, y rezaba también por Tom Sherbourne: para que recibiera un castigo justo, aunque una parte de ella quisiera verlo sufrir por lo que había hecho.

Al día siguiente, por la tarde, Gwen y su padre daban un paseo por el jardín cogidos del brazo.

—¿Sabes qué? Echo de menos esta casa —dijo ella, volviendo la vista hacia la mansión de piedra caliza.

—Pues ella también te echa de menos a ti, Gwenny —replicó su padre. Dieron unos pasos más y añadió—: Ahora que Grace ha vuelto a casa con Hannah, quizá tú deberías volver con tu anciano padre.

Ella se mordió el labio.

—Me encantaría, de verdad, pero...

—Pero ¿qué?

—Creo que Hannah todavía no está preparada para vivir sola. —Se soltó y se puso frente a su padre—. Lamento tener que decirlo, papá, pero no sé si llegará a superarlo algún día. ¡Y esa pobre niña! No sabía que un crío pudiera sentirse tan desgraciado.

Septimus le acarició la mejilla.

—Pues yo sé de una niñita que se sentía igual de desgraciada. Casi me partes el corazón cuando murió tu madre, te lo aseguro. Fueron meses terribles. —Se agachó para oler una aterciopelada rosa roja. Aspiró su perfume, y luego se puso una mano en la espalda para enderezarse.

—Pero eso es lo más triste —insistió Gwen—. Que su madre no está muerta. Está aquí, en Partageuse.

—Sí. ¡Hannah está aquí mismo, en Partageuse!

Gwen conocía a su padre, y sabía que más valía no insistir. Siguieron andando en silencio; Septimus inspeccionaba los arriates, mientras Gwen intentaba no oír el sonido de la aflicción de su sobrina, que tenía grabado en la mente.

Esa noche, Septimus estuvo pensando qué podía hacer. Tenía experiencia con niñas pequeñas que habían perdido a su madre, y era persuasivo. Cuando hubo tramado su plan, se quedó profundamente dormido.

A la mañana siguiente fue a casa de Hannah y anunció:

—Muy bien, ¿todos preparados? Nos vamos de excursión sorpresa. Ya va siendo hora de que Grace conozca mejor Partageuse y sepa de dónde proviene.

—Es que estoy arreglando las cortinas para el local social. Le prometí al reverendo Norkells...

—Ya me la llevo yo. Lo pasaremos muy bien.

La «excursión sorpresa» empezó con un viaje a los aserraderos de Potts. Septimus recordaba que, de niñas, a Hannah y a Gwen les encantaba dar manzanas y terrones de azúcar a los caballos clydesdale que había allí. Ahora transportaban la madera en ferrocarril, pero en los aserraderos todavía había algunos caballos de tiro para emergencias, cuando la lluvia inutilizaba algún tramo de vía que atravesaba el bosque.

Mientras acariciaba a una de las yeguas, dijo:

—Ésta, pequeña Grace, es *Arabella*. ¿Sabes decir «Arabella»? —Y se volvió hacia el mozo de cuadra—. Engánchala al carro, ¿quieres?

Al poco rato, el mozo llevó a *Arabella* al patio tirando de un carro de dos ruedas. Septimus subió a Grace al asiento y se sentó a su lado.

—Vamos a explorar, ¿de acuerdo? —le dijo, y sacudió las riendas.

Grace nunca había visto un caballo tan grande. Nunca había visto un bosque de verdad: lo más parecido había sido su malograda aventura en los matorrales de detrás de la casa de los Graysmark. Aparte de eso, en su vida sólo había visto dos árboles: los dos pinos Norfolk de Janus. Septimus siguió los viejos caminos que discurrían entre los altísimos eucaliptos, señalando los canguros y varanos que veía; la niña estaba enfrascada en aquel mundo de cuento de hadas. De vez en cuando señalaba un pájaro o un ualabí. «¿Qué es eso?», preguntaba, y su abuelo le decía su nombre.

—Mira, un bebé de canguro —comentó Grace, señalando un marsupial que saltaba lentamente cerca del camino.

—Eso no es un bebé de canguro. Se llama quokka. Es como un canguro, pero muy pequeño. Eso es todo lo que crece. —Le dio unas palmaditas en la cabeza a la niña—. Me alegro de verte sonreír, pequeña. Ya sé que has estado triste y que echas de menos tu antigua vida... —Septimus caviló un momento—. Yo sé lo que es eso porque... bueno, porque a mí también me pasó.

La niña lo miró con perplejidad, y su abuelo continuó:

—Tuve que decirle adiós a mi madre y cruzar el mar hasta Fremantle en un barco de vela. Y sólo era un poco mayor que tú. Ya sé que cuesta imaginárselo. Pero vine aquí, y me acogieron unos padres nuevos que se llamaban Walt y Sarah. Ellos me cuidaron a partir de entonces, y me quisieron como mi Hannah te quiere a ti. Ya lo ves, no todo el mundo tiene una sola familia en la vida.

El rostro de Grace no revelaba ninguna reacción, así que Septimus cambió de táctica. Mientras el caballo avanzaba lentamente, el sol atravesaba las copas de los árboles esparciendo sombras moteadas.

—¿Te gustan los árboles?

Grace hizo un gesto afirmativo.

Él señaló unos árboles jóvenes.

—Mira: arbolitos que vuelven a crecer. Nosotros cortamos los más grandes y viejos, y otros nuevos ocupan su lugar. Si le das tiempo, todo vuelve a crecer. Cuando tú tengas mi edad, ese árbol será un gigante. Y se convertirá en madera. —Entonces se le ocurrió una idea—. Algún día, este bosque será tuyo. Será tu bosque.

—¿Mi bosque?

—Verás, ahora es mío, y algún día será de tu mamá y tu tía Gwen, y después será tuyo. ¿Qué te parece eso?

—¿Puedo hacer que corra el caballo? —preguntó Grace.

Septimus rió.

—Dame las manos y sujetaremos las riendas juntos.

—Aquí la tienes, sana y salva —dijo Septimus al devolver a Grace.

—Gracias, papá. —Hannah se agachó para ponerse a la altura de su hija—. ¿Lo has pasado bien?

Grace asintió con la cabeza.

—¿Has acariciado los caballos?

—Sí —repuso ella en voz baja, frotándose los ojos.

—Ha sido un día muy largo, corazón. Ahora tienes que ir a darte un baño, y luego a la cama.

—Me ha regalado el bosque —dijo Grace esbozando una sonrisa, y a Hannah le dio un vuelco el corazón.

· · ·

Esa noche, después de bañar a Grace, Hannah se sentó en la cama de la niña.

—Me alegro mucho de que lo hayas pasado bien. Cuéntame las cosas que has visto, cariñito.

—Una cota.

—¿Cómo dices?

—Una cota pequeña que salta.

—¡Ah! ¡Un quokka! Qué monos son, ¿verdad? ¿Y qué más?

—Un caballo muy grande. Lo he llevado yo.

—¿Te acuerdas de cómo se llamaba?

La niña hizo memoria y respondió:

—«Araballa.»

—Exacto, *Arabella*. Es una yegua preciosa. Y tiene muchos amigos allí: *Sansón, Hércules, Diana... Arabella* ya es muy viejecita. Pero todavía es muy fuerte. ¿Te ha enseñado el abuelito las carretas que puede arrastrar, esos carros con sólo dos ruedas enormes? Con ellos sacaban los troncos más grandes del bosque después de talarlos. —La niña negó con la cabeza, y Hannah continuó—: Ay, pequeña. Quiero enseñarte tantas cosas. El bosque te encantará, ya lo verás.

Mientras Grace se dormía, Hannah se quedó a su lado haciendo planes. Cuando llegara la primavera, le enseñaría a distinguir las flores silvestres. Le compraría un poni, un shetland quizá, y juntas cabalgarían por los estrechos caminos del bosque. De pronto se abrieron en su imaginación décadas de imágenes, y Hannah se atrevió a explorarlas.

—Bienvenida a casa —le susurró a su hija dormida—. Bienvenida por fin, pequeña mía.

Y esa noche se puso a hacer sus tareas tarareando.

30

En Partageuse no vive mucha gente, y tampoco hay muchos sitios donde pueda estar esa gente. Tarde o temprano, uno acaba encontrándose a alguien a quien habría preferido no ver.

Violet había tardado días en convencer a su hija de que saliera de casa.

—Venga, acompáñame hasta Mouchemore's. Necesito más lana para esa colcha que estoy haciendo. —Se habían acabado las rebequitas y los vestiditos de flores. Últimamente volvía a tejer mantas a ganchillo para los últimos desdichados que languidecían en el asilo de repatriados. Al menos así tenía las manos ocupadas, aunque no siempre consiguiera tener ocupada la mente.

—En serio, mamá, no me apetece. Me quedaré aquí.

—No seas así, hija. Vamos, anímate.

Salieron juntas a la calle, y la gente con que se cruzaban intentaba disimular que las miraba. Algunas personas les sonrieron educadamente, pero ya nadie preguntaba «¿Cómo va todo, Vi?» o «¿Nos vemos en la iglesia el domingo?». Nadie estaba seguro de cómo debía tratar aquel duelo que no era por una muerte. Algunos cambiaban de acera para evitarlas. Los vecinos leían el periódico para conseguir toda la información que pudieran, pero últimamente las cosas se habían calmado.

Al entrar Violet y su hija en la mercería, Fanny Darnley, que salía en ese momento por la puerta, dio un grito ahogado y se quedó parada en la acera, con gesto de alarma y deleite.

La tienda olía a limpiamuebles de lavanda, y a rosas de un popurrí que había en un cesto cerca de la caja registradora. Alineados en las paredes, a ambos lados, había rollos de tela: damascos y muselinas, linos y algodones. Había arcoíris de hilos y nubes de lana ovillada. Encima de una mesa donde el señor Mouchemore atendía a una anciana había cartones de diferentes encajes: grueso, fino, de Bruselas, francés. A ambos lados de la tienda, partiendo del mostrador del fondo, sendas hileras de mesas con sillas servían de asiento a los clientes.

Sentadas a una de esas mesas, de espaldas a Isabel, había dos mujeres. Una era rubia, y la otra, morena, examinaba un rollo de lino amarillo pálido que el dependiente había desenrollado ante ella. A su lado, cabizbaja y jugueteando con una muñeca de trapo, había una niñita rubia, inmaculadamente vestida con un vestido rosa con canesú de nido de abeja y calcetines blancos con adornos de encaje.

Mientras la mujer examinaba la tela y hablaba con el dependiente sobre el precio y la cantidad, la niña desvió la mirada para ver quién acababa de entrar. Soltó la muñeca y se bajó apresuradamente de la silla.

—¡Mamá! —gritó, y corrió hacia Isabel—. ¡Mamá! ¡Mamá!

Antes de que nadie pudiera entender qué pasaba, Lucy había rodeado las piernas de Isabel con los brazos y se agarraba a ella como un cangrejo.

—¡Lucy! —Isabel la cogió en brazos y la abrazó, dejando que la niña se acurrucara contra su cuello—. ¡Lucy, cariño mío!

—¡Esa mujer mala se me llevó, mamá! ¡Y me pegó! —gimoteó la niña, señalando a Hannah.

—¡Ay, cariño mío! ¡Pobrecita!

Isabel estrujaba a la niña, sollozaba de emoción por el contacto con ella; las piernas de la pequeña encajaban a la perfección alrededor de su cintura y su cabeza se acomodó automáticamente bajo su barbilla, como la última pieza de un rompecabezas. Estaba ajena a todo y a todos.

Hannah las observaba atónita, humillada y derrotada por la atracción magnética que Isabel ejercía sobre Grace. Por primera vez, comprendió la atrocidad del robo. Ante ella tenía la prueba de todo lo que había sido robado. Veía los centenares de días y los millares de abrazos que las dos habían compartido, el amor usurpado. Notó un temblor en las piernas y temió desplomarse. Gwen le puso una mano en el brazo, sin saber qué hacer.

Hannah intentó rechazar la humillación y las lágrimas que ésta le provocaba. La mujer y la niña seguían entrelazadas como si fueran un solo ser, en un mundo donde nadie podía entrar. Sintió mareo mientras intentaba mantenerse erguida, mantener una pizca de dignidad. Esforzándose para respirar acompasadamente, cogió su bolso del mostrador y caminó tan dignamente como pudo hacia Isabel.

—Grace, cariño —dijo vacilante. La niña seguía apretujada contra Isabel, y ninguna de las dos se movió—. Grace, cariño, tenemos que irnos a casa. —Estiró un brazo para tocar a la niña, que se puso a gritar; no fue un simple chillido, sino un berrido atronador que retumbó en las ventanas.

—¡Mamá, dile que se vaya! ¡Dile que se vaya, mamá!

El resto de los presentes contemplaban la escena; los hombres estaban perplejos, y las mujeres, horrorizadas. La niña tenía el rostro crispado y amoratado.

—¡Por favor, mamá! —suplicaba, con una manita en cada mejilla de Isabel, gritándole las palabras como si tuviera que salvar una gran distancia o una profunda sordera.

Isabel permanecía muda.

—Quizá podríamos... —se aventuró a decir Gwen, pero su hermana la interrumpió:

—¡Suéltela! —gritó, incapaz de dirigirse a Isabel por su nombre—. Ya nos ha hecho usted bastante daño —añadió en voz más baja, con un tono cargado de resentimiento.

—¿Cómo puede ser tan cruel? —le espetó Isabel—. ¡Ya ve en qué estado está! ¡Usted no sabe nada de ella, ni lo que necesita, ni cómo hay que cuidarla! ¡Tenga un poco de sentido común, ya que no puede tener ninguna amabilidad para con ella!

—¡Suelte a mi hija ahora mismo! —exigió Hannah, temblando. Estaba impaciente por salir de la tienda, por romper aquel abrazo magnético.

Agarró por la cintura a la niña, que se resistía y gritaba:

—¡Mamá! ¡Quiero a mi mamá! ¡Suéltame!

—No pasa nada, cariño —la consoló Hannah—. Ya sé que estás enfadada, pero no podemos quedarnos. —Y siguió tratando de tranquilizar a la niña con palabras mientras la sujetaba con suficiente fuerza para impedir que se soltara de sus brazos y huyera.

Gwen miró a Isabel y negó con la cabeza, desconsolada. Entonces se volvió hacia su sobrina y dijo:

—Chsst, cariño. No llores. —Le enjugó las lágrimas con un fino pañuelo de encaje—. Vámonos a casa y te daremos un tofe. *Tabatha Tabby* te echará de menos. Vamos, corazón.

Hannah y Gwen siguieron pronunciando palabras tranquilizadoras mientras salían con la niña de la tienda. Al llegar a la puerta, Gwen se volvió y miró a Isabel, cuya desesperación se reflejaba en su mirada.

Se quedaron todos quietos un instante. Isabel, con la mirada perdida, no se atrevía a moverse para no perder la sensación que la niña había dejado en su cuerpo. Su madre miraba a los empleados, desafiándolos a hacer algún comentario. Al final, el dependiente que había desenrollado la pieza de lino la recogió y empezó a enrollarla de nuevo.

Larry Mouchemore aprovechó ese momento para decirle a la anciana a la que estaba atendiendo:

—¿Y sólo quiere dos metros? ¿De ese encaje?

—Sí, sí, sólo dos metros —confirmó la mujer, aparentando normalidad, aunque intentó pagar con un peine en lugar de con las monedas que pensaba sacar de su bolso.

—Vamos, hija —dijo Violet en voz baja. Y añadió más alto—: Creo que esta vez no quiero la misma lana. Volveré a mirar el modelo y ya lo decidiré.

Fanny Darnley, que chismorreaba con una mujer que estaba a su lado en la acera, se quedó inmóvil al ver salir las dos mujeres, y sólo se atrevió a seguirlas por la calle con la mirada.

Knuckey camina por el istmo de Point Partageuse, escuchando el sonido de las olas que rompen contra la orilla a ambos lados. Suele ir allí a poner en orden sus ideas por la noche, después de cenar y secar los platos que su mujer ha lavado. Todavía echa de menos aquellos tiempos en que los chicos estaban en casa y los ayudaban, convirtiéndolo en un juego. Ahora ya son mayores. Sonríe al recordar al pequeño Billy, que para él siempre tendrá tres años.

Entre el pulgar y el índice le da vueltas a una concha, fría y redonda como una moneda. Familias: no sabe qué sería de él sin la suya. Que una mujer quisiera tener un hijo era lo más natural. Su Irene habría hecho cualquier cosa para devolver a Billy a la vida. Cualquier cosa. Cuando se trata de sus hijos, los padres son todo instinto y esperanza. Y miedo. Las normas y las leyes no cuentan para nada.

La ley es la ley, pero las personas son las personas. Recuerda el día en que empezó todo ese turbulento asunto: el Día de ANZAC en que él había ido a Perth para asistir al funeral de su tía. De haber estado en el pueblo, habría podido salir a detener a aquellos hombres, a aquella multitud entre la que se contaba Garstone; a los hombres que utilizaron a Frank Roennfeldt para ahuyentar el dolor, aunque sólo fuera un momento. Pero así sólo habría empeorado las cosas. No puedes enfrentar a todo un pueblo con su vergüenza. A veces, olvidar es la única forma de volver a la normalidad.

Volvió a pensar en su prisionero. Tom Sherbourne era un enigma. Más cerrado que una nuez de Macadamia: no había manera de saber qué se escondía dentro de aquella cáscara lisa y dura, y no había ningún punto débil sobre el que ejercer presión. El maldito Spragg estaba deseando pillarlo. Él lo había entretenido tanto como había podido, pero pronto tendría que dejar que interrogara a Sherbourne. No sabía qué podían hacer con él en

Albany, o en Perth. Tal como se estaba comportando, Sherbourne era su peor enemigo.

Al menos había conseguido que Spragg dejara en paz a Isabel.

—Ya sabe que no podemos obligar a una mujer a testificar contra su marido, así que no la moleste. Si la presiona, ella podría cerrarse en banda. ¿Es eso lo que quiere? —le había preguntado al sargento—. Déjemela a mí.

La situación lo desbordaba. Una vida tranquila en un pueblo tranquilo: eso era para lo que él había firmado. Y, sin embargo, se enfrentaba a un caso difícil, muy difícil. Su trabajo consistía en ser justo y concienzudo, y dejar que Albany se ocupara del asunto cuando llegara el momento. Tiró la concha al agua. No hizo el menor ruido, o lo ahogó el rugido de las olas.

El sargento Spragg, sudoroso todavía tras el largo viaje desde Albany, se sacudió un poco de pelusa de la manga. Se volvió lentamente hacia los documentos que tenía delante.

—Thomas Edward Sherbourne. Fecha de nacimiento: 28 de septiembre de 1893.

Tom no hizo ningún comentario a esa declaración. Las cigarras entonaban su estridente canto en el bosque; parecía el mismísimo sonido del calor.

—Todo un héroe de guerra. Cruz Militar con Barra. He leído sus menciones: capturó un nido de ametralladoras alemán sin la ayuda de nadie. Puso a salvo a cuatro de sus hombres bajo el fuego de francotiradores. Y todo lo demás. —Spragg hizo una pausa—. Debió de matar a mucha gente.

Tom permaneció callado.

—He dicho —dijo Spragg inclinándose hacia él por encima de la mesa— que debió de matar a mucha gente.

Tom respiraba acompasadamente y miraba al frente con gesto inexpresivo.

Spragg dio un golpe en la mesa.

—Cuando le haga una pregunta, quiero que me conteste, ¿entendido?

—Cuando me haga una pregunta, se la contestaré —repuso Tom sin alterarse.

—¿Por qué mató a Frank Roennfeldt? Ésa es la pregunta.

—Yo no lo maté.

—¿Lo hizo porque era alemán? Todavía conservaba el acento, según cuentan.

—Cuando yo lo encontré no tenía ningún acento. Estaba muerto.

—Usted mató a muchos como él en Europa. Uno más no tenía importancia, ¿verdad?

Tom inspiró, soltó el aire lentamente y se cruzó de brazos.

—Eso también es una pregunta, Sherbourne.

—¿A qué viene todo esto? Ya le he dicho que fui yo quien decidió quedarse a Lucy. Le he dicho que ese hombre estaba muerto cuando apareció el bote. Lo enterré, y de eso también me hago responsable. ¿Qué más quiere?

—Oh, sí, es tan valiente, tan sincero, tan dócil, está tan dispuesto a ir a la cárcel... —se burló Spragg con retintín—. Pues yo no me lo trago, amigo, ¿me entiende? Me da la impresión de que lo que intenta es librarse de la acusación de asesinato.

La imperturbabilidad de Tom lo irritó aún más, y continuó:

—Conozco a los de su calaña. Y estoy harto de héroes de guerra. Volvieron aquí y esperaban que los adoraran el resto de sus días. Y miran por encima del hombro a cualquiera que no llevara uniforme. Pues bien, la guerra terminó hace ya mucho tiempo. Hemos visto a muchos de ustedes volver y descarriarse. Lo que hacían para sobrevivir allí no es lo mismo que hay que hacer para sobrevivir en un país civilizado, y no se librará usted tan fácilmente.

—Esto no tiene nada que ver con la guerra.

—Alguien tiene que defender la decencia, y yo soy el encargado de defenderla aquí.

—¿Y qué me dice del sentido común, sargento? ¡Por el amor de Dios, piense un poco! Podría haberlo negado todo. Podría haber dicho que Frank Roennfeldt ni siquiera estaba en el bote, y ustedes no sabrían nada. Dije la verdad porque quería que su mujer supiera lo que había pasado, y porque ese hombre merecía un entierro digno.

—O dijo sólo media verdad porque quería tranquilizar su conciencia y librarse con un pequeño castigo.

—Le estoy preguntando qué es lo que tiene sentido.

El sargento lo miró con frialdad.

—Afirman que mató a siete hombres en su pequeña incursión al nido de ametralladoras. A mí eso me parece obra de un hombre violento. De un asesino despiadado. Podría resultar que su heroísmo le acarreara la muerte —dijo, y recogió sus notas—. Es difícil ser un héroe cuando cuelgas de una soga. —Cerró la carpeta y llamó a Harry Garstone para que volviera a llevar al prisionero al calabozo.

31

Desde el día del incidente en Mouchemore's, Hannah apenas sale de casa. Grace ha experimentado un retroceso y está aún más encerrada en sí misma, pese a los esfuerzos de su madre.

—Quiero irme a casa. Quiero a mi mamá —lloriquea la niña.

—Yo soy tu mamá, cariño. Ya sé que te cuesta entenderlo. —Le pone un dedo bajo la barbilla—. Te he querido desde el día que naciste. He esperado mucho para que volvieras a casa. Te prometo que algún día lo entenderás.

—¡Quiero a mi papá! —replica la niña, y le aparta el dedo.

—Papá no puede estar con nosotras. Pero te quería mucho. Muchísimo. —Y se imagina a Frank con su bebé en los brazos. La niña mira a Hannah con expresión de desconcierto, a veces de rabia y, al final, con resignación.

Una semana más tarde, volviendo a casa de una visita a su modista, Gwen le daba vueltas a la situación. Le preocupaba pensar qué sería de su sobrina: que un niño sufriera tanto tenía que ser pecado. No podía quedarse más tiempo cruzada de brazos.

Al pasar por el borde del parque, donde éste lindaba con el monte, se fijó en una mujer que estaba sentada en un banco con la mirada perdida en la lejanía. Primero miró el bonito tono verde de su vestido. Luego se dio cuenta de que era Isabel Sherbourne. Apretó el paso, pero no había ningún peligro de que ella la viera, porque estaba como en trance. Al día siguiente, y al siguiente, Gwen volvió a verla en el mismo sitio, y en el mismo estado de aturdimiento.

No habría sabido decir si la idea se le ocurrió antes o después del jaleo que montó Grace arrancando todas las páginas de su libro de cuentos. Hannah la había regañado, y luego se había echado a llorar mientras intentaba recoger los restos del primer libro que Frank le había comprado a su hija: los cuentos de los Hermanos Grimm en alemán, ilustrado con unas elaboradas acuarelas.

—¿Qué has hecho con el libro de papá? ¡Ay, cielo! ¿Cómo has podido hacer esto?

La niña se metió debajo de la cama y se quedó allí, hecha un ovillo.

—Me quedan tan pocos recuerdos de Frank... —volvió a lamentarse Hannah mientras contemplaba las arruinadas páginas que tenía en las manos.

—Ya lo sé, Hanny, ya lo sé. Pero Grace no. No lo ha hecho a propósito. —Gwen le puso una mano en el hombro—. Mira, ve a tumbarte un rato mientras yo me la llevo a dar un paseo.

—Tiene que acostumbrarse a estar en su casa.

—Sólo iremos a casa de papá. A él le encantará, y a Grace le sentará bien un poco de aire fresco.

—No, de verdad. No quiero...

—Hanny, necesitas descansar.

Hannah suspiró.

—De acuerdo. Pero sólo hasta casa de papá y volver.

Echaron a andar por la calle, y Gwen le dio un toffee a su sobrina.

—Quieres un caramelo, ¿verdad, Lucy?

—Sí —contestó la niña, y entonces ladeó la cabeza al darse cuenta de cómo la había llamado.

—Pues pórtate bien, e iremos a ver al abuelito.

A la niña se le iluminaron los ojos al oír mencionar al hombre de los caballos y los árboles gigantes. Siguió caminando mientras chupaba el caramelo. Gwen vio que no sonreía, pero que tampoco lloraba ni berreaba.

En sentido estricto, no había ninguna necesidad de pasar por el parque. Habrían podido llegar a la casa de Septimus mucho más deprisa por la ruta del cementerio y la capilla metodista.

—¿Estás cansada, Lucy? ¿Quieres que descansemos un poco? Hay que andar mucho para llegar a casa del abuelito, y tú eres muy chiquitina... —La niña se limitó a seguir abriendo y cerrando el pulgar y los dedos de una mano como si fueran unas tenazas, experimentando con el pegajoso residuo del toffee. Gwen vio a Isabel con el rabillo del ojo—. Sé buena y adelántate. Corre hasta el banco, y yo te seguiré. —La niña no echó a correr, sino que caminó sin ninguna prisa, arrastrando su muñeca de trapo por el suelo. Gwen mantenía la distancia y la observaba.

Isabel parpadeó.

—¡Lucy! ¡Cariño mío! —exclamó, y cogió a la niña en brazos sin pararse a pensar en cómo habría llegado hasta allí.

—¡Mami! —gritó la pequeña, y se aferró a ella con todas sus fuerzas.

Isabel levantó la vista y descubrió a Gwen, que asintió con la cabeza como diciendo: «Adelante.»

A Isabel no le importaba qué intenciones tuviera aquella mujer. Abrazó a la niña, llorosa, y luego la apartó un poco para verla mejor. Quizá, pese a todo, Lucy todavía pudiera ser suya. Esa posibilidad le produjo un estremecimiento de placer.

—¡Estás más delgada, pequeñaja! Te has quedado en los huesos. Tienes que ser buena y comer. Tienes que hacerlo por mamá. —Poco a poco, fue percibiendo otros cambios en su hija: llevaba la raya del pelo en el otro lado; un vestido de muselina bordado con margaritas; zapatos nuevos con mariposas en las hebillas.

Gwen sintió un gran alivio al ver cómo reaccionaba su sobrina. Parecía otra niña: segura, de pronto, con la madre que amaba. Las dejó estar juntas todo el rato que pudo, y entonces se les acercó.

—Vale más que me la lleve —dijo—. No estaba segura de encontrarla aquí.

—Pero... No entiendo...

—Esto es terrible. Es muy duro para todos. —Negó con la cabeza y suspiró—. Mi hermana es buena persona, se lo aseguro. Ha sufrido mucho. —Apuntó con la barbilla a la niña—. Intentaré traerla otro día, aunque no puedo prometérselo. Tenga paciencia, es lo único que puedo decirle. Tenga paciencia y quizá... —Dejó la frase en el aire—. Pero por favor, no se lo cuente a nadie. Hannah no lo entendería. Y nunca me perdonaría... Vamos, Lucy —dijo, y le tendió los brazos a la pequeña.

La niña se aferró a Isabel.

—¡No, mamá! ¡No te vayas!

—Sé buena, corazón. Hazlo por mamá, ¿quieres? Ahora tienes que irte con esta señora, pero te prometo que pronto volveremos a vernos.

La niña seguía agarrándose a ella.

—Si te portas bien, podremos volver otro día —dijo Gwen, sonriendo, y la apartó con cuidado.

La poca capacidad de razonar que le quedaba impidió que Isabel obedeciera el impulso de agarrar a la niña y echar a correr. No. Si tenía paciencia, la mujer había prometido volver. ¿Quién sabía qué otras cosas cambiarían quizá con el tiempo?

Gwen tardó un buen rato en calmar a su sobrina. La abrazó, la llevó en brazos y aprovechó cualquier oportunidad para distraerla con acertijos y fragmentos de canciones infantiles. Todavía no sabía cómo llevaría a la práctica su plan, pero no soportaba más ver a la pobre niña apartada de su madre. Hannah siempre había sido muy testaruda, y Gwen temía que ese rasgo de su carácter la estuviera obcecando. Se preguntó si podría esconderle a su hermana aquel encuentro. Pero aunque no pudiera, valía la pena intentarlo. Cuando por fin la niña se hubo calmado, Gwen le preguntó:

—¿Sabes qué es un secreto, cariño?

—Sí —masculló ella.

—Muy bien. Pues nosotras dos vamos a jugar a un juego de secretos, ¿de acuerdo? —La niña la miró sin comprender—. Tú quieres a mamá Isabel, ¿verdad?

—Sí.

—Y yo sé que quieres volver a verla. Pero Hannah podría enfadarse un poco, porque está muy triste, así que no debemos contárselo, ni a ella ni al abuelito, ¿de acuerdo?

La niña se puso tensa.

—Éste será nuestro pequeño secreto, y si alguien nos pregunta qué hemos hecho hoy, tienes que decir que hemos ido a casa del abuelito. No debes decirle a nadie que has visto a tu mamá. ¿Me has entendido, tesoro?

La niña frunció los labios y asintió con gravedad; la confusión se reflejaba en su mirada.

—Es una niña muy inteligente. Sabe que Isabel Sherbourne no está muerta. Nos la encontramos en Mouchemore's. —Hannah había vuelto al consultorio del doctor Sumpton, esa vez sin su hija.

—Mi opinión profesional es que la única cura para su hija es el tiempo, y alejarse de la señora Sherbourne.

—Es que he pensado... Bueno, he pensado que si consiguiera que me hablara de su otra vida... De su vida en la isla. ¿Eso no la ayudaría?

El médico dio una calada a su pipa.

—Plantéeselo así: si acabaran de extirparle el apéndice, lo peor que podrían hacerle sería abrirle la herida cada diez minutos y hurgar en ella otra vez para ver si se había curado. Ya sé que resulta difícil, pero en estos casos, cuanto menos se hable, mejor. Dele tiempo y lo superará.

· · ·

Sin embargo, en opinión de Hannah, la niña no daba muestras de superarlo, ni mucho menos. Estaba obsesionada con poner sus juguetes en orden y hacerse muy bien la cama. Pegó al gatito por derribar la casa de muñecas, y mantenía siempre la boca bien cerrada, pues no quería que se le escapara la más leve muestra de afecto hacia su madre impostora.

Hannah, sin embargo, perseveraba. Le contaba historias: sobre los bosques y los hombres que trabajaban en ellos; sobre el colegio de Perth y las cosas que había hecho ella allí; sobre Frank y su vida en Kalgoorlie. Le cantaba canciones en alemán, pese a que la niña no prestaba demasiada atención. Cosía vestidos para sus muñecas y hacía pudin para cenar. La niña se limitaba a dibujar. Siempre dibujaba lo mismo: mamá, papá y Lulu en el faro, cuyo haz de luz llegaba hasta el borde mismo de la hoja, ahuyentando la oscuridad.

Desde la cocina, Hannah veía a la niña sentada en el suelo del salón, hablando con sus pinzas para la ropa. Últimamente parecía más nerviosa que nunca, excepto cuando estaba con el abuelo Septimus, de modo que su madre se alegró de ver que jugaba tranquila. Se acercó un poco más a la puerta para escuchar.

—Lucy, cómete un toffee —dijo una pinza.

—Ñam —decía otra pinza mientras se tragaba el aire que la niña le daba con sus deditos.

—Tengo un secreto —dijo la primera pinza—. Ven con tía Gwen. Cuando Hannah duerma.

Hannah la observaba atentamente, y un sudor frío se extendió por su cuerpo. Grace se sacó un limón del bolsillo del delantal y lo tapó con un pañuelo.

—Buenas noches, Hannah —dijo tía Gwen—. Ahora vamos a ir al parque a ver a mamá.

—Mua, mua. —Otras dos pinzas se pegaron la una a la otra y se dieron besos—. Mi querida Lucy. Vamos, corazón. Volvemos a Janus. —Y las pinzas brincaban un poco por la alfombra.

El silbido del hervidor asustó a la niña, y al volverse vio a Hannah en el umbral. Soltó las pinzas y dijo:

—¡Lucy, mala! —Y se dio un cachete en la mano.

El horror de Hannah al contemplar aquella charada se tornó en desesperación al oír aquella última admonición: así era como la veía su hija. No como la madre que la amaba, sino como una tirana. Intentó mantener la calma mientras pensaba qué podía hacer.

Le temblaban un poco las manos, pero preparó una taza de chocolate y la llevó al salón.

—Qué juego tan bonito, cariño —dijo, controlando el temblor de su voz.

La niña se quedó quieta, sin hablar y sin beberse la taza que tenía en la mano.

—¿Tienes algún secreto, Grace?

La niña asintió con la cabeza.

—Seguro que son secretos muy bonitos.

Grace volvió a asentir, mientras intentaba decidir qué reglas tenía que seguir.

—¿Quieres jugar conmigo?

La niña deslizó la punta del pie por el suelo, dibujando un arco.

—Vamos a jugar a que yo adivino tu secreto. Así seguirá siendo un secreto, porque tú no me lo habrás contado. Y si lo adivino, te daré un caramelo de premio. —La niña tensó las facciones, y Hannah esbozó una sonrisa—. Me parece que... fuiste a visitar a la mujer de Janus. ¿Es verdad?

La niña iba a asentir, pero se detuvo.

—Fuimos a visitar al hombre de la casa grande —respondió—. Tenía la cara colorada.

—No me enfadaré contigo, cariño. A veces, ir de visita es divertido, ¿verdad? ¿Te dio un gran abrazo esa mujer?

—Sí —contestó la niña con cautela, tratando de discernir mientras pronunciaba esa palabra si aquello formaba parte del secreto o no.

. . .

Media hora más tarde, mientras recogía la ropa tendida, Hannah todavía tenía el estómago revuelto. ¿Cómo podía haberle hecho eso su propia hermana? Recordó la expresión en las caras de las clientas de Mouchemore, y tuvo la impresión de que ellas habían visto algo que ella no podía ver: todos, incluida Gwen, se reían de ella a sus espaldas. Dejó un delantal colgando de una pinza, entró en la casa e irrumpió en la habitación de su hermana.

—¿Cómo has podido?

—Pero ¿qué te pasa? —preguntó Gwen.

—¡Como si no lo supieras!

—¿De qué me hablas, Hannah?

—Sé lo que has hecho. Sé adónde llevaste a Grace.

Hannah se llevó una sorpresa cuando su hermana se echó a llorar y dijo:

—Esa pobre niña, Hannah...

—¿Qué?

—¡Pobre niña! Sí, la llevé a ver a Isabel Sherbourne. Al parque. Y las dejé hablar. Pero lo hice por ella. Esa pequeña ya no sabe quién es. Lo hice por ella, Hanny. Lo hice por Lucy.

—¡Se llama Grace! Se llama Grace y es mi hija, y lo único que quiero es que sea feliz y... —Su voz fue perdiendo fuerza y acabó ahogándose en un sollozo—. Echo de menos a Frank. ¡Cielos, te echo de menos, Frank! —Miró a su hermana—. ¡Y tú vas y la llevas a ver a la mujer del hombre que lo enterró en una zanja! ¿Cómo pudo ocurrírsete? Grace tiene que olvidarse de ellos. De los dos. ¡Su madre soy yo!

Gwen titubeó; entonces se acercó a su hermana y la abrazó con dulzura.

—Hannah, sabes lo mucho que te quiero. He hecho todo lo posible para ayudarte, desde el primer día. Y desde que la niña volvió a casa me he esforzado mucho. Pero ése es el problema. Ésta no es su casa, ¿no? No soporto verla sufrir. Y tampoco soporto verte sufrir a ti.

Hannah inspiró entre un sollozo y un gemido.

Gwen cuadró los hombros y continuó:

—Creo que deberías devolvérsela a Isabel Sherbourne. Dudo que haya otra solución. Deberías hacerlo por el bien de la niña. Y por el tuyo, Hanny, querida. Por el tuyo.

Hannah retrocedió y dijo con dureza:

—Jamás volverá a ver a esa mujer mientras yo viva. ¡Jamás!

Ninguna de las dos hermanas vio la carita asomada a la rendija de la puerta; ni las orejitas que oían todo lo que se decía en aquella casa tan extraña.

Vernon Knuckey estaba sentado frente a Tom, al otro lado de la mesa.

—Creía que ya lo había visto todo hasta que apareció usted. —Releyó el informe que tenía delante—. Un buen día aparece un bote en la playa y usted se dice: «Qué bebé tan mono. Si me lo quedo, nadie se enterará.»

—¿Es eso una pregunta?

—¿Pretende obstaculizar mi trabajo?

—No.

—¿Cuántos hijos había perdido Isabel?

—Tres. Eso ya lo sabe.

—Pero fue usted quien decidió quedarse el bebé, y no la mujer que ya había perdido tres. Todo fue idea suya, porque creía que si no tenía sus propios hijos, la gente no lo consideraría un hombre de verdad. ¿Se ha creído que me chupo el dedo?

Tom no dijo nada, y Knuckey se inclinó hacia él y bajó la voz.

—Yo sé lo que significa perder un hijo. Y sé las consecuencias que eso tuvo para mi mujer. Le faltó poco para volverse loca. —Esperó un momento, pero Tom no reaccionó—. Se lo aseguro: serán indulgentes con ella.

—No la tocarán —saltó Tom.

Knuckey negó con la cabeza.

—La audiencia preliminar se celebrará la semana que viene, en cuanto llegue el juez itinerante. A partir de entonces, pasará usted a ser problema de Albany, y Spragg lo recibirá con los brazos abiertos y Dios sabe qué más. Le ha cogido manía, y allí yo no podré hacer nada para contenerlo.

Tom seguía sin reaccionar.

—¿Quiere que avise a alguien de que va a celebrarse la audiencia?

—No, gracias.

Knuckey lo miró con fijeza. Cuando estaba a punto de marcharse, Tom dijo:

—¿Puedo escribirle a mi esposa?

—Pues claro que no puede escribirle a su esposa. No puede comunicarse con un testigo potencial. Si quiere que juguemos, jugaremos, pero con las reglas en la mano.

Tom lo miró con recelo.

—Sólo necesito un trozo de papel y un lápiz. Si quiere, puede leer la carta. Es mi mujer.

—Y yo soy policía, por si no se ha dado cuenta.

—No me diga que nunca se ha saltado una regla, que nunca ha hecho la vista gorda por un pobre desgraciado. Un trozo de papel y un lápiz, no pido más.

Ralph le entregó la carta a Isabel esa misma tarde. Ella la cogió de mala gana, con mano temblorosa.

—Te dejo para que la leas —dijo Ralph, y le puso una mano en el antebrazo—. Ese hombre necesita tu ayuda, Isabel —agregó con gravedad.

—Y mi hija también —repuso ella con lágrimas en los ojos.

Cuando Ralph se marchó, Isabel se llevó la carta a su dormitorio y se quedó mirándola. Se la acercó a la cara para olerla, buscando algún rastro de su marido, pero no encontró nada distintivo en ella. Cogió unas tijeras de uñas del tocador y empezó a cortar una esquina, cuando algo le paralizó los dedos. Recordó la cara de Lucy, llorando, y se estremeció al pensar que había sido Tom quien había provocado aquello. Dejó las tijeras y metió la carta en un cajón que cerró lentamente y sin hacer ruido.

La almohada está húmeda de lágrimas. Un luna creciente brilla a través de la ventana, demasiado tenue para alumbrar siquiera su propio camino por el cielo. Hannah la contempla. Hay tantas cosas en el mundo que podría compartir con su hija, pero la niña y el mundo le han sido arrebatados.

Quemadura de sol. Al principio la desconcierta el recuerdo que ha aparecido de golpe, espontáneamente, irrelevante. Una institutriz inglesa, que ni siquiera conocía el concepto de quemadura de sol, y mucho menos su tratamiento, la había metido en un baño de agua caliente para «aliviarla» de una sobreexposición al sol después de bañarse demasiado rato en la bahía, un día que su padre estaba ausente.

—No sirve de nada quejarse —le había dicho la mujer a Hannah, que entonces tenía diez años—. El dolor te hará bien. —Hannah había seguido llorando hasta que al final la cocinera fue a ver a quién estaban asesinando, y la sacó de la bañera.

—¡Jamás había visto una estupidez tan grande! —declaró la cocinera—. Lo último que hay que hacer con una quemadura es quemarla. ¡No hay que ser Florence Nightingale para saber eso!

Pero Hannah recuerda que no estaba enfadada. La institutriz estaba convencida de que hacía lo correcto. Sólo quería lo mejor para ella. Si le ocasionaba dolor era para ayudarla.

Furiosa, de pronto, con aquella luna tan débil, lanza la almohada contra el otro extremo de la habitación y golpea una y otra vez el colchón con el puño.

—Quiero que me devuelvan a mi Grace —dice, articulando en silencio, entre sollozos—. ¡Ésta no es mi Grace!

Realmente, su bebé murió.

Tom oyó el tintineo de las llaves.

—Buenas tardes —dijo Gerald Fitzgerald, que entró seguido de Harry Garstone—. Siento llegar tarde. El tren ha atropellado un rebaño de ovejas antes de llegar a Bunbury. Eso nos ha retrasado un poco.

—No tenía pensado ir a ningún sitio —replicó Tom.

El abogado ordenó sus papeles encima de la mesa.

—La audiencia preliminar se celebrará dentro de cuatro días.

Tom asintió con la cabeza.

—¿Todavía no ha cambiado de idea?

—No.

Fitzgerald suspiró.

—¿Y a qué espera? —Tom lo miró, y el hombre insistió—: ¿A qué demonios espera? Yo no veo a la caballería bajando por la colina, amigo mío. Nadie va a venir a salvarlo, excepto yo. Y si estoy aquí es sólo porque el capitán Addicott paga mis honorarios.

—Le pedí que no malgastara su dinero.

—¡No tiene por qué malgastar el dinero! Usted podría dejar que me lo ganara, y estaría bien invertido.

—¿Cómo?

—Déjeme decir la verdad, darle una oportunidad de salir de aquí como un hombre libre.

—¿Cree que destrozar a mi esposa me convertiría en un hombre libre?

—Lo único que digo es que puedo defenderlo bien de la mitad de estas acusaciones, sea lo que sea lo que usted haya hecho; al menos, obligarles a presentar pruebas. Si se declara no culpable, la Corona tendrá que demostrar cada uno de los elementos de todos los delitos. Ese maldito Spragg y sus melodramas: ¡déjeme plantarle cara, aunque sólo sea por orgullo profesional!

—Usted dijo que si me declaro culpable de todo, dejarán en paz a mi esposa. Usted conoce las leyes. Y yo sé qué quiero hacer.

—Ya verá como no es lo mismo pensarlo que hacerlo. La cárcel de Fremantle es un infierno. Se me ocurren sitios mejores donde pasar veinte años de mi vida.

Tom lo miró a los ojos.

—Usted no sabe lo que es un infierno. Vaya a Pozieres, Bullecourt, Passchendaele, y luego ya me dirá si se vive mal en un sitio donde te dan techo, cama y comida.

Fitzgerald consultó sus papeles y anotó algo.

—Si usted me pide que lo presente como culpable, así lo haré. Y lo acusarán de absolutamente todo. Pero mi obligación es explicarle cómo funciona esto. Y será mejor que rece a Jesucristo para que Spragg no se saque de la manga alguna acusación más cuando llegue usted a Albany.

32

—¿Qué demonios pasa? —preguntó Vernon Knuckey cuando Harry Garstone cerró la puerta a sus espaldas y se quedó plantado en silencio en el despacho del sargento.

Garstone arrastró los pies por el suelo, carraspeó y señaló con la cabeza hacia la entrada de la comisaría.

—Vaya al grano, agente.

—Ha llegado una visita.

—¿Para mí?

—No, señor, no es para usted.

Knuckey le lanzó una mirada de advertencia.

—Es para Sherbourne, señor.

—¿Y bien? Ya sabe lo que tiene que hacer, por amor de Dios. Anótelo en el registro y hágale pasar.

—Es que es... Hannah Roennfeldt, señor.

El sargento se incorporó.

—Ah. —Cerró una carpeta que tenía encima de la mesa y se frotó la barbilla—. Será mejor que salga a hablar con ella.

—Dejar que los miembros de la familia de la víctima vean al acusado no es el procedimiento habitual, señora Roennfeldt —dijo Knuckey, de pie junto al mostrador de la comisaría.

Hannah miró al sargento, escrutadora, obligándole a seguir hablando.

—Me temo que eso se saldría de lo normal. Con todos mis respetos...

—Pero no va contra las normas, ¿verdad? No va contra la ley.

—Mire, señora. Ya será bastante duro para usted cuando llegue el juicio. Créame, un juicio como éste no es nada agradable. Creo que no le conviene remover las cosas antes incluso de que haya dado comienzo.

—Quiero verlo. Quiero mirar a los ojos al hombre que mató a mi hija.

—¿Que mató a su hija? Espere un momento...

—Nunca recuperaré a la hija que perdí, sargento. Nunca. Grace no volverá a ser la misma.

—Mire, no sé muy bien a qué se refiere, señora Roennfeldt, pero en cualquier caso yo...

—Al menos tengo derecho a eso, ¿no le parece?

Knuckey suspiró. Aquella mujer daba lástima. Llevaba años rondando por el pueblo. Quizá así pudiera dejar descansar a sus fantasmas.

—Si tiene la amabilidad de esperar aquí un momento...

Tom se había levantado, y todavía estaba desconcertado por la noticia.

—¿Que Hannah Roennfeldt quiere hablar conmigo? ¿Para qué?

—No está obligado, por supuesto. Puedo decirle que se vaya.

—No... —dijo Tom—. Déjela pasar. Gracias.

—Como usted quiera.

Al cabo de unos momentos entró Hannah. Tras ella iba el agente Garstone con una silla pequeña que colocó a escasa distancia de los barrotes.

—Dejaré la puerta abierta, señora Roennfeldt, y esperaré fuera. O si lo prefiere, puedo quedarme aquí.

—No hace falta. No me entretendré mucho.

Garstone hizo un mohín y agitó su manojo de llaves.

—Está bien. Como usted quiera, señora —dijo, y enfiló de nuevo el pasillo.

Hannah se quedó callada, escudriñando a Tom, fijándose en cada detalle de su persona: la pequeña cicatriz de metralla con forma de gancho justo debajo de la oreja izquierda; los lóbulos de las orejas, muy separados; los dedos largos y delgados, pese a las callosidades.

Tom se sometió a aquella inspección sin parpadear, como una presa que se rinde al cazador que la tiene a tiro. Entretanto, una serie de vívidas escenas se sucedían en su mente: el bote, el cadáver, el sonajero. Luego aparecieron otros recuerdos: cuando escribió la primera carta, a altas horas de la noche, en la cocina de los Graysmark, cómo se le removían las tripas mientras intentaba escoger las palabras; la suavidad de la piel de Lucy, su risa, cómo flotaba su pelo, como las algas, cuando la tenía en brazos en el agua en la Playa del Naufragio; el momento en que descubrió que conocía a la madre de la niña. El sudor le bajaba por la espalda.

—Gracias por dejarme venir a verlo, señor Sherbourne.

Esa cortesía impresionó a Tom más que si Hannah lo hubiera insultado o lanzado la silla contra los barrotes.

—Ya sé que no estaba obligado. —Tom asintió levemente, y Hannah continuó—: Qué raro, ¿verdad? Hasta hace sólo unas semanas, si se me hubiera ocurrido pensar en usted habría sido con gratitud. Pero resulta que era a usted a quien debí temer aquella noche, y no al borracho. «Muchos vuelven de allí cambiados», me dijo usted. «Para algunos, ya no hay tanta diferencia entre el bien y el mal.» Por fin comprendo lo que quiso decir. —Hizo una pausa y, con voz templada, preguntó—: ¿Es cierto que todo esto ha sido cosa suya? Necesito saberlo.

Tom hizo un gesto afirmativo.

El dolor pasó brevemente por el semblante de Hannah, como si hubiera recibido una bofetada.

—¿Se arrepiente de lo que hizo?

Esa pregunta lo desestabilizó, y se concentró en un nudo de los tablones de madera del suelo.

—Estoy tan arrepentido que no sabría expresarlo.

—¿Nunca pensó ni por un momento que la niña quizá tuviera una madre? ¿No se le ocurrió que podía haber alguien que la quisiera y la añorara? —Echó un vistazo a la celda, y luego volvió a mirar a Tom—. ¿Por qué? Si pudiera entender por qué lo hizo...

Tom tenía las mandíbulas rígidas.

—La verdad es que no puedo decir por qué hice lo que hice.

—Inténtelo. Por favor.

Hannah merecía saber la verdad. Pero Tom no podía decirle nada sin traicionar a Isabel. Había hecho lo que tenía que hacer: había devuelto a Lucy y había asumido las consecuencias. El resto eran sólo palabras.

—De verdad. No puedo decírselo.

—Ese policía de Albany cree que usted mató a mi marido. ¿Es verdad?

Tom la miró a los ojos y respondió:

—Le juro que ya estaba muerto cuando lo encontré. Sé que debería haber actuado de otra forma, y lamento muchísimo todo el dolor que han causado desde aquel día las decisiones que tomé. Pero su marido ya estaba muerto.

Hannah inspiró hondo y se dispuso a marcharse.

—Haga lo que quiera. No voy a implorarle que me perdone —prosiguió Tom—, pero mi mujer... ella no tuvo alternativa. Adora a esa niña. La quiere como si fuera lo único que existiera en el mundo. Tenga piedad de ella.

El resentimiento de Hannah se desvaneció y dejó paso a la tristeza.

—Frank era un hombre adorable —dijo, y se alejó lentamente por el pasillo.

En la penumbra, Tom escuchaba el coro de las cigarras, que parecían marcar el paso de los segundos. Se dio cuenta de que abría y cerraba las manos, como si ellas pudieran llevarlo a algún sitio adonde sus pies no podían. Se las miró y pensó en todo lo que habían hecho. Aquel conjunto de células, músculos y pensamientos formaban su vida, pero sin duda debía de haber algo más. Volvió al presente, a las paredes recalentadas y a la atmósfera cargada. Había sido retirado el último peldaño de la escalera que podía sacarlo del infierno.

Isabel pasaba horas ahuyentando a Tom de su mente: mientras ayudaba a su madre a realizar las tareas domésticas; mientras miraba los dibujos que había hecho Lucy durante sus breves visitas a Partageuse y que Violet había conservado; mientras se intensificaba aún más la pena que sentía por haber perdido a su hija. Entonces Tom volvía a colarse en su mente, e Isabel pensaba en la carta que Ralph le había entregado, y que ella había guardado en un cajón.

Gwen había prometido volver a llevarle a Lucy, pero en los días posteriores no volvió a aparecer por el parque, pese a que Isabel pasaba horas esperando. Debía mantenerse firme mientras existiera la menor esperanza de volver a ver a su hija. Debía odiar a Tom, aunque sólo fuera por Lucy. Y sin embargo... Sacó la carta y se fijó en el desgarrón que le había hecho en una esquina cuando empezó a abrirla. Volvió a guardarla y se fue corriendo al parque, a esperar, por si acaso.

—Dime qué quieres que haga, Tom. Ya sabes que quiero ayudarte. Dime qué puedo hacer, por favor. —A Bluey se le quebraba la voz y le brillaban los ojos.

—No hay que hacer nada más, Blue.

En el calabozo de Tom hacía calor y olía a ácido carbólico porque lo habían fregado hacía una hora.

—Ojalá no hubiera visto ese maldito sonajero. Debí tener la boca cerrada. —Se agarró a los barrotes—. Ese sargento de Albany vino a verme y me acribilló a preguntas sobre ti: si te manejabas bien con los puños, si bebías mucho. También fue a hablar con Ralph. La gente habla... habla de asesinato, Tom, por amor de Dios. ¡En el pub dicen que deberían colgarte!

327

—¿Tú les crees? —le preguntó Tom, mirándolo a los ojos.

—Claro que no les creo. Pero creo que esa clase de conversaciones adquieren vida propia. Y creo que se puede acusar a un hombre inocente de algo que no ha hecho. No sirve de nada decir lo siento cuando ya está muerto. —Bluey siguió suplicándole a Tom con la mirada.

—Hay cosas que son difíciles de explicar —dijo éste—. Existen razones por las que hice lo que hice.

—Pero ¿qué hiciste?

—Hice cosas que han destrozado la vida a ciertas personas, y ahora tengo que pagar por ello.

—Según el viejo Potts, si una mujer no da la cara por su marido, debe de ser porque el tipo ha hecho algo muy feo.

—Gracias, amigo mío. Eres un gran consuelo.

—¡No te hundas sin pelear, Tom! ¡Prométemelo!

—No te preocupes por mí, Blue.

Pero mientras oía alejarse el eco de los pasos de Bluey, Tom se preguntó si aquello sería cierto. Isabel no había contestado a su carta, y él tenía que afrontar el hecho de que quizá fuera por la peor de las razones. Aun así, tenía que aferrarse a lo que sabía de ella, a quien sabía que era ella.

En las afueras del pueblo están las casas de los antiguos empleados de los aserraderos, unas precarias construcciones de tablas de madera que abarcan desde lo ruinoso hasta lo decente. Ocupan unas parcelas pequeñas, cerca de la estación de bombeo que suministra agua al pueblo. Isabel sabe que Hannah Roennfeldt vive en una de ellas, y que es allí adonde han llevado a su adorada Lucy. Isabel ha esperado en vano a que apareciera Gwen. Ahora, desesperada, busca a Lucy. Sólo para ver dónde está. Sólo para saber si está bien. Es mediodía y no se ve ni un alma en la calle, ancha y flanqueada por jacarandás que entrelazan sus ramas.

Hay una casa más cuidada que las otras. La madera está recién pintada, la hierba cortada y, a diferencia del resto, la bordea un seto alto que resulta más eficaz que una valla para proteger de las miradas curiosas.

Isabel va hasta el sendero que discurre por la parte trasera de los edificios y, desde detrás del seto, oye unos chirridos rítmicos. Se asoma por un hueco del follaje y se le acelera el corazón al ver a su pequeña paseando en triciclo por el camino de la casa. Está sola, y su cara no delata felicidad ni tristeza, sino una intensa concentración mientras pedalea. Está tan cerca que Isabel casi podría tocarla, abrazarla, consolarla. De pronto le parece absurdo no poder estar con la niña; es como si el pueblo entero se hubiera vuelto loco e Isabel fuera la única persona sensata que quedara.

Se pone a elucubrar. El tren que cubre la ruta entre Perth y Albany pasa dos veces por el pueblo, una en cada dirección. Si esperara hasta el último minuto para subir, tal vez nadie se fijara en ellas. ¿Qué posibilidades había de que no se percataran de la desaparición de la niña? Una vez en Perth, sería mucho más fácil pasar desapercibidas. Desde allí podrían continuar hasta Sídney por mar. Quizá incluso hasta Inglaterra. Y empezar una nueva vida. El hecho de no tener ni un solo chelín a su nombre (nunca ha tenido cuenta bancaria) no parece amedrentarla. Observa a su hija y considera el siguiente paso.

Harry Garstone llamó con los nudillos a la puerta de los Graysmark. Bill abrió tras mirar por el cristal para ver quién podía ser a esas horas.

—Buenas noches, señor Graysmark —dijo el agente, y asintió enérgicamente con la cabeza.

—Buenas noches, Harry. ¿Qué lo trae por aquí?

—Asuntos oficiales.

—Entiendo —repuso Bill, y se preparó para recibir más malas noticias.

—Estoy buscando a la chica de los Roennfeldt.

—¿A Hannah?

—No, a su hija. A Grace.

Bill tardó un momento en darse cuenta de que se refería a Lucy, e interrogó al policía con la mirada.

—¿Está aquí? —preguntó Garstone.

—Por supuesto que no. ¿Por qué demonios...?

—Verá, la niña no está con Hannah Roennfeldt. Ha desaparecido.

—¿Me está diciendo que Hannah ha perdido a la niña?

—O se la han llevado. ¿Está su hija en casa?

—Sí.

—¿Está seguro? —El agente parecía ligeramente decepcionado.

—Pues claro que estoy seguro.

—Ha pasado todo el día aquí, ¿no?

—No, no todo el día. ¿A qué viene todo esto? ¿Dónde está Lucy?

Violet había acudido a la puerta y estaba detrás de Bill.

—¿Qué pasa? —preguntó.

—Necesito ver a su hija, señora Graysmark —dijo Garstone—. ¿Podría ir a buscarla, por favor?

De mala gana, Violet fue a la habitación de Isabel, pero la encontró vacía. Se apresuró hacia el porche trasero, donde su hija estaba sentada en la mecedora, con la mirada perdida.

—¡Isabel! ¡Ha venido Harry Garstone!

—¿Qué quiere?

—Vale más que vengas a hablar con él —dijo Violet con un tono que hizo que Isabel la siguiera hasta la puerta principal.

—Buenas noches, señora Sherbourne. He venido por Grace Roennfeldt —empezó Garstone.

—¿Qué le pasa? —preguntó Isabel.

—¿Cuándo la vio por última vez?

—No se ha acercado a ella desde que regresó —se adelantó su madre, y luego se corrigió—: Bueno, sí... Se la encontró por casualidad en Mouchemore's, pero ésa fue la única vez que...

—¿Es eso cierto, señora Sherbourne?

Como Isabel no respondía, su padre dijo:

—Por supuesto que es cierto. ¿Qué cree que...?

330

—No, papá. La vi otra vez.

Sus padres se volvieron con expresión de desconcierto.

—En el parque, hace tres días. Gwen Potts la llevó allí para que me viera. —Isabel no estaba segura de si debía seguir hablando—. Yo no fui a buscarla; fue Gwen quien me la trajo, lo juro. ¿Dónde está Lucy?

—No está. Ha desaparecido.

—¿Cuándo?

—Creí que eso podría decírmelo usted —contestó el policía.

—Señor Graysmark, ¿le importa que eche un vistazo por aquí? Sólo para asegurarme. —Bill habría protestado, pero la información que acababa de ofrecer Isabel lo preocupaba—. En esta casa no ocultamos nada. Puede mirar donde quiera.

El policía, que todavía recordaba el día en que Bill Graysmark le había dado con la palmeta por copiar en un examen de matemáticas, se puso a abrir armarios y mirar debajo de las camas, aunque lo hacía con cierto nerviosismo, como si no descartara la posibilidad de que el maestro de escuela todavía pudiera arrearle seis de los buenos.

—Gracias. Si la ven, avísennos enseguida —dijo cuando por fin regresó al recibidor.

—¡Que los avisemos! —Isabel estaba indignada—. ¿Todavía no han empezado a buscarla? ¿Se puede saber a qué esperan?

—Eso no es asunto suyo, señora Sherbourne.

Nada más marcharse Garstone, Isabel se volvió hacia su padre y dijo:

—¡Tenemos que encontrarla, papá! ¿Dónde demonios puede haberse metido? Tengo que ir a...

—No te precipites, Izz. Déjame ver si puedo sonsacarle algo a Vernon Knuckey. Llamaré a la comisaría y averiguaré qué está pasando.

33

Desde sus primeros días, la niña de Janus Rock ha vivido situaciones extremas. ¿Quién sabe qué recuerdos de su primer viaje a la isla, y del escenario que lo provocó, han quedado arraigados en ella? Y aunque eso se hubiera borrado por completo, sus días en el faro, en un mundo habitado por sólo tres personas, se han filtrado en su ser. Su vínculo con la pareja que la crió es intenso e incuestionable. La niña no concibe como dolor la sensación de haberlos perdido. No tiene palabras para designar la añoranza o la desesperación.

Pero echa de menos a papá y mamá, suspira por verlos y se pasa el día pensando en ellos, incluso ahora, cuando ya lleva varias semanas en el continente. Debe de haberse portado muy mal para hacer llorar tanto a mamá. En cuanto a la mujer del pelo castaño y los ojos oscuros que dice ser su verdadera madre... Mentir es feo. Entonces, ¿por qué insiste esa mujer en contar esa mentira tan grande, a ella y a todos? ¿Por qué los adultos la dejan mentir así?

Sabe que su madre está en Partageuse. Sabe que unos hombres malos se llevaron a su padre, pero no sabe adónde. Ha oído la palabra «policía» muchas veces, pero sólo tiene una vaga idea de lo que significa. Ha entreoído muchas conversaciones. Ha oído a la gente murmurar en la calle: «Qué jaleo, qué situación tan violenta»... Y a Hannah diciéndole que nunca volverá a ver a mamá.

Janus es enorme, y sin embargo ella conoce cada rincón de la isla: la Playa del Naufragio, Cala Traicionera, Cresta del Viento... Para llegar a casa sólo tiene que buscar el faro; eso es lo que siempre le dice papá. Sabe, porque lo ha oído muchas veces, que Partageuse es un pueblo muy pequeño.

Mientras Hannah está en la cocina y Gwen fuera, la pequeña va a su habitación y se prepara. Se abrocha meticulosamente las sandalias. Mete en una cartera un dibujo del faro con papá, mamá y Lulu. Mete también la manzana que la mujer le ha dado esta mañana y las pinzas que utiliza como muñecas.

Cierra la puerta trasera sin hacer ruido y busca en el seto del fondo del jardín hasta que encuentra un hueco lo bastante ancho para pasar. Ha visto a mamá en el parque; allí es donde piensa ir. La encontrará. Y encontrará a papá. Y se irán los tres a casa.

Se embarca en su misión a última hora de la tarde. Los rayos de sol caen sesgados, y las sombras de los árboles ya se alargan como la goma hasta alcanzar longitudes insólitas.

Tras atravesar el seto, la niña arrastra su cartera por el suelo y se dirige hacia los matorrales que hay detrás de la casa. Aquí los sonidos son muy diferentes a los de Janus. Se oyen muchos pájaros que se cantan unos a otros. A medida que avanza, la maleza se vuelve más densa, y la vegetación, más verde. No la asustan los lagartos que ve deslizarse, negros, ágiles y escamosos. Sabe que los lagartos no le harán daño. Pero no sabe que aquí, al contrario que en Janus, no todo lo que es negro y se desliza es un lagarto. Nunca ha tenido que hacer la vital distinción entre los lagartos con patas y los que no las tienen. Nunca ha visto una serpiente.

Cuando la niña llega al parque, la luz ha empezado a menguar. Corre hacia el banco, pero no ve a su madre. Levanta la cartera, se sienta y mira alrededor. Saca de la cartera la manzana, magullada después del viaje, y le da un mordisco.

· · ·

A esta hora hay mucho ajetreo en las cocinas de Partageuse, llenas de madres irritables y niños hambrientos. Hay que lavar caras y manos, sucias tras todo un día de refriegas en los árboles o de volver a pie desde la playa. Los padres se permiten una cerveza del refrigerador Coolgardie, mientras las madres vigilan ollas donde hierven patatas y hornos donde se incuban estofados. Las familias se reúnen, completas y seguras, al final de un nuevo día. Y la oscuridad va inundando el cielo segundo a segundo, hasta que las sombras ya no caen sino que se elevan del suelo y llenan el aire por completo. Los humanos se retiran a sus hogares y ceden la noche a los animales a los que pertenece: los grillos, los búhos, las serpientes. Un mundo que no ha cambiado desde hace cientos de miles de años despierta, y sigue adelante como si la luz del día, los humanos y la transformación del paisaje hubieran sido una ilusión. No se ve a nadie en las calles.

Cuando el sargento Knuckey llega al parque, sólo hay una cartera en el banco, y un corazón de manzana con pequeñas marcas de dientes, aunque las hormigas ya se han apoderado de él.

Cae la noche, y las luces empiezan a centellear en la penumbra. Puntitos en la oscuridad, a veces de una lámpara de petróleo en una ventana, otras de lámparas eléctricas, en las casas más nuevas. La calle principal de Partageuse tiene una hilera de farolas eléctricas a ambos lados. Las estrellas también iluminan el ambiente, y la Vía Láctea arrastra una mancha reluciente por la bóveda celeste.

Algunos de los puntos luminosos que se ven entre los árboles oscilan como frutos ardientes: entre la maleza hay gente buscando con faroles. Además de policías, hay empleados de los aserraderos de Potts y de Puertos y Faros. Hannah, angustiada, espera en su casa, como le han indicado. Los Graysmark recorren los senderos llamando a la niña. Se oyen gritos de «Lucy» y «Grace», pese a que sólo se ha perdido una niña.

· · ·

Aferrada a su dibujo de papá, mamá y el faro, la niña recuerda el cuento de los Sabios que encontraron el camino hasta el Niño Jesús guiados por una estrella. Ha divisado la luz del faro de Janus en el mar: no está muy lejos; el faro nunca está muy lejos. Aunque hay algo que no acaba de encajar. Ve un destello rojo entre los destellos blancos. Sin embargo, la niña persigue esa luz.

Baja hacia el agua; por la noche aumenta el oleaje, y las olas han tomado la orilla como rehén. En el faro encontrará a papá y mamá. Avanza hacia el istmo estrecho y alargado —la «punta» de Point Partageuse, donde años atrás Isabel enseñó a Tom a tumbarse para asomarse al géiser marítimo sin que se lo llevara el agua. Con cada paso la niña está más cerca de la luz que brilla en el océano.

Pero la luz por la que se guía no es el faro de Janus. Cada faro tiene su propia apariencia, y el destello rojo intercalado de éste indica a los marinos que se acercan a los bajíos de la boca del puerto de Partageuse, a casi cien millas de distancia de Janus Rock.

El viento arrecia. El agua se agita. La niña camina. La oscuridad no cede.

Desde su calabozo, Tom oyó las voces que arrastraba el viento. «¿Lucy? ¿Estás ahí, Lucy?» Y luego: «¿Grace? ¿Dónde estás, Grace?».

Gritó hacia la parte delantera de la comisaría:

—¿Sargento Knuckey? ¿Sargento?

Se oyó un tintineo de llaves y apareció el agente Lynch.

—¿Quiere algo?

—¿Qué está pasando? Ahí fuera hay gente llamando a Lucy.

Bob Lynch caviló su respuesta. Aquel hombre merecía saberlo. De todos modos, él no podía hacer nada.

—La niña ha desaparecido.

—¿Cuándo? ¿Cómo?

—Hace unas horas. Por lo visto se ha escapado.

—¡Cielo santo! ¿Cómo demonios ha podido ocurrir?

—No tengo ni idea.

—Bueno, ¿y qué piensan hacer?

—Están buscándola.

—Déjenme ayudar. No puedo quedarme aquí sentado. —La expresión de Lynch bastó como respuesta—. ¡Por el amor de Dios! —exclamó Tom—. ¿Adónde quieren que vaya?

—Si me entero de algo, se lo diré, amigo. Es lo único que puedo hacer. —Volvió a oírse el tintineo de las llaves, y el agente se marchó.

Tom se quedó a oscuras pensando en Lucy, tan curiosa siempre por explorar el entorno. No la asustaba la oscuridad. Tal vez debería haberle enseñado a tener miedo. No había sabido prepararla para la vida más allá de Janus. Entonces lo asaltó otro pensamiento. ¿Dónde estaba Isabel? ¿De qué sería capaz en su estado? Rezó para que no hubiera decidido actuar por su cuenta.

Menos mal que no era invierno. Vernon Knuckey notaba cómo descendía la temperatura a medida que se acercaba la medianoche. La niña llevaba un vestido de algodón y unas sandalias. Al menos, en el mes de enero tenía posibilidades de sobrevivir a la noche. En agosto, a esas alturas ya estaría morada de frío.

No tenía sentido buscar a esas horas. El sol saldría poco después de las cinco. Era mejor tener a la gente alerta y descansada cuando la luz estuviera de su parte.

—Haga correr la voz —dijo cuando se reunió con Garstone al final de la calle—. Lo dejamos por esta noche. Que vuelvan todos a la comisaría al alba y seguiremos buscando.

Era la una de la madrugada, pero necesitaba poner en orden sus ideas. Emprendió su paseo nocturno habitual llevando todavía el farol, que oscilaba contra la oscuridad con cada paso que daba.

. . .

Hannah rezaba en su casa. «Protégela, Señor. Protégela y sálvala. Ya la has salvado otras veces...» Hannah estaba preocupada. ¿Y si Grace había agotado su cuota de milagros? Luego se tranquilizaba. No hacía falta un milagro para que un niño sobreviviera una sola noche a la intemperie. Bastaba con que no tuviera mala suerte, y eso era completamente diferente. Pero otro temor más apremiante, más aterrador, relegó esa idea. Pese a que estaba agotada, un pensamiento la asaltó con retorcida claridad: quizá Dios no quisiera que Grace estuviera con ella. Quizá ella fuera la culpable de todo. Esperó y siguió rezando. E hizo un pacto solemne con Dios.

Se oyen unos golpes en la puerta de la casa. Aunque las luces están apagadas, Hannah sigue despierta, y se levanta de un brinco para ir a abrir. Ante ella está el sargento Knuckey, con el cuerpo desmadejado de Grace en los brazos.

—¡Dios mío! —Hannah se abalanza hacia ella. No mira al hombre, sino a la niña, y por eso no ve que el sargento sonríe.

—Casi tropiezo con ella en el cabo. Duerme profundamente —dice—. Está claro que esta niña tiene más vidas que un gato. —Y aunque sonríe, tiene los ojos llorosos, pues recuerda el peso de su hijo, al que no pudo salvar.

Hannah apenas lo oye; abraza a su hija, que duerme en sus brazos.

Esa noche, Hannah acostó a Grace a su lado en su cama; la oía respirar, y la veía girar la cabeza o mover un pie. Pero el alivio de sentir el cálido cuerpo de su hija quedó eclipsado por un pensamiento más oscuro.

El sonido de las primeras gotas de lluvia, como grava esparcida por el tejado de zinc, transportó a Hannah al día de su boda: a una época de techos con goteras y cubos en la humilde casita, una época de amor y esperanza. Sobre todo, esperanza. Frank, su sonrisa, la alegría con que lo afrontaba todo. Hannah quería que Grace tuviera eso. Quería que su hija fuera una niña feliz, y le pedía a Dios que le diera el valor y la fuerza necesarios para hacer lo que tenía que hacer.

Un trueno despertó a la niña, que miró adormilada a Hannah y se arrimó más a ella. Volvió a dormirse y dejó a su madre llorando en silencio, recordando su promesa.

La araña negra ha vuelto a su telaraña en el rincón del calabozo, y repasa los desordenados hilos, dándoles forma según un diseño que sólo ella conoce: ¿por qué la seda debe estar en ese sitio en concreto, con esa tensión o ese ángulo en particular? Sale por la noche para reparar la telaraña, un embudo de fibras que acumulan polvo y forman dibujos caprichosos. Teje su mundo arbitrario, lo repara continuamente, y nunca abandona su telaraña a menos que la obliguen.

Lucy está a salvo. Tom siente un profundo alivio. Pero todavía no sabe nada de Isabel. No tiene ninguna señal de que lo haya perdonado, ni de que vaya a perdonarlo algún día. La impotencia que ha sentido por no poder hacer nada por Lucy fortalece ahora su resolución de hacer todo lo que pueda por su esposa. Ésa es la única libertad que le queda.

Saber que tendrá que vivir la vida sin ella hace que sea más fácil dejarse llevar, dejar que las cosas sigan su curso. Su mente divaga y se pone a recordar: el resoplido del petróleo vaporizado al prender cuando le acercaba la cerilla; los arcoíris que proyectaban los prismas; los océanos extendiéndose ante él alrededor de Janus como un regalo secreto... Si va a tener que abandonar este mundo, Tom quiere recordar su belleza, y no sólo el sufrimiento. La respiración de Lucy, que confió en dos desconocidos y se adhirió a sus corazones como una molécula. E Isabel, la Isabel de antes, que le alumbró el camino para volver a la vida tras tantos años de muerte.

Una débil lluvia transporta los olores del bosque hasta su calabozo: la tierra, la madera húmeda, el olor acre de las banksias, esas flores que parecen enormes bellotas peludas. Piensa que hay diferentes versiones de sí mismo de las que despedirse: el niño de ocho años abandonado; el soldado neurótico perdido en el infierno; el farero que osó dejar su corazón desprotegido. Todas esas vidas están dentro de él, como muñecas rusas.

El bosque le canta: la lluvia tamborileando en las hojas, goteando en los charcos; las cucaburras riendo como chifladas de algún chiste que escapa a la comprensión humana. Tiene la sensación de formar parte de un todo interconectado, de ser suficiente. Un día más, o una década más, no va a cambiar eso. Lo abraza la naturaleza, que espera que llegue el momento de recibirlo, de reorganizar sus átomos para darle otra forma.

La lluvia arrecia, y a lo lejos un trueno se queja de que el relámpago lo haya dejado atrás.

34

Los Addicott vivían en una casa que, de no ser por unos pocos metros de algas costeras, habría estado mojándose los pies en el mar. Ralph se ocupaba del mantenimiento de la madera y el ladrillo, y Hilda, con paciencia, cultivaba un pequeño jardín en la parcela de tierra arenosa de la parte trasera: zinnias y dalias exuberantes como bailarinas bordeaban un sendero que conducía hasta una pequeña pajarera donde los pinzones gorjeaban alegremente, causando perplejidad a los pájaros autóctonos.

El olor a mermelada de naranja que salía por las ventanas recibió a Ralph mientras subía por el camino de la casa el día después de que encontraran a Lucy. Se quitó la gorra en el recibidor, y Hilda corrió a su encuentro con una cuchara de palo en la mano que brillaba como un pirulí de naranja. Se llevó un dedo a los labios y lo guió hasta la cocina.

—¡En el salón! —susurró con los ojos como platos—. ¡Isabel Sherbourne! Lleva rato esperándote.

—La gente se ha vuelto loca —dijo Ralph, negando con la cabeza—. ¿Qué quiere?

—Supongo que ése es el problema. No consigue decidir qué quiere.

· · ·

El salón del capitán, pequeño y pulcro, no estaba decorado con barcos metidos en botellas ni maquetas de buques de guerra, sino con iconos. Los arcángeles Miguel y Rafael, la Virgen y el Niño, numerosos santos observando a los visitantes con una serenidad adusta desde su lugar en la eternidad.

Isabel tenía a su lado un vaso de agua casi vacío. Su mirada permanecía fija en un ángel armado con espada y escudo, y con una serpiente a los pies. Unas gruesas nubes ensombrecían la habitación, y los cuadros parecían tenues charcos de oro suspendidos en la oscuridad.

Isabel no vio entrar a Ralph, que pudo observarla un rato antes de decir:

—Ése fue el primero que tuve. Rescaté del mar a un marinero ruso cerca de Sebastopol, hará unos cuarenta años. Me lo regaló para agradecérmelo. —Hablaba despacio, intercalando pausas—. Los otros fui adquiriéndolos en mi época en la marina mercante. —Rió entre dientes—. Yo no soy muy beato que digamos, y no entiendo nada de pintura. Pero estos cuadros tienen algo, es como si te hablaran. Hilda dice que le hacen compañía cuando no estoy.

Metió las manos en los bolsillos y apuntó con la barbilla al cuadro que estaba mirando Isabel.

—Te aseguro que a ése le he dado bastante la lata. El arcángel Miguel. Ahí lo tienes, con la espada en la mano, pero también con el escudo medio levantado. Como si todavía estuviera tratando de decidirse sobre algo.

La habitación se quedó en silencio, y pareció que el viento sacudiera las ventanas con más insistencia, exigiendo a Isabel que prestara atención. Las olas rompían caóticamente, y otro chaparrón que se acercaba empezaba a emborronar el cielo. Su mente volvió a impulsarla hasta Janus, hasta aquel inmenso vacío, hasta Tom. Rompió a llorar, con grandes sollozos como olas que la arrastraban por fin hacia una orilla conocida.

Ralph se sentó a su lado y le cogió una mano. Durante media hora, ella lloró y él permaneció allí sentado, y ninguno de los dos dijo nada.

Entonces Isabel se aventuró:

—Anoche Lucy se escapó por culpa mía, Ralph. Salió a buscarme. Podría haber muerto. Oh, Ralph, esto es un desastre. No puedo explicárselo a mis padres...

El anciano siguió en silencio, sin soltar la mano de Isabel, mirándole las uñas en carne viva. Asintió lentamente con la cabeza.

—La niña está sana y salva.

—Yo sólo quería protegerla, Ralph. Desde el momento en que llegó a Janus, sólo quería hacer lo mejor para ella. Ella nos necesitaba, y nosotros a ella. —Hizo una pausa—. Yo la necesitaba. Y cuando apareció de la nada... fue un milagro, Ralph. Estaba convencida de que aquello era obra de la Providencia. Estaba más claro que el agua. Un bebé había perdido a sus padres, nosotros habíamos perdido un bebé...

»La quiero tanto. —Se sonó la nariz—. La vida allí... Ralph, tú eres de las pocas personas en el mundo que saben cómo es la vida en Janus. Una de las pocas personas que puede imaginárselo. Pero tú nunca le has dicho adiós a la barca; no te has quedado de pie en aquel embarcadero, oyendo cómo se apagaba el ruido del motor y viendo cómo la embarcación se hacía más y más pequeña. No sabes lo que es decirle adiós al mundo por varios años. Janus era real. Lucy era real. Todo lo demás era fantasía.

»Cuando nos enteramos de lo que le había pasado a Hannah Roennfeldt... ya era demasiado tarde, Ralph. No tuve valor para devolver a Lucy. No podía hacerle aquello.

El anciano respiraba acompasadamente, y de vez en cuando hacía un gesto afirmativo. Combatió los impulsos de cuestionar o contradecir a Isabel. Guardar silencio era la mejor forma de ayudarla, a ella y a todos.

—Éramos una familia feliz. Y cuando la policía vino a la isla, cuando me enteré de lo que había hecho Tom, me sentí desamparada. No había ningún lugar seguro. Ni siquiera dentro de mí estaba segura. Estaba tan dolida, y tan furiosa. Y aterrorizada. Desde el momento en que la policía me dijo lo del sonajero, ya nada tenía sentido.

Alzó la cabeza y lo miró.

—¿Qué he hecho? —No era una pregunta retórica. Isabel buscaba un espejo, algo que le mostrara lo que ella no podía ver.

—Eso no me preocupa tanto como qué vas a hacer ahora.

—No puedo hacer nada. Lo he arruinado todo. Ya nada tiene sentido.

—Mira, ese hombre te quiere. Eso debe de tener algún valor.

—Pero ¿y Lucy? Es mi hija, Ralph. —Buscó la forma de explicárselo—. Imagínate que tuvieras que pedirle a Hilda que regalara a una de sus hijas.

—Esto no es regalar, Isabel. Esto es devolver.

—Pero ¿acaso no nos regalaron a Lucy? ¿No la puso Dios en nuestras manos?

—Quizá os estuviera pidiendo que la cuidarais. Y lo hicisteis. Y quizá ahora te esté pidiendo que dejes que otra persona se encargue de eso. —Dio un resoplido—. Bueno, yo no soy sacerdote. ¿Qué sé yo de Dios? Pero sí sé que hay un hombre dispuesto a renunciar a todo, absolutamente todo, para protegerte. ¿Crees que eso es justo?

—Pero ya has visto lo que pasó ayer. Ya sabes lo desesperada que está Lucy. Me necesita, Ralph. ¿Cómo iba a explicárselo a la niña? A su edad, no puedo pretender que lo entienda.

—A veces la vida se pone difícil, Isabel. A veces te muerde con toda su rabia. Y a veces, cuando crees que ya no puede maltratarte más, vuelve y te da otro mordisco.

—Yo creía que ya me había hecho todo el daño posible.

—Quizá creas que esto es lo peor que podría pasar, pero la situación puede empeorar mucho si no hablas a favor de Tom. Esto es muy grave, Isabel. Lucy es pequeña. Hay personas dispuestas a cuidar de ella y ofrecerle una buena vida. Tom no tiene a nadie. Nunca he conocido a un hombre que merezca menos sufrir que Tom Sherbourne.

Bajo la atenta mirada de santos y ángeles, Ralph continuó:

—Sabe Dios lo que os pasaría a los dos allá lejos. Se ha tejido una mentira tras otra, todas bienintencionadas. Pero esto se os ha ido de las manos. Lo que habéis hecho para ayudar a Lucy ha perjudicado a otra persona. Entiendo lo difícil que debe de haber sido para ti, de verdad. Pero ese tipo, Spragg, es un desalmado y lo creo muy capaz de todo. Tom es tu marido. Para lo bueno y para lo malo, en la salud y en la enfermedad. A menos que quieras ver cómo acaba en la cárcel, o... —No pudo terminar la frase—. Me temo que ésta es tu última oportunidad.

—¿Adónde vas? —Una hora más tarde, a Violet la alarmó ver el estado en que se encontraba su hija—. Acabas de entrar por la puerta.

—Voy a salir, mamá. Tengo que hacer una cosa.

—Pero si está lloviendo a cántaros. Al menos, espera a que pare. —Señaló un montón de ropa que había en el suelo, junto a sus pies—. Iba a revisar estas cosas de los chicos. Camisas, botas... Quizá le sirvan a alguien. He pensado que podría llevarlas a la iglesia. —Le temblaba un poco la voz—. Pero me gustaría tener compañía mientras lo hago.

—Ahora tengo que ir a la comisaría.

—¿Para qué?

Isabel miró a su madre, y estuvo a punto de decírselo. Pero en el último momento se reprimió y dijo:

—Necesito ver al señor Knuckey.

Salió al pasillo y fue hacia la puerta de la calle, y desde allí le gritó a su madre:

—¡No tardaré!

Abrió la puerta y se sobresaltó al ver una silueta en el umbral. La figura empapada de lluvia que se disponía a llamar al timbre era Hannah Roennfeldt. Isabel se quedó estupefacta.

Hannah se puso a hablar atropelladamente, sin apartar la vista de un cuenco de rosas que había en una mesa que Isabel tenía detrás, por temor a cambiar de idea si la miraba a la cara.

—He venido a decirle una cosa. Se la diré y me iré. No me pregunte nada, por favor. —Recordó la promesa que le había hecho a Dios unas horas antes: no podía faltar a ella. Inspiró hondo, como si tomara carrerilla—. Anoche Grace pudo sufrir una desgracia. Estaba desesperada por verla a usted. Gracias a Dios la encontraron antes de que le pasara nada. —Levantó la cabeza—. ¿Se imagina lo que se siente? ¿Se imagina lo que es ver a la hija que has concebido y gestado, la hija que has parido y amamantado, llamando «madre» a otra persona? —Desvió la mirada hacia un lado—. Sin embargo, tengo que aceptarlo, por mucho que me duela. Y no puedo poner mi felicidad por delante de la de Grace.

»La hija que tuve, Grace, no volverá nunca. Ahora lo entiendo. La realidad es que ella puede vivir sin mí, aunque yo no pueda vivir sin ella. No puedo castigarla por lo que pasó. Ni puedo castigarla a usted por las decisiones que tomó su marido.

Isabel iba a decir algo, pero Hannah se le adelantó. Con la vista fija de nuevo en las rosas, continuó:

—Conocía muy bien a Frank. A Grace, en cambio, quizá sólo la conociera un poco. —Miró a Isabel a los ojos—. Grace la quiere. Tal vez le pertenezca a usted. —Con gran esfuerzo, se obligó a articular las palabras siguientes—: Pero necesito saber que se ha hecho justicia. Si me jura que todo esto fue obra de su marido, si me lo jura por su vida, dejaré que Grace se vaya a vivir con usted.

Por la mente de Isabel no pasó ningún pensamiento consciente; fue un acto reflejo lo que le hizo decir:

—Lo juro.

—Si testifica contra ese hombre —continuó Hanna—, en cuanto lo hayan encerrado, Grace podrá volver con usted. —De pronto rompió a llorar—. ¡Ayúdame, Dios mío! —dijo, y se marchó corriendo.

Isabel está perpleja. Repasa una y otra vez lo que acaba de oír, preguntándose si habrán sido sólo imaginaciones suyas. Pero allí están las pisadas en el porche, y el rastro de agua que ha dejado el paraguas plegado de Hannah Roennfeldt.

Mira a través de la mosquitera, pegándose a ella tanto que el relámpago parece dividido en cuadrados diminutos. Entonces se oye el trueno, y el tejado tiembla.

—¿No ibas a la comisaría? —Esas palabras interrumpen los pensamientos de Isabel, que por un instante no tiene ni idea de dónde está. Se vuelve y ve a su madre—. Creía que ya te habías marchado. ¿Qué ha pasado?

—Está tronando.

«Por lo menos Lucy no tendrá miedo», se sorprende pensando Isabel cuando un rayo abre una grieta brillante en el cielo. Desde que Lucy era muy pequeña, Tom le ha enseñado a respetar, pero no temer, las fuerzas de la naturaleza: los rayos que pueden caer en el faro de Janus, los océanos que baten contra la isla. Isabel recuerda la reverencia que mostraba Lucy en la cámara de iluminación: nunca tocaba los instrumentos, ni acercaba los dedos al cristal. Rescata de la memoria una imagen de la niña en brazos de Tom, riendo y saludando con la mano a Isabel, que estaba abajo tendiendo la colada. «Érase una vez un faro...» ¿Cuántas de las historias de Lucy empezaban así? «Y estalló una tormenta. Y el viento soplaba y soplaba y el farero hacía brillar el faro, y Lucy lo ayudaba. Y estaba oscuro, pero el farero no tenía miedo, porque él tenía la luz mágica.»

Recuerda el rostro atormentado de Lucy. Podrá quedarse a su hija, protegerla y hacerla feliz, y olvidar todo lo que ha pasado. Podrá quererla, mimarla y verla crecer. Dentro de unos años, el hada de los dientes hará desaparecer sus dientes de leche por tres peniques, y poco a poco Lucy irá creciendo, y madre e hija hablarán del mundo y de...

Puede quedarse a su hija. Con una condición. Ovillada en la cama, solloza: «Quiero a mi hija. ¡Lucy! ¡No puedo soportarlo!»

La declaración de Hannah. El ruego de Ralph. Su falso juramento, con el que traiciona a Tom igual que él la traicionó a ella. Todo da vueltas y vueltas como un tiovivo; las posibilidades giran y se mezclan en un remolino, y la arrastran, primero en una dirección y luego en otra. Isabel oye las palabras que han sido pronunciadas. Pero falta la voz de Tom. El hombre que ahora se interpone entre Lucy y ella. Entre Lucy y su madre.

Incapaz de resistir más tiempo su llamada, va hasta el cajón y saca la carta. Abre el sobre despacio.

Izzy, amor,

Espero que estés bien y con ánimo. Sé que tus padres estarán cuidando de ti. El sargento Knuckey ha tenido la amabilidad de dejarme escribirte, pero leerá esta carta antes que tú. Lamento que no podamos hablar cara a cara.

No sé si podré volver a hablar contigo, ni cuándo. Uno siempre imagina que tendrá ocasión de decir lo que necesite decir, de aclarar las cosas. Pero no siempre es así.

No podía seguir tal como estábamos. No tenía la conciencia tranquila. Nunca podré llegar a expresar cuánto siento haberte hecho daño.

Estamos en este mundo de paso, y si resulta que a mí se me ha acabado el tiempo, habrá valido la pena. Debió llegarme la hora hace muchos años. Haberte conocido cuando creía que la vida había terminado, y que me hayas amado... aunque viviera cien años más no podría aspirar a nada mejor. Te he querido lo mejor que he sabido, Izz, aunque eso no sea decir mucho. Eres una mujer maravillosa, y merecías a alguien mucho mejor que yo.

Estás enfadada y dolida y no entiendes nada; sé cómo te sientes. Si decides desentenderte de mí, no te lo reprocharé.

Quizá, bien mirado, nadie es sólo el peor de sus actos. Lo único que puedo hacer es pediros a ti y a Dios que me perdonéis por el daño que he causado. Y darte gracias por cada uno de los días que hemos pasado juntos.

Sea cual sea tu decisión, la aceptaré, y apoyaré tu elección.

Tu amante esposo, siempre,

Tom

Como si lo que tiene en las manos fuera una fotografía, y no una nota, Isabel pasa la yema de un dedo por las letras, siguiendo su constante inclinación, las elegantes curvas, como si ésa fuera la forma de entender las palabras. Imagina los largos dedos de Tom sujetando el lápiz mientras escribía un renglón tras otro. Toca una y otra vez la palabra «Tom», extraña y familiar a la vez. Recuerda aquel juego al que jugaban: ella trazaba letras con un dedo sobre la espalda desnuda de él, que tenía que adivinarlas; luego las trazaba él sobre la espalda de Isabel. Pero ese recuerdo queda rápidamente desplazado por el recuerdo del tacto de Lucy. Su piel de bebé. Vuelve a imaginar la mano de Tom, esa vez escribiéndole las notas a Hannah. Sus pensamientos oscilan como un péndulo, entre el odio y el arrepentimiento, entre el hombre y la niña.

Levanta la mano de la hoja y vuelve a leer la carta, pero esta vez trata de descifrar el significado de las palabras. Oye a Tom pronunciarlas. La lee una y otra vez, y siente como si su cuerpo se rasgara y se separara en dos mitades, hasta que al fin, sacudida por fuertes sollozos, toma una decisión.

35

Cuando llueve en Partageuse, las nubes arrojan agua con fuerza y empapan el pueblo hasta los cimientos. Milenios de diluvios así han originado la aparición de los bosques en el suelo limoso. El cielo se oscurece y la temperatura desciende en picado. Unos cauces enormes atraviesan los caminos sin asfaltar, y las riadas los hacen intransitables para los automóviles. Los ríos se aceleran al oler por fin el mar, del que se separaron hace tanto tiempo. Nada los detendrá en su carrera por volver a él, por volver a casa.

El pueblo se detiene. Los últimos caballos, tristes, esperan enganchados a sus carros mientras la lluvia gotea por sus anteojeras y rebota en los automóviles que cada vez más los superan en número. Hay gente de pie bajo los anchos porches de las tiendas de la calle principal, cruzada de brazos y con una mueca de derrota en los labios. Al fondo del patio de la escuela, un par de gamberros meten los pies en los charcos. Las mujeres miran exasperadas la ropa que no han retirado de las cuerdas de tender, y los gatos se escabullen por el umbral más cercano que encuentran, expresando con maullidos su repulsa. El agua baja como un torrente por el monumento a los caídos, cuyas letras doradas están desgastadas. Salta del tejado de la iglesia, sale por la boca de una gárgola y cae sobre la nueva tumba de Frank Roennfeldt. La lluvia transforma a los vivos y a los muertos, sin preferencias.

«Lucy no tendrá miedo.» También a Tom se le ocurre pensar eso. Recuerda la sensación que lo invadía, aquel extraño estremecimiento de admiración, cuando la niña le hacía frente al relámpago y reía. «¡Haz que explote, papi!», gritaba, y esperaba a que se oyera el trueno.

—¡Maldita sea! —exclamó Vernon Knuckey—. Ya tenemos otra maldita gotera.

El torrente de agua que descendía por la loma y caía sobre la comisaría era algo más que una gotera. El agua entraba a chorro por la parte trasera del edificio, más hundida que la parte delantera. Al cabo de pocas horas, en el suelo del calabozo de Tom había quince centímetros de agua, que entraba por arriba y por abajo. La araña había abandonado su telaraña y había ido en busca de un lugar más seguro.

Knuckey apareció con las llaves en la mano.

—Hoy es su día de suerte, Sherbourne. —Tom no entendió qué quería decir—. Suele pasar cuando llueve tanto. El techo de esta parte tiende a derrumbarse. En Perth siempre nos prometen que lo repararán, pero se limitan a enviarnos a un tipo que lo enmasilla con un poco de harina mezclada con agua, por lo que veo. Eso sí, se molestan un poco si los prisioneros se nos van al otro barrio antes del juicio. Será mejor que venga a la parte delantera. Hasta que se vacíe el calabozo. —Dejó la llave un momento en la cerradura, sin hacerla girar—. No va a hacer ninguna estupidez, ¿verdad que no?

Tom lo miró a los ojos y no dijo nada.

—Está bien. Puede salir.

Tom siguió a Knuckey hasta el despacho de la parte delantera, donde el sargento le ató una esposa a la muñeca y la otra a una tubería vista.

—No creo que vayamos a «inundarnos» de clientes mientras dure esto —le dijo a Harry Garstone. Rió entre dientes de su propio chiste—. ¡Chúpate ésa, Mo McCackie!

Sólo se oía la lluvia, que caía con gran estrépito, convirtiendo todas las superficies en un tambor o un címbalo. El viento había cesado, y fuera el agua era lo único que se movía. Garstone cogió una mopa y unas toallas e intentó poner remedio al estropicio del interior.

Tom se quedó sentado mirando la calle por la ventana, imaginándose cómo sería la vista desde el balcón del faro de Janus en ese momento: con la repentina inversión térmica, el farero tendría la impresión de estar en una nube. Observó el avance de las agujas del reloj por la esfera; se movían como si tuvieran todo el tiempo del mundo por delante.

Entonces algo le llamó la atención. Una pequeña figura caminaba hacia la comisaría. Iba sin chubasquero ni paraguas, con los brazos cruzados, y se inclinaba hacia delante como si se apoyara en la lluvia. Reconoció la silueta al instante. Unos momentos más tarde, Isabel abrió la puerta. Mirando al frente, se dirigió hacia el mostrador, donde Harry Garstone, desnudo de cintura para arriba, intentaba recoger un charco con la mopa.

—Necesito... —empezó Isabel. Garstone se volvió para ver quién le hablaba—. Necesito hablar con el sargento Knuckey...

El aturullado agente, ataviado de aquella guisa y con la mopa en la mano, se puso colorado. Desvió la mirada hacia Tom; Isabel siguió la dirección de su mirada y dio un grito de asombro.

Tom se puso en pie de un brinco, pero no pudo separarse de la pared. Le tendió una mano a Isabel mientras ella escudriñaba su rostro, aterrorizada.

—¡Izzy! ¡Izzy, amor mío! —Estiró un brazo forzando al máximo las esposas.

Isabel permaneció inmóvil, paralizada por el miedo, el arrepentimiento y la vergüenza, sin atreverse a moverse. De pronto, el pánico la venció; se dio media vuelta para salir de nuevo a la calle.

Al verla, fue como si el cuerpo de Tom hubiera vuelto a la vida. No soportaba pensar que ella pudiera volver a desaparecer. Tiró otra vez de las esposas metálicas, con tanta fuerza que arrancó la tubería de la pared. Un chorro de agua salió disparado hacia arriba.

—¡Tom! —dijo Isabel, sollozando, cuando él la abrazó—. ¡Ay, Tom! —Le temblaba todo el cuerpo, pese a la fuerza con que él la sujetaba—. Tengo que contárselo. Tengo que...

—Chsst, Izzy, chsst, tranquila, cariño. No pasa nada.

El sargento Knuckey salió en ese momento de su despacho.

—Garstone, ¿qué demonios...? —Se interrumpió al ver a Isabel en los brazos de Tom, y a ambos empapados por el chorro que salía de la tubería.

—¡Es mentira, señor Knuckey, es todo mentira! —gritó Isabel—. Frank Roennfeldt estaba muerto cuando apareció el bote. Fue idea mía que nos quedáramos a Lucy. Impedí que mi marido informara de la aparición del bote. Fue culpa mía. —Tom la abrazaba con fuerza, besándole la coronilla.

—Chsst, Izzy. Déjalo estar. —Se apartó de ella, la agarró por los hombros y se inclinó para mirarla a los ojos—. Tranquila, cariño. No digas nada más.

Knuckey negó lentamente con la cabeza.

Garstone se había puesto la chaqueta precipitadamente y se pasaba la mano por el pelo tratando de alisárselo.

—¿Quiere que la detenga, señor?

—Haga el favor de usar la cabeza por una vez en la vida, agente. ¡Dese prisa y arregle esa maldita tubería antes de que nos ahoguemos todos! —Knuckey se volvió hacia la pareja, que se miraba fijamente y cuyo silencio era un lenguaje en sí mismo—. Y en cuanto a ustedes dos, será mejor que me acompañen a mi despacho.

Vergüenza. A Hannah la sorprendió sentir más vergüenza que rabia cuando el sargento Knuckey fue a verla para darle la noticia de la revelación de Isabel Sherbourne. Le ardía la cara al recordar la visita que le había hecho el día anterior, y el acuerdo al que había llegado con ella.

—¿Cuándo? ¿Cuándo le ha dicho eso? —quiso saber.

—Ayer.

—¿Ayer a qué hora?

A Knuckey lo sorprendió la pregunta. ¿Qué más daba? ¿Para qué quería saberlo?

—Sobre las cinco —respondió.

—Entonces fue después de... —Su voz se apagó antes de acabar la frase.

—¿Después de qué?

Hannah se ruborizó aún más, humillada al pensar que Isabel había rechazado su sacrificio, y disgustada por saber que le había mentido.

—Nada.

—He pensado que querría saberlo.

—Sí, por supuesto...

No estaba concentrada en lo que le decía el policía, sino en el cristal de una ventana. Estaba sucio; había que limpiarlo. Había que limpiar toda la casa; hacía semanas que apenas la tocaba. Sus pensamientos treparon por aquel enrejado familiar de tareas domésticas, manteniéndola en terreno seguro, hasta que consiguió poner orden en su cabeza.

—Y... ¿dónde está ahora?

—Está en libertad bajo fianza, en casa de sus padres.

Hannah se arrancó un pellejo del pulgar.

—¿Qué le pasará?

—Se enfrentará a un juicio junto con su marido.

—Mentía, desde el principio... Me hizo creer... —Negó con la cabeza, distraída con otro pensamiento.

Knuckey inspiró hondo.

—Un asunto muy extraño. Isabel Graysmark era una joven decente hasta que se marchó a Janus. La vida en esa isla no le hizo ningún bien. Creo que no le hace bien a nadie. Al fin y al cabo, Sherbourne consiguió el puesto porque Trimble Docherty se suicidó.

Hannah no sabía cómo formular la pregunta que tenía en mente.

—¿Cuánto tiempo pasarán en la cárcel?

—El resto de sus vidas —contestó Knuckey mirándola a los ojos.

—¿El resto de sus vidas?

—No me refiero a la condena. Pero esos dos nunca volverán a ser libres. Nunca se librarán de lo que ha pasado.

—Yo tampoco, sargento.

Knuckey la evaluó con la mirada y decidió arriesgarse.

—Mire, a nadie lo condecoran con la Cruz Militar por ser un cobarde. Ni le dan una Barra, además, a menos que... bueno, a menos que salvara muchas vidas en su bando poniendo en peligro la suya propia. Creo que Tom Sherbourne es un hombre honrado. Incluso me atrevería a afirmar que es un buen hombre, señora Roennfeldt. E Isabel es una buena chica. Tuvo tres abortos en la isla, sin nadie que la ayudara. Uno no soporta las cosas que han tenido que soportar ellos dos sin quedar afectado.

Hannah lo miró, con las manos quietas, en espera de saber adónde quería llegar.

—Es lamentable ver a un hombre como él en la situación en que se encuentra. Por no mencionar a su mujer.

—¿Qué quiere decir?

—No le estoy diciendo nada que usted no vaya a pensar dentro de unos años. Pero entonces ya será demasiado tarde.

Hannah ladeó un poco la cabeza, como si así fuera a entenderlo mejor.

—Lo único que le pregunto es si eso es realmente lo que usted quiere. Un juicio. La cárcel. Ya ha recuperado a su hija. Tendría que haber alguna otra forma de...

—¿Alguna otra forma?

—Spragg perderá el interés ahora que no puede acusar a Sherbourne de asesinato. Mientras éste siga siendo un caso a resolver en Partageuse, tengo cierta libertad de acción. Y quizá podría convencer al capitán Hasluck para que interceda por él ante el Departamento de Puertos y Faros. Y si también usted pudiera defenderlo, pedir clemencia...

Hannah volvió a ponerse colorada, y se levantó de golpe. Las palabras que habían ido acumulándose durante semanas, durante años, palabras cuya existencia la propia Hannah ignoraba, salieron en tropel:

—¡Estoy harta! ¡Estoy harta de que me manipulen, de que los caprichos de otros me arruinen la vida! ¡Usted no tiene ni idea de lo que es estar en mi situación, sargento Knuckey! ¿Cómo se atreve a venir a mi casa y proponerme algo así? ¡¿Cómo se atreve?!

—No era mi intención...

—¡Déjeme acabar! Estoy harta, ¿me entiende? —continuó Hannah a voz en grito—. ¡Nadie volverá a decirme cómo tengo que vivir mi vida! Primero mi padre diciéndome con quién puedo casarme y con quién no, luego el pueblo entero atacando a Frank como una banda de salvajes. Luego Gwen intenta convencerme para que le devuelva a Grace a Isabel Graysmark, ¡y me convence! ¡Me convence! No ponga esa cara: usted no se entera de todo lo que pasa aquí.

»¡Y ahora resulta que esa mujer tuvo la desfachatez de mentirme! ¿Cómo se atreve? ¿Cómo se atreve a decirme, a proponerme siquiera, que debería, una vez más, poner los intereses de otros por delante de los míos? —Se enderezó—. ¡Fuera de mi casa! ¡Ahora mismo! ¡Largo! ¡Antes de que... —cogió lo primero que encontró, un jarrón de cristal tallado— le tire esto por la cabeza!

Knuckey tardó demasiado en levantarse; el jarrón le dio en el hombro, rebotó y se estrelló contra el zócalo.

Hannah paró de chillar; no sabía si estaba imaginándose lo que acababa de hacer. Se quedó mirando al policía, esperando alguna señal.

Knuckey se quedó inmóvil. La brisa agitó una cortina. Una gruesa moscarda zumbaba contra la mosquitera. Un último fragmento de cristal produjo un ruidito al sucumbir por fin a la gravedad.

Tras un largo silencio, Knuckey dijo:

—¿Se siente mejor ahora?

Hannah todavía tenía la boca abierta. Jamás le había pegado a nadie. Rara vez levantaba la voz. Y, desde luego, nunca le había hecho lo uno ni lo otro a un agente de policía.

—Me han lanzado cosas peores.

—Le ruego que me perdone. —Hannah bajó la vista.

El policía se agachó para recoger los trozos más grandes de cristal y los puso encima de la mesa.

—No vaya a ser que la niña se corte un pie.

—Su abuelo la ha llevado al río —masculló Hannah. Mirando de soslayo los cristales, añadió—: No suelo... —Pero no terminó la frase.

—No puede más, ya lo sé. Suerte que me lo ha lanzado a mí y no al sargento Spragg. —Esa idea le arrancó una sonrisa.

—No debería haberle hablado así.

—A veces la gente habla así. Gente que ha tenido que lidiar con menos que usted. No siempre controlamos plenamente nuestros actos. Si lo hiciéramos, me quedaría sin trabajo. —Recogió su gorra—. La dejo en paz para que piense. Pero no nos queda mucho tiempo. En cuanto llegue el juez y los envíe a Albany, yo ya no podré hacer nada.

Y salió de la casa. Fuera, el sol caía a plomo y consumía las últimas nubes que quedaban en el este.

Hannah cogió la escoba y el recogedor; su cuerpo se movía de forma mecánica. Barrió los fragmentos de cristal, vigilando que no quedara ninguna esquirla, llevó el recogedor a la cocina y lo vació sobre un periódico viejo. Envolvió los cristales y los llevó fuera, al cubo de basura. Pensó en la historia de Abraham e Isaac: Dios puso a prueba a Abraham, quiso comprobar si estaba dispuesto a entregar lo que más amaba en el mundo. Hasta que Abraham no levantó el cuchillo por encima del cuello del niño, Dios no lo dirigió hacia un sacrificio menor. Ella todavía tenía a su hija.

Se disponía a entrar cuando se fijó en el grosellero, y recordó aquel día terrible tras el regreso de Grace, cuando su hija se había escondido detrás de él. Se arrodilló en la hierba y estalló en sollozos, y entonces recordó una conversación que había tenido con Frank.

—Pero ¿cómo? ¿Cómo puedes superar estas cosas, cariño? —le había preguntado ella—. A pesar de todo lo que has sufrido, siempre estás contento. ¿Cómo lo haces?

—Es una decisión voluntaria —contestó él—. Podría pudrirme en el pasado, pasarme la vida odiando a la gente por lo que pasó, como hizo mi padre, o perdonar y olvidar.

—Pero no es tan fácil.

Frank esbozó su encantadora sonrisa.

—No, tesoro mío, pero es mucho menos agotador. Sólo tienes que perdonar una vez. Para estar contrariado tienes que hacerlo todo el día, todos los días. Tienes que recordar constantemente todo lo malo. —Rió e hizo como si se secara el sudor de la frente—. Tendría que redactar una lista, una lista muy larga, y asegurarme de que odiaba lo suficiente a las personas que aparecían en ella. Y que odiaba debidamente: ¡muy teutónico! No —añadió con más sobriedad—, siempre podemos elegir. Todos podemos elegir.

Hannah se tumbó boca abajo en la hierba y notó cómo la fuerza del sol minaba la suya. Agotada, apenas consciente de las abejas y del perfume de los dientes de león que tenía alrededor, apenas consciente de los vinagrillos bajo sus dedos, entre la hierba más crecida, acabó quedándose dormida.

Al día siguiente, pese a que en el calabozo ya no hay agua, Tom todavía siente el tacto de la piel mojada de Isabel. Tiene la ropa seca y su encuentro con ella es sólo un recuerdo; quiere que sea real y que sea una ilusión, ambas cosas a la vez. Si es real, su Izzy ha vuelto junto a él, y sus oraciones han sido atendidas. Si es una ilusión, Isabel todavía está a salvo de ir a la cárcel. El alivio y el miedo se mezclan en sus tripas, y se pregunta si algún día volverá a tener a su mujer entre sus brazos.

· · ·

Violet Graysmark llora en su cama.

—Ay, Bill. No sé qué pensar ni qué hacer. Nuestra hijita podría ir a la cárcel. Qué pena me da.

—Lo superaremos, querida. Y ella también lo superará, de una forma o de otra. —No menciona la conversación que ha mantenido con Vernon Knuckey. No quiere que su esposa se haga ilusiones. Pero todavía existe una pequeña posibilidad.

Isabel está sentada bajo la jacarandá, sola. El dolor que siente por Lucy es más fuerte que nunca: es un dolor no localizado y sin cura. Deshacerse de la carga de la mentira ha significado abandonar la libertad del sueño. El dolor reflejado en la cara de su madre, la pena en los ojos de su padre, la angustia de Lucy, el recuerdo de Tom, esposado: intenta rechazar el ejército de imágenes, e imagina cómo será la cárcel. Al final ya no le quedan fuerzas. No le queda espíritu de lucha. Su vida se reduce a una serie de fragmentos que nunca podrá volver a juntar. Su mente se derrumba bajo su peso, y sus pensamientos descienden por un pozo negro y profundo, donde la vergüenza, la pérdida y el miedo empiezan a ahogarla.

Septimus y su nieta miran los barcos desde la orilla del río.

—¿Sabes quién era una excelente marinera? Mi Hannah. Cuando era pequeña. Cuando era pequeña todo se le daba bien. Era más lista que el hambre. Me obligaba a estar siempre alerta, como tú. —Le alborotó el pelo—. ¡Mi pequeña Grace!

—¡Me llamo Lucy! —insiste ella.

—El día que naciste te pusieron Grace.

—Pero yo quiero llamarme Lucy.

La mira de arriba abajo, midiéndola.

—Mira, vamos a hacer un trato. Ni tú ni yo: te llamaré Lucy-Grace. ¿De acuerdo?

Hannah se despertó de su sueño sobre la hierba cuando una sombra le tapó la cara. Abrió los ojos y encontró a Grace de pie a escasa distancia, mirándola fijamente. Hannah se incorporó y se arregló el cabello, desorientada.

—Ya te he dicho que así conseguiríamos que nos hiciera caso —dijo Septimus, risueño.

Grace esbozó una sonrisa.

Hannah empezó a levantarse, pero su padre la detuvo:

—No, quédate ahí. Y ahora, princesa, ¿por qué no te sientas en la hierba y le cuentas a Hannah que hemos ido a ver los barcos? ¿Cuántos has visto?

La pequeña titubeó.

—¿Te acuerdas? Los has contado con los dedos.

—Seis —dijo la niña, levantando las manos y mostrando los cinco dedos de una y tres de la otra, antes de doblar dos.

—Voy a buscar en la cocina, a ver si encuentro algún refresco —comentó Septimus—. Quédate aquí y explícale que has visto una gaviota muy glotona que llevaba un pez enorme en el pico.

Grace se sentó en la hierba, a unos palmos de Hannah. Su rubio cabello brillaba al sol. Hannah estaba atrapada: quería contarle a su padre que Knuckey había ido a visitarla, y pedirle consejo. Pero nunca había visto a Grace tan dispuesta a hablar, a jugar, y no quería estropear aquel momento. Por pura costumbre, comparó a la niña con el bebé que ella recordaba, e intentó recuperar a su hija perdida. «Siempre podemos elegir», dijo una voz en su cabeza.

—¿Quieres que hagamos una guirnalda de flores? —preguntó.

—¿Qué es una guirnalda de flores?

Hannah sonrió.

—Una corona. Mira, yo te enseñaré —dijo, y empezó a arrancar los dientes de león que tenía más cerca.

Mientras enseñaba a Grace cómo perforar un tallo con la uña del pulgar y pasar el siguiente tallo por la hendidura, miraba las manos de su hija, cómo se movían. No eran las manos de su bebé. Eran las manos de una niña a la que todavía tenía que conocer. Y que tendría que conocerla a ella. «Siempre podemos elegir.» Siente una ligereza en el pecho, como si un gran soplo hubiera atravesado su cuerpo.

36

El sol pendía sobre el horizonte mientras Tom esperaba de pie al final del embarcadero de Partageuse. Vio a Hannah, que se acercaba despacio. Habían pasado seis meses desde la última vez que la vio, y parecía muy cambiada: la cara más redondeada, más relajada.

Cuando Hannah habló, lo hizo con voz serena:

—¿Y bien?

—Quería decirle que lo siento. Y darle las gracias por lo que hizo.

—No quiero que me dé las gracias.

—Si no hubiera hablado en nuestro favor, habría pasado mucho más de tres meses en la cárcel de Bunbury. —Tom articuló esas últimas palabras con dificultad, como si la vergüenza volviera pegajosas las sílabas—. Y la suspensión condicional de la sentencia de Isabel... dice mi abogado que eso fue sobre todo gracias a usted.

—Encerrarla en la cárcel no habría arreglado nada —dijo Hannah mirando la lejanía—. Como tampoco que usted cumpliera años de condena. Lo hecho, hecho está.

—De todos modos, no debió de ser una decisión fácil para usted.

—La primera vez que lo vi fue porque vino a salvarme. Yo era una desconocida, y usted no me debía nada. Supongo que eso tuvo cierto peso a la hora de decidirme. Y sé que si usted no hubiera encontrado a mi hija, ella habría muerto. Eso también intenté recordarlo. —Hizo una pausa—. No los perdono, ni a usted ni a su mujer. Que te mientan así... Pero no voy a dejar que el pasado me hunda. Mire lo que le pasó a Frank precisamente por eso, porque la gente se dejó aplastar por el pasado. —Se interrumpió y se quedó un momento dándole vueltas a su alianza—. Y lo irónico del asunto es que Frank habría sido el primero en perdonarlos. Habría sido el primero en salir en su defensa. En defensa de las personas que cometen errores.

»Era la única manera que tenía de rendirle homenaje: hacer lo que él habría hecho. —Lo miró con los ojos empañados—. Yo amaba a mi marido.

Se quedaron callados mirando el agua.

—Nunca podremos devolverle los años que perdió con Lucy —dijo Tom finalmente—. Es una niña preciosa. —La expresión de Hannah le hizo añadir—: Le prometo que no volveremos a acercarnos a ella.

Las palabras que pronunció a continuación se le atascaron en la garganta, y tuvo que volver a empezar:

—No tengo derecho a pedirle nada. Pero si un día, quizá cuando Lucy sea mayor, se acuerda de nosotros y pregunta algo... si puede usted, dígale que la queríamos. Aunque no tuviéramos derecho a quererla.

Hannah se quedó pensativa.

—Su cumpleaños es el 18 de febrero. Usted no lo sabía, ¿verdad?

—No —contestó Tom con voz queda.

—Y cuando nació llevaba dos vueltas de cordón alrededor del cuello. Y Frank... Frank le cantaba para dormirla. ¿Lo ve? Hay cosas de ella que yo sé y usted no.

—Sí.

—Los culpo a usted y a su mujer. Por supuesto que los culpo. —Lo miró a los ojos—. Me daba mucho miedo que mi hija nunca me quisiera.

—Todos los niños quieren a sus madres.

Hannah desvió la mirada hacia un bote que golpeaba el embarcadero con cada ola, y arrugó la frente.

—Aquí nadie menciona cómo fue que Frank y Grace acabaron metiéndose en aquel bote. Nadie ha pedido perdón. Ni siquiera a mi padre le gusta hablar de ello. Al menos usted ha dicho que lo siente. Y ha pagado por lo que le hizo. —Tras una pausa, añadió—: ¿Dónde vive ahora?

—En Albany. Ralph Addicott me ayudó a encontrar trabajo en el puerto cuando salí, hace tres meses. Así puedo estar más cerca de mi mujer. Los médicos dijeron que necesitaba tranquilidad absoluta. De momento está mejor en la clínica de reposo, donde recibe toda la atención que precisa. —Carraspeó—. No la entretengo más. Espero que tengan suerte en la vida, usted y Lu... Grace.

—Adiós —dijo Hannah, y echó a andar por el embarcadero.

La puesta de sol bañaba en oro las hojas de los árboles del caucho mientras Hannah subía hasta la casa de su padre por el camino.

—Este cerdito se quedó en casa... —recitaba Septimus, meneándole un dedito del pie a su nieta, que estaba sentada sobre su rodilla en el porche—. Mira quién ha llegado, Lucy-Grace.

—¡Mami! ¿Adónde has ido?

A Hannah volvió a sorprenderla ver en su hija la sonrisa de Frank, los ojos de Frank, su pelo rubio.

—A lo mejor te lo digo algún día, cariño mío —respondió, y le dio un beso—. ¿Nos vamos a casa?

—¿Mañana podremos venir a casa del abuelito?

Septimus rió.

—Puedes venir a ver al abuelito cuando quieras, princesa. Siempre que quieras.

El doctor Sumpton tenía razón: con el tiempo, la niña había ido acostumbrándose a su nueva vida. Hannah extendió los brazos y esperó a que su hija fuera hasta ella para auparla. Su padre sonrió.

—Así me gusta, pequeña. Así me gusta.

—Vamos, cariño —dijo Hannah.

—Quiero ir andando.

Hannah la bajó al suelo, la niña se dejó coger de la mano y salieron por la cancela a la calle. Hannah iba despacio, para que Lucy-Grace pudiera seguirle el ritmo.

—¿Has visto esa cucaburra? —preguntó—. Parece que sonría, ¿verdad?

La niña no le hizo mucho caso, hasta que al acercarse más al pájaro éste soltó una carcajada que recordaba el sonido de una ametralladora. Se paró, asombrada, y se quedó mirando aquel pájaro que nunca había visto tan de cerca. La cucaburra volvió a hacer aquel ruido tan estridente.

—Se ríe. Debes de caerle bien —comentó Hannah—. O a lo mejor es que va a llover. Las cucaburras siempre ríen cuando se acercan lluvias. ¿Sabes hacer ese ruido? Mira, es así. —E imitó con bastante habilidad el canto del pájaro; su madre le había enseñado a hacerlo años atrás—. A ver, pruébalo tú.

La niña no logró imitar aquel canto tan complicado.

—Yo seré una gaviota —dijo, e imitó a la perfección el estridente graznido del pájaro que mejor conocía—. Ahora tú —la retó, y Hannah rió de sus fallidos intentos.

—Tendrás que enseñarme, corazón. —Y siguieron caminando juntas.

En el embarcadero, Tom recuerda la primera vez que vio Partageuse. Y la última. Fitzgerald y Knuckey habían desmontado los cargos y el melodrama de Spragg. El abogado había demostrado con elocuencia que la acusación de robo de menor no se sostenía y que, por lo tanto, todas las otras acusaciones debían descartarse también. La declaración de culpable del resto de cargos administrativos, que no se juzgaban en Albany sino en Partageuse, habría podido acarrearle a Tom un castigo muy severo, de no ser porque Hannah habló en su favor, pidiendo clemencia. Y la cárcel de Bunbury, a mitad de camino de Perth, resultó más llevadera que las de Fremantle o Albany.

· · ·

Ahora, mientras el sol se disuelve en el agua, Tom percibe un impulso acuciante. Meses después de abandonar Janus, sus piernas todavía se preparan para subir los cientos de peldaños de la escalera y encender el faro. Pero se sienta al final del embarcadero y se queda mirando las últimas gaviotas posadas en las cantarinas aguas del mar.

Piensa que el mundo ha seguido adelante sin él, que tantas historias han seguido desarrollándose tanto si él estaba allí para verlas como si no. Lucy ya debe de estar acostada. Imagina su cara, demudada por el sueño. Se pregunta cómo será ahora, y si sueña con su vida en Janus; si añora su faro. Piensa también en Isabel, acostada en su camita de hierro de la casa de reposo, llorando por su hija y por la vida que ha perdido.

El tiempo se la devolverá, le promete él. Se lo promete a sí mismo. Isabel se curará.

El tren de Albany sale dentro de una hora. Esperará a que oscurezca para atravesar el pueblo y volver a la estación.

Unas semanas más tarde, Tom e Isabel estaban sentados en el jardín de la casa de reposo de Albany, cada uno en un extremo del banco de hierro forjado. Las zinnias rosa, que ya habían pasado su mejor momento, lucían desgreñadas y con manchas marrones. Los caracoles habían empezado a atacar las hojas de los ásteres, y el viento del sur arrastraba sus pétalos.

—Al menos has empezado a engordar, Tom. Cuando volví a verte tenías un aspecto horrible. ¿Te las arreglas bien? —Isabel hablaba con un deje de preocupación, aunque distante.

—No padezcas por mí. Ahora tenemos que concentrarnos en ti. —Un grillo se instaló en uno de los brazos del banco y empezó a chirriar—. Dicen que puedes marcharte cuando quieras, Izz.

Ella agachó la cabeza y se puso un mechón de cabello detrás de la oreja.

—No hay vuelta atrás, Tom. No hay forma de cambiar lo que ocurrió, de borrar todo lo que hemos pasado —dijo. Él la miró con fijeza, pero ella esquivó su mirada y murmuró—: Además, ¿qué nos queda?

—¿Qué nos queda de qué?

—De lo que sea. ¿Qué queda de nuestra vida?

—No puedo volver a los Faros, si te refieres a eso.

Isabel suspiró.

—No, no me refiero a eso, Tom. —Arrancó un poco de madreselva del muro de piedra que tenía detrás y la examinó. Mientras troceaba una hoja, y luego otra, los trocitos iban cayendo sobre su falda formando un mosaico irregular—. Perder a Lucy... ha sido como si me amputaran algo. Ojalá encontrara palabras para explicarlo.

—Las palabras no importan. —Tom le ofreció una mano, pero ella no se la cogió.

—Dime que sientes lo mismo que yo —dijo.

—¿Acaso eso hará que te sientas mejor, Izz?

Isabel apiló los trocitos de hoja.

—Ni siquiera entiendes de qué te hablo, ¿verdad?

Tom frunció el entrecejo, incómodo, y ella desvió la vista hacia una gran nube blanca que amenazaba con tapar el sol.

—No es fácil conocerte —declaró Isabel—. A veces, vivir contigo era una tarea muy solitaria.

—¿Qué quieres que diga a eso, Izzy? —repuso él tras una pausa.

—Quería que fuéramos felices. Los tres. Lucy consiguió meterse dentro de ti. Fue como si te hubiera abierto el corazón, y era maravilloso verlo. —Hubo un largo silencio, y entonces la expresión de Isabel cambió con la llegada de un recuerdo—. Tanto tiempo, y yo sin saber lo que habías hecho. Que cada vez que me tocabas, cada vez que... No tenía ni idea de que guardaras secretos.

—Intenté hablar contigo, Izz, pero tú no me dejaste.

Ella se levantó, y los trocitos de hoja cayeron al suelo en espirales.

—Quería hacerte daño, Tom, como tú me lo habías hecho a mí. ¿No te das cuenta? Quería vengarme. ¿No tienes nada que decir a eso?

—Ya lo sé, cariño mío. Ya lo sé. Pero eso ya es agua pasada.

—¿Cómo? ¿Me perdonas, sin más? ¿Como si nada?

—¿Qué quieres que haga? Eres mi esposa, Isabel.

—Lo que quieres decir es que estás atado a mí...

—Lo que quiero decir es que prometí pasar mi vida contigo. Y todavía quiero pasar mi vida contigo. Izz, he aprendido a base de golpes que para aspirar a tener un futuro tienes que abandonar toda esperanza de cambiar tu pasado.

Ella se volvió y arrancó un poco más de madreselva.

—¿Qué vamos a hacer? ¿Qué vida nos espera? No puedo vivir a tu lado reprochándote constantemente lo que hiciste. Y avergonzándome de mí misma.

—No, amor mío, no puedes.

—Todo se ha roto. Jamás podremos arreglarlo.

Tom puso una mano sobre las suyas.

—Hemos arreglado las cosas lo mejor que hemos podido. Es lo único que podemos hacer. Ahora tenemos que aceptar la realidad y seguir viviendo.

Isabel se levantó y echó a andar por el sendero que discurría junto a la extensión de hierba; Tom se quedó sentado en el banco. Tras dar toda una vuelta al jardín, ella regresó a su lado y dijo:

—No puedo volver a Partageuse. Ya no tengo nada que me ate allí. —Negó con la cabeza y contempló el avance de aquella nube—. Ya no sé cuál es mi sitio.

Tom se levantó y la cogió del brazo.

—Tu sitio está a mi lado, Izz. No importa dónde estemos.

—¿Es eso cierto, Tom? ¿Todavía?

Tenía el ramito de madreselva en la mano y lo acariciaba distraídamente. Él arrancó una flor de un blanco cremoso.

—Cuando éramos pequeños nos las comíamos —dijo—. ¿Vosotros también?

—¿Os las comíais?

Tom mordió el estrecho pedúnculo de la flor y succionó una gota de néctar.

—El sabor sólo dura un segundo. Pero merece la pena. —Cogió otra flor y se la acercó a Isabel a los labios para que la mordiera.

37

Hopetoun, 28 de agosto de 1950

En Hopetoun ya no quedaba gran cosa, salvo un largo embarcadero que todavía recordaba los días gloriosos en que el pueblo
servía de puerto a los yacimientos de oro. Habían cerrado el
puerto en 1936, unos años después de que Tom e Isabel se ins-
talaran allí. Cecil, el hermano de Tom, apenas había sobrevivido
un par de años a su padre, y cuando murió dejó suficiente dinero
para comprar una granja en las afueras del pueblo. La finca era
pequeña según los criterios del lugar, pero aun así bordeaba
varios kilómetros de costa, y la casa estaba ubicada sobre una
loma en la parte del interior, con vistas a la extensión de playa.
Llevaban una vida tranquila. De vez en cuando iban al pueblo.
Los mozos de labranza los ayudaban en la granja.

Hopetoun, situado en una amplia bahía seiscientos kilómetros al este de Partageuse, estaba suficientemente lejos como
para que no se tropezaran con ningún conocido, pero lo bastante cerca para que los padres de Isabel pudieran trasladarse
hasta allí por Navidad, en los años anteriores a su muerte. Tom
y Ralph se escribían de vez en cuando: eran meros saludos,
breves y sencillos, pero no por ello menos sinceros. Una de las
hijas de Ralph y su familia se habían mudado a la casita del
capitán después de morir Hilda, y cuidaban bien de él, aunque
últimamente su salud se había debilitado. Cuando Bluey se
casó con Kitty Kelly, Tom e Isabel le enviaron un regalo, pero

no asistieron a la boda. Ninguno de los dos volvió nunca a Partageuse.

Y pasaron casi veinte años, que fluyeron como un tranquilo río campestre que va profundizando su lecho con el tiempo.

El reloj da la hora. Casi ha llegado el momento de partir. Ahora no se tarda nada en ir en coche al pueblo, con las calles asfaltadas. No es como cuando ellos llegaron. Tom se hace el nudo de la corbata, y un desconocido con el pelo entrecano le lanza una breve ojeada, y entonces recuerda que es él quien se refleja en el espejo. Ahora el traje le queda más holgado, y hay un hueco entre el cuello de la camisa y su cuello.

Por la ventana ve alzarse las olas, sacrificándose ellas solas en una ventisca de espuma, mar adentro. El océano nunca da ninguna muestra de que haya pasado el tiempo. El único sonido es el embate de los vendavales. Tras meter el sobre en el baúl, Tom cierra la tapa con solemnidad. Dentro de poco su contenido perderá todo significado, igual que el idioma olvidado de las trincheras, tan aprisionado en un tiempo determinado. Los años destiñen el sentido de las cosas hasta que lo único que queda es un pasado blanco como la nieve, desprovisto de sentimiento y significado.

El cáncer llevaba meses acabando su trabajo, mordisqueando los días de Isabel, y no quedaba nada que hacer salvo esperar. Tom se había pasado días enteros sentado junto a su cama, dándole la mano. «¿Te acuerdas de aquel gramófono?», le preguntaba, o «¿Qué habrá sido de la señora Mewett?». Y ella esbozaba una sonrisa. A veces Isabel tenía suficiente energía para decir: «No te olvides de podar», o «Cuéntame una historia, Tom. Cuéntame una historia con final feliz», y él le acariciaba la mejilla y susurraba: «Érase una vez una muchacha llamada Isabel, la muchacha más batalladora en muchos kilómetros a la redonda...» Y mientras le contaba la historia, le miraba las manchas que tenía en la mano, y se fijaba en que últimamente se le habían hinchado un poco los nudillos, y en que la alianza le bailaba alrededor del dedo.

Hacia el final, cuando Isabel ya no podía beber agua, Tom le daba la punta de un paño mojado para que la chupara, y le aplicaba lanolina en los labios para que no se le agrietaran. Le acariciaba el pelo, entreverado de plata, recogido en una gruesa trenza que descendía por su espalda. El enflaquecido pecho de Isabel subía y bajaba con la misma precariedad que el de Lucy cuando llegó a Janus: cada respiración era una lucha y un triunfo.

—¿Lamentas haberme conocido, Tom?

—Estaba destinado a conocerte desde que nací, Izz. Creo que fue para eso para lo que vine al mundo —contestó él, y la besó en la mejilla.

Tom recordó aquel primer beso, hacía ya décadas, en la playa, bajo una ventosa puesta de sol: el beso de una muchacha intrépida que sólo se dejaba guiar por su corazón. Recordó cómo había querido Isabel a Lucy, con un amor instantáneo, feroz e incuestionable; la clase de amor que, de haber sido otro el desenlace, le habría sido devuelto durante toda una vida.

Llevaba treinta años demostrándole su amor a Isabel, en todos sus actos, todos los días. Pero ya no iba a haber más días. Ya no podría seguir demostrándoselo, y esa urgencia lo incitó a decir:

—Izz, ¿hay algo que quieras preguntarme? ¿Hay algo que quieras que te diga? Lo que sea. Estas cosas no se me dan muy bien, pero si quieres preguntarme algo, te prometo que haré todo lo posible por contestarte.

Isabel esbozó una sonrisa.

—Entonces debes de creer que esto casi ha terminado, Tom. —Asintió levemente con la cabeza y le dio unas palmaditas en la mano. Él le sostuvo la mirada.

—O quizá signifique sólo que por fin estoy preparado para hablar.

—No pasa nada —repuso ella con voz débil—. Ya no necesito nada más.

Tom le acarició el pelo y la miró largamente a los ojos. Apoyó la frente en la de ella, y se quedaron quietos hasta que la respiración de Isabel cambió y se volvió más irregular.

—No quiero dejarte —dijo ella asiendo su mano—. Tengo tanto miedo, amor mío. Tanto miedo. ¿Y si Dios no me perdona?

—Dios te perdonó hace muchos años. Ya va siendo hora de que tú te perdones también.

—¡La carta! —dijo ella, nerviosa—. ¿Conservarás la carta?

—Sí, Izz, la conservaré. —Y el viento sacudió los cristales de las ventanas, como había hecho décadas atrás en Janus.

—No voy a decirte adiós, por si Dios me oye y cree que estoy preparada para irme.

Volvió a apretarle la mano; ya no tenía fuerzas para hablar. De vez en cuando abría los ojos, y Tom veía en ellos una chispa, una luz que se intensificaba a medida que su respiración se hacía más superficial y dificultosa, como si se le hubiera revelado un secreto y de pronto hubiera comprendido algo.

Y esa noche, mientras la luna menguante atravesaba unas nubes invernales, la respiración de Isabel cambió de aquella forma que Tom conocía tan bien, y cesó al fin.

Aunque tenían electricidad, dejó que el débil resplandor de la lámpara de queroseno le iluminara la cara: la luz de una llama era mucho más suave. Más amable. Permaneció toda la noche junto al cadáver, y esperó al alba para telefonear al médico. En vela, como en los viejos tiempos.

Mientras recorre el sendero, Tom arranca una rosa amarilla de uno de los rosales que plantó Isabel nada más mudarse allí. La flor desprende un perfume intenso que lo transporta casi dos décadas atrás, y se imagina a su esposa arrodillada en el arriate, apisonando la tierra con las manos alrededor del arbusto que acaba de plantar. «Por fin tenemos nuestra rosaleda, Tom», le había dicho. Era la primera vez que la veía sonreír desde que se marcharon de Partageuse, y conservaba esa imagen, vívida como una fotografía.

Después del funeral, unas pocas personas se congregan en el local social. Tom se queda todo el tiempo que exige la buena educación. Pero le gustaría que esas personas supieran realmente a quién están despidiendo: a la Isabel que él conoció en el embarcadero, llena de vida, audaz y traviesa. Su Izzy. Su otra mitad del cielo.

Dos días después del funeral, Tom estaba sentado, solo, en una casa vacía y silenciosa. Una columna de polvo elevándose hacia el cielo señalaba la llegada de un vehículo. Debía de ser algún mozo de labranza. Al acercarse el coche, Tom volvió a mirar. Era un modelo caro, nuevo, con matrícula de Perth.

El coche paró cerca de la casa, y Tom salió a la puerta. Una mujer se apeó del vehículo y se pasó una mano por el rubio cabello, recogido en la nuca. Miró alrededor y echó a andar despacio hacia el porche, donde él esperaba.

—Buenas tardes —dijo—. ¿Se ha perdido?

—Espero que no —repuso la mujer.

—¿Puedo ayudarla en algo?

—Busco la casa de los Sherbourne.

—Pues ya la ha encontrado. Soy Tom Sherbourne. —Se quedó esperando una aclaración.

—Entonces no me he perdido. —Esbozó una sonrisa vacilante.

—Lo siento —dijo Tom—, ha sido una semana complicada. ¿Se me ha olvidado algo? ¿Alguna cita?

—No, no tengo ninguna cita, pero he venido a verlo a usted. Y... —titubeó—. A la señora Sherbourne. Me han dicho que estaba muy enferma.

Al ver la confusión de Tom, la mujer dijo:

—Me llamo Lucy-Grace Rutherford. Mi apellido de soltera es Roennfeldt... —Volvió a sonreír—. Soy Lucy.

Tom la miró sin dar crédito a lo que veía.

—¿Lulu? La pequeña Lulu —dijo como si hablara para sí. No se movió de donde estaba.

La mujer se sonrojó.

—No sé cómo debo llamarlo. Ni a la señora Sherbourne. —De pronto la asaltó un pensamiento, y añadió—: Espero que a ella no le importe. Espero no haberlos importunado.

—Ella siempre confió en que vendrías.

—Espere. He traído algo para enseñarles —dijo, y volvió al coche.

Sacó un moisés del asiento delantero, y regresó con él; en su rostro se reflejaban la ternura y el orgullo.

—Éste es Christopher, mi hijito. Tiene tres meses.

Tom vio la cara de un niño que asomaba por debajo de una manta y lo recorrió un escalofrío: se parecía muchísimo a Lucy cuando era un bebé.

—A Izzy le habría encantado conocerlo. Tu visita habría significado mucho para ella.

—Oh, lo siento. ¿Cuándo...? —No terminó la pregunta.

—Hace una semana. El lunes fue el funeral.

—No lo sabía. Si prefiere que lo deje a solas...

Tom siguió contemplando el bebé un buen rato, y cuando por fin levantó la cabeza, tenía una sonrisa nostálgica en los labios.

—Pasa, por favor.

Tom llevó una bandeja con una tetera y tazas, mientras Lucy-Grace se quedaba contemplando el mar, con el bebé a su lado en el moisés.

—¿Por dónde empezamos? —preguntó.

—¿Qué te parece si nos tomamos el té tranquilamente? —propuso Tom—. Y nos familiarizamos. —Suspiró—. Mi pequeña Lucy. Después de tantos años.

Se tomaron el té en silencio, escuchando el rugido del viento que entraba desde el mar y de vez en cuando apartaba una nube y dejaba que un rayo de sol atravesara el cristal y cayera sobre la alfombra. Lucy percibía los olores de la casa: madera vieja, humo de leña, cera para muebles. No se atrevía a mirar directamente a Tom, pero echó una ojeada a la habitación. Un icono de san Miguel; un jarrón con rosas amarillas. Una fotografía de Tom e Isabel el día de su boda, jóvenes, radiantes y llenos de esperanza. En los estantes había libros sobre navegación y faros, y sobre música; algunos, como el *Atlas de las estrellas Brown*, eran tan grandes que tenían que estar tumbados. Había un piano en un rincón, con un montoncito de partituras encima.

—¿Cómo te enteraste? —dijo Tom por fin—. De que Isabel estaba enferma.

—Me lo dijo mamá. Cuando escribiste a Ralph Addicott para decirle lo mal que estaba, él fue a ver a mi madre.

—¿A Partageuse?

—Ahora ella vuelve a vivir allí. Mi madre me llevó a Perth cuando yo tenía cinco años. Quería empezar de cero. No volvió a Partageuse hasta que entré en el cuerpo auxiliar de las Fuerzas Aéreas, en 1944. Después... bueno, se encontraba a gusto allí, con tía Gwen, en Bermondsey, la casa de mi abuelo. Tras la guerra yo me quedé en Perth.

—¿Y tu marido?

Lucy esbozó una sonrisa radiante.

—A Henry... lo conocí en las Fuerzas Aéreas. Es un hombre maravilloso. Nos casamos el año pasado. Soy una mujer muy afortunada. —Miró al horizonte y añadió—: He pensado mucho en vosotros, todos estos años. Me preguntaba cómo seríais. Pero hasta que no... —Hizo una pausa—. Bueno, cuando nació Christopher lo entendí: por qué hicisteis lo que hicisteis. Y por qué mi madre no pudo perdonaros. Yo mataría por mi hijo, no tengo ninguna duda.

Se alisó la falda.

—Recuerdo algunas cosas. O creo recordarlas; son como fragmentos de un sueño: el faro, por supuesto; la torre; y una especie de mirador que tenía alrededor. ¿Cómo se llama?

—El balcón.

—Recuerdo que me llevabas sobre los hombros. Y que tocaba el piano con Isabel. Y algo de unos pájaros en un árbol, y diciéndote adiós.

»Luego todo se vuelve muy confuso, y no recuerdo mucho más. Sólo la nueva vida en Perth, y el colegio. Pero sobre todo recuerdo el viento y el mar: eso lo llevo en la sangre. A mi madre no le gusta el agua. Nunca se baña en el mar. —Miró al bebé—. No he podido venir antes. Tuve que esperar a que mi madre... No sé, a que me diera permiso, supongo.

Mientras la observaba, Tom atisbaba vestigios en su cara. Pero no era fácil relacionar a la mujer con la niña. También le resultó difícil, al principio, encontrar dentro de sí mismo a aquel hombre más joven que tanto la había querido. Y sin embargo... todavía existía, en algún rincón, y de pronto lo asaltó un recuerdo claro como el agua de la aguda vocecilla de Lucy: «¡Cógeme en brazos, papi!».

—Isabel dejó algo para ti —dijo.

Fue al baúl, sacó el sobre y se lo dio a Lucy-Grace, que lo tuvo un momento en las manos antes de abrirlo.

Mi querida Lucy,

Ha pasado mucho tiempo. Muchísimo. Prometí que no me acercaría a ti, y he cumplido mi palabra, pese a lo difícil que ha sido.

Ahora ya no estoy aquí, y por eso tú estás leyendo esta carta. Y eso me alegra, porque significa que has venido a buscarnos. Nunca abandoné la esperanza de que vinieras.

En el baúl, junto a esta carta, hay algunas cosas de cuando eras pequeña: tu traje de bautizo, tu manta amarilla, algunos dibujos que hiciste. También hay cosas que hice para ti a lo largo de los años: ropa de casa y cosas así. Te lo he guardado, porque son cosas de esa parte perdida de tu vida. Por si venías a buscarla.

Ahora eres una mujer adulta. Espero que la vida se haya portado bien contigo. Espero que puedas perdonarme por haberte retenido. Y por haberte dejado marchar.

Piensa que nunca dejé de quererte.

Con todo mi amor.

Los pañuelos delicadamente bordados, las botitas de punto, el gorrito de raso: estaba todo cuidadosamente doblado en el baúl, escondido bajo otras cosas de cuando Isabel era niña. Tom no sabía que Isabel las había conservado; se enteró entonces. Fragmentos de tiempo, retazos de una vida. Por último, Lucy-Grace desenrolló un rollo de papel atado con una cinta de raso. Era el mapa de Janus que Isabel había decorado mucho tiempo atrás: Playa del Naufragio, Cala Traicionera... La tinta no se había borrado. Tom sintió una punzada de dolor al recordar el día en que Isabel se lo había enseñado, y su consternación por haber infringido las normas. Y de pronto volvió a sentir un profundo amor por su esposa, y un profundo dolor por haberla perdido.

Mientras Lucy-Grace leía el mapa, una lágrima resbaló por su mejilla, y Tom le ofreció su pañuelo, pulcramente doblado. Ella se enjugó las lágrimas; se quedó un momento pensativa, y entonces dijo:

—Nunca tuve ocasión de daros las gracias. A ti y a... mamá, por salvarme y por cuidar tan bien de mí. Yo era muy pequeña... y luego ya era demasiado tarde.

—No tienes nada que agradecernos.

—Si estoy viva es gracias a vosotros dos.

El bebé rompió a llorar, y Lucy se agachó para cogerlo en brazos.

—Chsst, pequeñín. No pasa nada, ratoncito. —Lo meció un poco hasta que el niño dejó de llorar, y entonces se volvió hacia Tom—. ¿Quieres cogerlo en brazos?

—Ya no tengo mucha práctica —vaciló él.

—Cógelo —insistió ella, y le puso al bebé en los brazos.

—Qué niño tan guapo —dijo Tom, sonriente—. Eres igual que tu mamá cuando era pequeña. La misma naricita, los mismos ojos azules.

El pequeño lo miró con seriedad, y Tom se sintió invadido por sensaciones que creía olvidadas.

—A Izzy le habría encantado conocerte. —Se formó una burbuja de saliva en los labios del bebé, y Tom vio el arcoíris que la luz del sol dibujó en ella—. Izzy te habría adorado —añadió con la voz quebrada.

Lucy-Grace miró la hora en su reloj.

—Creo que tengo que marcharme. Hoy voy a dormir en Ravensthorpe. No quiero conducir de noche. Habrá canguros en la carretera.

—Claro. —Tom señaló el baúl—. ¿Te ayudo a poner esas cosas en el coche? Bueno, si es que quieres llevártelas. Si no, lo entenderé.

—No, no quiero llevármelas —dijo ella, y al ver que el rostro de Tom se ensombrecía, sonrió y agregó—: Porque así tendremos una excusa para volver. Pronto, espero.

El sol no es más que una fina rodaja que titila sobre las olas cuando Tom se sienta en la vieja tumbona del porche. A su lado, en la butaca de Isabel, están los cojines que ella misma hizo, con estrellas y una luna creciente bordados. El viento ha amainado, y unas nubes con fisuras naranja intenso se acumulan en el horizonte. Un puntito de luz atraviesa la penumbra: el faro de Hopetoun. Ahora es automático; ya no hacen falta fareros desde que cerró el puerto. Tom piensa en Janus, en el faro al que tanto tiempo dedicó; sus destellos todavía viajan en la oscuridad, allá lejos, hacia los confines del universo.

Todavía nota en los brazos el escaso peso del bebé de Lucy, y esa sensación desentraña el recuerdo físico de sostener a Lucy del mismo modo, y antes de eso, de tener brevemente en brazos a su hijo muerto. Qué diferentes habrían sido muchas vidas si ese niño hubiera sobrevivido. Musita este pensamiento largo rato, y luego suspira. De nada sirve pensarlo. Una vez que echas a andar por ese camino, no tiene fin. Él ha vivido la vida que ha vivido. Ha amado a la mujer que ha amado. Nadie ha recorrido ni recorrerá nunca el mismo camino en este mundo, y Tom lo acepta. Todavía echa de menos a Isabel: su sonrisa, la suavidad de su piel. Las lágrimas que ha reprimido delante de Lucy resbalan ahora por sus mejillas.

Gira la cabeza y ve la luna llena, que aparece poco a poco en el cielo como un contrapeso en ese otro horizonte, alzada por el sol poniente. Todo fin es el inicio de algo más. El pequeño Christopher ha nacido en un mundo que Tom jamás habría imaginado. Quizá ese niño no tenga que vivir una guerra. Lucy-Grace también pertenece a un futuro que Tom sólo puede intuir. Si ella quiere a su hijo la mitad de lo que Isabel la quiso, el niño tiene todas las de ganar.

Todavía quedan días por vivir. Y Tom sabe que al hombre que inicia ese viaje le han dado forma todos los días y todas las personas que ha ido encontrando por el camino. Las cicatrices no son sino otra clase de recuerdos. Isabel forma parte de él, lo acompaña esté donde esté, igual que la guerra, el faro y el océano. Pronto los días se cerrarán sobre sus vidas, crecerá la hierba sobre sus tumbas, hasta que su historia no sea más que una lápida que nadie visita.

El océano va rindiéndose a la noche, y Tom sabe que la luz volverá a aparecer.

Agradecimientos

Este libro ha tenido muchas comadronas. Hay tantas personas que han contribuido a traerlo al mundo que para nombrarlas a todas necesitaría otro volumen. Creo que ya le he dado las gracias a cada uno de ellos en persona, pero quiero dejar constancia aquí de lo importantes que han sido. Cada uno ha contribuido con algo único e inestimable: algunos en un momento concreto; otros a lo largo de un período; algunos toda la vida.

Gracias a todos por ayudarme a contar esta historia. Ha sido una suerte contar con vosotros.